एक लड़की पानी-पानी

ਜਿਸ-ਜਿਸ ਕਿਰਨ ਲਾਏ

एक लड़की पानी-पानी

रत्नेश्वर

राजपाल

स्थापित 1912
100 वर्षों की
श्रेष्ठ प्रकाशन परम्परा
राजपाल

₹ 325

ISBN : 9789389373042

EK LADKI PANI-PANI (Novel) by Ratneshwar Kumar Singh

मुद्रक : जी.एच. प्रिन्ट्स प्रा.लि., नयी दिल्ली

राजपाल एण्ड सन्ज़

1590, मदरसा रोड, कश्मीरी गेट, दिल्ली-110006

फोन : 011-23869812, 23865483, 23867791

e-mail : sales@rajpalpublishing.com

www.rajpalpublishing.com

www.facebook.com/rajpalandsons

पर्यावरण के लिए इन सप्तस्त्री साधकों–
भारत की सालूमरदा थिम्मक्का, सुनीता नारायण, वन्दना शिवा; अमेरिका की मे बोएव; ब्राज़ील की मरीना सिल्वा; इंग्लैण्ड की लेइला डीन; केन्या की वंगारी मथाई और दुनिया की सभी लड़कियों को
समर्पित

जल बिन होइहें न प्रीत बलम जी...!

सन् 2003 में ही मेरे मन में 'पानी' पर काम करने की इच्छा हुई थी। सन् 2004 से इस पर सामग्री जुटाने का काम कर रहा हूँ। नदियों पर लिखी किताबें जुटाने से लेकर पानी पर लिखी गई हर किताब की तलाश करता रहा। इस बीच अखबारों में जितनी ख़बरें निकलतीं, वह भी मैं जमा करता जाता। इस दौरान कई कवियों की कविताएँ भी मिलीं।

उपन्यास लिखने के लिए सिर्फ़ पानी की वैज्ञानिक या तथ्यात्मक जानकारी ही काफ़ी नहीं थी। तब मैंने अपने अध्ययन को सात हिस्सों में वर्गीकृत किया...और फिर उस तरीके से सामग्री जुटानी शुरू की।

अध्ययन का पहला हिस्सा हमारे प्राचीन ग्रंथ हैं, जिनमें हमने यह तलाश करने की कोशिश की कि पानी पर वहाँ क्या चर्चा है या कौन-कौन से किस्से-कहानियाँ हैं। इस संदर्भ में *वेद, पुराण, उपनिषद्, महाभारत, रामायण* आदि-आदि ग्रंथों में तलाश शुरू की। कई मित्रों-विद्वानों ने भी इसकी जानकारी दी, जिससे पुस्तक या सामग्री प्राप्त करने में आसानी हुई।

अध्ययन का दूसरा हिस्सा ब्रह्मांड का है। हमें यह अध्ययन करना था कि पानी आने से पहले की पृथ्वी कैसी थी? सौरमंडल क्या है? जीवन के लिए पानी का महत्त्व क्या है? इसमें जीवों का क्या महत्त्व-मतलब है? पृथ्वी पर पानी कैसे आया? इसमें भी मुझे मित्रों-साथियों का भरपूर सहयोग मिला। गूगल और यू-ट्यूब से इसमें ख़ूब मदद मिली, साथ ही भारतीय वैज्ञानिकों सहित स्टीफ़न हॉकिंग तक की भौतिकी की किताबों को पढ़ने-पलटने का मौक़ा मिला।

अध्ययन का तीसरा हिस्सा पंचतत्त्वों के अध्ययन का है। अग्नि, पानी, हवा आदि को वैज्ञानिक और आध्यात्मिक दृष्टि से समझने की कोशिश की। इसके लिए धर्मग्रन्थ और रसायनशास्त्र की कई-कई किताबें पढ़ीं।

अध्ययन का चौथा हिस्सा भारतीय इतिहास का है। हमने यह तलाशने की कोशिश की कि भारत में सूखे की वजह से कब-कब अकाल पड़ा और उसका जनजीवन पर क्या प्रभाव पड़ा। पानी की कमी ने कब-कब भारतीयों को हज़ारों-लाखों की संख्या में मौत के मुँह तक पहुँचाया!

अध्ययन का पाँचवाँ हिस्सा वर्तमान स्थिति का है। इसमें मैंने आज के समय का अध्ययन किया। आज भारतीय उपमहाद्वीप में पानी की क्या स्थिति है; समाज किस कदर इससे प्रभावित हो रहा है; विश्व के संदर्भ में भारत कहाँ है; पड़ोसी देशों की स्थिति के साथ उसका भारत पर क्या प्रभाव पड़ रहा है; भारत में पानी के लिए कौन-कौन से उपाय किए जा रहे हैं आदि। इसमें गूगल और सोशल मीडिया के अलावा पत्र-पत्रिकाओं की सामग्री और टेलीविज़न-अख़बार आदि की ख़बरें भी मददगार साबित हुईं।

छठा हिस्सा लड़कियों की मन:स्थिति का है। गर्ल्स हॉस्टल में रहनेवाली कुछ लड़कियों के माध्यम से मैंने उनकी जीवनशैली और सोच पर अध्ययन किया। गर्ल्स हॉस्टल की जीवनशैली पर भी विस्तार से अध्ययन किया। यह रिसर्च इसलिए ज़रूरी थी, क्योंकि कथानक को एक नायिका पर केन्द्रित रखने की योजना थी। साथ ही आज के समय में प्रेम, देह आदि को एक लड़की किस तरह से देखती है, इसकी भी पड़ताल की।

...और सातवाँ हिस्सा भविष्य का है। वैज्ञानिक, भौगोलिक और सामाजिक दृष्टि से पानी की क्या स्थिति होने वाली है; इसकी कमी के कारण समाज पर क्या प्रभाव पड़ने वाला है; क्या पानी के लिए हम कुछ प्रयास कर सकेंगे? क्या दुनिया को हम बचा पाएँगे? क्या पानी की समस्या का हल हम ढूँढ़ पाएँगे?...या वे प्रचलित बातें सच हो जाएँगी कि तीसरा विश्वयुद्ध पानी के लिए होगा!

अब मेरे पास सामग्री इतनी ज़्यादा थी कि क्या रखें और क्या छोड़ें इसकी समस्या थी। जुटाये गये लगभग दस हज़ार से भी अधिक पन्नों की मुझे जुगाली करनी थी।

16 जनवरी, 2018 से मैंने इस कहानी की रूपरेखा तैयार करनी शुरू की। इसमें कई महीने लग गए। 20 अप्रैल को कहानी की रूपरेखा तैयार हो पाई। 24 अप्रैल की रात को लेखन की शुरुआत करते हुए मैंने अपने उपन्यास का नाम रखा—*एक लड़की पानी-पानी*। 28 मई को मैंने लगभग नब्बे हज़ार शब्दों का उपन्यास पूरा किया। इस दौरान मैंने प्रत्येक दिन औसतन 13 से 14 घंटे काम किया।

मैंने सोचा कि कुछ दिनों बाद उपन्यास को संपादन के साथ अंतिम रूप दूँगा।... पर ऐसा कर न सका। उपन्यास की कहानी ऐसे उमड़-घुमड़ रही थी कि मैं किसी से बात करते हुए भी उसी में खोया रहता। फिर मैं उपन्यास को अंतिम रूप देने में लग गया। 30 अगस्त की सुबह मैंने पुनर्लेखन और संपादन के साथ उपन्यास को अंतिम रूप दिया। अब मेरे उपन्यास में पचासी हज़ार शब्द रह गए। मैंने बड़ी निर्ममता से कुछ किस्से हटाए और ज़रूरत के हिसाब से कुछ नए किस्से जोड़े।

मैं विदुषी शांति जैन का आभार व्यक्त करना चाहता हूँ, जिनसे मुझे विषय को समझने और सामग्री जुटाने में मदद मिली। इन्होंने मुझे कई किताबें उपलब्ध कराईं। पत्रकार

शाम्भवी सिंह का विशेष शुक्रिया अदा करता हूँ, जिन्होंने गर्ल्स हॉस्टल सहित लड़कियों के जीवन को समझने में मेरी मदद की।

मैं सौरव कुमार जैसे स्नेहियों का धन्यवाद करना चाहता हूँ जिन्होंने प्रत्यक्ष-परोक्ष रूप से मेरी मदद की और तकनीकी तौर पर मुझे ताकतवर बनाया। चर्चित लेखक प्रभात रंजन, कवि-पत्रकार कुमार मुकुल, चर्चित कथाकार-उपन्यासकार मनीषा कुलश्रेष्ठ, चर्चित पत्रकार-लेखक गीताश्री, युवा कवि अनुज लुगुन, विद्वान रंगकर्मी अनीश अंकुर, पत्रकार मित्र जयप्रकाश पाण्डेय, विद्वान संजय कुमार चौधरी, डॉ. उदय कुमार, डॉ. अशोक कुमार सिंह, डॉ. अंजलि सिंह, डॉ. अनिल कुमार का मैं शुक्रिया अदा करता हूँ, जिन्होंने प्रत्यक्ष-परोक्ष रूप से मेरी मदद कर मुझे समृद्ध किया।

मैं अमेरिका में रहने वाली प्रिय मित्र बरखा राम का शुक्रिया अदा करना चाहता हूँ। नागपुर से जुड़े अपने मित्रों का विशेष शुक्रिया अदा करता हूँ, जिन्होंने मुझे विषयगत सामग्री मुहैया कराई। सर्वश्री संदीप पाठक, दीपक शर्मा, संजय झा, शांतनु चटर्जी, उमेश वानखेड़े, विवेक दामोदरन, राजेश सयाल, रोजीना खेतानी और प्रदीप पाल जैसे मित्रों से मुझे काफ़ी बल मिला। मैं सफ़्स कॉलेज और सेमिनरी हिल्स के सभी शुभचिंतकों का आभार व्यक्त करता हूँ। साथ ही, नागपुर से जुड़े उन सभी विशिष्ट जनों का भी आभार व्यक्त करता हूँ, जिन्होंने मुझे साहित्यिक ताकत प्रदान की।

मैं लेखक-पत्रकार और मेरे प्रिय मित्र अनंत विजय का आभार व्यक्त करता हूँ, जिन्होंने हमेशा अपने महत्त्वपूर्ण सुझावों से मुझे समृद्ध किया तथा इस कठिन साधना के समय मेरा मनोबल बढ़ाये रखने में मेरी मदद की। हिन्दी के विद्वान ऐरिक क्लेमेंट का मैं धन्यवाद करना चाहता हूँ। अंग्रेज़ी-हिन्दी के विद्वान शैलेश्वर सती प्रसाद और मित्र मासूम शर्मा का मैं धन्यवाद करना चाहता हूँ।

मैंने कथाकार चक्रधर से बहुत कुछ सीखा है। उन्होंने मुझे कहानी कहने की कला सिखाई। उनकी कहानियों से भी मैं प्रभावित रहा हूँ। वे अब इस दुनिया में नहीं हैं, पर हमेशा मेरे लेखन में मौजूद हैं।

पत्नी रीना को शुक्रिया कहना उचित नहीं होगा, क्योंकि उन्हीं से मेरी पूर्णता है। वह मेरी पहली पाठक हैं। उनके कई महत्त्वपूर्ण सुझाव इसमें शामिल हैं। मैं अपने पुत्र पुण्य पुष्कर को स्नेह देता हूँ जिसके बताए कई किस्सों ने मुझे प्रभावित किया।

...जल बिन होइहें न प्रीत बलम जी!

—रत्नेश्वर

पटना
15 सितम्बर, 2019

अध्याय-1

बूँद-बूँद लाल पानी

"एँ एँ एँ...!" उस दुधमुँही बच्ची के रोने की आवाज़ से माँ का कलेजा तो फट रहा था, पर प्रकृति ने तो जैसे आँखें मूँद रखी थीं। पार्वती के स्तन का दूधिया पानी भी जैसे सोख लिया था उसने। कई दिनों की भूखी-प्यासी पार्वती की देह तो बेजान-सी हो चली थी, चेहरा भी सूख गया था। ओंठ दरक गए थे और उसकी मुलायम त्वचा अकड़-सी गई थी।...पर वह अपनी बच्ची को मरते-मरते भी बचा लेना चाहती थी। अपने चेहरे की स्याह सिलवटों में भी उसका मातृत्व-भाव धवल होकर चमक रहा था। कई दिनों से जैसे-तैसे पेशाब से काम चलाया था उसने, पर उस भूखी-प्यासी दुखी औरत का कड़वा पेशाब भी खत्म हो गया था, जो उसके ज़िन्दा रहने के लिए किसी संजीवनी से कम न था।

"एँ एँ एँ...! एँ एँ एँ एँ...!" हिचकियों के साथ बच्ची के रोने की आवाज़ और भी तेज़ हो गई थी। पार्वती ने अपने बेजान हो रहे हाथों से अपने स्तन को गाय के थन की तरह गारने या यों कहें दूहने की कोशिश की थी। अपनी उँगलियों में थूक सटाकर स्तनों से दूध निकालने की कोशिश की थी पार्वती ने!...शायद किसी भी तरह दूध उतर आए, पर अनेक कोशिशों के बावजूद वह असफल ही रही थी।

सूखे स्तन को दबाने में उसे भारी दर्द भी हो रहा था, पर अब भी मन के कोने में कहीं एक उम्मीद बाकी थी। शायद दूध का सोता ही फूट पड़े!...पर दूध की जीवंत प्राणदायी मुलायमियत का स्रोत ही जैसे सूख गया था। सीना अकड़कर पथरीला-सा हो गया था और भीतर शायद कांटे उग आए थे, जो भीतर-भीतर चुभ रहे थे।

"हे श्याम बाबा, हे बर्बरीक! मेरी सुन ले प्रभो...! मेरी बच्ची को बचा ले भगवन! पानी की कुछ बूँदें दे दे या मेरी छाती में तरलता भर दे, हे शीशदानी!" उसकी आवाज़ जैसे अनसुनी रह गई थी।

"गाँव के अधिकांश पुरुषों को तो महाराज ने पहले ही अपनी पानी-सेवा में रख लिया था और बहुत सारे लोगों को अंग्रेज़ों को सौंप दिया था, जो उन्हें नदियों से पानी ढोने के लिए दूसरे राज्य में ले गए हैं। हमारे पास तो कुछ भी नहीं बचा, सिवाय तुम्हारी उम्मीद

के। हे घटोत्कच के पुत्र, तुम तो हारे का सहारा हो। मेरी छाती में थोड़ा दूध दे दो ना, जिससे कि मैं अपनी बच्ची को बचा सकूँ!'' उसकी उम्मीद भरी प्रार्थना जारी थी।

पार्वती का विलाप जैसे बिना हवा-पानी के कहीं यों ही बह गया था, या उसकी मरियल आवाज़ को भी सूखे ने निगल लिया था। प्रचंड गर्मी और सूखे से झुलसते शेखाबट्टी के इलाके में अनाज का दाना तो नहीं बचा, पानी भी नहीं बचा। वैसे कमोबेश यही स्थिति पूरे भारत की थी। गंगा, यमुना और ब्रह्मपुत्र जैसी कुछ बड़ी नदियों के पानी से कुछ लोग ज़िन्दा थे और अंग्रेज़ उन्हीं नदियों का पानी अपने लिए देश भर में उपलब्ध करवा रहे थे।

यह दूसरे साल का जून महीना है, जब भारत के आधे से अधिक भूभाग में एक बूँद बारिश नहीं हुई, जो जीवन की पहली ज़रूरत है। ज़्यादातर पशु-पक्षी या तो पहले ही पानी की तलाश में इधर-उधर चले गए या जो नहीं जा सके, वे भूखे-प्यासे यहाँ सूखी पृथ्वी की नमी के लिए वाष्प बनकर उड़ गए।

विह्वल होकर पार्वती ने बच्ची को वहीं खाट पर लिटाया था और उसे रोते-बिलखते छोड़कर पानी की तलाश में बाहर निकल गई थी। बच्ची के रुदन की आवाज़ उसके कानों में सुनाई पड़ रही थी और वह बिन आँसू, बिलखती हुई बलुआही रास्ते पर इधर-उधर दौड़ रही थी।

चारों ओर सड़ांध फैली हुई थी। हर ओर लाशें-ही-लाशें! कहते हैं—तड़पकर मरनेवालों की आत्माएँ अपनी लाश के पास ही बैठी रहती हैं, मारकर खाए गए कबूतरों की आत्माओं की तरह।

उन लाशों को गिद्ध नोचकर खा रहे थे। यहाँ मनुष्य और अन्य जीवों में भेद भी मिट गया था शायद। इनकी लाशों के कारण वह जगह किसी कसाईखाने सी लग रही थी।

चारों ओर भावात्मक हाहाकार था। भीमसर गाँव में सिर्फ़ बूढ़े और औरतें ही बचे थे। उनमें भी अधिकांश, या तो काल के गाल में समा चुके थे या उसके रास्ते में थे। कहते हैं, ज़िन्दगी के संघर्ष में औरतें बड़ी जीवट होती हैं। टन् टन् टन्...! मंदिर में घंटी बजाती एक अर्धनग्न औरत विलाप कर रही थी, ''हे संकटमोचन कृपानिधान, हमारे पापों को क्षमा करो। हमें इस विपत्ति से बाहर निकालो बजरंगबली।''

पार्वती दौड़ती हुई कुएँ के पास गई थी। कुएँ की घिरनी के सहारे बाल्टी नीचे लटकाई थी उसने। भले ही आँखों का पानी सूख गया था, पर उसकी जल्दबाज़ी में एक उम्मीद ज़िन्दा थी, ज़िन्दगी की उम्मीद! ज़िन्दगी से उम्मीद! ज़िन्दगी के लिए उम्मीद!

...पर ख़ाली बाल्टी बाहर आई थी और पार्वती के हाथ से उम्मीद की यह डोर भी छूट गई थी।

"धपाक...!" घिरनी पर रस्सी तेज़ी से फिसली थी, जैसे उसे बस इसी पल का इंतज़ार हो! बाल्टी तेज़ी से रस्सी के साथ सूखे कुएँ में नीचे गिर गई थी। शायद, चमत्कार हमेशा नहीं हुआ करते!

कुएँ की मुँडेर से वह बेतहाशा उलटे पाँव भागी थी, उस कच्ची रेतीली अनजान बेराह पर। तभी उसे दूर से धूप में चमकता हुआ पानी आमंत्रित करता दिखा था। वह बदहवास भागी थी उस ओर!

"अरे, अभी यहीं तो पानी था? कहाँ गया पानी? हे श्याम बाबा...!" वह चीखने लगी थी। उसे थोड़ी दूर पर फिर पानी आमंत्रित करता दिखाई पड़ा था। वह फिर विश्वास के साथ दौड़ी थी, पर पानी किसी बुझबुझौवल की तरह ग़ायब हो गया था।

पार्वती विचलित होकर रेतीली ज़मीन खोदने लगी थी, जैसे कि उसका कोई सामान यहीं कहीं खो गया हो। तभी उसकी आँखों में एक तरह की चमक उभर आई थी, मानो गड़ा ख़जाना हाथ लग गया हो!

थोड़ा ही खोदने पर उसकी उँगलियाँ गीली होने लगी थीं। उसे लगा कि बस, अब वह पानी के बिलकुल क़रीब है। उस चिलचिलाती धूप में उसका कंठ सूख रहा था। हल्की-महीन पानी की बूँदें उसके ललाट पर भी पसीज आई थीं। हाँफ़ती हुई पार्वती सूखे कंठ को थोड़ा गीला करने के लिए चमकती हुई आँखों से अपनी उँगलियाँ चाटने लगी थी।

नमकीन लगा था उसे। अजीब-सा मुँह बनाते हुए वह अपनी उँगलियाँ देखने लगी थी। उसकी उँगलियाँ बालू से रगड़ खाकर छिल गई थीं और उनसे खून रिस रहा था।

"उफ़...!" मुँह से बरबस हृदय फाड़ दर्द उभर आया था। उसकी आँखों से जैसे चमक गायब हो गई थी। सूखते हलक को पानी की कुछ उम्मीदी देने के लिए अपना ही खून चाटना उसे भीतर-से भयावह रूप से कचोट गया था।

पार्वती निर्जल आँखों से रोते हुए चीत्कार कर उठी थी। उसकी अपनी आँखों ने भी पानी देने से मना कर दिया था।

अचानक जैसे उसे अपनी बच्ची की याद आ गई थी और वह हवा के वेग की तरह घर की ओर भागी थी। दौड़ते हुए घर का दरवाज़ा हाथ से धकियाया था और बेचैनी के साथ अन्दर घुसी थी।

हिचकियाँ लेकर रोती हुई बच्ची को पार्वती ने उठाया था। चूमते हुए उसे अपने सीने से लगा लिया था और गला फाड़ कर रोने लगी थी। बिन आँसू, बस रोती रही थी...! बस रोती रही थी...! रोते हुए मुँह की बनावट उसके भीतरी दर्द को बयान कर रही थी। कुछ देर बंदरिया की तरह सीने से चिपकाये रहने के बाद जैसे वह होश में आई थी। उसे कुछ भी

सूझ नहीं रहा था। तभी उसने बच्ची को सीने से अलग करते हुए अपनी लहूलुहान उँगलियाँ उसे चटाई थीं। कुछ पल के लिए लगा जैसे भूख-प्यास से तड़प रही बच्ची ने खून चाटकर थोड़ी राहत पाई हो!...पर अगले ही पल वह बच्ची ज़ोर-ज़ोर से रोने लगी थी और फिर मूर्च्छित हो गई थी।

पार्वती ने अपनी बच्ची को मौत के मुँह में जाते देखकर आँखें बंद कर ली थीं, जैसे प्रार्थना कर रही हो! कुछ पल प्रार्थना-मुद्रा में रहने के बाद जब उसने आँखें खोलीं, तो लगा जैसे कोई गुत्थी सुलझ गई हो! फिर इधर-उधर नज़रें घुमाकर कुछ तलाशने की कोशिश की थी उसने। टेबल पर नज़र रुक गई थी उसकी। भागती हुई पार्वती वहाँ गई थी और एक पुरानी-सी छुरी उठाकर अपनी उँगली काट ली थी। वह दर्द से कराह उठी थी। उधर ज़मीन पर गिरकर उँगली भी छटपटा रही थी और इधर उसकी कटी उँगली की जगह से खून के साथ भारी दर्द बहने लगा था। उसके खून में अब भी थोड़ी ऊर्जा, थोड़ी तरलता बाकी थी।

खून से सनी अधकटी उँगली को उसने अपनी बच्ची के मुँह में डाल दिया और आँखें बंद कर लीं! धीरे-धीरे रंग बदलता उसका चेहरा बिलकुल शांत हो गया।

'इंडिया 1869'

"पानी का यह रूप तरल-सा/ गैस बना, कभी ठोस बना।/ कभी प्रेम का मीठा रस यह,/ कभी देह नमकीन बना।"

भारत अपने इन भीषण सूखे और अकालों के लिए याद किया जाएगा- 1770, 1869, 1873, 1943।

निर्माता : रोशन राव
निर्देशक : आमिर खान

फ़िल्म ख़त्म होते ही बैकग्राउंड गीत के साथ स्क्रीन पर कास्टिंग-स्क्रॉल चलने लगा था। सभी विद्यार्थी रूमाल से अपने आँसू पोंछ रहे थे। दो-तीन विद्यार्थियों ने तो रोते हुए हिचकियाँ ली थीं। मानो वे आँसुओं से मुँह धो रहे हों! उस भयावह फ़िल्म से सभी हतप्रभ थे। विश्वास नहीं कर पा रहे थे कि भारत में सूखे के कारण इतने भयानक अकाल भी पड़े होंगे।

विश्व की चर्चित फ़िल्मों में से एक 'इंडिया 1869' देखकर लैबोरेट्री में बहुत देर तक नि:शब्द वातावरण और दुख पसरा रहा। लैबोरेट्री में सुषमा पवार मैडम ने अपनी आँखें पोंछते हुए दु:ख भरे सन्नाटे के मौन को तोड़ा।

"हैलो गाइज़! इस फ़िल्म को देखने के बाद ज़्यादा कुछ कहने की ज़रूरत नहीं रह गई है। यह अकाल भारत के अधिकांश राज्यों मसलन राजस्थान, गुजरात, मध्यप्रदेश,

महाराष्ट्र, आन्ध्रप्रदेश आदि में अपनी भयावहता के साथ अति प्रचंड था। सूखे ने जैसे महामारी का रूप ले लिया था। इसलिए हमें यह सोचना है कि भविष्य में ऐसे सूखे की स्थिति में भारत की क्या तैयारी होनी चाहिए। क्या एक साल तक लगातार बारिश नहीं होने पर हम उससे निबटने को तैयार हैं?''

''इसके लिए हमें कितने स्तर पर तैयारी करनी होगी मैम?'' श्री ने खड़े होकर पूछा था। हालाँकि फ़िल्म देखने के बाद सबकी मन:स्थिति बोझिल थी। उस दर्द से उबर कर तुरंत किसी गंभीर तैयारी पर बात करना आसान न था।

''इस पर हम लोगों ने पहले भी बात की है श्री। हम लोगों को चार स्तरों पर काम करना होगा। पहला है—ज़मीन पर पानी संचय और उसके ग्रहण-क्षेत्रों का विस्तार। दूसरा है—बारिश नियंत्रण, बादल बने इसके लिए वाष्पीकरण और बादलों की निर्माण-स्थिति। तीसरा—जगय के दूसरे ग्रहों, नक्षत्रों पर पानी की तलाश। उसका पानी पृथ्वी पर लाने की संभावना और चौथा—क्या वैज्ञानिक दृष्टि से बड़ी मात्रा में एचटूओ (H_2O) का कृत्रिम निर्माण संभव है?'' सुषमा पवार ने स्पष्ट करते हुए समझाया था।

पानी रिसर्च की यह लैबोरेट्री बीस हज़ार वर्गफुट में निर्मित थी, जो चार खाँचों में बँटी हुई थी। भौतिकी, रसायन, तारा, पृथ्वी के अलग-अलग हिस्सों में अलग-अलग तरह के रिसर्च होते थे। यह हॉल पूरा पेड़-पौधों से घिरा हुआ था। इनकी छाँव इतनी घनी थी कि उस पूरी लैबोरेट्री को ठंडा रखती थी। तारा के हिस्से में बड़े-बड़े टेलिस्कोप लगे थे, जिनसे तारों का अध्ययन होता था। उधर ही एक बड़ी स्क्रीन थी, जहाँ डॉक्यूमेंट्री या फ़िल्में भी देखी जाती थीं।

''मैम, हम लोगों ने अब तक साफ़ जल की मात्रा और ज़मीन के भीतर घटती संग्रहण-क्षमता पर विस्तार से अध्ययन किया है। साथ ही ग्लोबल वार्मिंग के कारण पिघलते ग्लेशियर का भी अध्ययन हुआ है।...पर सवाल यह है कि ग्लोबल वार्मिंग एक ओर हमारे लिए मुश्किल पैदा कर रहा है, पर वाष्प भी तो ज़्यादा बना रहा है! फिर बारिश तो ज़्यादा होने की संभावना होगी ना!'' अउम के सवाल पर पहली बार सुषमा मैम मुस्कराई थीं। उनके चेहरे पर फ़िल्म की त्रासदी का दर्द कुछ कम हुआ था।

''तुम्हारा मानना बिलकुल वाजिब है। गर्मी बढ़ने से वाष्पीकरण बढ़ना चाहिए।...पर हमारी बड़ी संख्या में पेड़ों की कटाई ने वाष्पीकरण के संतुलन को प्रभावित किया है। जो वाष्प पेड़ों से बनता था, उसमें भारी गिरावट आई है और हमने कार्बन डायऑक्साइड का निर्माण कई गुना बढ़ा दिया है, जिसे पेड़ सोखकर कम कर देते थे। इसलिए अभी यह कहना मुश्किल है कि प्रकृति का रुख क्या होगा।'' सुषमा मैम ने अउम का जवाब देते हुए फिर कहा, ''आप लोग अपने-अपने प्रोजेक्ट पर लग जाइए। आप सभी को पानी पर अपनी-अपनी रिपोर्ट तैयार करनी है। उसी पर आपके नंबर भी निर्भर हैं।'' पीछे बैठी ऋषा ने थोड़ी शरारत की थी। उसने एचटूओ

के जुड़े टब को खोल दिया था और उसके निकलते ही वहाँ पानी जैसा कुछ बनने लगा था।

सुषमा मैम तेज़ स्वर में बोली थीं, "यह किसने किया? कमऑन! बंद करो सिलिंडर।" अउम तेज़ी से उठा था और गीले हाथों से एचटूओ के सिलेंडर को बंद किया था।

घोग्घो रानी, कितना पानी

श्री क्लासरूम से निकलकर अकेले ही पहाड़ की ढलान की ओर चली गई थी। बस यों ही चलते-चलते एक पीपल के पेड़ के नीचे पत्थर पर बैठ गई थी। उसकी आँखों के सामने फ़िल्म का दृश्य बार-बार घूम रहा था, ख़ुद की खून रिसती उँगली चाटते हुए, अपने स्तन को गाय के स्तन की तरह दबाते हुए और अपनी उँगली को काटकर बच्ची को पिलाते हुए...!

"उफ़...!" श्री के मुख से तड़प के बोल निकल आए थे। तभी दूर से उसे कोयल की आवाज़ सुनाई पड़ी। कोयल की आवाज़ ने श्री का ध्यान उस भयावह फ़िल्म से हटाया था। अब वह किसी दार्शनिक की तरह हवा से झर-झर करते पीपल के संगीत को सुनने लगी थी।

ध्यान से देखने पर पीपल की एक उत्तरी शाखा पर कौए का घोंसला दिखा था। दूर से वह ज़्यादा सजा हुआ-सा नहीं दिख रहा था।...तभी उसमें से एक काला कौआ 'काँव-काँव' की आवाज़ निकालता हुआ उड़ चला था। एक कौए ने उसका पीछा किया था, पर वह उड़ता हुआ कहीं दूर ओझल हो गया था।

तभी उसके कानों में दूर से किसी के गाने की आवाज़ सुनाई पड़ी थी—

पानी रे...! रे पानी...!
तेरे बिन
गीत कोई क्या गाए!

किसी औरत के गाने की आवाज़ ने श्री को अपनी ओर आकर्षित किया था। वह उठकर जंगल की ओर तेज़ी से लपकी थी।...पर शाम के धुँधलके में उसे कुछ भी नहीं दिखा। वह इधर-उधर देखकर वापस पीपल के पेड़ के पास आकर बैठ गई थी। मन उदासी से थोड़ा बाहर आया था, पर वह अब भी बेचैनी महसूस कर रही थी।

"घोग्घो रानी कितना पानी?" एक पत्थर पर खड़े होकर अमरी ने पूछा था। ज़मीन पर खड़ी श्री ने घुटने तक झुककर दोनों हाथों से घुटनों को छुआ और लयात्मकता के साथ कहा, "इतना पानी!" सभी बच्चे जोर से हँसे थे।

सभी बच्चे, श्री के इतना कहते ही अपना स्थान बदलने के लिए उचके या पत्थर से

नीचे उतरकर भागे थे। श्री उन्हें छूने के लिए दौड़ी थी। अधिकांश बच्चे तो दूसरे उचके पर पहुँच चुके थे, पर शिवका किसी उचके पर पहुँचने से पहले ही छुआ गया था।

अब काल्पनिक पानी में शिवका उतरा था और श्री एक उचके पर चढ़ गई थी। फिर उसने गाया था, ''बोल मछलिया कितना पानी ?''

इस बार शिवका ने कमर पर हाथ रखते हुए बताया था, ''इतना पानी !''

फिर सभी बच्चे अपना उचका बदलने लगे थे, पर इस बार शिवका किसी को छू पाए इससे पहले ही सभी किसी-न-किसी उचके पर चढ़ गए थे।

इस बार अमरी के साथ सभी ने दुहराया था, ''डेंगा डेंगा पानी, कितना पानी ?''

शिवका ने नाक तक पानी दिखाते और हाथ से नाक छूते हुए कहा था, ''इतना पानी !''

''श्री... ! ओ श्री !'' तभी श्री की माँ के पुकारने की आवाज़ आई थी। माँ की आवाज़ सुनते ही श्री खेल छोड़कर अपने घर की ओर भागी थी। घर के पास पहुँचकर आलू कढ़ी की खुशबू और गेहूँ की रोटी की सोंधी महक उसकी नाक से टकराई थी।...और उसकी गति तेज़ हो गई थी।

घर के बाहर ही फूफा जी बैठे थे। श्री ने पाँव छूकर उन्हें प्रणाम किया और घर के अन्दर भाग गई। चूल्हे के पास बुआ गेहूँ के आटे की रोटियाँ बेल रही थीं और माँ सेंक रही थीं। श्री अपनी माँ के गले से लिपटकर दुलार लेने लगी।

श्री को दुलार करते हुए माँ ने कहा था, ''श्री, आज तू गेहूँ की बालियाँ चुनने नहीं गई ? अब छोड़... ! जा नहा ले जल्दी से और नाश्ता कर ले।''

खेतों से गेहूँ कट चुका है। पिछले कई दिनों से श्री खेतों में गिरी गेहूँ की बालियाँ चुनने जाती थी। हर दिन चुनी हुई बालियों से लगभग सात-आठ किलो गेहूँ तो निकल ही जाता था। जब तक खेतों में काम रहता, पा और माँ दिहाड़ी का काम करते थे। दूसरे के खेतों में कटनी के बाद मालिक का घरेलू काम !...बस जीवन चल रहा था किसी तरह।

श्री पढ़ने में भी बहुत तेज़ थी। वह गाँव के बाहर नए वाले पाठघर में जाती थी पढ़ने। वैसे उसके घर का मुख्य काम तालाब या कुआँ खोदना था। उसके मोहल्ले के सभी दुसाध, मुसहर आदि इस काम के मास्टर माने जाते थे। वे ज़मीन छूकर बता देते थे कि यहाँ कितने नीचे और किस स्तर का पानी है।

तभी उसके कंधे पर किसी ने हाथ रखा था। हाथ के एहसास से वह समझ गई थी और मुस्कराते हुए पीछे मुड़कर बोली थी, ''अउम !''

''हाँ ! तुम क्लास से इतनी तेज़ी से निकल गई कि मुझे पता ही नहीं चला। तुम्हें वहाँ

नीचे-ऊपर बहुत तलाशा, पर तुम दिखी नहीं। तुम्हें फ़ोन भी किया था।...पर तुमने उठाया ही नहीं!'' अउम ने वहीं श्री के बगल में बैठते हुए कहा था।

''अच्छा, हाँ! मैं फ़िल्म देखकर बहुत भावुक हो गई थी यार! थोड़ी देर एकांत में रहना चाहती थी, इसीलिए इधर निकल आई। अच्छा ये बताओ! तुमने अभी किसी के गाने की आवाज़ सुनी थी क्या?''

''नहीं तो! कौन था?'' अउम ने उत्सुकतावश सवाल किया था।

''था नहीं, थी!...पर छोड़ो! चलो अँधेरा होने लगा है। आज हॉस्टल में फ्रेशर्स का पहला दिन है। सीधे मेस में जाना है!''

''हाँ, ठीक है! चलो...! मेरे यहाँ भी आज ही है!'' कहते हुए अउम उठा था और श्री भी उठकर थोड़ी दूर साथ चली थी। दोनों साथ चलते हुए अपने-अपने हॉस्टल की ओर चले गये थे।

अध्याय-2

संसार में सबसे सुन्दर

लड़की हूँ यह ताक़त मेरी
मुश्किल भी मुँह मोड़ ले,
कठिन डगर, है नया हौसला
चल फिर सीना खोल लें!

एक साथ सभी लड़कियों ने यह स्लोगन गाया था। मेस से बाहर जंगल में दूर-दूर तक यह आवाज़ जा रही थी, जैसे किसी परेड का गीत गाया जा रहा हो!

सफ़्स गर्ल्स हॉस्टल में फ्रेशर्स की यह पहली शाम थी। मेस में सभी सीनियर-जूनियर एकत्र हुए थे। हॉस्टलर्स का यहाँ एक अलग ही स्कूल चलता था। वी स्कूल...!

आज के दिन सीनियर्स ही पूरा मेस सजाते थे और नव आगंतुकों का स्वागत करते थे।

पूरा मेस रंग-बिरंगे बैलूनों से सजाया गया था। चमकीले कागज़ के सितारे बनाए गए थे। एक साउण्ड सिस्टम भी लगा था।

हॉस्टल बिल्डिंग से अलग यह मेस पहाड़ी के ऊपर जंगलों के बीच तीन ओर से घिरा हुआ था। चौथी ओर का रास्ता हॉस्टल और कॉलेज की तरफ़ निकलता था।

टेबल पर खाना लगाया जा चुका था। सामा खीर के अलावा गुलाब जामुन भी रखे गए थे।

''हैलो गर्ल्स! सफ़्स कॉलेज हॉस्टल में तुम्हारा स्वागत है! आज से हम हरेक सुख-दुख के साझीदार हैं। इतना याद रहे कि हम लड़कियाँ हैं। लड़कियों की लड़ाई और उनका संघर्ष बहुत ज़्यादा है,...क्योंकि उनका मुक़ाबला ख़ुद से भी है और अपनों से भी। इसलिए, संघर्ष में कूदने से पहले खीर और गुलाब जामुन खाया जाये।'' ऋषा के इस संक्षिप्त भाषण पर सभी हँस पड़े थे। श्री का मन अब भी पूरी तरह संयत नहीं था। एक बेचैनी-सी थी, पर वह भी हँसे बिना नहीं रह सकी थी।

''तो...! सबसे पहले, एक सवाल तुम सबसे—कौन बताएगा कि पॉट में कितने गुलाब जामुन हैं?'' ऋषा के इस सवाल पर सभी लड़कियों ने गुलाब जामुन के पॉट की ओर देखा था और अनुमान लगाने की कोशिश के साथ चुप थीं।

''कम ऑन गर्ल्स! आप सबने इतनी कठिन प्रवेश परीक्षा पास की है और देश के सबसे प्रतिष्ठित कॉलेज में आपका दाखिला हुआ है। गुलाब जामुन की संख्या तो कोई बच्ची भी बता सकती है।'' ऋषा के दुबारा कहने पर एक लड़की खड़ी हुई थी और उसने अनुमान लगाते हुए कहा था, ''दोनों पॉट में दो सौ गुलाब जामुन हैं!''

''अच्छा...! कोई और बता सकती है?'' ऋषा के पूछने पर और किसी ने हिम्मत नहीं की थी।

''जवाब देनेवाली इस अकेली लड़की को विजेता घोषित किया जाता है, क्योंकि मैदान में कोई और उतरा ही नहीं। मतलब निर्विरोध जीत!'' कहते हुए ऋषा ने ताली बजाई थी।

इस बात पर मेस में बैठी सभी लड़कियों ने तालियाँ बजाई थीं।

''अब समय आ गया है, जब तुम सबका नाम जाना जाए! आज की शाम सभी अपने-अपने नाम के साथ 'भारतीय' जोड़ेंगी।''

''इसका मतलब यह हुआ कि आज से हम सिर्फ़ भारत की बेटियाँ रहेंगी। न कोई जात, न कोई धरम,'' इस बार श्री ने हस्तक्षेप करते हुए कहा था।

''हाँ, तो बारी-बारी से अपना नाम बताओ! हाँ, इधर से शुरू करो! तुम...!'' ऋषा ने बात आगे बढ़ाई थी।

''ऋतु भारतीय...!'' ऋतु के परिचय के बाद सभी रुक गए थे, तब ऋषा ने फिर कहा था, ''लाइन से लेफ़्ट-टू-राइट बताती जाओ। मैं दुबारा नहीं कहूँगी।''

''उक्ति भारतीय...!''

"उपदी भारतीय...!"

"उर्दू भारतीय...!"

"अगन भारतीय...!"

बारी-बारी से सभी ने अपना परिचय दिया था। सभी के चेहरे पर एक अलग तरह का उत्साह देखने को मिल रहा था। ख़ुद को भारतीय कहते हुए उन्हें बहुत फ़ख्र महसूस हो रहा था। तभी ओस ने श्री के कान में आकर कुछ कहा था।

"अभी ओस ने बताया है कि पाँच मिनट में सिस्टर आनेवाली हैं, तो उनके आने से पहले एक मंत्र याद कर लेना ज़रूरी है। ऋषा बताएगी वह मंत्र और तुम सब उसे दुहराओगी!" श्री ने ऋषा की ओर देखते हुए कहा था।

ऋषा ने एक लड़की की ओर इशारा करते हुए पूछा था, "तुम! उक्ति है ना तुम्हारा नाम? हाँ तुम।" ऋषा के इशारे पर उक्ति भारतीय खड़ी हो गई थी। उसके चेहरे पर तेज़ी से भाव बदल रहे थे। थोड़ी घबराहट में उसने अपने अगल-बगल भी देखा था और फिर ऋषा को देखकर नज़रें झुका ली थीं।

"तुम्हारे बारे में तुम्हारा क्या ख़याल है? मतलब, कोई जानना चाहे कि तुम कैसी दिखती हो, तो तुम क्या कहोगी?" ऋषा ने अजीब-सा सवाल किया था।

उक्ति इस सवाल से हतप्रभ थी और इधर-उधर नज़रें घुमाकर शर्मिंदा भी हुई थी। तब तक कुछ साथियों की हँसी छूट गई थी। ऋषा ने डाँटने के अंदाज़ में पूछा था, "तुम सब हँस क्यों रही हो? मैं कोई चुटकुला सुना रही हूँ क्या? मैंने एक सवाल किया है! कम ऑन लड़की! तुम्हें अपने रूप के बारे में बताना है!"

उक्ति भारतीय ने शर्माते हुए कहा था, "मैं एक साधारण दिखनेवाली काली-सी लड़की हूँ।"

उसके इतना कहते ही पूरे मेस में जैसे सन्नाटा-सा छा गया था।

"अच्छा! तो तुम अपने बारे में ऐसा ही ख़याल रखती हो?" इस बार श्री ने आश्चर्य से पूछा था।

उक्ति ने निराशा के भाव में कहा था, "बचपन से यही सुनती आई हूँ। माँ-पापा, रिश्तेदार आदि सभी ऐसा ही कहते हैं।"

श्री ने हँसते हुए कहा था, "तो आज से ये सोच बदल दो! तुमने कभी अपनी आँखों को ध्यान से देखा है? कितनी ख़ूबसूरत आँखें हैं तुम्हारी!...और तुम्हारी नाक तो इतनी

तीखी है कि अच्छे-अच्छों का दिल उतर जाए।...और तुम्हारे चेहरे पर पानी! ओह...! ऐसा लगता है, जैसे अभी रस टपक पड़ा!'' श्री के इतना कहते ही अधिकांश लड़कियाँ ज़ोर से हँस दी थीं और साथ ही उक्ति भी हँस पड़ी थी।

''रुको-रुको, अभी मेरी बात ख़तम नहीं हुई है। सच, यदि मुझे किसी लड़की से शादी करनी होती ना, तो मैं तुम्हें ही चुनती, समझीं...!'' इस बार तो उक्ति को जैसे गुदगुदी होने लगी थी और ज़ोर-ज़ोर से हँसने लगी थी वह।

ऋषा ने ताली बजाते हुए कहा, ''कम ऑन गर्ल्स ! अब मंत्र पढ़ने का समय आ गया है। मैं जैसा कहूँ, वैसा ही सभी दुहराना।

''साढ़े सात अरब की आबादी इस संसार की है और उनमें मेरा डीएनए सबसे भिन्न है।'' ऋषा के रुकते ही सभी लड़कियाँ दुहराती हैं।

''मेरे फ़िंगर प्रिंट्स अलग हैं और मेरे चेहरे जैसा दुनिया में कोई दूसरा नहीं!'' फिर ऋषा के रुकते ही सभी लड़कियाँ दुहराती हैं।

''इसीलिए संसार में सबसे सुंदर मैं हूँ। मेरे जैसी इस संसार में दूसरी नहीं है।'' ऋषा की इस ख़ूबसूरत-सी पंक्ति को सभी दुहराती हैं।

तभी सिस्टर ने मुख्य द्वार से मेस में प्रवेश किया था।

परम (पानी राशनिंग मशीन)

''गुड ईवनिंग सिस्टर!'' सभी लड़कियों ने एक साथ खड़े होते हुए अभिवादन-भाव में सिस्टर का स्वागत किया था।

''गुड ईवनिंग गर्ल्स! कैसी हैं आप सब? कॉलेज का पहला दिन कैसा रहा आप सबका?'' सिस्टर ने मुख्य दरवाज़े से प्रवेश करते हुए लड़कियों का अभिवादन स्वीकार किया था। सिर पर सफ़ेद रंग का स्कार्फ़ और स्लेटी रंग के गाउन में सिस्टर का व्यक्तित्व बहुत प्रभावशाली लग रहा था। साँवली-सलोनी-सी सिस्टर तीस-बत्तीस साल से ज़्यादा की नहीं होगी।

''जी सिस्टर! आज का दिन बहुत बढ़िया रहा। आज दिन का ज़्यादा समय कॉलेज की अलग-अलग जगहों को देखने में ही बीता।'' उर्दू ने उत्तर देते हुए कहा था और फिर अन्य लड़कियों ने भी मिलती-जुलती बातें कही थीं।

''आपमें से कुछ लड़कियाँ तीन साल के कोर्स के लिए आई हैं और कुछ चार साल के लिए। हरेक के परफ़ोरमेंस के आधार पर अगले साल हॉस्टल का अलॉटमेंट होगा। इसलिए,

कठोरता से हॉस्टल के नियमों का पालन करना अनिवार्य है। सबसे पहले यहाँ किसी भी तरह की रैगिंग नहीं होगी! नियम तोड़ने पर आपको तत्काल हॉस्टल से निकाला जा सकता है और कानून के तहत सज़ा भी हो सकती है। हर दिन रात 9 बजे हॉस्टल का गेट बंद हो जाएगा। मेस भी 9 बजे ही बंद होगा।'' सिस्टर सार्वजनिक तौर पर सभी लड़कियों को आगाह कर रही थीं। हालाँकि सिस्टर हॉस्टल देते समय सभी लड़कियों को व्यक्तिगत तौर पर नियमों के बारे में आगाह कर चुकी थीं और उनसे लिखित घोषणा-पत्र भी ले चुकी थीं। सभी लड़कियाँ सिस्टर की पूरी बात तल्लीनता से ऐसे सुन रही थीं, जैसे यह उनके जीवन की सबसे गंभीर बात हो। यदि इस बात को समझने से चूकीं, तो मानो जीवन मुश्किल में पड़ जाएगा और वे जीवन के गूढ़ रहस्य को जानने से वंचित रह जाएँगी। पता नहीं, इससे पहले, जीवन में इतनी तल्लीनता और गंभीरता से इन लोगों ने किसी को सुना भी है या नहीं।

''अब सबसे ज़रूरी बात! मेस और हॉस्टल से लेकर कॉलेज तक 'पानी राशनिंग मशीन' लगा हुआ है।'' सभी लड़कियों के चेहरे पर एक विस्मय का भाव उभर आया था। ये 'पानी राशनिंग मशीन' क्या है? सिस्टर किस चीज़ के बारे में कहना चाह रही हैं?

सिस्टर टहलती हुई मेस के कोने में लगी एक मशीन के पास गई थीं। उसे छूकर दिखाते हुए बताया था, ''यह 'पानी राशनिंग मशीन' है। यह आपके कॉलेज कार्ड से जुड़ा हुआ है, जो आपके आधार से संयुक्त है।''

''अँगूठा सटाते ही यह आपकी आँखों को सामने लाने का अनुरोध करेगा और दोनों का मिलान होते ही विकल्प आएगा कि आप कितना पानी चाहती हैं? विकल्प का चुनाव करते ही पानी का पाउच या बॉल बाहर निकल आएगा। आप इस कॉलेज कैम्पस में कहीं भी पानी ले सकती हैं। आप सभी के लिए पीने का पानी 5-5 लीटर प्रतिदिन उपलब्ध रहेगा। मुझे लगता है कि एक आदमी के लिए इतना अधिक है। इससे ज़्यादा ज़रूरत पड़ने पर वह पानी तो देगा पर पचास रुपये प्रति लीटर का हिसाब आपके मेस खाते में डाल देगा।'' सिस्टर के इतना कहते ही सभी लड़कियाँ आपस में फुसफुसाने लगी थीं।

''कृपया शांत हो जाइए। आगे और सुन लीजिए। दिनचर्या के अन्य इस्तेमाल के लिए प्रतिदिन पन्द्रह लीटर पानी आपके खाते में होगा। मुझे उम्मीद है कि आप सभी इन बातों का ख़याल रखेंगी। हॉस्टल के नियमों का पालन बहुत ज़रूरी है, पर उससे भी ज़्यादा ज़रूरी है पानी का किफ़ायती इस्तेमाल। यदि अब भी हम इस मामले में सचेत नहीं हुए तो हम तो भुगतेंगे ही, आनेवाली पीढ़ियाँ नष्ट होने के कगार पर ही पहुँच जाएँगी। अपने ही बच्चों की नज़र में हम दानव की तरह याद किये जाएँगे।''

''क्या आपके भी बच्चे होंगे?'' फुसफुसी-सी आवाज़ हवा में तैर गई थी और कुछ लड़कियों की हँसी छूट गई थी।

''क्या हुआ? क्यों हँस रही हैं आप लोग?'' सिस्टर के पूछते ही सिर झुकाकर मुँह छिपाने की कोशिश की थी सीनियर लड़कियों ने।

''आप सभी को सफलता की शुभकामनाएँ! गॉड ब्लेस यू ऑल! अब एन्जॉय कीजिए और खाना खाइए। आज हॉस्टल का गेट आपके लिए साढ़े नौ बजे तक खुला रहेगा।''

''एएए...!'' सिस्टर के इतना कहते ही लड़कियों का संयुक्त स्वर गूँजा था और साथ में धन्यवाद के शब्द-भाव उभर आए थे।

खाने पर सभी लड़कियाँ यों टूट पड़ी थीं, जैसे कितने दिनों की भूखी हों। पहले जूनियर्स को खाना लेने के लिए कहा गया था। जूनियर्स को खाना लेने में सीनियर्स सहयोग भी कर रही थीं। तभी म्युज़िक शुरू हो गया था और उस पर गाना बजने लगा था, ''बापू सेहत के लिए तू तो हानिकारक है!''

ऋषा ने ज़ोर से आवाज़ लगाई थी, ''अरे, ये फ़ालतू गाने बंद करो! पार्टी...वाला लगाओ ना!''

उसके कहने पर दूसरा गाना बजने लगा था, ''अभी तो पार्टी शुरू हुई है।''

मेस में अधिकांश लड़कियाँ या तो शॉर्ट पैंट और स्लीवलेस टाइट गंजी पहने हुई थीं या मिनी स्कर्ट या शॉर्ट फ्रॉक! जूनियर्स के साथ अब सीनियर्स ने भी खाना लेना शुरू कर दिया था और खाने के साथ ही सभी थिरक भी रही थीं।

म्युज़िक के बोल के साथ कई लड़कियाँ गा रही थीं!

योगन ने खाई खीर

पानी रे...! रे पानी...!
तेरे बिन
गीत कोई क्या गाए!
जब चिड़िया भी प्यासी हो
मन मेरा तरसा हो,
आँखों के पानी को
अमृत की आशा हो!
गीत कोई क्या गाए!
पानी रे...! रे पानी...!

जैसे ही मेस का साउण्ड बॉक्स बंद हुआ था, बाहर दूर से कहीं स्त्री-सुर वातावरण में तैरने लगा था। श्री अभी खाना खा रही थी। गीत सुनते ही जैसे उसका मन बेचैन हो उठा

था। आधा खाना ही खाकर उसने प्लेट टेबल पर रख दी थी और नेपकिन से हाथ पोंछते हुए मेस से बाहर निकल आई थी।

चारों ओर सिर घुमाकर उसने थाह लेने की कोशिश की थी कि यह मधुर स्त्री-आवाज़ आ किधर से रही है! दो-तीन बार कान को थोड़ा चौकस कर विभिन्न दिशाओं में घुमाया था उसने। आवाज़ की दिशा पता लगाने में वह कामयाब हुई थी। मेस के पीछे, चर्च की ओर से यह आवाज़ आ रही थी!

मेस के बगल से पगडण्डी जैसा रास्ता पीछे की ओर जाता है। सामने से सड़क तो जाती है, पर वह काफ़ी घुमावदार है। श्री तो जैसे आवाज़ के जादुई तिलिस्म में मोहित होकर उसकी ओर खिंची जा रही थी। उसके पाँव भी जैसे स्वत: बढ़ रहे थे, उस मधुर आवाज़ की ओर।

जहाँ एक पगडण्डी पर छोटे पौधे झुके हुए थे, जो बार-बार पाँव से टकरा रहे थे। वहीं सागवान के छोटे पौधे के बड़े पत्तों से टकराते ही पाँव एक अलग ही ध्वनि पैदा कर रहे थे। श्री तो मदहोश-सी गायन के स्त्रोत की ओर बढ़ी जा रही थी।

दूर से ही उसे चर्च के बाहर बने चबूतरे पर वह मानव-स्त्रोत दिख गया था। अँधेरे में पैर कहाँ पड़ रहे हैं, इसकी परवाह किए बगैर वह तेज़ क़दमों से झाड़ियों से बाहर निकल आई थी और चर्च के सामने पहुँच गई थी।

"आ गईं राजकुमारी?" उस योगन ने गाना बंद कर दिया था और श्री को देखते ही उसके चेहरे की चमक बढ़ गई थी, जैसे सदियों से श्री का इंतज़ार कर रही हो! श्री हतप्रभ उस योगन को देखती रही थी।

"आओ राजकुमारी श्री! आओ...! मैं तो वर्षों से तुम्हारा ही इंतज़ार कर रही थी।" योगन की रहस्यमयी बातों से श्री का मोह टूटा था और आश्चर्य भाव में कुछ पल उस साध्वी को देखती रही थी।

"तुम कौन हो?...और मेरा नाम कैसे जानती हो? क्या मैं तुमसे कभी मिली हूँ? मैं कई सालों से यहाँ हूँ, पर तुम्हें कभी नहीं देखा?" श्री ने विस्मय के भाव में योगन से पूछा था।

"तुम्हें कौन नहीं जानता साहिबा! तुम्हें तो पूरी कायनात जानती है। अग्नि, जल, वायु, पृथ्वी और आकाश—ये सभी तत्त्व तुम्हें जानते हैं।" योगन की बातें और रहस्यमयी होती जा रही थीं।...और उसकी बातें श्री को परेशान करती जा रही थीं।

"तुम कौन हो, तुमने यह नहीं बताया? ज़रूर तुमने कॉलेज के किसी साथी से मेरा नाम सुन लिया होगा।"

योगन, श्री की ओर देखकर मुस्कराई थी और फिर से वह गीत गाने लगी थी। "पानी रे...!"

उसने जैसे ही गीत की पहली पंक्ति गायी, श्री ने उससे पूछा, ''तुम्हें पानी पीना है क्या? पानी चाहिए?''

श्री के प्रश्न पर ज़ोर से हँसी थी योगन और फिर उसने कहा था, ''हाँ पानी ही तो चाहिए इस शरीर को, इस संसार को!...और क्या!''

''यहीं रुको...! मैं तुम्हारे लिए पानी लेकर आती हूँ,'' कहती हुई श्री वापस उन्हीं पगडंडियों से अपने मेस की ओर चली गई थी।

''पानी रे, रे पानी...!'' योगन तो जैसे फिर अपने गीत में मगन हो गई थी।

'उसे पानी चाहिए था या कुछ और! वह इतनी रहस्यमयी बातें क्यों कर रही है? वह अपने बारे में बता भी नहीं रही है। एक औरत होकर भी यों अकेली चर्च के पास बैठी है। शाम को पीपल के पीछे से भी उसी की आवाज़ आ रही थी। कौन है यह?' रास्ते भर श्री सोचे जा रही थी।

मेस की मशीन से 200 मिलीलीटर के पानी का पाउच और पत्ते के दोने में खीर लेकर आते हुए श्री के दिमाग में बहुत कुछ चल रहा था। उसके कानों में योगन की मधुर आवाज़ निरंतर पड़ रही थी।

''लो! तुम्हारे लिए ये पानी का पाउच और साथ में यह खीर।'' पानी और खीर का दोना बढ़ाते हुए श्री ने कहा था। योगन की आँखों में एक अलग तरह की चमक कौंध गई थी।

''धन्यवाद मलिका, पर यह खीर किस चावल से बनी है?''

''शायद सामा चावल की खीर है!'' श्री ने योगन के सवालों का जवाब देते हुए चर्च के बंद पड़े दरवाज़े की ओर देखा था, फिर नज़रें इधर-उधर घुमाई थीं।

''अच्छा...! सामा चावल की खीर है! जानती हो श्री! गौतम बुद्ध ने ज्ञान प्राप्ति के बाद सुजाता के अनुरोध पर सबसे पहले खीर ही खाई थी।'' श्री मौन, बस उस योगन को देखे जा रही थी।

कुछ पल मौन के बाद उसने फिर कहा था, ''आज तुमने अंग्रेज़ी की वह प्रचलित कहानी याद दिला दी।'' उसके इतना कहते ही श्री तो थोड़ा घबरा ही गई थी।

उसके चेहरे पर विस्मयकारी घबराहट देखकर योगन ने पूछा, ''अरे मैंने ऐसा क्या कह दिया, जो तुम्हारे चेहरे पर घबराहट के भाव पसर आए हैं।''...और फिर दोने को मुँह से सटाकर उसने खीर खाई थी।

''वाह...! बहुत स्वादिष्ट खीर है, श्री! दरअसल वह लन्दन के एक अंधे भिखारी की कहानी है, जिसे किसी नेक इन्सान ने खीर खाने को दी थी। उस भिखारी ने जब जानना चाहा कि यह खीर कैसी होती है, तब उस नेक इन्सान ने उसकी व्याख्या की थी।...और

अंत में अंधे को यह समझ में आया कि खीर बगुले की चोंच के समान है,'' इतना कहते हुए फिर ज़ोर से हँसी थी योगन। उसकी हँसी इतनी ज़ोर की थी कि मुँह से खीर के कुछ कण बाहर की ओर आ गये थे।

श्री ने आश्चर्य से उसे देखते हुए पूछा था, ''तुमने यह नहीं बताया कि तुम कौन हो? तुम काफ़ी पढ़ी-लिखी लगती हो! तुम बहुत कुछ जानती हो!''

''जिसने ख़ुद को जान लिया, उसे कुछ और जानने की ज़रूरत कहाँ है श्री! तुम्हें तो सब पता है। पर शायद अभी सब भूली बैठी हो! तुम्हें तो यह भी पता है कि मैं कौन हूँ!''

योगन खड़ी हो गई थी और पानी के पाउच को बहुत ध्यान से कुछ पल देखती रही थी। पानी को ध्यान से देखते हुए कुछ बुदबुदायी थी वह।...फिर पानी पीकर दोने और खाली पाउच को पास के डस्टबिन में डाल दिया था।

श्री की ओर मुड़ते हुए योगन बोली थी, ''अब मैं जाती हूँ। फिर मिलूँगी राजकुमारी। सभी जीव-तत्त्व तुम्हारे साथ हैं!'' कहती हुई वह मुड़ गई थी दूसरी पगडण्डी की ओर, जो जंगल की ओर चली जाती है।

श्री उसे आश्चर्य से तब तक देखती रही थी, जब तक वह आँखों से ओझल नहीं हो गई थी। फिर उसने अपनी नज़रें चारों ओर घुमाई थीं। दूर शिशु को अपनी गोद में लिए मरियम की मूर्ति हल्की रोशनी में चमक रही थी। उधेड़बुन में श्री मुड़ गई थी अपने हॉस्टल की ओर।

अध्याय-3

ठेकुआ

''तुम्हें कौन-सा हीरो पसंद है?'' ऋषा ने उक्ति से पूछा था।

उक्ति तो पहले चुप रही थी। उसे डर था कि उसके जवाब देने पर पता नहीं फिर कौन-सा सवाल उसके सामने आ जाए! हॉस्टल की वी क्लास की चर्चा बहुत होती रही थी। सुबह कॉलेज में भी कुछ साथी पूछ रहे थे। आज पहला दिन था, इसलिए पहले से किसी को भी ज़्यादा पता नहीं था।

''मुँह में दही जमा रखा है क्या?'' बोलतीं क्यों नहीं? तुम्हें कोई हीरो पसंद ही नहीं है क्या?...या अलग वाली हो?''

''श श...शाहिद कपूर!'' हड़बड़ी और हकलाहट में—जैसे उसके मुँह से जबरन यह नाम बाहर निकल आया था।

"वह तो अब बुड्ढा हो चला है। अब उसमें क्या है? वह मिल भी जाए, तो क्या कर लेगी तू? हेंए...!"

"उसकी फ़िल्में पसंद हैं, बस...!" उक्ति के मुँह से किसी तरह बोल बाहर निकल पड़े थे।

"अच्छा, और तू अगन...! तेरी पसंद क्या है? कोई ढलता आदमी या कोई बाँका छोरा...?"

ऋषा के सवाल पर अगन हड़बड़ा गई थी। वह पीछे बैठी थी। इसीलिए उसे नहीं लगा था कि इतनी जल्दी उसका नम्बर आ जाएगा।

"अरे बताओ तो...! कौन-सा हीरो पसंद है?"

"जी, मुझे पुराने हीरो पसंद हैं।" अगन ने किसी तरह जवाब दिया था।

"अरे, उसका कोई नाम भी है? या सभी पसंद हैं?" ऋषा से सभी लड़कियाँ डर रही थीं। कॉलेज में भी उसकी खूब चर्चा थी कि वह बड़ी कड़क है।

"सलमान खान...!" हलक से किसी तरह शब्द निकल गए थे अगन के।

"धत्त तेरे की! इन लड़कियों को क्या हो गया है? सभी को बुड्ढे ही पसंद हैं।...अरे कोई तो थोड़ा जवान पसंद करो!"

"...और उर्दू तू? तेरा नाम तो बड़ा यूनिक है! तुझे कौन-सा पसंद है?"

"जी मुझे...! मुझे ट...टाइगर श्रौफ़ पसंद है।" उर्दू ने भी हकलाते हुए ही जवाब दिया था। उसकी हकलाहट पर सभी साथी हँस पड़े थे।

"अयहय...! क्या बात है? अच्छा, टाइगर श्रौफ़ यदि मिल जाए, तो तू क्या करेगी?" अब तक लड़कियों में थोड़ी हिम्मत आ गई थी। थोड़ी हिम्मत करते हुए उर्दू ने कहा था, "किस करूँगी!" उसकी इस बात पर ठहाका लगाया था सभी ने।

तभी श्री ने सभी को इशारा करते हुए कहा था, "थोड़ी धीमी! आवाज़ नीचे तक चली गई, तो सिस्टर आ जाएगी। सिस्टर पहले ही हमसे बहुत नाराज़ हैं।"

"ये 11 नम्बर का कमरा भी बदमाशियों के लिए बदनाम है। इस हॉस्टल में अधिकांश कमरे सिंगल हैं, पर कॉर्नरवाला कमरा थोड़ा बड़ा और डबल बेडवाला है। यहाँ हम लोग इसलिए जमा होते हैं कि ज़्यादा लड़कियाँ समा सकें। इसीलिए हँसना बिलकुल मना है। सिर्फ़ सीनियर्स ही हँस सकती हैं। फ्रेशर्स नहीं! समझीं...!" सभी नवागंतुकों ने सहमति में सिर हिलाया था।

तभी ऋषा ने उर्दू पर फिर सवाल दागा, ''हाँ तो उर्दू...! तुम सिर्फ़ किस करोगी और कुछ नहीं...!'' उर्दू शरमाकर नीचे देखने लगी थी।

''अच्छा ये बताओ उर्दू, टाइगर में सबसे अच्छा क्या लगा तुम्हें?''

''जी उसकी आँखें बहुत ख़ूबसूरत हैं!'' इतना कहकर रुक गई थी उर्दू।

तभी श्री ने पूछा, ''और?''

''और...उसके लिप्स भी गुलाबी हैं।'' उसके इतना कहते ही अधिकांश जूनियर ने सिर झुकाकर, मुँह दबाकर हँसना शुरू कर दिया था। तभी श्री ने बनावटी नाराज़गी के साथ एक लड़की की ओर इशारा करते हुए पूछा था, ''तुम! हाँ हाँ...तुम! क्या नाम है तुम्हारा?''

''जी उपदी!'' उपदी ने हँसी रोकते हुए जवाब दिया था।

''बहुत हँसी आ रही है ना तुम्हें! चलो खड़ी हो जाओ और जाओ हिमालय पर।''

सभी युवतियों को आश्चर्य हुआ था और उनका ललाट सोचने की मुद्रा में सिकुड़ गया था। आँखें कुछ तलाशने लगी थीं।

तभी ऋषा की आवाज़ आई, ''यह अलमारी के ऊपर जो रैक है ना, उसे हिमालय कहा जाता है! समझीं...! चलो, फटाक से चढ़ जाओ।'' ऋषा के आदेशात्मक लहज़े पर उपदी थोड़ा गंभीर हो गई थी। वह अलमारी के ऊपरी हिस्से पर चढ़ने के लिए जुगत लगाने लगी थी। जब कोई रास्ता नहीं सूझा, तब उसने ऋषा मैम से पूछा, ''मैम, क्या मैं चढ़ने के लिए कुर्सी ले सकती हूँ?''

''हाँ ज़रूर...! हिमालय पर चढ़ने के लिए तुम किसी भी सामान का उपयोग कर सकती हो।''

टेबल-कुर्सी के सहारे उपदी हिमालय पर चढ़ गई थी। वहाँ इतनी जगह नहीं थी कि वह बैठ सके। उसे लेटना पड़ा था।

''चलो, अब ये बताओ, कौन-कौन घर से कुछ खाने के लिए लाया है?'' श्री के इस सवाल पर सभी मौन! कोई समझ ही नहीं पायी थी कि मैम क्या पूछ रही हैं! वे सभी श्री की ओर सवालिया लहज़े में देखने लगी थीं।

''ओहो...! अरे खाने-पीने के सामान को कहते हैं ग्रब! किसी और जगह से युद्धरत सैनिकों के पास जब खाना पहुँचाया जाता था, तब वे विदेशी सैनिक उस पर टूट पड़ते थे। चाहे किसी के घर से तैयार खाना आया हो! इस तरह के खाने को ही ग्रब कहते थे। मुझे पता है, तुम सब अपने-अपने घर से ज़रूर खाने की मोटरी लाई होगी!'' श्री के इस प्रश्न

पर अधिकांश लड़कियाँ पहले तो कुछ पल चुप रहीं, पर बिहा ने कहा, ''मैम, मैं ठेकुआ लायी हूँ। क्या आप खाना चाहेंगी?''

''ओह, ठेकुआ...! वह तो मेरा पसंदीदा है, पर आज नहीं! कल शाम को खाऊँगी!'' श्री की आँखों में ठेकुए के नाम से ही जैसे कुछ दृश्य उभर आए थे।

''और तुम सब? चुप रहने से काम नहीं चलेगा! कल सभी को अपना-अपना ग्रब्स लेकर आना होगा- समझीं...!'' श्री ने प्यारी-सी झिड़की दी थी।

कई स्वर एक साथ उभरे थे, ''जी मैम...!''

टु नो योर गुड नेम

''तुम्हारा नाम उक्ति है ना! हाँ-हाँ, तुम्हीं से कह रही हूँ!'' उँगली से इशारा करते हुए ऋषा ने पूछा था।

''जी!'' उक्ति ने खड़े होते हुए कहा था।

''मेरा नाम तुम्हें पता है?'' ऋषा ने फिर सवाल किया था।

''जी नहीं!'' हिचकिचाते हुए उक्ति ने जवाब दिया था।

''वाह! बहुत ख़ूब...! हम सभी सीनियर्स तुम सब का नाम जानने के लिए उत्सुक हैं, पर अपने सीनियर्स का नाम जानने की तुम लोगों में ज़रा भी उत्सुकता नहीं है! अच्छा, बताओ—यह लड़की जो मेरे बगल में बैठी है, उसका नाम पता है तुम्हें?''

इस सवाल पर उक्ति की घिग्घी-सी बँध गई थी। चेहरे पर हवाइयाँ उड़ने लगी थीं। उसने अपने आस-पास बैठीं साथियों-सहपाठियों की ओर देखा था, पर सबके चेहरे भक्क-से हुए पड़े थे।

''गलती हो गई मैम! प्लीज़...! क्या मैं आपका नाम जान सकती हूँ?'' बात सँभालने की मुद्रा में उक्ति के मुँह से जैसे कुछ बोल फूट पड़े थे।

''नहीं...! बिलकुल नहीं...! मेरे कहने पर तुम मेरा नाम पूछोगी?...और वह भी इस तरह!...और तुम उम्मीद करती हो कि मैं तुम्हें अपना नाम बता दूँगी!'' कहते हुए कुछ पल रुकी थी ऋषा और नकारात्मकता के साथ दो-तीन बार सिर हिलाया था उसने। फिर एक सौ अस्सी के आकार में सिर घुमाते हुए सभी जूनियर्स को एक नज़र से देखा था उसने। फिर शोचनीय मुद्रा में उसने अपना सिर नीचे कर लिया था।

''तुम सब किस जंगल से आई हो, यार! तुम्हारे अन्दर न ही कोई उत्साह है और

न ही किसी तरह की उत्सुकता! जिस मनुष्य में न ही उत्साह हो और न ही उत्सुकता, वह तालाब के ठहरे, मरे हुए बदबूदार पानी की तरह है।'' ऋषा के इन कठोर शब्दों की किसी ने कल्पना भी नहीं की थी।

''मुझे माफ़ कर दीजिए, मैम। दरअसल हम लोग वी के नाम से ही डरे हुए थे। कॉलेज में भी हॉस्टल की वी क्लास के बारे में इतना सुना है कि भय से हमें जैसे बुखार ही चढ़ गया था। पहले तो वी समझ में ही नहीं आ रहा था। फिर किसी ने बताया कि इसका मतलब वूमेन एम्पॉवरमेंट होता है।'' उक्ति ने माफ़ीनामे के साथ सफ़ाई दी थी और मैम का गुस्सा शांत करने की भी कोशिश की थी।

तब सभी जूनियर्स ने हाथ जोड़कर माफ़ी माँगते हुए लगभग एक स्वर में कहा था, ''हमें माफ़ कर दीजिए मैम! हम सभी आपका नाम जानना चाहते हैं।''

''चलो माफ़ किया!...पर ऐसे नहीं! पूरे सम्मान के साथ तुम्हें अपने सीनियर्स का नाम जानने की कोशिश करनी होगी। सीनियर्स से कैसे नाम पूछा जाता है, यह मैं तुम्हें बताती हूँ।'' इस बार श्री ने हस्तक्षेप करते हुए माहौल को थोड़ा रोमांचक बनाने की कोशिश की थी।

''तो तुम सब ध्यान से सुनो कि किस तरह हमारा नाम जानने का आग्रह करना होगा। इसके लिए एक आग्रह-स्लोगन है—

''मे आई हैव सिंगल प्लेज़र

डबल सैटिसफ़ैक्शन

ट्रिपल ऑनर

एंड मल्टिपल एजेकुलेशंस

टु नो योर गुड नेम

माय मायटी सीनियर मैम?''

''समझ गईं? तुम सबको इस तरह नाम जानने का आग्रह करना होगा। तभी कोई सीनियर तुम्हें अपना नाम बताएगी। इस पर भी उसकी इच्छा! सभी सीनियर्स के नाम जानने के लिए तुम्हें बार-बार प्रयास करना होगा। मैं उम्मीद करती हूँ कि तुम सबको पंक्तियाँ याद हो गई होंगी! गलत बोलने पर तो तुम्हें नाम नहीं बताया जा सकेगा।'' श्री ने मुस्कराते हुए कहा था और सीनियर्स के चेहरों पर भी मुस्कराहट का भाव पसर गया था।

''तुममें से कोई शुरू करो! कौन सबसे पहले आग्रह करेगी?''

श्री के कहने पर सभी लड़कियों को हिचकिचाहट हुई थी, पर उक्ति ने ही पहल करते हुए पूछा था, "मे आई हैव... !"

"श्री! मेरा नाम श्री है। तुमने एक बार में ही याद कर लिया? तुम्हारा दिमाग साफ़ है। देखते हैं, कितनों का दिमाग साफ़ है और कितनों के दिमाग में भूसा भरा हुआ है।" कहते हुए हँसी थी श्री।

"ध्यान रहे, आप सार्वजनिक तौर पर नाम नहीं पूछ सकती हैं। हरेक जूनियर द्वारा हरेक सीनियर से व्यक्तिगत तौर पर नाम पूछा जाना चाहिए। मैंने सार्वजनिक तौर पर अपना नाम बताकर शुरुआत कर दी है।" श्री ने जूनियर्स को देखते हुए नज़रें घुमाई थीं ऋषा की ओर!

"थैंक यू श्री मैम।" उक्ति ने श्री को उनकी सहजता और सहयोगात्मक व्यवहार के लिए आभार-भाव प्रकट करते हुए कहा था।

"क्या तुम्हें आग्रह-स्लोगन याद है?" ऋषा ने एक लड़की की ओर इशारा करते हुए पूछा था।

उस लड़की के चेहरे का रंग उड़ गया था, पर उसने कोशिश ज़रूर की थी, "मे आई हैव सिंगल प्लेज़र... ! एँ एँ... !"

उस लड़की ने शुरू तो किया था, पर ठीक से बोल नहीं पाई थी। बीच में ही अटक गई थी। तब ऋषा ने उसे सज़ा सुनाते हुए कहा था, "चलो, तुम कन्याकुमारी जाओ!"

सभी लड़कियाँ एक बार फिर चौंकी थीं! एक प्रश्नात्मक भाव अधिकांश के चेहरे पर उभर आया था। उर्दू के मुँह से हल्की-सी आवाज़ निकल आई थी, "अब ये कन्याकुमारी क्या है?"

"पलंग के नीचे... ! चलो, वहाँ चली जाओ!...और हाँ, तुम सब याद रखना। हिमालय और कन्याकुमारी दुबारा नहीं समझाऊँगी।...और तुम! हाँ तुम... ! हिमालय से अब नीचे आ जाओ।" ऋषा ने आदेशात्मक लहज़े में कहा था।

कुछ पल रुकते हुए उसने फिर कहा था, "सुनो, ऐ कन्याकुमारी की यात्री। रुक जाओ। आज रहने दो।"

"चलो आज के लिए बस इतना ही। सभी लड़कियाँ अपने-अपने कमरे में जाएँ और उसे सजाएँ। जिसका कमरा जितनी सुन्दरता से सजा हुआ होगा, उसे पुरस्कृत किया जाएगा।...और हाँ! सुबह चार बजे सभी छत पर मिलेंगी बिकनी में।" यह सुनकर सभी लड़कियाँ सन्न रह गई थीं और वहाँ फुसफुसाहट शुरू हो गई थी।...पर इस बात पर किसी ने

कोई सवाल नहीं किया था। या यों कहें कि किसी ने सवाल करने की हिम्मत नहीं की थी।

"ओके, गुड नाइट!" श्री और ऋषा ने साथ-साथ ही कहा था। सभी लड़कियाँ गुड नाइट कहते हुए अपने-अपने कमरे की ओर चली गई थीं।

श्री और ऋषा की ख़ूब दोस्ती थी। दोनों रूम पार्टनर भी थीं और गहरी दोस्त भी। पिछले तीन सालों के सुख-दुख की साथी। इस बेमिसाल दोस्ती का यह चौथा साल था। ऐसी शायद ही कोई बात हो, जो दोनों एक-दूसरे से साझा नहीं करती हों! एक-दूसरे के लिए मरने-मारने पर भी उतारू! एक-दूसरे के लिए कुछ भी, माने कुछ भी कुर्बान करने को तत्पर! हालाँकि दोनों की मित्रता की शुरुआत टकराव से ही हुई थी। श्री बिहार से थी और ऋषा उत्तर प्रदेश से।

आरुणि और गुरु धौम्य

"आज का दिन यों ही बीत गया, ऋषा। प्रोजेक्ट भी बनाना है यार, पर जानती हो, फ़िल्म देखने के बाद तो पूरा मूड ही ख़राब हो गया। मन बोझिल-सा है और ये फ्रेशर्स पार्टी! सुबह से यही सब चल रहा है। अब आज तो एकदम मूड नहीं रह गया है। अभी कुछ भी करना संभव नहीं है यार।" श्री ने सभी के निकलने के बाद दरवाज़ा बंद करते हुए ऋषा से अपने मन की बात कही थी।

"हाँ, यार! सिनेमा देखकर मन तो मेरा भी विचलित हुआ था, पर फ्रेशर्स के साथ थोड़ी राहत मिली। आज तो कुछ भी करने का मेरा मूड नहीं। कल देखते हैं।" अलमारी से कपड़े निकालते हुए ऋषा ने कहा था।

"मैं ज़रा अनुपम मिश्र की *आज भी खड़े हैं तालाब* किताब पढ़ लेती हूँ, थोड़ी देर बाद सोऊँगी। तुम्हें यदि अभी सोना है, तो मैं टेबल लैम्प जला लेती हूँ।" श्री ने *आज भी खड़े हैं तालाब* उठाते हुए कहा था और उसे पलटने लगी थी।

"मैं ज़रा मम्मी से बात कर लेती हूँ। उसके बाद सोऊँगी। वैसे भी चार बजे उठना है।" कहते हुए ऋषा ने अपना फ़ोन उठाया था और मम्मी को लगाया था।

"हाँ, सही कहा। मैं भी जल्दी ही सो जाऊँगी," कहते हुए श्री किताब पढ़ने लगी थी।

"हलो...! हाँ मम्मी! प्रणाम! हाँ सब ठीक है। हाँ-हाँ एकदम। हाँ मम्मी, क्लास भी बहुत बढ़िया चल रही है। हाँ! अच्छा, पापा कैसे हैं?...और तुम्हारी तबीयत? अच्छा! हाँ मेरी भी एकदम ठीक है मम्मी। हाँ, श्री भी ठीक है। अभी कुछ पढ़ रही है। हाँ, खा लिया मम्मी। आज फ्रेशर्स पार्टी थी ना! हाँ सब ठीक। अपना ख़याल रखना। प्रणाम!"

आपो वा अन्नम्। ज्योति रत्नादम्।
अप्सु ज्योतिः प्रतिष्ठितम्। ज्योतिस्यापः प्रतिष्ठिता।

"हे गुरुकुल के होनहार शिष्यो। वेदों में जल की महत्ता कुछ इसी तरह बताई गई है। इसका तात्पर्य यह है कि जल अन्न है, ज्योति में सारे रत्न हैं, जल में ज्योति है और ज्योति में जल प्रतिष्ठित है।

"आज की यह मूसलाधार बारिश एक ओर जहाँ पृथ्वी के लिए बहुत ज़रूरी और रत्नों की तरह उपयोगी है, वहीं दूसरी ओर हमारे खेतों की मेड़ों के लिए नुकसानदायक है। हम सबने मिलकर जो धान की रोपाई की है, उसके लिए यह पानी अमृत के समान है। अच्छी पैदावार हम सब के लिए फलदायी है।...पर कहीं अत्यधिक वर्षा हमारे खेतों की मेड़ों को तोड़ न दे। इसलिए किसी शिष्य को जाकर मेड़ों की रखवाली करनी होगी। उसे जाकर देखना होगा कि मेड़ सुरक्षित हैं या नहीं। मेड़ों के बगैर पानी अगोरना कठिन हो जाएगा। इसलिए पानी के लिए मेड़ों की रखवाली करनी होगी।"

"हे गुरुजी! यदि आपकी आज्ञा हो, तो मैं मेड़ों की रखवाली करने के लिए खेतों के पास जा सकता हूँ।"

"हाँ आरुणि! तुम जाओ और मेड़ों की देखभाल करो। यदि मेड़ के नष्ट होने या टूटने की स्थिति दिखाई पड़े, तो तुम मुझे तुरंत सूचित करना, जिससे कि उसे बचाया जा सके और खेतों में पानी रोका जा सके।"

"ठीक है गुरुजी, मैं आपके आदेश से खेतों की ओर जाता हूँ।"

"जाओ वत्स! जैसे ही किसी तरह की कठिनाई दिखने लगे, तुम हमें शीघ्र सूचित करना।"

"जी गुरु जी! आपके आदेश का पालन करूँगा। मुझे विश्वास है कि आपके पुण्य और आशीर्वाद से मैं ज़रूर पानी को अगोर लूँगा और मेड़ों की रखवाली कर सकूँगा।"

गुरु आयोद धौम्य के चरण-स्पर्श कर आरुणि खेतों की रखवाली के लिए पानी में भीगते हुए ही जाने लगा। तब गुरु जी ने खर की बनी एक छतरी देते हुए कहा, "लो इससे तुम भीगने से बच पाओगे।"

जब आरुणि, खेत की मेड़ों के पास पहुँचा, तो मेड़ की मिट्टी पानी की धार से कट-कटकर बहती जा रही थी। दरार पड़ती मेड़ों पर कटी मिट्टी को आरुणि ने दुबारा डालने की कोशिश की थी, पर पानी की तेज़ धार उसे मेड़ों पर टिकने नहीं दे रही थी। मिट्टी कटकर वापस पानी में बही जा रही थी। तभी एक ओर मेड़ में दरार बड़ी होने लगी। आरुणि वहाँ जब तक मिट्टी डालता, दरार और चौड़ी होती जाती। खेत का पानी बड़ी तेज़ी से बाहर निकलने लगा था।

आरुणि लगातार इस प्रयास में था कि पानी के बहाव को थोड़ा भी रोक सके, तो वह

गुरुजी को सूचित कर देगा।...पर वह मेड़ों पर जितनी मिट्टी थोपने की कोशिश करता जा रहा था, मेड़ और टूटती जा रही थी। आरुणि की समझ में नहीं आ रहा था कि वह क्या करे। उसके सारे प्रयास विफल हो गए थे।

एक बार फिर से आरुणि ने कोशिश की थी, पर फिर व्यर्थ। अचानक आरुणि को एक उपाय सूझा। वह टूटी हुई मेड़ के बीच स्वयं लेट गया। उसके लेट जाने से खेत में पानी का ठहराव हो गया और मेड़ का टूटना भी रुक गया।

उधर रात भर आरुणि के आश्रम नहीं लौटने पर ऋषि धौम्य कुछ शिष्यों के साथ उसे खोजने खेत की ओर गए। आरुणि को कहीं नहीं देखकर उन्हें चिंता हुई और उन्होंने आवाज़ दी, ''आरुणि...! आरुणि...!''

''जी, मैं यहाँ हूँ गुरुजी।'' आरुणि की आवाज़ सुनकर ऋषि धौम्य अपने शिष्यों के साथ उस ओर गए, जिधर से आरुणि की आवाज़ आ रही थी।

वहाँ पहुँचकर गुरुजी आश्चर्यचकित रह गए थे, ''अरे, वहाँ क्यों लेटे हुए हो आरुणि?''

''गुरुजी, मेड़ टूटने के कारण पानी तेज़ी से खेतों के बाहर निकल रहा था। गुरुकुल में आपको सूचित करने की स्थिति नहीं थी। यदि मैं उधर आता तो, यह पूरी मेड़ टूट जाती। इसलिए मैं ही यहाँ लेट गया, जिससे कि मेड़ों की रक्षा हो सके गुरुजी।''

''ओह...!'' आरुणि की बातें सुनकर गुरुजी बहुत प्रभावित हुए। अन्य शिष्यों को मेड़ों की मरम्मत करने को कहकर स्वयं खेतों में उतर गए और आरुणि को उठाया। उसका शरीर ज्वर से तप रहा था। दो शिष्यों के सहारे गुरुजी आरुणि को लेकर गुरुकुल की ओर चल दिए।

आरुणि को गुरुजी अपनी कुटिया में ले गए और वहाँ लिटा दिया। उसके तलवे और शरीर में औषधियों की मालिश करवाई। स्वयं उसका ताप देखने के लिए वे वहीं बैठे रहे। आरुणि की सेवा में तीन शिष्य लगे हुए थे। आरुणि पहले से बेहतर महसूस कर रहा था।

ऋषि धौम्य ने सभी को पानी की महत्ता के बारे में बताया, ''जानते हो आरुणि! दो गैसों के यौगिक रूप पर अग्नि क्रिया से जल का निर्माण होता है। वैदिक साहित्य जल की चार अवस्थाओं की बात बताता है। विभिन्न मंत्रों में तीन प्रकार के जल का वर्णन आया है। दिव्य, अंतरिक्ष और पृथ्वी। ऋग्वेद के 'नदी सूक्त' में गंगा का नाम पहला है।''

ऋषि धौम्य ने पानी की अवस्थाओं के बारे में बताते हुए आरुणि की नाड़ी टटोली थी और धड़कन की गणना के साथ आश्वस्त हुए थे, आरुणि का बुखार उतर गया था।...

तभी हड़बड़ाकर श्री उठ बैठी थी। सिर को अपने दोनों हाथों से पकड़कर उसने बालों तक सहलाया था।

''उफ़...! यह क्या था? यह क्या हो रहा है मुझे? आरुणि, ऋषि धौम्य...! ये सपने मेरा पीछा कब छोड़ेंगे?'' श्री रोज़-ब-रोज़ के सपनों से परेशान-सी हो रही थी। उसने

अपने मोबाइल को ऑन करके देखा था। रात के डेढ़ बज रहे थे। पानी के पाउच से कुछ घूँट पानी पीकर वह फिर लेट गई थी।

अध्याय-4

हथेली पर इज़्ज़त

"कम ऑन गर्ल्स! सभी लाइन में लग जाओ। दो लाइनों में तुम सब खड़ी हो जाओ। क्या सभी आ गई हैं?" ऋषा के आदेशात्मक भाव के साथ सभी नव आगंतुक लड़कियाँ दो लाइनों में खड़ी होने लगी थीं। छत पर पूरी तरह अँधेरा नहीं था। चाँद अपने अस्ताचल की ओर पहुँच चुका था। अधिकांश लड़कियाँ ठीक चार बजे ब्रा और पैंटी में छत पर आ चुकी थीं। सिर्फ़ तीन लड़कियाँ हाफ़ पैंट-टीशर्ट या पाजामा-टीशर्ट में आई थीं।

"रूम नंबर के हिसाब से अभी हाज़िरी लगाई जाएगी। प्रार्थना तुम सबकी हाज़िरी लोगी।" इसके साथ ही प्रार्थना ने रूम नंबर के हिसाब से हाज़िरी लगवाई थी। सभी लड़कियाँ उपस्थित हैं।

"तुम तीनों लाइन से बाहर निकलो। हाँ, तुम और तुम। अब ये बताओ कि तुमने निर्देशानुसार ब्रा और पैंटी क्यों नहीं पहनी है?" इस बार श्री ने तीनों लड़कियों को लाइन से बाहर निकालकर आगे बुलाया और फिर उनसे थोड़ा कड़े स्वर में सवाल किया। पहले तो तीनों चुप रहीं, पर श्री के दुबारा पूछने पर अमरी ने बताया, "ब्रा और पैंटी में मुझे अच्छा नहीं लगा। थोड़ा अटपटा-सा लग रहा था।"

"अच्छा!...पर यहाँ तो सिर्फ़ लड़कियाँ ही थीं। कोई लड़का तो था नहीं कि तुम्हें लाज लगे!" श्री ने सवालिया लहज़े में अमरी को घूरते हुए पूछा था।

"हाँ, पर मेरे घर में यह कल्चर नहीं है। लड़कियों की अपनी एक मर्यादा होती है। उसके पास उसकी इज़्ज़त होती है, जो उसके जीवन के लिए सबसे महत्त्वपूर्ण है!"

"इज़्ज़त...! वही तो...! इज़्ज़त! मर्यादा...! तुमने बहुत सही कहा, अमरी। सबसे पहले तुम मेरे एक सवाल का जवाब दो—क्या तुमने कभी उघाड़ देह सिर्फ़ कच्छे या हाफ़पैंट में किसी लड़के यानी किसी पुरुष को देखा है?" अमरी के 'इज़्ज़त' बोलते ही श्री ने उसकी बात काट दी थी और सवाल किया था।

"कितनी भोली हो यार तुम...! भला ये बताओ—इन पुरुषों को नंगे बदन घूमने का हक़ किसने दिया? वे नंगे या अधनंगे हैं, तो उनकी इज़्ज़त नहीं जाती और लड़कियों की अर्धनग्नता या तो अश्लील है या उनकी इज़्ज़त की प्रतीक! अब सवाल यह है कि

स्त्रियों की अर्धनग्नता से इज़्ज़त जाने का क्या ताल्लुक है? हज़ारों साल पहले, जब मनुष्य संस्कृतियों के जीवन में नहीं आया था, तब क्या स्त्रियाँ ढकी हुई रहती थीं? क्या लड़का और लड़की अलग-अलग स्थितियों में जन्म लेते हैं?'' श्री बड़े प्यार से जवाब देने की मुद्रा में सवाल पर सवाल किए जा रही थी।

''हे लड़कियो, यह जान लो—ये पितृसत्तात्मक समाज की व्यवस्था है। लड़कियों-स्त्रियों का शरीर उनकी इज़्ज़त है। पुरुषों के शरीर की कोई इज़्ज़त नहीं। एक लड़की की योनि में ही उसकी पूर्णता है। जबकि योनि का अर्थ कुछ और भी है! इसलिए वह संसार की सबसे इज़्ज़ती है। उसका स्तन तो जैसे पुरुषों के लिए प्रलोभित और मोहित करनेवाला फल!...और उसका रजस होना, उफ़! जैसे संसार की सबसे बड़ी शर्मिंदगी का प्रतीक!'' ऋषा कहते हुए बहुत गंभीर हो गई थी। उस ख़ूबसूरत पुरवाई हवा के थपेड़े भी उसकी आभा को मुलायमियत नहीं दे पाये थे। ऐसा लग रहा था, जैसे उसके मन में पुरुषवादी सत्ता के खिलाफ़ कितना गुबार भरा है!

''हम सब यहाँ किसी रैगिंग के लिए नहीं जमा हुए हैं दोस्त! यह वी क्लास है। तुम्हारी चड्डी और ब्रा देखने का हमें कोई शौक़ नहीं है। हम तुम्हें यह बताना चाहते हैं कि तुम संसार की जन्मदात्री हो। ख़ुद को जानो और पहचानो। आज से यह प्रण लो कि तुम्हारी देह किसी इज़्ज़त-विज़्ज़त की प्रतीक नहीं है। इज़्ज़त के बहाने अपनी देह को गुलामी की अँधेरी कोठरी में मत कैद होने दो। आज से तथाकथित इज़्ज़त को अपनी हथेली पर लेकर घूमो!'' ऋषा के चेहरे पर एक हल्की मुस्कराहट छिटकी हुई थी, जो उसके नाम को शब्दों में परिभाषित कर रही थी।

''मैं ऐसी ही हूँ। यह ख़ूबसूरत-सी ऋषा की ज़िन्दगी दुबारा नहीं मिलने वाली! यह पल और यह समय भी दुबारा चांस नहीं देने वाला। इसलिए निर्णायक होना ज़रूरी है। मानती हूँ, यह आग का दरिया है और डूब के जाना है। एक स्त्री की फ्रेम्ड की हुई गुलाम ज़िन्दगी तो आग का दरिया नहीं, खौलता तेल भरा कड़ाहा है मेरे दोस्त! आगे ज़िन्दगी तुम्हारी है। तय तुम्हें करना है कि तुम्हारा सेल्फ़ मेनिफ़ेस्टो यानी जीवनमूल्य क्या होगा!'' ऋषा के रुकते ही सभी लड़कियों ने तालियाँ बजाई थीं। उन तालियों में तीनों लड़कियों की भी तालियाँ शामिल थीं।

''अरे नहीं! तालियाँ नहीं यार! बस ख़ुद के भीतर झाँको और देखो। यदि तुम्हारे कम कपड़ों से तुम बदचलन बनती हो, तो आज से तुम बदचलन हो! तो आई बात समझ में? समझ गईं या और समझाऊँ?'' ऋषा के इस प्रश्न पर सभी लड़कियों ने एक स्वर में सहमति व्यक्त की थी और इसे मंत्र की तरह दुहराया था।

''ठीक है फिर! आज से इस मानसिकता के साथ जीवन जीना है कि पुरुष अपनी

इज़्ज़त बचाए। उसकी गढ़ी मर्यादा टूटने वाली है। उसे अपने लिंग के लिए लाज आए। क्योंकि अधिकांशतः वह सिर्फ़ भोग के लिए उसका उपभोग करता है, जबकि स्त्रियाँ तो भोग के साथ-साथ सृष्टि के विस्तार के लिए उसका इस्तेमाल करती हैं। बच्चे को जन्म देना, उसके जीवन का सबसे ख़ूबसूरत एहसास होता है।'' श्री ने इस विषय पर जैसे अंतिम मंतव्य दिया था।

द अदर इज़ फ़ॉर फ़न

वन फ़ॉर माई मास्टर,
वन फ़ॉर द मैन;
वन इज़ फ़ॉर फ़ाइटिंग,
द अदर इज़ फ़ॉर फ़न!

इसी स्लोगन के साथ लड़कियाँ छत पर लेफ़्ट-राइट-लेफ़्ट के अंदाज़ में पहले परेड कर रही थीं।

सागवान के जंगल से घिरी उस पहाड़ी पर तीन मंज़िला इमारत, सुबह होने के ठीक पहले चाँदनी के हल्के दूधिया प्रकाश में किसी भूतहा हवेली या किसी खंडहर की तरह लग रही थी...जहाँ जगय के किसी दूसरे ग्रह से कुछ परियाँ उतर आई हों और वे वहाँ चाँदनी विहार कर रही हों!

हल्की हवा के झोंके से सागवान के बड़े पत्तों की सरसराहट किसी दूसरे ग्रह के संगीत की प्रस्तुति कर रही थी। हॉस्टल की छत बहुत ऊँची थी। उसकी रेलिंग भी इतनी ऊँची थी कि कॉलेज-बिल्डिंग या ब्वायज़ हॉस्टल की छत से देखने पर कंधे से ज़्यादा नीचे देखना मुश्किल था। इसी वजह से वह छत पर उतरीं अप्सराएँ या फिर भूतनियाँ लगतीं!

''क्या बात है उपदी? तुम्हारे चेहरे पर कुछ तनाव दिख रहा है?'' श्री ने दूसरे फ़ेज़ में कैटवाक करती असहज-सी उपदी से पूछा था।

''श्री मैम, मुझे रजस हुई है और मैंने पैड लगा रखी है। मुझे जब भी रजस होती है, तब बहुत दर्द होता है और जलन भी होती है। कई बार तो वह दर्द बहुत परेशान करता है। आज भी दर्द है, पर सहने लायक है। इसलिए फ्री स्टाइल की कैटवाक करने में थोड़ी असहज हूँ।...पर कोई बात नहीं! मैं कर लूँगी।'' उपदी ने अपनी चाल की असहजता की वजह बताते हुए मुँह बनाया था। पर उसके चेहरे पर किसी भी तरह की बेचारगी का भाव नहीं था। पीड़ित पात्रा के रूप में उपदी के पेश नहीं आने की क्रिया ने श्री को प्रभावित किया था।

"गुड, बहुत अच्छे उपदी! अक्सर हम लोग अपनी सारी मुश्किलों की वजह दूसरों पर डाल देते हैं। ख़ुद को ऐसे पेश करते हैं कि दुनिया के लगभग सारे लोग हमें मुश्किल में डालने या बाधाएँ उत्पन्न करने के लिए ही पैदा हुए हैं। हम हमेशा अपनी हार का ठीकरा किसी और पर फोड़ने के लिए एक खलनायक की तलाश करते हैं,...पर ख़ुद उससे लड़ने का उपाय नहीं ढूँढ़ते। हम ख़ुद अपने भीतर झाँकने की ज़हमत नहीं उठाते।

"इस मासिक धर्म को भी हमने ओढ़ ही लिया हो जैसे। सांस्कृतिक व्यवस्था में इन तीन दिनों को बहुत पवित्र माना गया है, क्योंकि यही मासिक धर्म मानवीय जीवन के विस्तार का मूल कारक है। इसलिए स्त्रियों को आराम देने की व्यवस्था ऋषियों ने की थी।" परेड और कैटवाक का सिलसिला रुक चुका था। सभी लड़कियाँ श्री की बातें ध्यान से सुन रही थीं।

"तुममें से कितनी लड़कियाँ ऐसी हैं, जो रजस के समय ख़ुद को से अलग कर लेती हैं या ख़ुद को अछूत मानती हैं? हाथ उठाओ!" ऋषा ने अपनी आँखों को छोटा करते हुए सरसरी निगाह दौड़ाई थी।

ऋषा के आदेश पर कुछ ही लड़कियों का हाथ ऊपर नहीं उठा था। यह देखकर सीनियर्स को बड़ा आश्चर्य हुआ था, "ओह! ये हाल है हमारी जूनियर्स का! दुनिया इतनी बदल चुकी है। इस पर कितने सांस्कृतिक आन्दोलन भी चले, फ़िल्में भी बनीं। फिर भी तुम लोगों पर कोई असर नहीं!" ऋषा ने आश्चर्य करते हुए सवालिया मुँह बनाया था।

"मैम, घर में जब माँ किसी चीज़ को छूने नहीं देती हैं और वही अछूत-सा व्यवहार करती हैं, तो उसका प्रभाव रहेगा ना! उनका यह मानना रहता है कि जीवन सिनेमा नहीं है।" उपदी ने हिम्मत कर यह बात कही थी।

"चलो ठीक है! आज से तुम सब रजस को विशिष्ट मानना। अछूतवाली स्थिति से एकदम बाहर निकलो।...और हाँ, अब आज विजेता घोषित करने का समय आ गया है। ऋषा विजेता के नाम की घोषणा करेगी।"

श्री के इशारे के साथ ऋषा ने नाम की घोषणा करते हुए कहा था, "तो लड़कियो, आज की विजेता है उपदी।" नाम की घोषणा होते ही सभी लड़कियों ने तालियाँ बजाई थीं।

शील ने पत्तों में फूल लगाकर उसका एक सुन्दर-सा मुकुट तैयार किया था। श्री ने उपदी को वह मुकुट पहनाया और सभी लड़कियों ने एक बार फिर तालियाँ बजाई थीं।

"ठीक है लड़कियो! कल चार बजे यहाँ फिर मुलाक़ात होगी गाली प्रतियोगिता में। तब तक तुम सब अपने सीनियर्स का नाम जानने की कोशिश करती रहो।" ऋषा के इस कथन के साथ लड़कियाँ छत से नीचे उतर अपने-अपने कमरे में चली गई थीं।

मरदाना देह

"देसी गर्ल, देसी गर्ल...!"

"अरे ज़रा सेलोटेप काट-काटकर देती जाना उपदी।" कुर्सी पर खड़े होते हुए अगन ने उपदी को सेलोटेप की ओर इशारा करते हुए कहा था। मोबाइल फ़ोन पर 'विविध भारती' लगा हुआ था, जिस पर 'देसी गर्ल' गाना चल रहा था।

"ये पोस्टर तू कब लाई री? लियोनार्डो? क्या गज़ब है यार! ये हीरो मुझे भी बहुत पसंद है। टाइटेनिक में कमाल की एक्टिंग की थी इसने। प्रेमी हो तो इसके जैसा, वरना न हो! वॉव!...और तेरा ये पोस्टर भी कमाल का है! इसकी खुली देह की तस्वीर बहुत कम मिलती है। ज़्यादातर तो टाइटेनिक की मुंडेर पर हिरोइन के साथ बाँहें फैलाई हुई तस्वीर ही दिखती है।" उपदी लियोनार्डो डिकैप्रियो के खुले बदनवाली तस्वीर पर तो जैसे मोहित ही हो गई थी।

"हाँ यार! कल ही तो सदर बस स्टैंडवाले जूस कॉर्नर के सामने, सड़क पर ही पोस्टरवाला बैठा था। जैसे ही मेरी नज़र पड़ी तो बस, मैं ख़रीद लाई।" अगन अपने पसंदीदा हीरो की लाई गई तस्वीर की तारीफ़ सुनकर खुश हो गई थी।

"ला-ला, पकड़ा ना ज़रा सेलोटेप! अरे काट कर दे ना!" अगन ने पोस्टर में खोई उपदी को टोकते हुए कहा था।

सेलोटेप के पाँच-छह छोटे-छोटे टुकड़े काटकर उपदी ने कुर्सी पर चिपकाये थे और फिर अगन की ओर बढ़ाये थे। अगन ने एक हाथ से पोस्टर सँभाल रखा था और दूसरे हाथ से सेलोटेप लेकर सबसे पहले ऊपर की ओर चिपकाया था।

"तू कब गई थी सदर? तूने बताया नहीं!" सेलोटेप देते हुए उपदी ने थोड़ा आश्चर्य से पूछा था।

"क्लास खत्म होते ही मैं निकल गई थी। मेरे लोकल गार्जियन सदर में ही रहते हैं ना! मेरा कुछ सामान वहाँ रह गया था। वही लाने गई थी।"

"अच्छा चल, जल्दी कर! नहाने भी जाना है।" उपदी के नहाने की बात पर अगन ने सवालिया लहज़े में पूछा था, "अच्छा, नहाओगी! मैं तो डियो मार लूँगी। नहाने में कौन उतना पानी ख़र्च करता है!

"हाँ, आज नहा लूँगी! दो दिन से नहीं नहाई हूँ। वैसे आज मैंने ब्रश भी नहीं किया है। सिर्फ़ माउथ स्प्रे मार लिया है।" कहते हुए उपदी हँसी थी। तब तक अगन पोस्टर लगा चुकी थी और फिर दोनों कुछ देर तक लियोनार्डो के खुले बदन को निहारती रही थीं। उपदी

ख़ुद को रोक नहीं पाई थी और उसने आगे बढ़कर पोस्टर में लुभाते लियोनार्डो के गुलाबी ओंठ चूम लिए थे।

"ओए! क्या कर रही हो पगली! टाइटेनिक पर लियोनार्डो की बाँहों में पहुँच गईं क्या? सपनों से बाहर निकलो! तू केट नहीं है!" अगन ने उपदी का मज़ाक उड़ाते हुए कहा था और ज़ोर से हँसी थी।

"अच्छा, मैं तुम्हारे साथ खड़ी हूँ, इसलिए हल्के में ले रही हो ना! मैं केट विंसलेट जैसी नहीं, उससे ज़्यादा सुन्दर हूँ। फ़िल्म बनने से पहले डायरेक्टर की नज़र यदि मुझ पर पड़ गई होती ना, तो टाइटेनिक की हिरोइन मैं ही होती! समझीं...!" बोलते हुए ज़ोर-ज़ोर से हँसने लगी थी उपदी।

"हाँ, वह तो सही कह रही है तू! तेरी खुली हुई नाक और हरसिंगार के फूल-सी गुलाबी आँखें...! देखो, देखो...आईने में देखो।" बोलते हुए अगन भी हँसने लगी थी।...और फिर दोनों साथ हँसते हुए लोट-पोट हुए थे।

"अब जा। नहा के आ! सीनियर्स ने सुन लिया, तो बस...।" अगन ने उपदी को दरवाज़े की ओर ढकेलते हुए कहा था।

उपदी ने फ्रेशहॉल के दरवाज़े पर बटन दबाया था और उसकी स्क्रीन के पास उसने अपनी रेटीना कर दी थी। उसके इतना करते ही तीन नंबर बटन हरा हो गया था और वह फ्रेशहॉल के 3 नंबर बाथ केबिन में चली गई थी। वहाँ और भी लड़कियाँ अपने-अपने तरीक़े से तैयार हो रही थीं। इन सबके बीच एक बात जो कॉमन थी, वह थी पानी का किफ़ायती इस्तेमाल।

"तीन नंबर में कौन है?" ऋषा ने पूछा था।

"मैं हूँ उपदी।" ऋषा की आवाज़ सुनकर उपदी ने जवाब दिया था।

"अच्छा उपदी...! सुनो मेरा कोटा खत्म हो गया है। कपड़े साफ़ कर रही हूँ। तुम आधी बालटी पानी मुझे दे दो...!" ऋषा के आदेशात्मक लहजे से प्रभावित होकर उसने आधी बालटी पानी भरा था और दरवाज़ा खोला था, "जी, ये लीजिए।" उपदी भीगी हुई सिर्फ़ अंडी में थी। उपदी ने बालटी दरवाज़े से बाहर कर दी थी।

"ओके! थैंक यू...!" ऋषा बालटी लेकर 6 नंबर बाथ केबिन में घुस गई थी। किसी कमरे से गाने की आवाज़ फ्रेशहॉल तक पहुँच रही थी। कुछ लड़कियाँ वॉशबेसिन के पास खड़ी ब्रश कर रही थीं। एक लड़की आईने के पास माउथ क्रीम घिसते हुए कोई गीत गुनगुना रही थी।

अध्याय-5

सेमिनरी हिल्स

"गुड मॉर्निंग!" अउम की आवाज़ श्री के कानों से टकराई थी और उसने पीछे मुड़कर देखा था।

"गुड मॉर्निंग!" अउम को देखकर श्री मुस्कराई थी और सेमिनरी हिल्स गुड मॉर्निंग ट्रैक पर तेज़ी से कदम बढ़ाती रही थी।

चर्च, कॉलेज गेट, ब्रदर्स हॉस्टल, रोज़ गार्डेन, चिल्ड्रेन्स पार्क, डीयर पार्क, बाल रेल ट्रैक, लोहा पुल, जैपनिज़ गार्डन, पारसी सेमेट्री, प्ले ग्राउंड और तीन ताल होते हुए पूरा एक चक्कर छह किलोमीटर का हो जाता है। सुबह-सुबह जंगलों के बीच इससे बेहतर मॉर्निंग वॉक और कहीं क्या हो सकता है!

इस समय श्री और अउम बिना बात किए रोज़ गार्डन से गुज़र रहे थे। आगे-पीछे अनेक लोग वॉक कर रहे थे। श्री ने थोड़ी धीमी होकर गुलाब पर मंडराती मधुमक्खी को देखा था। वह खड़ी हो गई थी। मधुमक्खी के गुलाब पर बैठने का इंतज़ार करते हुए उसने अपना मोबाइल निकाल लिया था और फ़ोटो फ़ीचर खोल लिया था। जैसे ही मधुमक्खी गुलाब पर बैठी कि उसने दो-तीन तस्वीरें खींच ली थीं। फ़्लैश चमकते ही मधुमक्खी उड़ गई थी और श्री, गुलाब की सुगंध लेती हुई मॉर्निंग वॉक पर आगे बढ़ गई थी।

सफ़ेद स्पॉर्ट्स शूज़ और गुलाबी शॉर्ट फ्रॉक में चलती श्री के बदन पर हल्का पसीना बुदबुदाया हुआ था। उसने कंधे तक के बालों को गुलाबी रबर से बाँध रखा था, जो उसके चलने पर दाएँ-बाएँ हो रहे थे। अउम ने पीले रंग की टी-शर्ट और डेनम की हाफ़पैंट पहन रखी थी। उसके ब्लू स्पॉर्ट्स शूज़ थोड़े ऊँचे थे।

रोज़ गार्डन से निकलते हुए दोनों ने सड़क पार की और चिल्ड्रेन्स पार्क पहुँच गए थे।

"क्या थोड़ा झूला झूल लिया जाए?" अउम ने तेज़ साँस लेते-छोड़ते, बैठकर बातें करने के लिहाज़ से पूछा था।

"अभी नहीं! चलो पहले लोहा पुल को लटककर हाथों के सहारे पार करते हैं।" श्री के ऐसे अटपटे प्रस्ताव अक्सर आते रहते हैं और अउम उसका मज़ा लेता रहता है।

"बहुत मुश्किल है यार! एक तो पहले नीचे घुसो, फिर उसके लोहे के ऐंगल को पकड़कर पूरा पार करो। इसमें शरीर का पूरा वज़न दोनों हथेलियों और बाज़ुओं पर होगा। ठीक से लोहे के ऐंगल को हथेलियों के सहारे पकड़ना भी मुश्किल होगा!" अउम ने पहले

श्री को ऐसा न करने के लिए मनाना चाहा था।

''ठीक है, तुम ऊपर से पार कर जाओ। मैं नीचे से आती हूँ। तुम वहीं इंतज़ार करना,'' श्री ने हँसते हुए कहा था।

''अरे यार! तुम्हारे हॉस्टल के पास व्यायामवाला पाइप तो लगा ही हुआ है। उस पर भी तो यह व्यायाम कर सकती हो!'' अउम ने मुस्कराते हुए कहा था। वैसे वह जानता था कि श्री ने जो ठान लिया, वह करके रहेगी।

''ओह, अउम! जीवन में चुनौतियाँ स्वतः आएँ, इससे पहले अपने लिए चुनौतियाँ ख़ुद गढ़ो। तुम्हारी गढ़ी हुईं चुनौतियाँ आकस्मिक चुनौतियों के लिए तुम्हें तैयार करती हैं, क्योंकि तब तुम्हें उनसे निकलने का रास्ता पता होता है,'' श्री ने मुस्कराते हुए बड़ी गंभीर बात कह दी थी।

''ठीक है बाबा, चलो!...पर ध्यान से, बीच में लगभग बीस फीट तक की गहराई है।'' अउम ने सावधान किया था।

''हे भगवान! तुम मत जाओ ना! एक तो मुझे पूरा विश्वास है कि मैं पूरी पुलिया अच्छे से पार कर जाऊँगी। मैं गड्ढे और गिरने के बारे में सोच ही नहीं रही हूँ यार! मेरी नज़र तो केवल उस लोहे के ऐंगल पर है। मैंने गिन भी लिया है उन्हें। केवल छब्बीस ऐंगल हैं,'' श्री कहते हुए मुस्कराए जा रही थी और अउम के चेहरे के आते-जाते भाव को देखते हुए उसे उकसा भी रही थी। जिससे कि वह भी साथ देने को राज़ी हो जाए!

''अच्छा चलता हूँ।...पर मैं तो केवल सावधान कर रहा हूँ।'' अउम मुँह बनाते हुए फीकी हँसी हँसा था।

''मुझे पता था कि तुम ज़रूर चलोगे।'' कहते हुए श्री हँसी थी और फिर बोली थी, ''चलो चलते हैं, पुल के निचले हिस्से की ओर! जानते हो अउम, हम कोई भी प्रयास हारने के लिए नहीं जीतने के लिए करते हैं। हम प्रयास ही इसलिए करते हैं कि जीत सकें। कोई भी आदमी गिरने के लिए नहीं गिरता है, बल्कि उठने के लिए गिरता है, अउम! वो एक विश्वविख्यात रिपोर्ट है ना कि एक बच्चा औसतन चालीस हज़ार बार गिरता है। दरअसल वह गिरा ही इसलिए है कि उठ सके और अपने मज़बूत पैरों पर दौड़ लगा सके। समझे बाबू...!'' कहते हुए श्री पुलिया के निचले हिस्से की ओर बढ़ गई।

''हाँ, सही कहा तुमने! आदमी उठने के लिए ही गिरता है या फिर उठ ही जाता है!'' अउम की प्यारी बातों पर हँसी थी श्री!...और साथ में अउम भी हँसने लगा था।

दोनों लोहे का ऐंगल पकड़कर लटक-से गए थे और पुलिया पार करने लगे थे। सबसे ज़्यादा मुश्किल तब होती थी, जब एक हाथ से एक ऐंगल को पकड़े हुए दूसरे हाथ

से दूसरे ऐंगल को पकड़ने के लिए हाथ बढ़ाया जाता था। उस समय सारा भार एक ही हाथ पर रह जाता था।

धीरे-धीरे लटकते-झूलते हुए वे दोनों मध्य तक पहुँच गए थे। तब अउम ने थोड़ा हाँफ़ते हुए पूछा था, "क्या श्री, सब ठीक है ना?"

"हाथ तो थक गया है, पर मैं सामने उस पार को देख रही हूँ। उसके सिवा मुझे कुछ दिख नहीं रहा!" श्री पूरे आत्मविश्वास के साथ पुलिया के अंतिम ऐंगल को देख रही थी। उसका लक्ष्य जैसे उसकी आँखों में समाया हुआ था।

इस बीच अउम की दृष्टि गलती से नीचे चली गई थी, "ओह...! चूके तो गए!" बुदबुदाया था अउम।...पर ख़ुद पर नियंत्रण बनाए रखा था उसने। वैसे भी कहा जाता है कि साथी हो ख़ूबसूरत, तो मंज़िल आसान हो जाती है।

अपने पैर को नीचे जाते बीम के पास फँसाया था श्री ने और पुलिया से बाहर निकल आई थी। बाहर निकलकर अउम की ओर देखा था। उसे प्रोत्साहित करते हुए श्री ने ताली बजाई थी और ज़ोर से बोली थी, "कम ऑन अउम, तुम तो इतने धीमे न थे!"

"तुम जैसी ख़ूबसूरत साथी साथ हो ना तो लक्ष्य से भटकना निश्चित है।" कहते हुए हाँफ़ रहा था अउम। अंतिम पायदान पर अउम ने अपना पाँव नीचे जा रहे ऐंगल में फँसाया था और पुलिया से बाहर निकलते हुए मुस्करा रहा था।

"गुड जॉब हैंडसम मैन!" कहते हुए हँसी थी श्री।

"थैंक यू मिस वर्ल्ड," बोलते हुए अउम भी हँसा था और दोनों वहाँ से निकलकर चिल्ड्रेन्स पार्क के झूले पर जाकर बैठ गए थे।

"इतना विश्वास तुम्हारे अन्दर कहाँ से आया, श्री?" अउम ने धीरे-धीरे झूला झूलते हुए पूछा था।

"यह मेरे पा की देन है, अउम। उन्होंने मुझे हमेशा निडर होकर चुनौतियों से लड़ना सिखाया। गंगा किनारे मेरा गाँव है। उन्होंने मुझे बचपन से ही गंगा जी में तैरना सिखाया। पहली बार उन्होंने मुझे गंगा जी में फेंक दिया था। मैं डूबते-उतराते हाथ-पाँव मारने लगी। तभी उन्होंने मुझे पकड़कर बाहर निकाल लिया। दुबारा मुझे पानी में फेंक दिया। उनका कहना था कि पूरा जीवन ही एक तैराकी है और तैराकी सीखने के लिए किसी पुस्तक की नहीं, अभ्यास की ज़रूरत है। जीवन की मझधार में हाथ-पाँव मारते हुए ही ज़िन्दगानी सीखी जा सकती है। जानते हो! ग्यारह साल की उम्र में ही मैंने गंगा जी को पार कर लिया था," कहते हुए श्री रोमांचित हो रही थी।

''हम्म...! तभी तुम्हारे अन्दर इतना विश्वास है और तुम्हारे विश्वास के कारण हमारा विश्वास भी बढ़ जाता है।'' अउम के चेहरे पर श्री के लिए बहुत ख़ुशी थी और उसका विश्वास भी मज़बूत हुआ था।

''जानते हो अउम! मुझे लगता है कि जिसे जितना ज़्यादा संघर्ष मिलता है, वह उतना ही सौभाग्यशाली होता है। उसकी पीठ कछुआई कवच से आवरणित हो जाती है। मेरे जैसी निर्धन घर की लड़की यहाँ तक इसीलिए पहुँच पाई कि अपने संघर्ष से ही मैंने जीत का औज़ार बना लिया।'' कहते हुए थोड़ा भावुक हो रही थी श्री।

''श्री, अब हमें चलना चाहिए। तैयार होकर कॉलेज भी जाना है,'' कहते हुए अउम ने श्री को गंगा की मझधार से बाहर निकाल लिया था।

''अरे हाँ! तुम्हारे साथ बातें करते हुए मैं खो ही जाती हूँ। चलो-चलो!'' दोनों झूले से उतरकर चल दिए थे हॉस्टल की ओर!

अन्नाजी बटर

''हैलो मैम! गुड मॉर्निंग...!'' उपदी ने सीनियर्स को देखकर अभिवादन किया था।

''गुड मॉर्निंग।'' कई सीनियर्स ने एक साथ जवाब दिया था। मेस के आगे वाली टेबल पर तीन-चार सीनियर्स बैठी नाश्ते का इंतज़ार कर रही थीं।

''यू...! इधर आओ!'' अगन की ओर इशारा करते हुए उनमें से एक सीनियर ने उसे बुलाया था।

''वहाँ किचन-केबिन के पास जाओ और बोलो कि हम लोगों के लिए नाश्ता दें।'' एक सीनियर के आदेश पर अगन किचन-केबिन के पास गई थी और अन्ना से नाश्ता देने को कहा था।

''छोटू...! क्या नाश्ता है आज? जल्दी लाओ, भूख लगी है। क्लास भी जाना है!'' श्री ने मेस-ब्वॉय को पुकारते हुए कहा था और साथ में ऋषा भी मेस के अन्दर आई थी।

''हाँ दीदी! नाश्ता तैयार है। ब्रेड-बटर और ऑमलेट-कटलेट,'' छोटू ने बाहर निकलते हुए कहा था।

ओह...! फिर ब्रेड-बटर! ठीक है, जल्दी से हमारे लिए सेंको,'' ऋषा ने ब्रेड-बटर के नाम पर नाक-मुँह बनाया था।

''हाँ दीदी! बस दो मिनट।'' कहते हुए छोटू ने कुछ सीनियर्स और जूनियर्स की प्लेटें तैयार कर दी थीं और फिर उसने कहा था, ''आप लोग अपना नाश्ता ले जाइए।''

पूरा मेस लड़कियों से भर चुका था। सभी नाश्ता कर कॉलेज की ओर रुख करना चाहती थीं। सीनियर्स-जूनियर्स साथ नाश्ता करती हुईं आपस में बातें कर रही थीं।

"हे अगन...! इधर आओ! हाँ, सुनो! मेस के अन्दर जाओ और अन्ना से कहना तीन-चार बटर डिबिया दे," श्री ने अगन को बुलाकर कहा था।

"अरी रुक! तू नहीं जाएगी बटर माँगने! ऋषा, अगन को रोकते हुए बोली थी और फिर श्री की ओर देखते हुई बोली, "अन्ना इसे क्यों बटर देगा भला? इसका तो एकदम फ़्लैट है। ये तो दिखा ही नहीं पाएगी।"

"चल-चल तू जा! तेरे से नहीं होगा। जा उपदी को भेज। उसका ठीक है," ऋषा ने अगन को वापस भेजते हुए कहा था।

अगन ने उपदी से जाकर कहा था, "जा, तुझे ऋषा मैम बुला रही हैं।"

"क्यों? क्या बात है अगन?" उपदी ने थोड़ा घबराते हुए पूछा था।

"पता नहीं, शायद अन्ना से और बटर माँगकर लाने को कहेगी," अगन ने गंभीर मुद्रा में कहा था।

"हे उपदी! इधर आओ!" ऋषा की आवाज़ पर उपदी जल्दी से उठकर उनके पास गई थी।

"हाँ, इसका ठीक है।" श्री की ओर देखते हुए ऋषा मुस्कराई थी और बोली थी, "सुनो, अपनी इस शर्ट का ऊपरवाला बटन खोल लो!...और अन्दर जाओ। अन्ना के सामने खड़ी हो जाना और थोड़ा झुककर कहना—अन्ना जी, अन्ना जी, बटर...! बस वह समझ जाएगा और तुम्हें बटर के चार-पाँच पीस दे देगा। समझीं ! अब जाओ...!" ऋषा ने उपदी को समझाते हुए बटर लाने के लिए हॉस्टल की ख़ास ट्रिक सिखाई थी।

उपदी घबरा रही थी।...पर हिम्मत कर सीनियर्स के आदेश का पालन करने के लिए आगे बढ़ी थी।

"अरी...बटन खोल ना ऊपरवाला," ऋषा ने झिड़की दी थी।

उपदी ने अपनी शर्ट का ऊपरवाला बटन खोल लिया था। मेस के केबिन के पास जाकर झुक गई थी और अपना हाथ सर्व-रैक पर रख दिया था।

"अन्ना जी, अन्ना जी, बटर!" अपनी बात उपदी ने दुहराई थी।

अन्ना की दृष्टि पड़ते ही वह समझ गया था कि किसी सीनियर ने जानबूझकर बदमाशी में उसे भेजा है। उपदी पर नज़र डालने से पहले ही उसने सिर घुमा लिया था और

बोला था, ''अरे छोटू। इसे बटर के तीन-चार पीस जल्दी से दे दे, नहीं तो यों ही परेशान करती रहेगी।''

उसके इस व्यवहार से मेस के अन्दर नाश्ता कर रही सभी छात्राएँ हँसने लगी थीं। ऋषा अपने ब्रेड पर ज़्यादा मक्खन लगाते हुए नाश्ते का मज़ा ले रही थी, जैसे कि वहाँ कुछ हुआ ही न हो!

खीरे का तितुआ

''इस बार वोट किसको दोगी चाची?'' एक प्रत्याशी के पोस्टर को आसन बनाकर बैठी चाची से श्री ने यों ही पूछ लिया था। हालाँकि उसे चुनाव में ज़्यादा रुचि नहीं थी, पर पोस्टर पर बैठी चाची को देखकर उसके मन में उत्सुकतावश यों ही एक सवाल कौंध गया था और उसने चाची से पूछ लिया था।

अपने हाथ से चश्मे को थोड़ा आँख पर चढ़ाते हुए बिना किसी भाव के चाची चुप रही थी। खीरे का ऊपरी सिरा काटकर उस पर छुरी के चार-छह प्रहार किए थे और कटे हुए टुकड़े से उसे रगड़ा था उसने। दो-चार बार ही रगड़ने से वहाँ थोड़ा झाग बाहर आया था और खीरे की कड़वाहट बाहर निकल गयी थी।

''क्या चाची? कुछ बोलोगी नहीं? वोट किसको दोगी?'' श्री ने खीरा काटती चाची से फिर पूछा था।

चाची ने खीरे की चार फाँक कर छुरी से ही उसके भीतर काला नमक डाला था और श्री की ओर बढ़ाते हुए बोली थी, ''क्या फ़र्क पड़ता है बेटी? कोई जीते-कोई हारे! जब अपने बच्चे ही साथ न हों तो...! कितनी सरकारें आईं-गईं, पर हम वर्षों से इस कॉलेज के गेट पर खीरा ही बेचते आ रहे हैं। अब तो उम्र भी निकल गई। रोज़ कमाते हैं और रोज़ खाते हैं। ये तो कॉलेज के फ़ादर लोग हैं, जिन्होंने मुझे और इन चार लोगों को यहाँ बैठने की अनुमति दे दी है।...नहीं तो ठेलेवाले की तरह हमें भी चिल्ड्रेन्स पार्क की ओर बैठना पड़ता।'' चाची ने मोटे ग्लास के चश्मे को हाथ से आँख की ओर धकेला था और एक दर्द के साथ दूसरे साथियों को खीरा काटकर देने लगी थी।

यहाँ विद्यार्थियों में खीरा खाने का खूब प्रचलन है। हर पानीदार फल की ख़ूब बिक्री होती है नागपुर में। इस बार पारा यहाँ पचास डिग्री को छू लिया था। वैज्ञानिक दृष्टि से भी यह प्रमाणित है कि खीरे में छियानवे प्रतिशत पानी होता है। खाने में अजवायन का प्रयोग भी ख़ूब बढ़ गया है, जिसमें पिचानवे प्रतिशत पानी है।...और तरबूज के क्या कहने! बयानवे प्रतिशत पानी के साथ सबसे ज़्यादा लोकप्रिय फल है यह।

आजकल पीने का पानी कम हो गया है, तो स्ट्रॉबेरी और हिमशैल सलाद आदि जैसे पानीदार पत्तों-फलों की बिक्री भी ख़ूब बढ़ गई है।

बीस इंच चौड़ी दीवार पहाड़ी की मिट्टी के कटाव-बहाव को रोकने के लिए बनाई गई थी। यहाँ बैठकर सैकड़ों विद्यार्थी खीरा, तीखा जामुन, तरबूज, बेर आदि खाया करते थे। वहाँ इमली के दो विशाल दरख़्त भी थे, जहाँ से लड़कियाँ ढेले से इमली तोड़कर खाती थीं।

डेढ़ फ़ीट ऊँची दीवार सड़क का किनारा भी है। सड़क की दूसरी ओर कॉलेज का भव्य गेट है। यह पूरा इलाका चर्च का है। फ़ादर्स हाउस, ब्रदर्स हाउस, सिस्टर्स हॉउस, चर्च, कॉलेज आदि-आदि अस्सी एकड़ में फैला हुआ है।

यह चौड़ी दीवार कॉलेज के अनेक युगलों का इंतज़ार-स्थल भी थी और मिलनस्थल भी। ऑफ़ टाइम में अनेक युगल यहाँ बैठे गप्पें लड़ाते रहते और फलों या पाचक-बेरकुट आदि के साथ टाइम पास करते थे।

दीवार के दूसरी ओर लगभग दस फ़ीट की गहराई थी, जो क्रमशः दोनों ओर जाते हुए अपेक्षाकृत कम होती जाती थी। उस गहराई में फ़ादर्स का अपना खेल-मैदान था। कुछ फ़ादर उपचारित अंत:फुटित पानी से घास को ज़िंदा रखने की कोशिश कर रहे थे।

''हाय श्री! तुम क्लास से कितनी जल्दी भागती हो यार! मैं तुम्हें प्रोजेक्ट पर बात करने के लिए ढूँढ़ रहा था।'' श्री को खीरा खाते हुए देखकर वीर उसके पास आया था।

''हाँ, मैं निकल आई। इस पेड़ के पास बड़ा सुकून मिलता है वीर! यहाँ चाची से गप लड़ाने का मज़ा ही कुछ और है।'' वीर की ओर देखते हुए श्री ने कहा था। उसके पीछे से ऋषा भी आती दिख गई थी।

''बेर खाएगी?'' ऋषा ने श्री से पूछा था।

''नहीं, अभी मैंने खीरा खाया है। तुम खाओ।'' फिर दूर तक देखते हुए श्री ने पूछा था, ''अउम नहीं दिख रहा है? वह अभी क्लास में ही है क्या?''

''अभी तो था वहीं। हम लोग साथ ही चले थे, शायद उसे सुषमा पवार मैडम ने रोक लिया है! आज संसद में पानी पर कुछ बहस होने वाली है। उसकी रिपोर्टिंग तैयार करनी है।'' बेरवाली की ओर बढ़ते हुए ऋषा ने कहा था।

''अच्छा हाँ! अरे, मैम ने तो मुझे भी कहा था क्लास के बाद रुकने के लिए! पर मैं भूल गई,'' श्री को जैसे याद आ गया हो!

''एक तो ले ना यार! बेरकुट, नमक और अजवायन डाला हुआ है बेर पर।'' श्री की ओर बेर का दोना बढ़ाते हुए ऋषा दीवार पर बैठने लगी थी। तब तक वीर ने भी अपने लिए बेर ले लिए थे।

श्री ने मुस्कराते हुए दोने से एक बेर उठाया था और मुँह में लेते हुए बोली थी, ''तुम लोग यहीं बैठो! मैं ज़रा मैडम से मिलकर आती हूँ।''

"अरे बोल ना...! अउम बिना चैन कहाँ रे...! मैडम का बहाना क्यों बनाती है?" बोलते हुए हँसी थी ऋषा।

"अच्छा, शुरू हो गई तेरी बदमाशी! तू वीर को सँभाल ना!" श्री ने मदमाती आँखें नचाई थीं और हँसते हुए कॉलेज की ओर चली गई थी।

अध्याय-6

पाकिस्तानी सुरंग

"खट्...! खट्...! चट्...! क्या हुआ? यह कैसी आवाज़ थी?"

"लगता है फावड़े के नीचे पत्थर-सा आ गया था," रशीदा ने सलमा को फुसफुसाते हुए जवाब दिया था।

आज सत्ताइसवाँ दिन था, जब सुरंग खोदने का काम अनवरत चल रहा था। गाँव की अधिकांश औरतों ने सुरंग खोदने की ज़िम्मेदारी ली थी, जिससे कि गुपचुप, बिना किसी संदेह के भारत तक सुरंग बन सके।

रशीदा और सलमा ने सुरंग खोदने की ख़ास ट्रेनिंग ले रखी थी। वे नक्शा बनाना, ज़मीनी नाप, उसकी गहराई, खुदाई, मिट्टी हटाव का काम आदि-आदि बख़ूबी कर रही थीं।

तभी आविदा वहाँ आई थी और फुसफुसाकर उसने कहा था, "चलो, खाना तैयार है। खा लो। बिन खाए ऊर्जा कहाँ से मिलेगी?" अबुल वफ़ा का वह घर। घर की एक कोठरी को ही सुरंग का प्रवेश सिरा बनाया गया था। वहाँ सुरंग खोदने में किसी को पता भी नहीं चलता। बलुआही मिट्टी हटाने में पुरुषों की मदद ली जाती थी, जो ढके हुए ट्रक से बालू-मिट्टी ले जाते और कहीं गड्ढे में डाल देते।

"अरे वाह! लज़ीज़ शुफ्ता, मूंग की दाल, परवल की सब्ज़ी और रोटियाँ! इसकी महक से ही मन ख़ुश हो गया," नाक से खुशबू लेते हुए आँखें बंद कर ली थीं रशीदा ने। मिट्टी खुदाई की सारी थकान जैसे उस खुशबू ने सोख ली हो! मिट्टी सने हाथों को कागज़ से पोंछा था उसने और शुरू हो गई थी!

"वाह...!" हर कौर पर रशीदा अपनी भाभी रेशमा की तारीफ़ में कसीदे पढ़े जा रही थी।

सलमान भाई की बेग़म थी रेशमा भाभी। उनका कश्मीर से सीधा नाता था। सीधा नाता क्या, उनका बचपन वहीं बीता। उनके अब्बा और अम्मी वहीं रहते थे। दोनों छोटे भाई सुलतान और हुनर भी वहीं रहते थे। मतलब रेशमा भाभी का मायका है भारत।

भारतीय संविधान के अनुसार धारा 370 के कुछ प्रावधानों और 35ए के विशेष प्रावधानों को हटाए जाने के बाद पहले की तुलना में अब कश्मीर में शांति है। नए कानून को स्वीकार करना थोड़ा कठिन था पर आतंक से ऊब चुके लोगों ने सरकार के सहयोग से अब बढ़िया जीवन जीने का फ़ैसला किया। कश्मीर की आवाम में वैसे भी अधिकतर लोग अमनपसंद थे, पर कश्मीर के भारत में विलय के समय की स्थितियों ने उन्हें भ्रमित कर रखा था।

आतंकियों का मूल मकसद पाकिस्तान अधिकृत कश्मीर का था, क्योंकि वे उसी के पैसे पर पलते थे। यहीं, आज़ाद कश्मीर और पाकिस्तान अधिकृत कश्मीर (पीओके) में मतभेद पैदा हुआ और पाकिस्तान परस्त आतंकियों का उन्होंने साथ देना छोड़ दिया। इसका फ़ायदा यह हुआ कि आज़ाद कश्मीर और भारत अधिकृत कश्मीर के विचारकों में आपसी समझ ज़्यादा बेहतर होने लगी। आगे चलकर ये दोनों पूरी तरह पीओके के कश्मीरी समर्थकों के विरोध में भारतीय सेना की मदद करने लगे।

बस यहीं से कश्मीर बदलना शुरू हो गया।...और वहाँ अमन की ज़िन्दगी जीने की चाहत रखने वाले सुदृढ़ हो गए।

''भाभी जान, मुझे शुफ्ता बनाना सिखाइए। क्या शुफ्ता बनाती हैं आप! उफ़... !'' कहते हुए रशीदा ने खाना खत्म किया था और अखबार के फटे टुकड़े से हाथ पोंछकर खड़ी हो गई थी। कुछ कदम चलकर वह आगे बढ़ी थी और रेशमा भाभी का हाथ चूम लिया था उसने।

''ओ रशीदा!'' रेशमा भाभी ने रशीदा को अपनी बाँहों में भरते हुए कहा था और भावुक-सी हो गई थी। भारत-पाकिस्तान के रिश्ते तो अभी भी तल्ख हैं और यही वजह है कि निकाह के बाद वह अपने नैहर नहीं जा सकी। अब तो दो साल हो गए हैं निकाह को। अब्बू और अम्मी से फ़ोन पर तो लगभग रोज़ ही बात हो जाती है, पर ज़्यादा खुलकर बातें नहीं होतीं। कहा जाता है कि बॉर्डर पार के सभी फ़ोन कॉल रिकॉर्ड किए जाते हैं। इसलिए हर दिन हाल-चाल पूछने से ज़्यादा बातें नहीं हो पाती हैं।

हालाँकि रेशमा भाभी इस बात से मन-ही-मन खुश रहती हैं कि कश्मीर का अमन लौट आया है।...और पृथ्वी का स्वर्ग कहा जाने वाला कश्मीर केवल प्राकृतिक दृष्टि से नहीं, बल्कि मानवीय दृष्टि से भी ज़न्नत बनने की ओर अग्रसर है।

सैनवारी का फ़ेमस तालाब अब तो सूख गया है। वहाँ पानी के लिए सौ किलोमीटर दूर से वाटर टैंकर हर दो दिन पर आता है।

बॉर्डर के उस पार है लोंगेवाला गाँव। राजस्थान के थार का रेगिस्तान। 1971 के भारत-पाक युद्ध के दौरान पश्चिमी क्षेत्र में यह जगह पहली बड़ी गतिविधियों में से एक थी। भारतीय सेना पर बड़ा हमला हुआ था।

''उफ़! काश धार्मिक भावनाओं में बहकर 1947 में भारत से पाकिस्तान न आए होते!'' रशीदा बड़बड़ाई थी।

"चलो-चलो! अब गप-शप बहुत हो गई। शायद अब हम अपनी मंज़िल के बहुत करीब हैं। काम पूरा किया जाए। अपनी मंज़िल को देखने के लिए हम बेताब हैं रशीदा।" सलमा ने जैसे भाभी-ननद के भावुक क्षणों के क्रम को तोड़ा था।

रशीदा और रेशमा दोनों एक-दूसरे से अलग हुई थीं। उनके भावुक मिलन पर रेशमा का शौहर पास में ही खड़ा मुस्कराता रहा था।

सात युवतियों का झुण्ड नाश्ते के बाद वापस कमरे में घुस गया था।

"नक़्शे के मुताबिक़ हम लोग अपने गंतव्य के पास ही कहीं हैं।" रशीदा नक़्शे पर नज़र गड़ाए नाप-जोख़ कर रही थी। साथ ही सलमा भी नक़्शे को देखकर उँगलियों से अपनी जगह तलाश रही थी। गहराई से फिर खुदाई और नक़्शे का मिलान सही लग रहा था।

ढब...! भर्र...! भर्र...! ऊपरी छेद होते ही ढेर सारी बालू-मिट्टी भरभराकर रशीदा के मुँह पर ही आ गिरी थी। मुँह झाड़ते हुए रशीदा ने अपना सिर बाहर निकाला था। चारों ओर भीषण और सुनसान रेगिस्तान! बाहरी मुआयने के बाद रशीदा कुछ लकड़ी के तख्ते अन्दर से ले आई थी और साथ में कुछ मज़बूत खम्भे भी! उसने बाँस के खम्भों के ऊपरी हिस्से पर सेंटरिंग बनाकर छेद को बंद कर दिया था। लकड़ी की ऊपरी सतह पर उसने बालू भी डाल दी थी, जिससे किसी को थोड़ा भी संदेह न हो!

आज शाम से नई शुरुआत होने वाली थी! छोटी-मोटी तैयारियों के साथ एक-एक परिवार को बारी-बारी से घुसना है भारत में। यह मुहाना भी छिपाकर रखना है, जिससे बाहर पता नहीं चले।

मस्जिद के पहलेवाला घर

"साहब! पिछले कुछ हफ़्तों से रहिमन चाचा का घर अलग-सा और बदला हुआ दिख रहा है," जलाल ने थानेदार से कुछ विस्मय के साथ फुसफुसाते हुए कहा था।

"क्या मतलब? क्या बदला हुआ है वहाँ? क्या होता है उस घर में?" थानेदार ने रोबदार आवाज़ में जलाल पर आँखें तरेरते हुए पूछा था।

"साहब! लगभग हर दिन उसके घर से दो-तीन नई-नई औरतें बस से जैसलमेर जाती हैं, पर वह कब लौटती हैं, पता ही नहीं चलता है।" जलाल ने अब भी कानाफूसी की तरह कहने की कोशिश की थी।

"अच्छा...! तो इतने हफ़्तों के बाद आए हो यह ख़बर देने? साले तुम भी अन्दर जाओगे।" थानेदार ने कड़कदार आवाज़ में जलाल को डराया था और फिर पूछा था, "और क्या जानते हो रहिमन के बारे में? उसके घर में कौन-कौन है?"

''साहब! रहिमन अपनी पत्नी और एक बहू के साथ रहता है। एक बेटा-बहू जयपुर में रहते हैं और वहीं नौकरी करते हैं। दूसरा बेटा अकेला जोधपुर में रहता है। वो क्या करता है, यह तो नहीं मालूम पर उसकी लुगाई यहीं अपने सास-ससुर के साथ रहती है। आजकल शायद मायके गई हुई है।'' जलाल के बोलने का अंदाज़ अब भी वही था।

''मतलब कल सुबह वाली बस की चेकिंग करूँ, तो वे औरतें मिल जावेंगी?...या रात में रहिमन के घर छापा मारूँ, तो क्या वे सभी औरतें पकड़ी जाएँगी, जो कल सुबह जाने वाली होंगी?'' थानेदार ने जैसे मन-ही-मन तह तक पहुँचने की तैयारी शुरू कर दी थी।

''यह तो मैं नहीं बता सकता साहेब कि उसके घर में औरतें मिलेंगी कि नहीं!...पर हाँ, सुबह-सुबह उसके घर से रोज़ कुछ औरतें निकलकर बस अड्डे से बस पकड़ती हैं, यह तो मैं देखता हूँ,'' जलाल उतना ही कह पाया था, जितना उसने देखा था।

''तू अब यहीं रुक जा। रात में मेरे साथ रहियो।...और तू रहिमन का घर मुझे दिखा देना। फिर तू वहाँ से निकल लेना। बाकी हम देखते हैं, ये औरतों वाला चक्कर!'' थानेदार अभय सिंह जलाल के लिए चाय-पानी का इंतज़ाम कराता हुआ खड़ा हो गया था।

''एक मिनट साहेब! आप मुझे यहाँ मत रोकिए। मैं आपको उसके घर का ऐसा पता बताऊँगा कि आप सीधे उसके घर पहुँच जाओगे। सुनिए—मुख्य रास्ते पर एक बहुत पुराना और विशाल पीपल् का पेड़ है। वहीं से सटी एक गली अन्दर जाती है। गली का सातवाँ हरे रंग का मकान उसी का है। मकान के बाद मस्जिद है, जिसके आगे कुआँ है।'' जलाल को वहाँ रुकने में भय हो रहा था कि कहीं कुछ गड़बड़ हुई तो उसके और उसके पूरे परिवार को लेने-के-देने पड़ जाएँगे।

''अबे रुक! तू कहीं नहीं जाएगा। हवलदार मिल्खा सिंह, इसे चाय-नाश्ता करवाओ। यह यहीं रहेगा। रात में हमारे साथ लोंगेवाला चलेगा।'' थानेदार अभय सिंह के सामने जलाल की बोलती बंद हो गई।

पानी घुसपैठिए

ऊँट को गाँव के बाहर ही एक घर के पीछे छोड़कर सिविल ड्रेस में चार सिपाहियों के साथ रहिमन के घर के मुहाने पर पीपल के पेड़ के पास पहुँचा था थानेदार। साथ में मुँह ढके जलाल डर से इधर-उधर नज़रें घुमाकर आश्वस्त होना चाह रहा था कि कोई उसे देख तो नहीं रहा है!

पीपल के पेड़ के पास मोड़ पर खड़े होकर थानेदार ने जलाल से धीमी आवाज़ में पूछा था, ''हाँ बता! कौन-सा घर है?''

''साहेब, वह मस्जिद दिख रही है? उसके ठीक पहलेवाला मकान!'' जलाल ने

उँगली के इशारे से बाईं ओर की मस्जिद से पहलेवाले मकान की ओर इशारा करते हुए बताया था।

''ठीक है। अब तू निकल।'' थानेदार ने धीमी आवाज़ में ही जलाल को आदेशात्मक लहज़े में कहा था। मुँह छिपाता हुआ जलाल वहाँ से अपने घर की ओर तेज़ी से निकल गया था।

रातभर पेड़ के ऊपर वे पाँचों निगरानी करते रहे। विष्णु राम को झपकी भी आ रही थी, पर बमुश्किल वह ख़ुद को सँभाले हुए था। बीच में एक-दो बार वह पेड़ से नीचे उतर आया था। इंतज़ार में रात खत्म होने को थी। वैसे भी इंतज़ार की रात लम्बी होती है।...और पेड़ पर रात गुज़ारनी पड़े, तो कमर तो अकड़ ही जाएगी।

सुबह के चार बजने वाले थे, पर अब तक उस घर के आस-पास कोई हलचल नहीं हुई थी, ''साला जलाल यों ही बकैती कर दिया। अब उसकी तो खैर नहीं। कहीं हमें बरगलाने के पीछे उसका कोई दूसरा एजेंडा तो नहीं है।'' रात भर के इंतज़ार की निराशा अभय सिंह के चेहरे पर उभर आई थी। रात का इंतज़ार वैसे भी ज़्यादा कष्टप्रद होता है।

सिर झटकते हुए अभय सिंह निराशा से बाहर निकला था। मन के कोने में एक उम्मीद की लौ अब भी जल रही थी, ''जलाल भला झूठ क्यों बोलेगा? हो सकता है कि रहिमन को भनक लग गई हो!...या यह भी हो सकता है कि आज उसके पक्ष का इत्तेफ़ाक हो!'' थानेदार अभय सिंह बड़बड़ाया था। वह जानता है कि पाँच बजने वाले हैं। बस थोड़ी ही देर में नमाज़ का वक्त हो जाएगा। अजान की आवाज़ से चारों तरफ़ चहल-पहल शुरू हो जाएगी।

कहते हैं, इंतज़ार कभी निराश नहीं करता! उसका फल प्रत्यक्ष-परोक्ष मीठा ही होता है। बॉर्डर की तरफ़ वाले पिछले रास्ते से कुछ लोगों के चलने की धीमी आवाज़ आ रही थी। अभय सिंह दम साधे पेड़ पर ही बैठा रहा।

तभी हिज़ाब पहने चार औरतें पेड़ के पास से होती हुईं रहिमन के घर के पास पहुँची थीं। उनके हाथ में और उनकी पीठ पर एक-एक बैग था। उनके वहाँ पहुँचते ही दरवाज़ा खुल गया था। दरवाज़ा खुलते ही चारों औरतें घर के अन्दर चली गई थीं।

''रहिमन को रंगेहाथों पकड़ने का बस यही मौका है! बस स्टॉप पर पकड़ने से रहिमन तो साफ़ बच जाता और आगे के लिए वह सचेत भी हो जाता। उसे पकड़ पाना, कुछ साबित करना आसान न होता।'' अभय सिंह अपने साथियों के साथ पूरी सावधानी बरतते हुए पीपल से नीचे उतर आया था।

सधे हुए क़दमों के साथ वे रहिमन के घर के दरवाज़े के पास पहुँचे थे। वहाँ पहुँचकर

थानेदार ने दरवाज़े को खोलना चाहा था, पर वह अन्दर से बंद था। अभय सिंह दिमाग पर ज़ोर डालते हुए फुसफुसाया था, ''आखिर बिना किसी आवाज़ के वे लोग अन्दर कैसे गए थे? क्या दरवाज़ा पहले से खुला था?''

फिर उसने अपने दिमाग पर ज़ोर डालते हुए याद करने की कोशिश की थी। आखिर उन परदानशीन औरतों ने क्या किया था कि दरवाज़ा खुल गया था!

तभी अभय सिंह को जैसे कुछ याद आया और उसने दरवाज़े की कुंडी को हौले-से तीन बार बजाया। तीन बार बजते ही एक मिनट के अन्दर दरवाज़ा खुल गया था। फिर क्या था! सभी सिपाही धड़धड़ाकर घर के भीतर घुस गए थे। सामने बरामदे पर उन सभी परदापोश औरतों के साथ रहिमन की पत्नी बैठी थी।

''कौन हो तुम लोग? अपना-अपना बुरका हटाओ!'' पूछते हुए अभय सिंह ने अपनी पिस्तौल तान दी और सिपाहियों ने अपनी राइफ़लें!

''ओह! थानेदार साहब आप! इतनी सुबह? अभी तो अजान भी शुरू नहीं हुई और आप इस तरह हमारे घर में घुस आए?'' रहिमन ने संयमित-सा होकर पुलिस को झाँसे में लेने की कोशिश की थी।

''चालाकी नहीं रहिमन! मुझे सब पता चल चुका है। बताओ ये सब कौन हैं?'' अभय सिंह ने गुर्राते हुए पूछा था।

''ये हमारी बेटियाँ हैं, थानेदार साहब! आपको क्या पता चल गया है मुझे नहीं मालूम, पर इस तरह किसी के घर?''

''चुप...! ज़्यादा होशियारी न दिखा रहिमन! घर की बेटियाँ रात के अँधेरे में बैग टाँगे कहाँ से आ रही हैं?'' अभय सिंह पिस्तौल पर हाथ कसते हुए गुर्राया था।

अब रहिमन के चेहरे पर डर का भाव उभर आया था! उसे लगा कि छोटी-सी भी गलती जानलेवा हो सकती है। बस...! उसने घुटने के बल बैठकर हाथ जोड़ दिए थे, ''रहम साहब...! रहम...! ये हमारी बेटियाँ ही हैं।''

''ठीक है! ये सभी तेरी बेटियाँ हैं ना, तो मेरी भी बेटियाँ हुईं! चलो जल्दी से सभी का बुरका हटवाओ!'' अभय सिंह ने चिल्लाने के स्वर में इस बार कहा था।

''ऐसा ज़ुल्म न करें साहब! किसी ग़ैर मर्द के सामने...!'' रहिमन इतना ही कह पाया था कि अभय सिंह ने अपने पैरों से उसे ठोकर मार दी। रहिमन चित होकर गिर पड़ा था। ''ठोक दूँ? सारा किस्सा ही ख़त्म!''

उसके इतना कहते ही सभी औरतों ने बिना देर किए अपने चेहरे से बुरका हटा लिया

था। उनमें तीन युवा लड़कियाँ थीं और एक पुरुष! तब तक रहिमन भी उठ बैठा था।

"कौन हो तुम लोग? जल्दी बताओ, नहीं तो अभी तुम सबकी लाशें यहीं बिछा दूँगा।" उसके इतना कहते ही तीनों युवतियाँ वहीं घुटनों के बल बैठ गईं और गिड़गिड़ाने लगीं, "हम सब बॉर्डर के उस पार के सैनवारी गाँव से आए हैं।" औरतों की आँखों में दहशत का लाल रंग उभर आया था। उनकी आँखों में खौफ़ झलकने लगा था।

"क्यों आई हो यहाँ? क्या साजिश है तुम सबकी? कहाँ बम फोड़ने का इरादा है? बता...! जल्दी बता, नहीं तो तुम सबकी यह आख़िरी सुबह होगी!"

"पानी...! पानी...!" एक स्वर में बोलीं थीं तीनों!

"क्या मतलब है तुम्हारा? पानी-पानी क्या कर रही है?"

"साहब, हम सब पानी के कारण भारत आ गए हैं। हमारे मुल्क में सूखा ऐसा है कि बूँद-बूँद को मुहताज़ हो गए हैं। सैकड़ों वर्षों से पानी से भरा रहने वाला हमारा सैनवारी तालाब भी सूख गया है। अब तो खाने पर भी आफ़त है साहब!" उनमें से बाईं ओर घुटने के बल बैठी एक लड़की ने कहा था।

"हम सब बस ज़िन्दगी जीने के लिए यहाँ आ गए हैं। हम कोई आतंकवादी नहीं हैं। जब प्रकृति का ही आतंक हम सब की ज़िन्दगी तबाह करने पर आमादा हो, तब भला हम क्या किसी की ज़िन्दगी से खेलेंगे साहब?" बीच में बैठी लड़की ने गिड़गिड़ाते हुए कहा था।

"चुप...! मुझे मूर्ख समझती है? बरगला रही हो मुझे? लगता है कि तुम सब ऐसे नहीं मानोगी। अबे ओ काली सिंह...! इनके बैग ज़रा चेक तो कर! ज़रा सावधानी से!" थानेदार घूरते हुए चिल्लाया।

"साहब, इसमें तो कपड़े हैं। कुछ राजस्थानी कपड़े, झुमके और कुछ ज़ेवरात भी।"

यह सुनकर अभय सिंह थोड़ा नरम पड़ा था। वहीं खड़ी खाट को पैर से ही गिराया था और उस पर बैठ गया था।

"क्या नाम है तुम्हारा?" हिज़ाब से ख़ुद को छिपाए उस लड़के से पूछा था उसने।

"इकबाल!" इकबाल ने हाथ जोड़े हुए अपना नाम बताया था।

"ठीक है! मैं जान से तो नहीं मारूँगा, पर तुम्हें छोड़ भी नहीं सकता। तुम सब पाकिस्तानी हो! घुसपैठिये हो! इसलिए तुम सब को गिरफ़्तार करता हूँ। अब तुम्हारा फ़ैसला कोर्ट में होवेगा! तुम लोग पानी के वास्ते भारत में आये हो।...पर यहाँ पानी का खज़ाना है? तुम लोग ज़िन्दगी के लिए यहाँ आये हो, इसलिए मैं तेरी ज़िन्दगी ख़त्म नहीं करूँगा।...और रहिमन

तुम! पाकिस्तानियों की घुसपैठ में मदद करने के लिए तुम्हें भी गिरफ़्तार करता हूँ।'' अभय सिंह के मन में कई सवाल अब भी उठ रहे थे, पर उसके चेहरे पर रौब गायब हो गया था।

''भारत तो एक समृद्ध और खुशहाल देश है। यहाँ का जीवन पाकिस्तान की तुलना में जन्नत की तरह है। यहाँ सरकार आम आदमी की ज़रूरतों का पूरा ख़याल रखती है।'' इस बार इकबाल ने थोड़ा मक्खन लगाया था।

''चुप...! भारत की तारीफ़ करके मक्खन लगा रहा है मुझे! जान बख्श दी, ये क्या कम है के? चल, थाने चल!''

''अल्ला हो अकबर...!'' मस्जिद से अजान की आवाज़ आ रही थी और अभय सिंह सभी को गिरफ़्तार कर, ले जा रहे थे।

देश-विदेश के सारे चैनलों पर बस यही ख़बर छाई हुई थी, 'पानी-घुसपैठिये'! सफ़्स कॉलेज में भी इसकी ख़ूब चर्चा थी और पानी के लिए घुसपैठ को लेकर क्लास में भी विमर्श जारी था।

अध्याय-7

सिनेमा का दृश्य

''यार क्या फ़िल्म थी! ओह ग़ज़ब! ऑसम...! ऐसी लवस्टोरी बहुत कम देखी है मैंने!'' श्री की एक सहेली ने सिनेमा हॉल से निकलते हुए कहा था और श्री उसकी ओर देखते हुए मुस्करा दी थी।

''हाँ यार! उसने जब चुम्बन लिया ना, तब मुझे तो लगा जैसे वह मेरे ही ओंठों का चुम्बन ले रहा हो! क्या भाव था उसका! उफ़...! एकदम पागल बनाने वाला!'' एक दूसरी सहेली ने फ़िल्म पर मानो फ़िदा होते हुए कहा था।

''सच में, मैं तो इतना रोमांचित हो गया था कि क्या कहूँ! मन कर रहा था कि बस अभी...! उफ़...! क्या दृश्य थे यार...! दोनों की पहले नाक सटी थी। जैसे-जैसे दोनों की साँसों का मिलन हुआ था, मानो पुरवाई बहने लगी थी। कम्पित-थरथराते ओंठ यों मिल रहे थे, जैसे वीणा के तार झंकृत हो गए हों...!'' अउम की बातों का जैसे श्री पर थोड़ा प्रभाव पड़ा था। उसके चेहरे पर एक हल्की मुस्कान तैर गई थी।

''अच्छा...! तेरा कुछ मन कर रहा था ना...! अभी बताऊँ तुझे?'' कंधे पर प्यारी-सी थपकी मारते हुए श्री ने झिड़की दी थी। उसकी झिड़की पर सभी हँस पड़े थे।

''लेकिन पहल तो लड़की ने की थी और उसकी पलकें प्रेम से बोझिल होकर मदहोशी में बंद हो गई थीं। चेहरे पर शीतल चाँदनी छिटक आई थी,'' अउम के एक साथी ने बातों की जुगाली की थी।

''अब चलो, बहुत हो गई ख़्वाबों की चुम्बनबाज़ी और सपनों का रोमांस! कोई ऑटोरिक्शा देखो! यदि कोई वहाँ तक छोड़ दे, क्योंकि हम लोगों के पास एक ही मोटरसाइकिल है!'' श्री ने फिर झिड़की देते हुए कहा था।

''ले बलैया! मेरी मोटरसाइकिल का टायर पंक्चर हो गया है यार। तभी मैं कहूँ कि यह खिंच क्यों नहीं रही है! उफ़...! अब तो मोटरसाइकिल भी खींचकर ही ले जानी पड़ेगी और वह भी इतनी रात को!'' अउम ने जैसे ही मोटरसाइकिल स्टैंड से उतारी थी, वह परेशान हो गया था। अउम की बातों से श्री और उसके साथी भी चिंतित हो गए थे।

रात के सवा बारह बजे कोई भी ऑटो या टैक्सीवाला सेमिनरी हिल्स जाने को तैयार न था। फिर श्री ने 'ओला' बुक करने की कोशिश की थी। ड्राइवर सेमिनरी हिल्स सुनते ही बहाना बनाने लगता कि वह अभी बहुत दूर है और दूसरी ओर जा रहा है। श्री का यह प्रयास भी बेकार हो गया था। मन मसोसकर सभी पैदल ही चल पड़े थे। वैसे हमेशा ऐसी स्थितियाँ आती रहती हैं। लड़के ज़्यादातर हॉस्टल के किसी साथी की स्कूटी या बाइक ले आया करते थे, पर आज दूसरा वाहन नहीं मिल पाया था। इसलिए अउम केवल अपनी बाइक से निकला था और श्री को अपने साथ ले लिया था। बाकी साथियों ने चिल्ड्रेन्स पार्क से साढ़े आठ वाली बस पकड़ी थी, जिसने उन्हें सदर तक छोड़ दिया था।

वानखेड़े स्टेडियम के मुहाने से वे लोग सदर रोड की ओर बढ़े थे। मेन रोड पर चलते हुए शायद कोई वाहन मिल जाए! मोटरसाइकिल खींचते हुए अउम थकने लगा था।

''लाओ, थोड़ी दूर मैं खींचती हूँ,'' बोलते हुए श्री ने बाइक का हैंडिल पकड़ा था।

''अरे नहीं! कोई बात नहीं। कभी-कभी ऐसा होता है—कभी घोड़े पर आदमी, तो कभी आदमी पर घोड़ा!'' कहते हुए हँसा था अउम। उसके साथ बाकी दोस्त भी हँसे थे।

''अपने आपको मर्द समझते हो! श्रेष्ठता-ग्रंथि से बाहर निकलो। लगता है, तुम्हें अभी औरताना एहसास नहीं हुआ है। अभी सिनेमा में देखा ना...!'' पहले गंभीर-सा चेहरा बनाया था श्री ने, फिर ज़ोर से हँस दी थी।

''सॉरी यार...! मेरा कोई मर्दानगी दिखाने का इरादा नहीं था। मैं तो तुम्हें कोई कष्ट नहीं देना चाह रहा था। बस...!'' अउम ने माफ़ी की मुद्रा में श्री की आँखों में झाँका था।

''सॉरी नहीं बोलो यार! मैं तो मज़ाक कर रही थी। चल तू ही खींच, मैं पीछे से

धक्का देती हूँ!'' श्री के इतना कहते ही उसकी एक दोस्त ने कहा था, ''हाय...! मैं मर ही जाऊँ!'' और हँसने लगी थी।

''अरे, हँस क्यों रही हो? तुम सब को भी खींचना है,'' श्री ने सभी को धमकाते हुए कहा था।

चलते-चलते सभी थकने लगे थे। अउम ने बाइक रोककर उसे साइड स्टैंड पर झुका दिया था और डिवाइडर पर बैठकर सुस्ताने लगा था। उसके साथ ही सभी डिवाइडर पर बैठ गए थे।

तभी श्री की एक साथी ने आसमान में आधे चाँद को देखकर एक पुराना गीत गुनगुनाया था, ''चलो दिलदार चलो, चाँद के पार चलो...!''

अभी वह इतना ही गा पाई थी कि अउम के एक साथी ने गाने को आगे बढ़ाया था, ''हम हैं तैयार चलो...!'' उसके गाते ही सभी ज़ोर-ज़ोर से हँसने लगे थे।

''हर्र्...! हर्र्...!'' तभी दूर से एक बड़े वाहन की अजीब-सी आवाज़ आई थी।

''अरे वह पीछे से क्या आ रहा है?'' अउम के एक साथी ने पीछे मुड़कर देखते हुए सवालिया लहज़े में कहा था। सभी खड़े होकर उस आनेवाली गाड़ी पर नज़रें टिकाए हुए थे। धीरे-धीरे गाड़ी जब नज़दीक आने लगी थी, तब सड़क की पीली रोशनी में धीरे-धीरे साफ़ होने लगा था।

''ओह...! सड़क बनाने वाली क्रेन है! आने दो उसे। उसी से मदद माँगेंगे! उस पर तो बाइक भी रखी जा सकती है।'' उम्मीद में श्री की आँखें चमक उठी थीं।

''हाँ...! सही कहा तुमने श्री!'' अउम की भी उम्मीद जग गई थी।

जैसे ही क्रेन नज़दीक आयी थी, श्री ने आगे बढ़कर उसे रुकने का इशारा किया था। बाकी सभी साथी भी एक साथ उसे रुकने का इशारा करने लगे थे।

उन लोगों को देखकर ड्राइवर ने क्रेन रोक दी थी और पूछा था, ''क्या बात है? क्या हुआ?''

''भाई आप किधर जा रहे हैं?'' श्री ने ही लीड ली थी।

''मैं काटोल रोड जा रहा हूँ।...पर क्यों?'' ड्राइवर ने आश्चर्य से पूछा था।

''क्या आप हमें सेमिनरी हिल्स छोड़ देंगे? आपके रास्ते से बस एक किलोमीटर अन्दर जाना पड़ेगा। कहिएगा, तो मैं कुछ पैसे दे दूँगी!'' श्री ने मोर्चा सँभाले रखा था।

"अच्छा ठीक है। दो सौ रुपये दे दीजिएगा!"

ड्राइवर के इतना कहते ही अउम ने झट से कह दिया था, "हाँ, ठीक है। दे देंगे भाई। आप हमें वहाँ छोड़ दीजिए।...और हाँ! बाइक को भी ज़रा उठा लीजिएगा।"

श्री ने आश्चर्य से अउम को देखते हुए प्रश्नात्मक भाव में दोनों हाथों को घुमाया था। उसे लग रहा था कि वह ड्राइवर को सौ रुपए तक मना लेती!...पर उसके कहने से पहले ही अउम ने झट से सहमति दे दी थी।

"माना कि यह बहुत पैसेवाला है," श्री बुदबुदाई थी और उसकी आँखों में झल्लाहट का भाव उभर आया था।

"क्या हुआ श्री?" अउम ने श्री की झल्लाहट भाँपते हुए हल्की आवाज़ में पूछा था।

"कुछ नहीं...! चलो...!" श्री ने अउम को घूरते हुए कहा था।

क्रेन ड्राइवर ने बाइक उठा ली थी और सभी साथी क्रेन के अगले हिस्से पर चढ़कर खड़े हो गए थे। क्रेन पर इस तरह सवारी करने का यह सभी के लिए पहला मौक़ा था।

क्रेन के चलने से कोई भी ख़ुद को संतुलित नहीं रख पा रहा था, पर मस्ती में सभी क्रेन के लोहे वाले घेरे को ही सहारा बनाए हुए थे। अउम तो क्रेन के अगले हिस्से पर पैर लटकाकर बैठ ही गया था। उसकी देखा-देखी श्री और अन्य साथी भी पैर लटकाकर बैठ गए थे और ज़ोर-ज़ोर से सुर मिलाकर गाना गाने लगे थे।

वेस्ट पाइप

"आ गई...!आ गई...!आ गई...!" जैसे ही श्री अपने साथियों के साथ सिनेमा देखकर लौटी थी, हॉस्टल में कानाफूसी शुरू हो गई थी, जैसे सभी सीनियर्स उसी के इंतज़ार में हों!

हालाँकि श्री और उसकी सहेलियाँ सधे पाँव हॉस्टल कैम्पस के भीतर दाखिल हुई थीं, पर हॉस्टलर्स से ख़ुद को छिपा नहीं पाई थीं। श्री इस बात से तो पूरी तरह आश्वस्त थी कि वार्डेन को पता नहीं चलेगा, पर इस बात से पूरी तरह अनभिज्ञ थी कि उसके दोस्तों ने ही उसके स्वागत की तैयारी कर रखी है। उसका कमरा प्रवेशद्वार के बिलकुल विपरीत कोने में था।

उधर हॉस्टल में लड़कियाँ बाथरूम में जाकर एक बालटी में कुछ जमा कर रही थीं। नीचे पूरा बरामदा सीमेंट की जालीदार नक्काशी से घिरा हुआ-सा था। हॉस्टल में घुसने के सिर्फ़ दो रास्ते थे। एक तो मुख्य दरवाज़े से था, दूसरा वेस्ट पाइप के सहारे पहले तल्ले पर चढ़कर!

आज ऋषा ने श्री को सिनेमा जाने के लिए मना किया था, पर अउम के अनुरोध को श्री टाल नहीं सकी थी। ऋषा के मना करने पर भी श्री ने अपने साथ दो और साथियों को चलने के लिए मना लिया था। ऋषा इसी बात पर श्री को थोड़ा तंग करना चाहती थी। ऐसी अनेक चुहलबाज़ियाँ हॉस्टल में होती रहती थीं।

गेट के पास केबिन में गार्ड तो रहता था, पर वह हमेशा लड़कियों का साथ देता था।...या यों कहें कि लड़कियाँ उसे मनाए-रिझाए रहती थीं। इसलिए रात को लौटते समय हॉस्टल कैम्पस के अन्दर घुसने में तो ज़्यादा दिक्कत नहीं होती थी।...पर चैंबर से जुड़े पाइप पर चढ़ना बहुत आसान न था। वैसे लड़कियों को पाइप पकड़कर ऊपर चढ़ने की प्रेक्टिस थी। पाइप से सटी सीमेंटेड नक्काशीदार जाली से भी ऊपर चढ़ने में मदद मिल जाती थी।

सिस्टर प्रतिदिन साढ़े आठ बजे तक हॉस्टल पहुँच जाती थीं और नौ बजे दरवाज़ा बंद कर लेती थीं। वार्डेन सिस्टर यहाँ मेस में खाना नहीं खाती थीं। उनका सिस्टर्स हॉस्टल था। वह वहीं कॉलेज के बाद चली जातीं। वहाँ उनके लिए कॉमन रूम की भी ज़िम्मेदारी रहती थी।

फुसफुसाते हुए श्री ने पाइप से ऊपर चढ़ना शुरू किया था। वह अभी आधा भी नहीं पहुँच पाई थी कि ऊपर से बदबूदार पानी वाली बालटी उँड़ेल दी गई।

उस आकस्मिक पानी की बौछार के कारण श्री का हाथ पाइप से छूट गया। वह धड़ाम से नीचे गिर पड़ी। नीचे जिस लड़की ने अभी ऊपर चढ़ना शुरू किया था, श्री उसी पर गिरी थी। दोनों एक के ऊपर एक सीमेंटेड ढक्कन पर चित गिर पड़ी थीं। दोनों को चोट भी लगी और धम्म-धब्ब की ज़ोर से आवाज़ हुई।

तीनों लड़कियों के शरीर में जैसे बिजली दौड़ गई हो! चोट की परवाह किए बगैर वे सभी वहाँ से उठी थीं और भाग खड़ी हुई थीं।

उस आवाज़ के एकाध मिनट के बाद ही सिस्टर के कमरे की बत्ती जल गई थी। वह बाहर निकलकर कॉरिडोर में आ गई थीं और टहलते हुए उन्होंने मुआयना किया था। इधर सारी लड़कियाँ जैसे नेवले की गति से अपने-अपने कमरे में जा चुकी थीं।

''गार्ड साहब...! गार्ड साहब...! शंभू...!'' सिस्टर ने गार्ड को पुकारा था।

''जी सिस्टर...!'' गार्ड ने सिस्टर को सुन लेने का एहसास कराया था।

''यह कैसी आवाज़ थी? ज़रा सर्च कीजिए चारों ओर! कैन्टीन की ओर भी देखिए और हॉस्टल के पीछे भी।'' सिस्टर ने कॉरिडोर के भीतर से ही हिदायत देते हुए कहा था।

''जी सिस्टर, अभी देखता हूँ! कुछ आवाज़ तो थी, पर किधर से आई, यह पता नहीं चला। मैं देखता हूँ सिस्टर,'' यह कहकर गार्ड अपना लंबावाला टॉर्च जलाकर हॉस्टल के चारों ओर घूमने लगा था।

...पर लड़कियों को तो जैसे बिरनी लग गई थी। पकड़े जाने के डर से वे इस कदर बेतहाशा भागी थीं कि उन्हें होश ही नहीं रहा। इसका ख़याल किए बगैर कि वे किधर जा रहीं हैं, बस भागती चली गई थीं!

मेंढक बना साथी

"झन्अअअ...!झन्अअअ...!" झिंगुर की तेज़ आवाज़ चारों ओर फैल रही थी। बेतहाशा भागते हुए सभी बिछड़ गए थे। हाँफ़ते हुए श्री ने एक पेड़ पर हाथ टिकाया था और झुक-सी गई थी। अपने फेफड़ों में तेज़ साँस लेते हुए ऑक्सीजन भरने लगी थी। तेज़ी से साँस लेते-छोड़ते हुए श्री ने सिर उठाया था और चारों ओर नज़रें घुमाई थीं। चाँदनी की हल्की रोशनी बड़े-बड़े सागवान के पेड़ों से छनकर ज़मीन पर पड़ रही थी।...पर सब कुछ धुँधला-सा था। उस धुँधलके में ऐसा लग रहा था, जैसे उसके आस-पास कई साये झूल रहे हों! उन सायों का आकार भी अलग-अलग था। उसे लगा कि जैसे वे साये उसकी ओर बढ़ रहे हैं! उस दृश्य से, दिलेर श्री भी थोड़ा सहम-सी गई थी।

एक बार फिर वह बेतहाशा भागने लगी थी। जंगलों के बीच छोटे-बड़े पौधों से टकराती वह भाग रही थी, एक अनजान रास्ते पर, अनजान मंज़िल की ओर।

भागते हुए उसे एक पथरीली पगडण्डी मिली थी, जिस पर कई छोटे-बड़े पत्थर पड़े हुए थे। बेतहाशा भागते हुए उसे यह एहसास ही नहीं रहा कि पथरीली राह पर थोड़ा सँभलकर चला जाए।

तभी एक बड़े पत्थर से उसका पाँव टकराया था और वह ख़ुद को सँभाल नहीं पाई थी। पत्थर से बायाँ पाँव टकराते ही वह हवा में लहराई थी। उसके दोनों हाथ नब्बे डिग्री के ऐंगल में सुरक्षात्मक उठ गए थे। दाहिने पाँव को ज़मीन पर रखते हुए उसने सँभलने का प्रयास किया था, पर ठोकर इतनी तेज़ थी कि उसकी अपनी प्रतिक्रिया उसके सामने धीमी पड़ गई।

धड़ाम...! गिरते हुए बचाव में उसकी हथेली स्वत: मुँह के पास चली गई थी। उसके सिर में चोट तो नहीं लगी, पर कमर की हड्डी ज़मीन पर ज़ोर से बजी थी। मुँह के बल गिरने के कारण घुटना, कोहनी और हथेली छिल गई थी।

वह जिस गति से गिरी थी, गेंद की तरह, लगभग उसी गति से उठने की कोशिश की थी, पर एक कराह के साथ कुछ पल वहीं पड़ी रह गयी थी। थोड़ी हिम्मत कर वह उठ खड़ी हुई थी। कूल्हों में काफ़ी दर्द हो रहा था। छिलने की जगह जलन भी हो रही थी, पर हड्डी की चोट तो व्याकुल कर ही देती है ना! वह दौड़कर वहाँ से निकलना चाह रही थी, पर पाँवों ने बहुत साथ नहीं दिया था। वह धीरे-धीरे ही सही, पर आगे बढ़ने लगी थी

और उछल-उछलकर पैर को खोलने की कोशिश कर रही थी। मानसिक तौर पर चोट को झटकने की कोशिश की थी श्री ने और एक बार फिर चारों ओर नज़रें घुमाई थीं। धीरे-धीरे ही कुछ कदम बढ़ाए थे उसने!

उसे ढलान मिलनी शुरू हो गयी थी। ढलान मिलते ही उसे एहसास हो गया कि अब वह किसी सड़क तक पहुँचनेवाली है! गुड मॉर्निंग ट्रैक ही मिल सकता है शायद! दर्द के बावजूद वह तेज़ क़दमों से ढलान पर उतर रही थी। इस बार वह थोड़ा सँभलकर कदम बढ़ा रही थी। उसे पता था कि यहाँ गिरी तो लुढ़कते हुए नीचे गिर जाएगी।

दौड़ते-भागते, गिरते-पड़ते वह नीचे उतर गई थी। अब उसके सामने सर्पीली सड़क थी, जो ऊपर चिल्ड्रेन्स पार्क की तरफ़ जाती थी और नीचे राज भवन के मुहाने की ओर।

तभी सड़क पर उसे उछलता हुआ एक मेंढक दिखा था, जो शायद उसी के पैरों से टकराकर असुरक्षित स्थिति में आ गया था और फिर किसी सुरक्षित स्थान की तलाश में भागने लगा था।

अचानक श्री ने मेंढक को पकड़ लिया। अपनी हथेली में दबाए कुछ पल के लिए उसने आँखें बंद कर ली थीं! सुकून का अनुभव किया था श्री ने! जैसे इस बीहड़ एकांत में कोई साथी मिल गया हो! डर से उबरने में जैसे श्री को मेंढक का ही सही, किसी का साथ तो मिला था!

कुछ पल सड़क के बीच में आँखें बंद किए, मेंढक के साथ दुधिया रोशनी में खड़ी रही थी श्री। धीरे-धीरे आँखें खोली थीं उसने और चारों ओर नज़रें घुमाई थीं। वहाँ से उन छोटे-बड़े सायों का रहस्य खुलने लगा था। आधे चाँद का मादक प्रकाश उस काली सड़क पर पसर कर कन्ट्रास्ट बना रहा था।

सागवान के अलग-अलग आकार के बड़े-बड़े पत्तों वाले पेड़ हल्की पुरवाई में झूलते हुए अब ख़ूबसूरत दिख रहे थे। श्री ने अब राहत की साँस ली थी और मेंढक को जंगल में किनारे छोड़ दिया था।

मेंढक छूटते ही कूदते-कूदते जंगल की ओर बढ़ रहा था। श्री को लगा था, जैसे उसे डर से मुक्ति दिलाने वाला फ़रिश्ता अब सुकून महसूस कर रहा है।

"टर्र...! टर्र...! टर्र...!" अचानक मेंढक रुका था और अपने स्वर में कुछ कहना चाहा था। फिर कूदते हुए आँखों से ओझल हो गया था।

शॉर्ट फ्रॉक में श्री कुछ देर सड़क पर यों ही अर्ध चाँदनी में नहाती रही थी। बीच सड़क पर ऐसा लग रहा था, जैसे आकाश से चाँद की सवारी कर कोई अप्सरा उतर आई हो!

अध्याय-8

योगन

चाँदनी में नहाती श्री की नज़र सड़क किनारे सागवान के एक पेड़ के पास गई थी। पेड़ के पास कोई परछाईं थी, जो खड़ी हो रही थी। पेड़ की ओट के कारण एकादशी के चाँद की पूरी रोशनी उस पर नहीं पड़ रही थी।

श्री की आँखें उस पर जैसे केन्द्रित हो गई थीं और ज़ूम होकर उसे पहचानने की कोशिश कर रही थीं।

"ओह...! योगन!" मुँह से अनायास ये शब्द फूट पड़े थे। उसे देखकर श्री को थोड़ा आश्चर्य भी हुआ था और थोड़ा सुकून भी। आश्वस्त भाव से श्री उस योगन की ओर बढ़ गई थी।

योगन, श्री को देखते ही मुस्कराई थी। चाँदनी की छनती रोशनी में भी उसका चेहरा चमक रहा था। उसके अधपके लम्बे और बिखरे बाल किसी पुरातन महात्मा की तरह लग रहे थे। उसकी मुस्कराहट में एक अलग तरह का आकर्षण था। चंदाभिषेक से जैसे पूरी पृथ्वी ही शीतल हो गयी हो!

योगन के पास पहुँचते ही श्री कुछ पूछती, तब तक योगन ने ही पूछ लिया था, "तुम आ गईं साहिबा?"

"ये क्या पागलपन है योगन? तुम मुझे बार-बार कभी राजकुमारी, कभी साहिबा, कभी मल्लिका कहकर क्यों संबोधित करती हो? मैं एक ग़रीब परिवार की लड़की हूँ। मेरे माता-पिता इतने बड़े कॉलेज में पढ़ाने की हैसियत भी नहीं रखते! गंगा की सेवा और मज़दूरी ही उनका काम है। ऐसे में तुम मुझे साहिबा कहकर मेरा मज़ाक क्यों उड़ाती हो?" श्री, योगन की बात पर विचलित हुई थी और झल्लाने से ख़ुद को रोक नहीं पाई थी।

योगन कुछ कहती, इससे पहले फिर से श्री ने सवाल दागा था, "पहले यह बताओ कि तुम हो कौन? इस तरह रात-आधी रात इन जंगलों में क्यों भटकती रहती हो? एक औरत होकर भी इस तरह अकेले घूमने में तुम्हें डर नहीं लगता है?"

योगन ज़ोर से हँसी थी और फिर गंभीर होते हुए बोली थी, "तुम्हारा मतलब यह है कि मैं एक औरत हूँ, इसलिए मुझे अकेले में डरना चाहिए! एक सवाल है तुमसे—क्या किसी के साथ होने से हम सुरक्षित हो जाते हैं?"

फिर ख़ुद ही उत्तर देते हुए बोली थी, "या शायद मानसिक तौर पर यह आभास या

भाव लाने की कोशिश होती है कि हम सुरक्षित हैं!'' आँखें छोटी करते हुए फिर सवालिया लहज़े में बोली थी, ''किससे डरना चाहिए हमें? पुरुषों से?'' कहते हुए ज़ोर का ठहाका लगाया था उसने।

''राजकुमारी, जो ख़ुद अपने अस्तित्व और पहचान के लिए संघर्ष करते हुए डरा हुआ हो, वह भला दूसरों को क्या डराएगा! उसकी फुँफकार और पूँछ की झनझन अपने डर से उबरने की तरकीब भर है साहिबा! या फिर अपनी पराजय की अस्वीकार्यता की उल्टी!...और हाँ! कोई भी स्त्री सामान्यत: इसलिए डरती है, क्योंकि मानसिक सत्ता पुरुषों के हाथ में है। इसलिए अधिकांश स्त्रियाँ मानती हैं कि वही हमारा भरतार है। वैसे जो ख़ुद अपनी ज़िन्दगी के लिए हाथ पसारे याचना कर रहा हो, वह भला तुम्हें क्या देगा! जो याचक होता है, वह भला दाता कैसे हो सकता है श्री? जो दाता है, वह कभी किसी भी चीज़ के लिए याचना नहीं करता, मल्लिका!''

योगन की बातें किसी जादुई मंत्र की तरह श्री को हतप्रभ किए हुए थीं। योगन की बातें रहस्य को और गहरा कर रही थीं। योगन के संबोधन में ख़ुद को राजकुमारी, साहिबा या मल्लिका सुनना उसे अब रोमांचित करने लगा था।

योगन अब संयमित हो चुकी थी, पर उसकी मुस्कराहट तो जैसे उसके चेहरे की बनावट में शामिल थी, ''इन सभी सवालों के उत्तर तुम्हारे पास ही हैं राजकुमारी श्री! सब कुछ तुम्हारे बस में है...! नख से लेकर शिख तक तुम स्वयं एक पूरा ब्रह्मांड हो!''

''अउम पूर्णमद: पूर्णमिदं
पूर्णात पूर्णमुदच्यते,
पूर्णस्य पूर्णमादाय
पूर्णमेवावशिष्यते।''

''वह पूर्ण है। यह भी पूर्ण है। पूर्ण से पूर्ण उत्पन्न होता है और पूर्ण में से पूर्ण निकल जाने के बाद पूर्ण ही शेष रह जाता है।''

''मैं नहीं समझी कि तुम कहना क्या चाहती हो?'' श्री की रहस्यों की गुत्थी सुलझाने में दिलचस्पी बढ़ती जा रही थी।

''एक पूर्ण स्वस्थ मनुष्य या जीव के शरीर में खरबों जीव रहते-पलते हैं। उनमें स्त्री ही अपने गर्भ से नए ब्रह्मांड को जन्म देती है, जिसमें फिर खरबों जीव गुज़र-बसर करते हैं। सृष्टि और अनन्य ब्रह्मांड को जगय के नाम से जाना जाता है। जन्म-गति-योग!''

''उफ़! तुम्हारी बातें मज़ेदार तो हैं, पर आधी से ज़्यादा बातें पहेली की तरह हैं योगन! एक तो तुम मेरे किसी भी सवाल का जवाब नहीं देती हो! बस अपनी ही कहे जाती

हो! मैं अब तक समझ नहीं पाई कि यह सब तुम मुझे क्यों बता रही हो?''

योगन के चेहरे की मुस्कराहट खुली हँसी में बदल गई थी। आँखों को शोचनीय कोण देते हुए उसने कहा था, ''तुम सब कुछ जानते हुए भी मुझसे सुनना चाहती हो, पर मैं तो तुम्हारे ही सवालों का जवाब दिए जा रही हूँ, श्री।''

''मुझे और मत भरमाओ योगन! बताओ कि तुम कौन हो और मुझे कैसे जानती हो? मुझे बार-बार क्यों अपनी आवाज़ छेड़कर बुलाती रहती हो?''

''तुम्हें कौन नहीं जानता साहिबा! कई लोग ख़ुद की पहचान के लिए अनेक जुगत भिड़ाते हैं!...पर जगय उन्हीं को जानता है, जो जानने योग्य हैं। उसका योग स्वरूप ही उसकी पहचान है,'' योगन यह कहते हुए पहली बार थोड़ा गंभीर हुई थी।

''उफ़ ! अभी मेरे पास पानी नहीं है योगन! इस समय मैं तुम्हें पानी नहीं दे सकती! रात गहरा चुकी है और मैं भागते हुए इधर आ गई हूँ!'' योगन से कुछ स्पष्ट जवाब नहीं मिलने पर श्री थोड़ा निराश होती हुई बोली थी।

तभी योगन ने जंगल की ओर मुड़कर ज़मीन पर उगे कुछ पौधों की पत्तियाँ तोड़ी थीं और श्री के पास आकर उसकी चोट पर रगड़ दिया था।

अरे यह क्या! श्री का दर्द तो काफूर हो गया था जैसे और वह पूरी तरह फ़िट महसूस करने लगी थी।

''तुम जगय की रखवालन भी हो और जन्मदाता भी श्री! तुमसे ही सब कुछ शुरू और तुमसे ही सब कुछ खत्म! सम्पूर्ण-श्री...! श्री...! श्री...!'' कहते हुए योगन जंगल की दूसरी ओर सड़क पार कर जाने लगी थी। अब वह ढलानों से नीचे उतरती हुई गाना गाने लगी थी, ''पानी रे...! रे पानी...!''

श्री के कानों में जैसे यह गीत किसी आनन्द-घोल की तरह पड़ रहा था। श्री कुछ देर तक दपदप चाँदनी में योगन को जाते देखती-सुनती रही थी।

ब्वॉयज़ हॉस्टल में श्री

''कुऊऊउ...! कुऊऊउ...!'' अउम के फ़ोन की कोयली बजी थी, ''हैलो!'' अउम अभी थोड़ी देर पहले ही सोया था। अभी वह पहली नींद के आगोश में गया ही था कि उसका फ़ोन बजा था। आँखों को खींचते हुए फ़ोन ऑन किया था अउम ने।

''हैलो! श्री बोल रही हूँ यार...! सॉरी, तुम्हें शायद नींद से जगा दिया!'' श्री की

आवाज़ सुनकर पहले तो अउम चौंका। अभी थोड़ी देर पहले ही तो उसे हॉस्टल के पास छोड़कर लौटा था वह।

"अरे श्री...? क्या बात है? नींद नहीं आ रही है क्या? मेरे ख़यालों में डूबी हो क्या?" श्री से फ़ोन पर थोड़ा रोमांटिक अंदाज़ में अउम ने पूछा था।

"लगता है तू मेरे ही सपने में खोया है! है ना...!" सपने की बात सुनकर अउम ने ख़ुद को चुटकी काटी थी और आश्वस्त हुआ था कि वह सपना तो नहीं न देख रहा है!

"मैं तेरे हॉस्टल के गेट पर खड़ी हूँ बाहर आ।"

"अरे क्या हुआ श्री?" अउम जैसे अब नींद से जागा हो!

"हम हॉस्टल के अन्दर नहीं घुस पाए।...पर तुम सारी कहानी अपने बिछौने पर ही पूछ लोगे क्या?" थोड़ा झल्लाते हुए फिर बोली थी श्री, "ख़्वाब से बाहर निकलो अउम। तेरे गेट पर हकीकत में श्री खड़ी है।" श्री ने अउम की चुहलबाज़ी का जवाब भी चुहलबाज़ियों में ही दिया था।

"अरे...! रुक जा...! अभी आता हूँ यार...! विश्वास नहीं हुआ था ना कि ख़्वाब हक़ीकत बन मेरे सामने चला आएगा!" कहते हुए अउम लगभग दौड़ ही पड़ा था। किसी तरह पाँवों में स्लीपर डालते हुए वह अपने कमरे से निकला था और कई सीढ़ियाँ फांदता हुआ नीचे उतरा था।

"गार्ड साहब...! ओ गार्ड साहब!"

"ऐं...! कौन है?"

"मैं अउम हूँ...! दरवाज़ा खोलकर बाहर जा रहा हूँ! मेरी दोस्त है ना श्री, उसे कुछ प्रॉब्लम हो गई है! ठीक है!"

"ठीक है...! रात में नहीं लौटोगे?" गार्ड ने उबासी लेते हुए पूछा था।

"पता नहीं! अभी श्री बाहर खड़ी है। देखता हूँ क्या समस्या है!"

"जाओ भई! रात भर जगाए ही रहते हो तुम लोग!" गार्ड ने कुर्सी पर बैठकर सामने के स्टूल पर पाँव चढ़ाए, आँखें बंद कर ली थीं।

हॉस्टल के मुख्य दरवाज़े से निकलकर भागते हुए अउम गेट से बाहर निकला था। श्री बस वहीं बेर के पेड़ के पास खड़ी थी। "क्या हुआ श्री?" थोड़ा चिंतित भाव में अउम ने श्री को ऊपर से नीचे तक ध्यान से देखा था।

"अरे, हॉस्टल में पाइप से चढ़ रही थी ना, तो शायद ऋषा ने बदमाशी की! उसने कुछ अजीब-सा पानी हमारे ऊपर डाल दिया। हाथ छूटने के कारण हम गिर पड़े। फिर वहाँ से जब भागे ना, तो मत पूछो! मेरे साथी किधर हैं, पता नहीं!" श्री पूरी कहानी सुनाते हुए भी योगन की बात छिपा गई थी।

"तो मेरे कमरे में चलो! वहीं चलकर आराम करो! सुबह चली जाना!" कहते हुए अउम की नज़र श्री के घुटने पर पड़ी। घुटनों के बल बैठ के उसने श्री के घुटने के घाव को सहलाया था, "यह कैसे हो गया श्री?...और इस पर ये हरे रंग का क्या लगा रखा है तुमने? तुम्हें तो काफ़ी चोट लगी है यार! चलो-चलो...! अन्दर चलो!"

"अरे नहीं अउम...! यह तो जंगल में भागते हुए मैं गिर पड़ी थी। गिरने पर थोड़ा तो छिल ही जाता है ना!...और ये हरा रंग भंगरोइया के पत्ते का रस है। थोड़ी हथेली भी छिल गई है!" कहते हुए श्री ने अउम को अपनी हथेली दिखाई थी।

"ओह...! हे भगवान...! एक तो हरा घाव और ऊपर से हरी दवा! अन्दर चलो। मैं तुम्हारे घाव को साफ़ कर मेडीप्लास्ट लगा दूँगा," अउम का चेहरा अनुरोध भाव में सिकुड़ गया था।

"इतनी रात को ब्वॉयज़ हॉस्टल में?" श्री ने थोड़ा हिचकिचाते हुए प्रश्नात्मक चेहरा बनाया था।

"तो क्या हुआ? तुम्हें इतना कष्ट है, तब भी हम यही सोचेंगे!"

"और तुम्हारा गार्ड!...और वार्डेन!" श्री अब भी ब्वॉयज़ हॉस्टल के नाम से हिचकिचा रही थी। श्री को रात के अँधेरे में थोड़ा अजीब लग रहा था।

"उसकी चिंता तुम मत करो! वो सब मैं सँभाल लूँगा!" कहते हुए अउम ने श्री का हाथ पकड़ा था और चल दिया था हॉस्टल के भीतर। श्री ने भी अब अउम पर सब कुछ छोड़ दिया था और बिना विरोध के उसके साथ चल पड़ी थी।

"अउम, मुझे उन दोनों साथियों को ढूँढ़ना है। पता नहीं वे किधर हैं?" श्री, हॉस्टल के अन्दर जाते हुए चिंतित हो रही थी।

"अच्छा ठीक है बेबी! ढूँढ़ लेंगे उन्हें भी। पहले तुम्हारी चोट की सफ़ाई तो कर दूँ और मेडीप्लास्ट तो चिपका दूँ! उसे सुबह तक लगाए रखोगी, तो सब ठीक हो जाएगा!... फिर उससे तुम्हें दर्द भी नहीं होगा और चोट पर ठोकर लगने का भी डर खत्म!" अउम पूरे अधिकार के साथ श्री का हाथ पकड़े, अपने कमरे में ले गया था।

श्री वैसे पहले भी उसके कमरे में आ चुकी थी। पर वह दिन का समय होता था। कई बार उसने उसको कमरे को सलीके से रखना भी सिखाया था। कई बार अस्त-व्यस्त कमरे

को ठीक भी कर गई थी, पर रात में दो बजे छिप-छिपा कर अँधेरे में वह कभी ब्वायज़ हॉस्टल नहीं आई थी।

आज भी उसका कमरा अस्त-व्यस्त-सा ही था, पर एक नई तस्वीर टँग गई थी। उस पर नज़र पड़ते ही श्री चौंकी थी, ''अरे...! पगला गए हो क्या? मेरा इतना बड़ा पोस्टर क्यों लगा रखा है?''

''सोते-उठते, आते-जाते बस तुम्हें देख लेने भर से दिन शानदार हो जाता है।'' तस्वीर को निहारते हुए अउम ने कहा था।

''हा हा हा...!'' श्री के मुँह से हँसी फूट पड़ी थी, ''धत्त...! तुम ना, एकदम पागल हो...!'' उसकी आँखों में गौर से निहारते हुए गंभीर हो गई थी वह और फिर बोली थी, ''तुम्हें अपनी तस्वीर टाँगनी चाहिए अउम! कहते हैं ना कि बाहर कुछ भी नहीं, सब तुम्हारे भीतर है—कस्तूरी कुंडली बसै, मृग ढूँढ़े बन माहि,'' कहते हुए श्री दार्शनिक-भाव में पहुँच गई थी।''

''श्री, शायद अब तक तुम मेरे भाव को समझ नहीं पाई हो, तो आज सुनो—

''कागज़ के उस पटल पर, जब मेरी नज़र पड़ी थी,
उकर आई थी सूरत, वह दिखने लगी थी,
उसका चेहरा मेरे चेहरे में यों आ मिला था,
था उसी का वह चेहरा, पर मैं दिख रहा था!

''तुम्हें अच्छा नहीं लगा तो मैं क्या करूँ? पोस्टरवाले को तो मैंने अपनी ही तस्वीर दी थी, पर पता नहीं कैसे, पोस्टर पर तुम उभर आईं! सॉरी...!'' कहते हुए अउम के चेहरे पर हल्की मुस्कान फैल गई थी।

'उफ़्फ़! तुम मुझे भी पागल बना दोगे अउम! मैं अभी इन चीज़ों से जितना बचना चाहती हूँ, तुम मुझे उतना ही गहरे डुबोते जा रहे हो!''

''तुम्हें अच्छा नहीं लगा, तब मैं अभी तुम्हारे सामने इसे हटा देता हूँ!'' अउम थोड़ा उदास होते हुए बोला था।

''अरे रुको...! मेरा वह मतलब नहीं था। मैं ये कहना चाह रही थी कि तुम्हारे दोस्त देखेंगे, तो क्या कहेंगे?...और तुम्हारे वार्डेन की नज़र पड़ गई तो...? लोग मुझे भी तो चिढ़ाएँगे ना अउम? तुम समझते क्यों नहीं यार!'' श्री ने अउम का पोस्टर की ओर बढ़ा हुआ हाथ पकड़ लिया था।

''किसी लड़की का पोस्टर टाँगना कब से गुनाह हो गया?'' अउम पूरे आत्मविश्वास

के साथ बोला था और श्री की दोनों बाँहें पकड़कर बिस्तर पर ही बिठाया था। पीछे मुड़कर उसने टेबल का ड्रॉर खींचा था और उससे डिटॉल-रुई निकालकर फ़र्श पर घुटने के बल बैठ गया था। रुई पर डिटॉल लेकर श्री की चोट को पोंछते हुए फूँकने लगा था कि उसे जलन न हो!

"ओह...!" हल्की सनसनाहट के साथ श्री चिहुँकी थी, पर निरुत्तर-सी अउम के इस स्नेह से आत्मविभोर हो रही थी।

सफ़ाई के बाद अउम ने मेडीप्लास्ट निकालते हुए पूछा था, "कहाँ-कहाँ छिला है, यह बताना। हर जगह साफ़ करके मेडीप्लास्ट लगा दूँगा।" अउम ने मेडीप्लास्ट का एक टुकड़ा घुटने पर लगाते हुए कहा था।

"बताओ ना श्री! कहीं और छिला है?"...पर श्री पूरी तरह मौन। ऐसा लग रहा था मानो वह कहीं खो गई है!

"श्री...! हे श्री...! कहाँ खो गईं?" श्री का हाथ पकड़कर हिलाया था अउम ने।

"अंग...! हँ...!"

"अरे क्या हुआ श्री?" अउम ने खड़े होकर श्री की दोनों बाँहें पकड़ ली थीं और उसे झकझोरा था।

"ओह! सॉरी अउम...!" श्री ने लजाकर आँखें झुका ली थीं और झुकी हुईं आँखों से बोली थी, "तुम बेहतरीन दोस्त हो अउम! तुम्हारे जैसा दोस्त पाकर मैं धन्य हो गई!"

"ऐसे मत कहो श्री! तुम-सी इस संसार में दूसरी नहीं है यार!" अउम आह्लादित होते हुए श्री की हथेली की सफ़ाई कर रहा था। श्री, मौन, उसे गौर से देखे जा रही थी। फिर अपने हाथ छुड़ाकर अउम के गाल को अपनी दोनों हथेलियों में भरा था और चूम लिया था, उसके ललाट को!

तभी अउम की नज़रें मिली थीं और सम्मोहन से ख़ुद को बचाते हुए उसने कहा था, "ऐसे मत देखो श्री। इस तरह तुम देखोगी और चूमोगी, तो कुछ हो जाएगा! प्लीज़...!" अउम ने भारी आँखों से कहा था।

"अच्छा बाबा...! ठीक है...! मेरी चोट की सफ़ाई करते हुए तुम बहुत क्यूट लग रहे हो...! थैंक्स यार इतना स्नेह देने के लिए!"

"थैंक्स बोलकर सब खत्म कर दिया ना तूने! स्नेह के बदले केवल स्नेह दिया जाता है। समझी...!" कहते हुए अउम ने मुँह बनाया था।

''अच्छा बाबा-स्नेह के बदले चुम्बन...!'' कहते हुए शरारत की थी और फिर से चूम लिया था श्री ने!

''हाँ ठीक है...! प्लीज़...! अब मुझे भावनाओं में मत न बहाओ श्री!...वरना बाद में कहोगी कि अपने रूम में बुलाकर अउम ने गड़बड़ कर दी। या फिर कहोगी, मैंने अकेली देखकर तुम्हारा नाजायज़ फ़ायदा उठाया।''

''अच्छा, ठीक है गुरु जी! हम लोग अब उन दो पगलियों को ढूँढ़ें?'' श्री अपनी चुहलबाज़ियों से बाहर निकलती हुई बोली।

''हाँ, पहले यह बताओ कि उनको फ़ोन लगाया था, तो क्या कहा था?'' अउम ने फ़र्स्ट ऐड बॉक्स रखते हुए पूछा।

''नेटवर्क एरिया में नहीं है, की सूचना दे रहा था यार!'' श्री ने अपना फ़ोन निकालते हुए कहा था।

''एक मिनट! एक बार मैं अभी फ़ोन लगाकर देखता हूँ। शायद लग जाए!'' कहते हुए अउम ने फ़ोन मिलाया था।

''घंटी तो बज रही है श्री!'' अउम ने चहकते हुए श्री की ओर देखा था।

''हाँ, हैलो निका! मैं अउम बोल रहा हूँ। कहाँ हो तुम? श्री मेरे साथ है और वह तुम्हें ढूँढ़ रही है,'' अउम ने निका से सवाल पूछते हुए यह बता देना ज़रूरी समझा कि श्री साथ में है और उसे पूरी घटना मालूम है।

''मैं ब्वॉयज़ हॉस्टल में हूँ। श्री से ज़रा बात करवाओ।''

''निका तुमसे बात करना चाहती है,'' कहते हुए अउम ने श्री की ओर फ़ोन बढ़ा दिया था।

''हैलो सब ठीक है ना निका? तुम ठीक हो ना? मिन्नी कहाँ है?'' श्री प्रश्नों की बौछार करते हुए खुश भी हो रही थी। उसे इस बात का इत्मीनान था कि उसकी सहेली ठीक है।

''हम दोनों ब्वॉयज़ हॉस्टल में ही हैं श्री। सब ठीक है। भागते हुए हम लोग साथ ही में थे। वहीं से यहाँ चेरी और विवेक दामोदरन को फ़ोन किया था और फिर हम लोग यहाँ आ गए। और तू कैसी है? हम लोग तुम्हारे लिए चिंतित हो रहे थे। तू एकदम अकेली पड़ गई थी!''

"हाँ, मैं भी ठीक ही हूँ। तुम दोनों बाहर निकलो। मैं भी निकलती हूँ। फिर हम लोग हॉस्टल चलेंगे," श्री ने तुरंत निकलने का निर्णय लिया था।

"हाँ, ठीक है आते हैं। तुम भी निकलो।"

"ओके... !" कहते हुए श्री ने फ़ोन काट दिया था और चलने के लिए खड़ी हो गई थी।

अउम भी खड़ा हो गया था और आगे बढ़कर श्री को बाँहों में भर लिया था। श्री ने भी उसे दोनों हाथों से अपने आगोश में भर लिया था और गाल पर चुम्बन दिया था। अउम की ओर से चुम्बन ही इसका जवाब था। कुछ पल दोनों ऐसे ही रहे थे।

"अब चलना चाहिए। तुम चाहो तो नीचे तक आ सकते हो," श्री ने अउम को बाँहों से आज़ाद किया था और दरवाज़े की ओर कदम बढ़ाते हुए कहा था।

"मैं तो हर पल साथ ही रहना चाहता हूँ हुज़ूर!" शायराना अंदाज़ में अउम ने कहते हुए आँख मारी थी और बाहर निकलने लगा था।

उसके इस अंदाज़ पर खुलकर हँसी थी श्री। अउम को उसका हँसना किसी हंस के पंख फैलाने जैसा लगा था। मोतियों की लड़ी से सजे दाँत बेहद ख़ूबसूरत लग रहे थे।

बाहर दोनों लड़कियाँ अपने मित्रों के साथ पहले ही पहुँच चुकी थीं।

"आ गई श्री? तुम ठीक तो हो ना? चोट तो नहीं लगी तुम्हें?" मिन्नी ने श्री को देखते ही पूछा था।

"अरे यार! क्या कहूँ! भागने में गिर गई थी। थोड़ी चोट लगी है, पर अउम ने मरहम-पट्टी कर दी है। अब सब ठीक है।...और तुम दोनों? ठीक है ना सब?" श्री ने अपना हाल बताते हुए पूछ लिया था।

"हाँ! बिलकुल...! हम ठीक हैं। हमें तो तुम्हारी ही चिंता हो रही थी श्री," मिन्नी यह कहते हुए गंभीर थी।

"चलो फिर! हॉस्टल चलें!" कहते हुए कदम बढ़ाए थे श्री ने।

"ओके बाय...!"

"बाय...! बाय...!"

"बाय!" अउम ने हाथ उठाया था और उन्हें जाते हुए देखता रहा था।...फिर ओझल होते ही मुड़ गया था अपने हॉस्टल की ओर!

"खट् खट् खट्...!" हल्के से श्री ने दरवाज़ा खटखटाया था, पर प्रतीत हुआ जैसे दरवाज़ा खुला ही हुआ है। दरवाज़े को धीरे से अन्दर की ओर धकेलते हुए श्री घुप्प अँधेरे कमरे में घुस गई थी। वह जानती थी कि सारी बदमाशी ऋषा की है, पर वह उसे जगाना नहीं चाहती थी।

अँधेरे में भी उसे अपने कमरे का आभास था। वह अलमारी टटोलते हुए अपने बिस्तर तक पहुँची थी और जूते खोलकर लेट गई थी।

"सॉरी श्री।" तभी ऋषा की आवाज़ श्री के कानों से टकराई थी।

"अच्छा, तो तू अभी तक जाग रही है!" श्री ने सहज, शांत भाव में ही पूछा था।

"मैंने जो किया, उसके बाद नींद कैसे आएगी भला! तुम्हें ज़्यादा चोट तो नहीं आई ना?" पूछते हुए ऋषा ने अपने पलंग से उठकर नाइट बल्ब जला दिया था। आगे बढ़ते हुए श्री के बिस्तर पर जाकर बैठ गई थी और उसका हाथ पकड़ लिया था।

"सॉरी!" ऋषा की आँखें भर आई थीं। ऋषा को रुआँसा देखकर श्री उठ बैठी थी।

"अब जाने दो! तुम्हें उस समय शरारत सूझी और तुमने कर दी। गिरने से ज़्यादा चोट तो नहीं लगी, क्योंकि मेरे नीचे निका चढ़ रही थी। मैं उस पर गिरी, इसलिए सीमेंट वाले ढक्कन की चोट से बच गई।"

श्री अभी इतना ही कह पाई थी कि ऋषा का ध्यान हथेली पर गया था, "अरे, यह क्या?" ऋषा समझ गई थी कि उसे चोट लगी है, इसीलिए उसने मेडीप्लास्ट लगा रखा है।

"अरे वो भागने में गिर पड़ी थी एक जगह। थोड़ा-सा छिल गया है, दो-तीन जगह।...पर शुक्र है कि ज़्यादा चोट नहीं लगी।"

"हे भगवान! मुझे माफ़ कर दो यार।...पर ये मेडीप्लास्ट कहाँ से लाई? तू ब्वायज़ हॉस्टल गई थी क्या?"

ऋषा के सवाल पर मुस्कराते हुए बोली थी श्री, "हाँ, चोट लगने के बाद अउम को बुलाया था। वह अपने हॉस्टल ले गया था।"

"ओह...! मैं ही पागल हूँ, जो तेरे लिए भावुक हो रही हूँ। तू तो मौज मारकर आ रही है!"

"हट बदमाश...! चल अब सो जा, तीन बजने को हैं। चार बजे छत पर भी जाना है।" श्री ने हँसते हुए ऋषा को जाने के लिए धकेला था।

"अब नींद आएगी तब ना! चलो...! फिर भी देखते हैं। नहीं उठ पाए तो बाकी

लोग सँभालेंगे आज का मोर्चा, और क्या!'' ऋषा ने बत्ती बुझा दी थी और चली गई थी अपने बिस्तर पर।

अति तीव्रता के साथ एस्ट्रायड धरती के ग्रेविटेशनल वायुमंडल में प्रवेश कर रहा है। शायद सत्तर हज़ार किलोमीटर प्रति घंटे की रफ़्तार से। घर्षण की वजह से वह आग के गोले में बदल गया है। ज़मीन से टकराते ही ज़बरदस्त विस्फ़ोट हो गया है। दूर-दूर तक डायनासोर और अन्य जीव जलकर मर रहे हैं। कुछ अंधे हो रहे हैं। इस ज़बरदस्त विस्फ़ोट से पृथ्वी की लाखों मिट्रिक टन धातुएँ आकाश की ओर उड़कर चली गयी हैं। समुद्र में ज्वारभाटा उठ आया है। विस्फ़ोट के कारण पृथ्वी से उड़ी लाखों टन धातुएँ आग के गोले में तब्दील होकर बरसने लगी हैं। हर तरफ़ जीव जलकर मर रहे हैं। सारा जल भीषण गर्मी से भाप बनकर उड़ रहा है। पूरा आकाश धूल-कणों से भर गया है। सूरज गायब हो गया है। पृथ्वी के ऊपरी हिस्से में मानो कोई जीव बचा ही नहीं है। तभी एक बिल से मैमल्स झाँकता हुआ दिखाई पड़ता है। वह बार-बार अन्दर जाता है और बाहर निकलकर तापमान सहने की कोशिश करता है। ओह, उसका चेहरा मेरे जैसा क्यों दिख रहा है? मैं मैमल्स के रूप में कब बदल गयी? क्या मैं मैमल हूँ?

घबराकर उठ बैठी थी श्री और बुदबुदाई थी, ''उफ़! यह कैसा सपना था! मैं यह सब क्या देखे जा रही हूँ? मुझे क्या हो गया है!''

उसका पूरा शरीर पसीने से नहाया हुआ था, जैसे वह अभी-अभी पृथ्वी के ताप को मैमल्स के रूप में महसूस करके आई हो!

अध्याय-9

गाली-गोली

''कम ऑन गर्ल्स! तुम सभी लाइन में खड़ी हो जाओ।'' ऋषा ने सभी लड़कियों को निर्देश दिया था।

''हाँ, तो आज तुम सब अपनी मनपसंद ड्रेस में आई हो! सही कहा ना मैंने?'' ऋषा ने बात की शुरुआत करते हुए लाइन में लग रही लड़कियों का निरीक्षण किया था।

''हाँ मैम।'' एक साथ कई लड़कियों की आवाज़ आई थी।

आज लड़कियों ने अलग-अलग तरह की ड्रेस पहनी थीं। किसी ने सलवार-सूट पहना था, तो किसी ने प्लाज़ो सूट, किसी ने शॉर्ट पैंट-टॉप पहन रखा था, तो कोई पाजामा-टी-शर्ट। कुछ लड़कियाँ तैयार होकर आई थीं, तो कुछ लड़कियाँ उठकर सीधे छत पर चली आई थीं।

''ओके गर्ल्स! आज हम लोग गाली प्रतियोगिता करने जा रहे हैं। जिसकी सबसे अच्छी गाली होगी, उसे विजेता घोषित कर ताज पहनाया जाएगा, साथ ही पूरे महीने में दूसरे जूनियर्स से दस लीटर पानी कटौती कर उसे दिया जाएगा,'' ऋषा ने गाली प्रतियोगिता के बारे में बताया था।

''जिस लड़की की गाली एकदम नई या यूनीक होगी, उसे ही यह पुरस्कार मिलेगा। पुरानी गालियाँ तुम दे सकती हो। तुम सभी अपने-अपने इलाके की गालियाँ भी दे सकती हो। यदि जजों द्वारा उसका अर्थ नहीं समझा जा सका, तो वे उसका अर्थ भी पूछ सकते हैं।'' श्री ने नियमों के बारे में थोड़ा और साफ़ किया था।

''दोनों लाइनों से लड़कियाँ क्रमशः आगे आकर गालियाँ देंगी।...और हाँ, पुनरावृत्ति स्वीकार्य नहीं होगी। यदि किसी ने कोई गाली पहले दे दी है, तो बाद में वही गाली देने पर उसे शून्य अंक मिलेगा,'' ऋषा ने नियमों के बारे में समझाया था।

''क्या कोई एक लड़की नहीं आई है?'' श्री को लगा जैसे संख्या में एक लड़की कम है।

सभी एक-दूसरे को देखकर यह तय करने की कोशिश करने लगीं कि कौन नहीं आई है।

''कोई बात नहीं! जो नहीं आई है, उसे सज़ा मिलेगी। उसके लिए सज़ा की घोषणा विजेता की घोषणा के बाद की जाएगी,'' ऋषा ने स्पष्ट करते हुए कहा था।

''अब हम लोग गाली प्रतियोगिता शुरू करते हैं।'' ऋषा के इतना कहते ही एक लड़की ने हाथ उठाकर कुछ कहना चाहा!

''क्या है, बोलो!'' श्री ने पूछा था।

''मैम, मैं गाली नहीं दे पाऊँगी और न ही सुनना चाहूँगी।...कोई मुझे बाप-भाई की गाली दे, यह मुझे अच्छा नहीं लगेगा। हम अच्छे घर से आते हैं। सभ्य और सुसंस्कृत घर है हमारा। हम लोग तो ऊँची आवाज़ में भी बात नहीं करते हैं!''

''अच्छा...! तो तुम संस्कारी घर से हो!...और हम सब संस्कारहीन घरों से ताल्लुक रखते हैं! अच्छा किया कि तुमने हमें पहले ही बता दिया।...और किसी को संदेह है क्या?'' श्री ने सवाल किया था।

सभी ने डर से चुप्पी साध ली थी। वैसे तो वहाँ कई लड़कियाँ इस प्रतियोगिता में भाग लेना नहीं चाहती थीं, पर किसी ने कहने की हिम्मत नहीं की।

''हमारा इरादा गाली देने का बिलकुल नहीं है। मुँह से हमेशा अच्छे, सकारात्मक और

स्वप्निल शब्द ही निकलने चाहिए। गाली प्रतियोगिता गाली देने की तैयारी नहीं, गाली प्रूफ़ होने की तैयारी मात्र है।'' श्री ने स्पष्ट करने की कोशिश की थी।

''यह गाली प्रतियोगिता तुम सबको अपशब्द कवच देने का प्रयास है। अक्सर गाली देकर स्त्रियों को कमज़ोर करने की कोशिश की जाती है। वैसे तो गालियाँ पुरुषों की सारी शक्ति भी नष्ट कर देती हैं। दो पुरुष आपस में गाली-गलौज करते हैं, तब उनके मुँह से माँ-बहन की गालियाँ ही निकलती हैं। मेरा यह मानना है कि गालियों में ऊपरी भी और भीतरी तौर पर भी स्त्रियों को लक्ष्य किया जाता है। उसे मानसिक तौर पर बीमार करने और पुरुषवादी मानसिकता के फ़र्मे में कसने के लिए गालियाँ दी जाती हैं या गालियों में स्त्रियों को लक्ष्य किया जाता है।'' ऋषा ने गालियों की मानसिकता पर बड़ी बात कह दी थी।

''गाली गोली कहो या गाली तीर! स्त्रियों को गुलाम बनाए रखने के लिए यह सबसे घातक अस्त्र है। इसके लिए केवल जुबान की ज़रूरत पड़ती है। अब यह तो पुरानी कहावत है कि लोहा लोहे को काटता है और पानी, पानी को! इसलिए स्त्रियों को इस गाली तीर के प्रहार से बचने के लिए स्वयं एक-दूसरे को गाली देनी चाहिए, जिससे कि गालियों का असर खत्म हो जाए और हम गाली-प्रूफ़ हो सकें,'' श्री ने मुस्कराते हुए अपनी बात ख़त्म की थी।

''तो अब शुरू करें? वैसे जिसे इसमें हिस्सा नहीं लेना है, वह यहाँ से जा सकती है!'' पर किसी ने भी मना करने की हिम्मत नहीं जुटाई।

''तुम सब तैयार हो!'' श्री ने फिर से पूछा था।

''हाँ मैम।'' लड़कियों की आवाज़ में कुछ और सुर मिल गए थे।

लड़कियों की गाली प्रतियोगिता शुरू हो गई और आपस में गालियाँ दी जाने लगीं। कुछ लड़कियों ने तो गालियों की बौछार ही कर दी।

बापका...! डिलडोइस...! भाइका...! कलपड...! छिनरादी...! जैसी अनेक नई और ताज़ा क़िस्म की गालियाँ सुनने को मिल रही थीं। वैसे कई लड़कियाँ परम्परागत गालियाँ ही दे पाई थीं। कुछ लड़कियाँ क्रिएटिव थीं। कुछ ने गालियों में नया प्रयोग किया था। बेहतर और प्रायोगिक गालियों पर ख़ूब तालियाँ बजी थीं।

'भक्क! मरदाना कहीं का!' इस गाली ने सबको चौंकाया था और बहुत प्रभावित किया था।

''इसका मतलब क्या है शीला? ज़रा समझाओ तो!'' श्री ने पूछा था।

''मैम, इसका मतलब यह है कि वैसा पुरुष, जो मर्दवादी मानसिकता का है। वह स्त्री को दान या भोग की वस्तुभर समझता है, स्त्री को देखते ही लार टपकने लगती है और वह बस अपनी हवस मिटाना चाहता है। वैसा आदमी जो चालाकी से स्त्री को परम्परा के नाम

पर गुलामी की बेड़ियों में कैद रखना चाहता है, जो पुरुष, स्त्री को लज्जा और शर्मिंदगी का प्रतीक मानता है, जिसे स्त्री का मतलब सिर्फ़ उसका गुप्तांग समझ में आता है। ऐसे पुरुषों को हमारे समाज में घृणा की दृष्टि से देखा जाता है और उनकी ऐसी मानसिकता पर—'भक्क! मरदाना कहीं का' कहकर गाली दी जाती है। इस गाली से पुरुष शर्मिंदा महसूस करता है।'' उस लड़की के इतना कहते ही सभी ने तालियाँ बजा दी थीं और एक स्वर में उस गाली को दुहराया था, ''भक्क! मरदाना कहीं का!''

जजों ने उसे विजेता घोषित किया था और उसे पत्तों-फूलों से बना ताज पहनाया गया था। उसके विजेता होने पर बड़ी देर तक तालियाँ बजती रहीं।

गर्ल्स हॉस्टल की सुबह

''हाँ तो अब ये बताओ कि आज गाली प्रतियोगिता में कौन नहीं शामिल हुई है?'' श्री ने पूछा था।

''अंशा यहाँ पर नहीं दिख रही है मैम।'' पीछे से आवाज़ आई थी।

''तो अंशा यहाँ पर नहीं है! ठीक है...! तुम सब अपने-अपने कमरे में जाओ। इससे पहले तुम सब ये जान लो कि उसे क्या सज़ा मिली है! बस थोड़ी ही देर में सुबह होने वाली है। गेट खुलते ही सबसे पहले जो कोई भी हॉस्टल के गेट के अन्दर आएगा, वह उसे आलिंगन और ओंठ चुम्बन करेगी,'' ऋषा ने अंशा के लिए सज़ा सुनाई थी।

सभी लड़कियाँ इस सज़ा से हतप्रभ थीं, पर इस पर कोई प्रतिक्रिया दिए बगैर फुसफुसाते हुए सीढ़ियों से नीचे उतरने लगी थीं।

सभी को अपने-अपने कमरे में जाने देने के बाद श्री और ऋषा रूम नंबर 69 में गई थीं।

''ठक् ठक् ठक्...!'' की आवाज़ के बाद अन्दर से अंशा की आवाज़ आई, ''कौन?''

''मैं श्री!'' श्री के इतना कहते ही कुछ पल में दरवाज़ा खुल गया था। अंशा के कमरे में श्री के साथ ऋषा भी अन्दर घुसी थी।

अभी अँधेरा ही था, पर बाहर खिड़कियों से सुबह होने का आभास हो चला था।

''तुम आज गाली-प्रतियोगिता में शामिल क्यों नहीं हुईं?'' ऋषा ने पूछा था।

''मैम...! नींद नहीं खुली। अभी थोड़ी देर पहले जगी, तो देखा पौने पाँच बजने को हैं। इसलिए ऊपर नहीं आ सकी।''

हुँ...! श्री ने गहरी साँस ली थी और फिर कहा था, ''ठीक है। तुम्हारी नींद सही समय

पर खुले, इसके लिए सज़ा ज़रूरी है। तुम्हारे लिए सज़ा यह तय की गई है कि अभी गेट से जो भी अन्दर आएगा, उसे आलिंगन करके ओंठ चुम्बन लेना है।'' श्री ने निर्णय सुना दिया था और दोनों कमरे से बाहर निकल गई थीं।

जब तक अंशा कुछ सँभल पाती और अपने लिए अनुरोध कर पाती श्री और ऋषा जा चुकी थीं। अंशा पूरी तरह डर गई थी। उसे इस बात से ज़्यादा डर था कि कोई लेबर टाइप का आदमी या स्वीपर जैसा कोई आ गया तो वह आलिंगन ही नहीं कर पाएगी, ओंठ चुम्बन तो बहुत दूर की बात है। उसे श्री यह भी बताकर गई थी कि जो भी आदमी, मतलब जो कोई भी हो... आलिंगन करके ओंठ चुम्बन करना है।

हॉस्टल की सुबह हो चुकी है। लड़कियाँ बटन दबाकर अपना नंबर ले रही हैं, बाथहॉल जा रही हैं। कहीं किसी के मोबाइल पर गाना बज रहा है, 'मेरा रंग दे, बसंती चोला, माय रंग दे।' साथ ही कोई गुनगुना भी रही है।

रज्जो बाई मशीन से फ़र्श की सफ़ाई कर रही है। वह सबसे पहले कमरों की सफ़ाई करती है, उसके बाद बरामदे और सीढ़ियों की। मशीन से सफ़ाई बहुत आसान होती है। एक बार दो लीटर ट्रीटमेंट वाटर में केवल एक बूँद चकचक पाउडर डाल दिया जाता है। बस उतने से ही एक तल्ले का बरामदा सहित सारे कमरे साफ़ हो जाते हैं।

''कैसी हो रज्जो बाई?'' श्री ने अपने कमरे की सफ़ाई करते समय रज्जो बाई से पूछा था।

''ठीक हूँ श्री। सुना, कल रात तुम गिर गई थीं,'' थोड़ी गंभीरता से रज्जो बाई ने पूछा था।

''हाँ! गिर गई थी। अब सब ठीक है।...और तुम्हारी शकुन्तला की पढ़ाई कैसी चल रही है?'' श्री ने अपना हाल-चाल बताते हुए उसकी बेटी का समाचार पूछ लिया था।

''वह तो बहुत मेहनत करती है। नंबर भी अच्छे आये हैं। कंपनी के डायरेक्टर साहब के यहाँ शाम का केवल खाना बनाने जाती है। मैं ज़्यादा काम करने नहीं देती उसको! हम सब तो उसके बाप से ही परेशान रहते हैं! एक तो वह साथ रहता नहीं है और हर एक-दो दिन पर आकर मुझसे झगड़ा करता है। पैसे माँगता है श्री! नहीं देने पर मारपीट भी करता है। बताओ ना, मैं कहाँ से देगी उसको!''

''पहला तो यह कि अभी बेटी से काम मत करा रज्जो बाई! उसे अभी पढ़ने दे। वह पढ़ जाएगी, तो अफ़सर बन जाएगी। तेरी ज़िन्दगी बदल जाएगी। दूसरी बात यह कि एक स्त्री के लिए पति से मार खाना बहुत बड़ा अपराध है। तू पुलिस में क्यों शिकायत नहीं करती है?'' श्री ने बहुत आत्मीय भाव से बेटी के लिए सलाह दी थी और भगोड़े पति के लिए बहुत आक्रामक थी।

''क्या कहूँ श्री! शकुन्तला ही नहीं करने देती। उस शराबी से मैं तो पहले ही नाता तोड़ चुकी हूँ। रोज़ शराब पीकर शक्कू बाई के यहाँ पड़ा रहता है,'' रज्जो बाई ने अभी इतना ही कहा था कि कॉरिडोर में हलचल हुई थी।

''एक बहुत ख़ूबसूरत-सा लड़का घुसा है गेट के अन्दर।'' कॉरिडोर से किसी की आवाज़ आई थी। साथ ही वहाँ खुसुर-फुसुर शुरू हो गई थी।

''अरे! मैं तो मर ही जाऊँ!''

''क्या किस्मत है अंशा की! चुम्बन के लिए राजकुमार ही मिल गया।''

''अरे लम्बे बाल हैं उसके!''

''ज़रा देखो तो, क्या सुडौल नाक है उसकी, और आँखें! उफ़ किसी कटारी की तरह!''

श्री और ऋषा भी अपने कॉरिडोर में ही खड़ी होकर देखने लगी थीं।

''अरे, आज तो नयनसुख प्राप्त हो गया। सुबह-सुबह इतने ख़ूबसूरत लड़के को देखना! क्या बात है! दिन बन गया!''

''अरे डिम्पल भी है...! हाय...! बहुत बड़ा कातिल है...!''

सुबह-सुबह हॉस्टल में एक ख़ूबसूरत लड़के को देखकर अधिकांश लड़कियाँ जैसे आहें भरने लगी थीं। इस समय वह लड़का एक ख़ूबसूरत पुरुष देह में तब्दील हो गया हो जैसे!

ओंठ चुम्बन

''हाय! मैं अंशा हूँ! फ़र्स्ट ईयर पानी रिसर्च एंड डेवेलपमेंट।'' अंशा ने उस ख़ूबसूरत अजनबी के सामने अपना परिचय देते हुए हाथ बढ़ाया था।

''हैलो, मैं शौकत अली। थर्ड ईयर, जीएस कॉलेज। दरअसल मैं यहाँ...!'' अभी शौकत इतना ही कह पाया था कि अंशा ने उसे टोकते हुए कहा, ''मैं आपसे कुछ कहना चाहती हूँ।''

''जी कहिये!'' अपनी बात रोकते हुए शौकत ने संयमित भाव में कहा था।

''मैं...! मतलब मुझे...! अब मैं आपसे कैसे कहूँ... ?'' अंशा समझ नहीं पा रही थी कि उस अजनबी लड़के को सीधे आलिंगन के साथ चुम्बन के लिए कैसे कहे!

''जी बोलिए ना! आप घबरा क्यों रही हैं?'' अंशा की घबराहट भाँपते हुए शौकत ने उसे थोड़ा उत्साहित किया था।

''मुझे आज, हमारे सीनियर्स ने सज़ा दी है,'' इतना कहकर अंशा फिर चुप हो गई थी।

''अरे बोलिए ना! कहते हुए आप इतनी घबरा क्यों रही हैं? क्यों सज़ा मिली है? क्या सज़ा मिली है?...और यह सब आप मुझे क्यों बता रही हैं? वार्डेन से जाकर कहिए ना!'' शौकत समझ ही नहीं पा रहा था कि माजरा क्या है!

''दरअसल मुझे!...ऊऊऊ...! चुम्बन लेने की सज़ा मिली है।'' किसी तरह अंशा के मुँह से कुछ शब्द फिसल गए थे।

''चुम्बन?'' शौकत कुछ पल आश्चर्य से अंशा को देखता रहा था।

''जी! जो भी पहला आदमी इस गेट से घुसेगा, उसे आलिंगन करते हुए ओंठ चुम्बन करने की सज़ा मिली है,'' कहते हुए अंशा आँख नहीं मिला पाई थी और ज़मीन की ओर देखने लगी थी।

''अच्छा तो मैं ही वह पहला आदमी हूँ!'' शौक़त को आश्चर्य तो हो रहा था, पर मन-ही-मन लड्डू फूटने लगे थे।

''जी!'' कहते हुए अंशा ने आँखें झुकाए रखी थीं।

शौकत के दिल में तो गुदगुदी होने लगी थी। उसने मुस्कराते हुए कहा था, ''ठीक है! मैं आलिंगन के साथ ओंठ चुम्बन के लिए तैयार हूँ।...पर यह एक तरफ़ा नहीं होगा। आप आलिंगन करेंगी तो मैं भी साथ में करूँगा। आप ओंठ-चुम्बन लेंगी, तो मैं भी लूँगा।'' शौक़त का यह प्रस्ताव अंशा के लिए मजबूरी नहीं, अब रोमांचित करनेवाला लगने लगा था। सुबह-सुबह एक ख़ूबसूरत नौजवान के साथ रोमांस करने का यह तो सुनहरा मौक़ा है।

''ठीक है! इसके लिए मैं तैयार हूँ!'' हल्की शर्माहट के साथ अंशा सहमति देते हुए शौक़त की ओर बढ़ी थी। दोनों बिलकुल एक-दूसरे के पास आ खड़े हुए थे। अब दोनों की देहगंध भी साँसों में घुलकर महसूस की जाने लगी थी।

अंशा ने अपनी आँखें बंद कर ली थीं और कदम थोड़ा आगे बढ़ाकर उस अजनबी को अपनी बाँहों में भर लिया था। शौकत की भी रोमांच में आँखें बंद हो गई थीं और उसने भी अंशा को अपने आगोश में ले लिया था। दोनों की नाक आपस में टकराई थीं और फिर ओंठों की छुअन का ख़ूबसूरत एहसास।

पूरा हॉस्टल इस ख़ूबसूरत रोमांस में जैसे खो गया था। ऐसा लग रहा था, जैसे कोई फ़िल्म की शूटिंग चल रही हो! सब कुछ जैसे ठहर गया था वहाँ। कई लड़कियाँ तो उस रोमांस में ऐसा खोईं, जैसे वही अंशा हों!

''भाई जान!'' शौकत के कानों से जैसे ही यह आवाज़ टकराई थी, वह उस मदहोश

अवस्था से बाहर आ गया और आँखें खोल दीं।

"ओह! सॉरी उर्दू! तुम्हारी इस दोस्त को!" शौक़त अभी इतना ही कह पाया था कि उर्दू ने मुस्कराते हुए कहा, "कोई बात नहीं भाई जान! मज़े ले लो! अंशा को आज सज़ा मिली है।"

"अरे नहीं बहना! मैं तो तुझे देखने और हाल-चाल पूछने सुबह-सुबह आ गया था, क्योंकि मेरी क्लास सुबह 8 बजे से ही है," शौक़त ने स्पष्ट करने की कोशिश की थी।

"ठीक है, पर अब तो बाँहों से निकलिए," कहते हुए हँसी थी उर्दू।

"ओह! सॉरी!" शौक़त ने थोड़ी शर्मिंदगी के साथ अंशा को अपनी बाँहों से आज़ाद कर दिया था और अंशा ने भी।

"थैंक यू! क्या अब हम आज से दोस्त बन सकते हैं?" अंशा ने अपना हाथ बढ़ाते हुए शौकत की ओर स्नेह भरी नज़रों से देखा था।

एक पल को उर्दू के सामने झिझका था शौक़त और उसकी ओर देखा था। उर्दू ने आँखों से सहमति दी थी।...फिर शौकत ने अंशा के बढ़े हुए हाथ को थाम लिया था।

"आइए भाई जान, रिसेप्शन में चलते हैं," उर्दू ने भाई जान को चलने का इशारा करते हुए कहा था।

"हाँ-हाँ चलो!"

कुछ पल अंशा और शौकत एक-दूसरे को देखते रहे थे और फिर बढ़ गए थे अपने-अपने गंतव्य की ओर।

अध्याय-10

पानी के पहाड़ पर

"गुड मॉर्निंग मैम!"

"गुड मॉर्निंग!" क्लासरूम के भीतर घुसते हुए गट्टू मैडम विद्यार्थियों की ओर देखते हुए मुस्कराई थीं।

"तो विद्यार्थियो, हम सबने अब तक पानी के विविध आयामों के बारे में जाना है। उसका निर्माण, उसका विकास और उसे खत्म होने से बचाने के विविध प्रयासों पर विशेष अध्ययन किया है। पिछले दिनों हम लोगों ने टाइम ट्रैवल के माध्यम से अनेक जगहों की सैर की हैं। इसमें लद्दाख़ की प्रमुख सैर भी शामिल है, जहाँ हम लोग लद्दाख़ के इंजीनियर,

इनोवेटर और शैक्षिक रिफ़ोर्मर सोनम वांगचू से मिले, जिन्होंने लद्दाख़ में आइस स्तूप का निर्माण कर एक मिसाल कायम की है। इसके अलावा भारत में रेन-वाटर हार्वेस्टिंग को चेन्नई सहित देश भर में प्रोत्साहित करने और मिशन के रूप में काम करने वाले विश्वविख्यात 'जल पुरुष' राजेंदर सिंह की व्यवस्था भी हम लोगों ने देखी है।

"आज हम लोग टाइम ट्रैवल के माध्यम से भारत में पानी बचाने और उसे संरक्षित किए जाने के प्रयासों को देखेंगे—तो आइए, हम लोग एक नई जगह की सैर करें।" कहते हुए गट्टू मैडम लैबोरेट्री के दूसरे हिस्से की ओर बढ़ गईं। उनके साथ क्लास के सभी विद्यार्थी चल पड़े थे।

लैबोरेट्री का वह हिस्सा, जहाँ अत्याधुनिक कंप्यूटर्स लगे थे, बड़ा ही आधुनिक और आकर्षक लग रहा था। वहाँ एक साथ चालीस विद्यार्थियों के लिए अलग-अलग बैठने की जगह थी। हरेक सीट (बैठने की जगह) पूरी टाइम ट्रैवल तकनीकी से लैस थी।

गट्टू मैडम ने रिमोट दबाया था और वह क्षेत्र दूसरे हिस्से से बिलकुल अलग होकर एक हॉल में तब्दील हो गया था। भीतर लाल रंग की मद्धिम रोशनी पसर गई थी।

"अब मैं आप सभी के टाइम ट्रैवल-तंत्र को चालू करूँगी! इससे पहले कि मैं तंत्र चालू करूँ, आप सभी अपना-अपना हेडमास्क लगा लें, जो आप ही की आभा से आपको अलग कर देगा। आप अपने औरा के माध्यम से एक नया सफ़र तय करेंगे," कहते हुए मैडम गट्टू, ख़ुद गुरु सीट पर जाकर बैठ गई थीं और हेडमास्क लगा लिया था। वे इस समय एक नियंत्रक की भूमिका में थीं। उस टाइम ट्रैवल तकनीक को पूरी तरह नियंत्रित कर सकें, इसके लिए उन्होंने ख़ुद को ख़ास तरह के तकनीकी आवरण से ढक लिया था।

"तो विद्यार्थियो, अब हम सब आज की यात्रा शुरू करते हैं," कहते हुए मास्टर कंप्यूटर का स्विच ऑन किया था।

"मालवा माटी गहन गंभीर,
डग-डग रोटी, पग-पग नीर।"

खेतों में स्त्रियाँ गीत गा रही हैं और उनके साथ पुरुष भी बुआई में लगे हुए हैं। उनके कपड़े भी रंग-बिरंगे और फूलदार हैं। हर ओर हरियाली है; उत्साह है; उमंग है।

श्री और अउम साथ-साथ चल रहे थे। तभी श्री बुदबुदाई थी, "अहा...! कितना ख़ूबसूरत है यह पहाड़। इसे जल-पहाड़ कहूँ या पानी का पहाड़!"

"देखो श्री—पीली गोटेदार तितली, गुलाबी छींटदार तितली, लाल फूलोंवाली बूटेदार तितली। यहाँ हर तरफ़ सुन्दर तितलियों का बसेरा है।"

"हाँ अउम, ज़रा ध्यान से सुनो इनका संगीत। कहीं तितलियाँ गा रही हैं, तो कहीं भँवरे गुनगुना रहे हैं। वह देखो—पेड़ों पर लटके मधुमक्खियों के छत्ते कितने आकर्षक लग रहे हैं यार!"

"यह उज्जैन ही है या स्वर्गलोक?" सवाल पूछते हुए अउम ने श्री का हाथ पकड़ लिया था।

"नहीं यार! यह उज्जैन ही है। मनुष्य चाहे, तो नरक को भी स्वर्ग बना दे और स्वर्ग को भी नरक!" हल्की मुस्कराहट के साथ श्री ने जवाब दिया था।

"अहा! क्या ख़ूब! खजुरिया मंसूर और ठिकरिया की ये पहाड़ियाँ तो पृथ्वी का हिस्सा ही नहीं लगतीं! जलमंदिरों से भरी हैं ये पहाड़ियाँ—जैसे स्वर्गलोक की कल्पना की जाती है। बावड़ी, डबरियाँ और ये कुएँ पानी से लबालब भरे हुए हैं। सच में यहाँ डग-डग रोटी, पग-पग नीर है," अउम पहाड़ी की सुन्दरता पर रीझ रहा था।

"इनके कपड़े जितने मोहक हैं, आवाज़ उतनी ही सुरीली। ख़ूबसूरत कपड़ों में इन स्त्रियों के गीत जीवंत हो रहे हैं अउम!"

"कहते हैं ना कि तुम्हें जो चाहिए, उसे राग दे दो! पूरी प्रकृति की विविध आवाज़ें एक संगीत ही तो हैं, जो एक लयात्मकता के साथ ध्वनित होता रहता है। मंत्रोच्चार भी तो इसीलिए किया जाता है। उन मंत्रों में भी ख़ुद के लिए विश्वास और उम्मीद भरी होती है। उसमें सकारात्मकता का संगीत होता है; कामना का मल्हार होता है," अउम ने गीत और उसकी जीवन्तता की व्याख्या ही कर दी थी।

"सुनो...! तुम्हारे कपड़े बहुत सुन्दर हैं और तुम भी। तुम्हारी आवाज़ भी बहुत मधुर है," श्री ने एक गीत गाती लड़की को रोककर कहा था। वह हँसी थी और लजा-सी गई थी। अहा...! उसकी हँसी ऐसी, जैसे स्वर्गलोक की अप्सरा!

एक जगह बोर्ड लगा था, तोला राम जी अंजाना। "यह किसी का नाम है शायद! ये कौन हैं और उनके नाम का बोर्ड यहाँ क्यों लगा हुआ है?" अउम बड़बड़ाते हुए आगे बढ़ा था और श्री भी उसके साथ बढ़ती गई थी। वहाँ छोटे अक्षरों में लिखा था, पानी के पहाड़ के स्वप्ननायक।

"अच्छा, तो इन्हीं की प्रेरणा से यह पूरा महिदपुर तहसील स्वर्ग में बदल गया! जहाँ कभी पीने के पानी के भी लाले पड़े हुए थे, वहाँ पानी का अकूत भण्डार है। पानी का पहाड़ है," अउम के चेहरे पर ख़ुशी के साथ विस्मय पसरा हुआ था।

"श्री देखो! यह क्या है?" अउम ने एक जगह ज़मीन पर झुकते हुए श्री को कुछ दिखाने की कोशिश की थी।

"अरे, यह तो मल-मीनार है! केंचुए का मल! वह मिट्टी ही खाता है और मिट्टी ही बाहर निकालता है। यह खेती के लिए बहुत उपयोगी खाद मानी जाती है," कहते हुए श्री कुछ सोच में पड़ गई थी।

"क्या हुआ?" अउम ने श्री को शोचनीय मुद्रा में देखकर पूछा था।

खड़ी होती हुई श्री ने कहा था, "हमारा जीवन भी कितना अजीब है! इस केंचुए को देखो- मिट्टी ही खाना, मिट्टी ही निकालना! मिट्टी में ही रहना और मिट्टी में ही मिल जाना! कोशिकाएँ भी ऐसी ही थीं और फिर हमारे पूर्वज स्तनधारी मैमल्स भी।"

अउम तो श्री की यह बात सुनकर चकरा ही गया था, "यह तुम क्या कह रही हो श्री? कहाँ खो गईं?"

"मनुष्य के बारे में सोचती हूँ, तो अजीब लगता है! हम क्या खाते हैं? कहाँ रहते हैं और क्या निकालते हैं?"

श्री को थोड़ा झकझोरते हुए अउम ने कहा था, "फिलॉसफ़ी से बाहर आओ श्री। अभी हम लोग पानी की इन ख़ूबसूरत वादियों का भ्रमण कर रहे हैं।" अउम के झकझोरने से जैसे श्री भी जगी थी और दर्शन से बाहर आई थी।

"सॉरी अउम! मैं कहीं खो गई थी।"

"कोई बात नहीं श्री! अभी हमें मध्यप्रदेश के इस उज्जैन शहर का भ्रमण करना चाहिए और उसका आनंद लेना चाहिए!" अउम ने मुस्कराते हुए श्री की हथेली को दबाया था।

"क्या हम लोगों को मधु चखने को मिल सकता है?" मधुमक्खी पालक किसान से श्री ने पूछा था।

"हाँ, क्यों नहीं? ज़रूर...! आप हमारे मेहमान हैं। हमारे लिए मेहमान ईश्वर के समान होते हैं।"

मधुमक्खी पालक ने दो छोटे-छोटे मोम के टुकड़े पत्ते के दोने में रखकर दिये थे और पूछा था, "कैसा लगा आपको हमारा यह पानी का पहाड़?"

"अब क्या जवाब दूँ? मैं निःशब्द हूँ। देखकर आश्चर्य चकित हूँ और आनंदित भी। आप सब को प्रकृति ने ख़ास तौर पर इस महान कार्य के लिए चुना है। आप सभी धन्य हैं!...पर इन सब की प्रेरणा आप लोगों को कहाँ से मिली?" श्री ने मोम से बहते शहद को चाटते हुए पूछा था।

"दरअसल सबसे पहले पहाड़ियों पर तालाब बनाने का प्रयोग गया जी में हुआ था। उस मोक्षदायिनी गया धाम से ही यह ज्ञान का प्रकाश फैला। वहाँ बहुत पहले माननीय

सरयू प्रसाद सिंह थे। उन्होंने सबसे पहले पहाड़ियों पर सरयू तालाब बनवाया। उसमें उन्होंने जेल के कैदियों की भी मदद ली थी। बहुत बड़ा हुजूम इकट्ठा किया था। बाद में समय के साथ पहाड़ियों पर बने तालाब गाद और पहाड़ी मिट्टी से भर गए, जिसे रवीन्द्र पाठक जैसे जल-साधक ने प्रशासन और कुछ प्रमुख लोगों की मदद से दुबारा साफ़ करवाया। वैसे पानी आन्दोलन के लिए उसी इलाके में काम कर रहे सरिता-महेश भी याद किए जाते हैं, जिनकी हत्या हो गई थी।''

यह सुनकर श्री तो आत्मविभोर ही हो गई थी, ''ओह! मतलब इसके लिए हमारा बिहार ही प्रेरक बना। बहुत धन्यवाद आपका! मधु के स्वाद और इतनी शानदार जानकारी देने के लिए,'' श्री ने मधुमक्खी-पालक को हाथ जोड़कर मुस्कराते हुए धन्यवाद दिया था।

तभी सामने गट्टू मैडम दिखी थीं और उन्होंने पूछा था, ''तो विद्यार्थियो! कैसा लगा आपको पानी का पहाड़?''

''बहुत रोमांचक रहा मैम! हम इसे देखकर मुग्ध तो हैं ही, प्रेरित भी हैं। यह जल पहाड़ हमें विश्वास दिलाने के लिए काफ़ी है कि हम चाहें, तो आसमान से अमृत को उतार सकते हैं!'' श्री पूरे आत्मविश्वास से लबरेज थी।

''तो हम लोग अब वापस चलते हैं!'' कहते हुए मैडम ग़ायब हो गई थीं!

''थैंक यू मैडम!'' इस टाइम ट्रैवल के लिए अउम ने धन्यवाद दिया था।

स्विच बंद होते ही आँखों के सामने पहले तो कुछ पल अँधेरा छाया रहा था और फिर सामने नीली कंप्यूटर स्क्रीन दिखने लगी थी।

''तो टाइम ट्रैवल के सैलानियो, आप सभी अपना-अपना हेडमास्क खोल लें। इस पर हम लोग लैबोरेट्री के दूसरे हिस्से में विमर्श करेंगे।'' मैडम गट्टू के निर्देश के साथ ही सभी विद्यार्थी इस टाइम ट्रैवल की दुनिया से बाहर आए थे, जहाँ सब कुछ जीवंत-सा था।

अउम और श्री अपने मुँह में मधु के स्वाद को महसूस करने की कोशिश कर रहे थे और दोनों एक-दूसरे को देखकर प्रश्नात्मक मुस्कराहट से भर गए थे।

ऋषा का गर्भ

''श्री, मुझे अच्छा नहीं लग रहा है। मेरी तबीयत ठीक नहीं लग रही है। चक्कर-सा आ रहा है यार,'' ऋषा ने अपनी बगल में बैठी श्री से कहा था।

''क्या हुआ? अभी तो ठीक थीं? चल वॉशरूम! चल-चल उठ!'' श्री ने थोड़ा समझने की कोशिश की थी और उसे उठाया था। उसे लगा था कि वहाँ चलकर थोड़ा मुँह धोएगी, तो इसे अच्छा लगेगा।

"मैं खड़ी भी नहीं हो पा रही हूँ यार! लगता है कि दुनिया घूम रही है!" ऋषा की तबीयत कुछ ज़्यादा ही ख़राब लग रही थी।

"ओह! तो चलो...! मैं तुझे पकड़कर ले चलती हूँ ना! ऐसा करते हैं—सीधे नीचे चलते हैं, कॉलेज डिस्पेंसरी में।" श्री ने ऋषा को पकड़कर उठाया था और क्लासरूम से बाहर ले जाने लगी थी। इस तरह ऋषा को जाते देख सभी उसी की ओर देखने लगे थे। तब तक अउम और वीर भी साथ हो लिए थे। वीर ने भी एक ओर से ऋषा का हाथ पकड़कर थाम लिया था।

"क्या हुआ ऋषा? ऋषा...! बताओ क्या हुआ?" वीर कुछ ज़्यादा ही चिंतित लग रहा था। ऋषा ने एक पल उसकी ओर देखा था, पर कुछ बोल नहीं पाई थी। दरअसल उसको बोलने की इच्छा नहीं हो रही थी।

सबने मिलकर ऋषा को सीढ़ियों से नीचे उतारा था और निचले तल्ले में स्थित डिस्पेंसरी की ओर गए थे।

"ये क्या? डिस्पेंसरी तो बंद है!" श्री बड़बड़ाई थी।

"अब क्या करें?" वीर ने श्री की ओर देखते हुए बड़ी बेसब्री से पूछा था।

"सदर ले चलते हैं। सीधे नर्सिंग होम...!" अउम ने अपनी राय दी थी।

"हाँ, यही ठीक रहेगा।...पर ले कैसे जाएँगे?" श्री सहमति के साथ असमंजस में थी।

"103 डायल करते हैं। एम्बुलेंस बुलाते हैं," वीर ने राय दी थी।

"अरे नहीं, उसे आने में ही एक घंटा लग जाएगा। उम्म...! तू एक काम कर। अपनी बाइक लेकर आ जल्दी। हम लोग यहीं रुकते हैं। चल जा ना! दौड़ते हुए जा। अरे भाग...!"

अउम भागता हुआ अपने हॉस्टल गया था और तीन-चार मिनट के अन्दर ही मोटरसाइकिल लेकर हाज़िर।

"अउम, मैं ऋषा को पकड़कर पीछे बैठती हूँ।"

"हाँ, ठीक है।" कहते हुए अउम अपनी सीट से टंकी की ओर चिपक गया था, जिससे कि दो लोगों के बैठने की जगह बन सके।

"वीर, ज़रा ऋषा को बिठाने में मदद कर," ऋषा को पकड़कर बिठाते हुए श्री ख़ुद भी बैठ गई थी।

"हे वीर! किसी दोस्त को पकड़, जिसके पास बाइक या स्कूटी हो! देख जल्दी से...! हम लोग तब तक आगे बढ़ते हैं।" अउम ने मोटरसाइकिल बढ़ा दी थी और श्री ने फटफटी की आवाज़ के कारण थोड़ा चिल्लाते हुए कहा था।

''हाँ, ठीक है। मैं आ रहा हूँ पीछे से,'' कहते हुए वीर किसी वाहन-साथी की तलाश में कॉलेज की ओर लपका था।

अउम ने तेज़ी से मोटरसाइकिल भगाई थी, मानो मोटरसाइकिल में अभी-अभी 500 सीसी का इंजन लग गया हो और उसकी गति सवा सौ किलोमीटर प्रति घंटे की हो गई हो!

निर्मला गर्ल्स हॉस्टल चौक पर अउम ने जैसे ही रेड लाइट लाँघने की कोशिश की थी, सामने से सीटी बजाते हुए ट्रैफ़िक पुलिस के दो सिपाही उसकी ओर दौड़े थे। अउम को ज़ोरदार ब्रेक लगाते हुए मोटरसाइकिल रोकनी पड़ी थी। चक्का फिसला था, पर गिरते-गिरते अउम ने सँभाल लिया था।

''नीचे उतरो। चलो चालान भरो। एक तो तीन जन बैठे हो बाइक पर और उस पर इतनी तेज़?'' कहते हुए सिपाही ने रसीद निकाली थी।

''अंकल, इमरजेंसी है। लड़की बहुत बीमार है। नर्सिंग होम ले जा रहे हैं। माफ़ कीजिएगा। हमें जाने दीजिए। देरी होने पर कहीं...!'' गिड़गिड़ाने के अंदाज़ में अउम ने कहा था।

सिपाही ने ऋषा की ओर देखा था।...फिर श्री की ओर देखकर अउम की ओर ध्यान से देखा था। उसने सभी को एक-दो बार ध्यान से देखकर पूछा था, ''चूतिया तो नहीं बना रहा है?''

''अंकल प्लीज़! बीचवाली लड़की को देखो! आपको समझ में आ जाएगा!'' अउम ने समझाने की मुद्रा में कहा था।

ठुल्ले ने ध्यान से ऋषा की ओर देखा था और कहा था, ''चल निकल ले! भाग...!''

ट्रैफ़िक की परेशानियों के बावजूद सत्रह मिनट में अउम ने मोटरसाइकिल नर्सिंग होम के भीतर खड़ी कर दी।

श्री ने उतरकर ऋषा को उतारा था और अउम के सहारे नर्सिंग होम के भीतर ले गई थी। काउंटर पर बातचीत कर श्री ने ऋषा को इमरजेंसी में भरती करवाया था।

''डॉक्टर साहब, देखिए ना प्लीज़! मेरी दोस्त की साँसें फूल रही हैं और वह कुछ बोल भी नहीं पा रही है,'' श्री ने डॉक्टर से मिलते हुए बेचैनी में कहा था।

''ठीक है। आप काउंटर पर जाकर सारी प्रक्रिया पूरी कर दीजिए।'' डॉक्टर के कहने पर श्री काउंटर के पास गई थी। उसके पास ज़्यादा पैसे तो नहीं थे, पर स्कॉलरशिप वाला पैसा उसके अकाउंट में जमा था।

वह बड़बड़ाई थी और काउंटर पर रिसेप्शनिस्ट से प्राथमिक औपचारिकता पूछते हुए उसने पर्स से एटीएम कार्ड निकाला था। अभी वह पेमेंट करती कि तभी अउम ने उसका हाथ पकड़कर अपनी ओर खींच लिया, "तुम परेशान मत हो...! मैं हूँ ना! सब मैनेज कर लूँगा। तुम अन्दर जाओ और बस ऋषा का ख़याल रखो," कहते हुए प्यार से आँखें झपकाई थीं अउम ने।

अउम के हाथ पर अपना दूसरा हाथ रख दिया था श्री ने और बड़े प्यार से निहारा था उसकी आँखों में और कुछ पल टुकुर-टुकुर देखती रही थी।

"जाओ श्री...! अन्दर जाओ! ऋषा को देखो। मैं प्रक्रिया पूरी करके आता हूँ," कहते हुए अउम मुस्कराया था। अब भी अउम को निहारती रही थी श्री।

"श्री जाओ...!" अउम के दुबारा कहने पर मधु-स्वाद से बाहर आई थी श्री और इमरजेंसी में अन्दर चली गई थी। वहाँ पता चला कि ऋषा डॉक्टर के केबिन में है।

ऋषा की प्राथमिक जाँच के बाद परदे के पीछे से डॉक्टर बाहर आई थीं और उन्होंने पूछा था, "आप लोग कॉलेज के विद्यार्थी हैं?"

"जी, डॉक्टर सफ़्स कॉलेज में हैं हम लोग।" श्री ने थोड़ा आश्चर्य भाव से डॉक्टर की ओर देखते हुए जवाब दिया था।

"तब आपके लिए अच्छी ख़बर नहीं है!" यह कहते हुए डॉक्टर अपनी सीट पर बैठ गई थी।

"कॉलेज से क्या मतलब है आपका? इसकी तबीयत से कॉलेज का क्या लेना-देना?" श्री की बेचैनी बढ़ती जा रही थी।

"आप इनकी क्लासमेट हैं?" डॉक्टर ने फिर पूछा था।

"अरे, हाँ! क्लासमेट भी, रूममेट भी और दिलमेट भी। बात क्या है ये तो बताइए?" डॉक्टर के बेतुके सवालों से श्री परेशान हो गई थी।

"आपकी दोस्त गर्भवती है।" यह सुनकर श्री का मुँह खुला रह गया था, पर जल्दी ही ख़ुद को सँभालते हुए बोली, "तो गर्भवती होने से दम फूलने लगता है क्या? ऐसा तो मैंने कभी नहीं सुना!"

"नहीं! ऐसा नहीं है। इनका ब्लड प्रेशर बहुत बढ़ गया है। इस वजह से इनकी साँसें तेज़ चल रही हैं। रात भर हमारे ओबज़र्वेशन में यहाँ रहेंगी, तब एकदम नॉर्मल हो जाएँगी," डॉक्टर ने समझाते हुए कहा था।

"क्या आप सच कह रही हैं?" श्री को अब भी विश्वास नहीं हो रहा था कि ऋषा ऐसी मूर्खता कर सकती है। तभी उसे ध्यान आया। ऋषा ने कहा था कि इस महीने उसे रजस

रजस नहीं हुई है। उसने कहा भी था कि डॉक्टर से मिलेगी।

"उफ़! ये तुमने क्या किया ऋषा! अपने लिए कितना बड़ा संकट मोल ले लिया! थोड़ा भी अंदेशा था, तो आइपिल वगैरह ले लेतीं!" बड़बड़ाते हुए श्री ने वहीं कुर्सी पर बैठ सिर को टेबल के सहारे हथेली से टिका दिया था।

"ठीक है डॉक्टर...! आप ऋषा को रूम में शिफ़्ट कीजिए!...और आपसे एक अनुरोध करना चाहती हूँ," श्री थोड़ा भावुक होते हुए बोली थी।

"क्या? बोलिए...!" डॉक्टर सहज भाव से श्री को देखने लगी थी।

"कृपया यह बात किसी को नहीं बताइएगा।" आपसे विशेष अनुरोध करती हूँ।

"हाँ...! ठीक है।...पर मुझे लगता है, आपको आज ही गर्भपात करवा लेना चाहिए। ये उसके करियर की बात है। पूरी ज़िंदगी का सवाल है," डॉक्टर गंभीर होते हुए बोली थी।

श्री कुछ बोल पाती, तब तक डॉक्टर ने नर्स को बुलाकर एक इंजेक्शन देने को कहा था और रूम में शिफ़्ट करने का निर्देश दिया था।

"हमें थोड़ा समय दीजिए! हम लोग अभी थोड़ी देर में निर्णय कर लेंगे। ऋषा भी बातचीत करने लगे, तब उसकी भी राय पूछूँगी! तभी तो निर्णय हो पाएगा ना!" श्री असमंजस की स्थिति में थी। उसके दिमाग में कई बातें उमड़-घुमड़ रही थीं।

"हाँ, ठीक है! आप लोग रूम में जाइए। वहाँ बैठकर बात कर लीजिए, पर आपके लिए आसान और सहज रास्ता यही है। मैं भी एक बेटी की माँ हूँ," डॉक्टर कहते हुए बहुत गंभीर थी।

श्री, डॉक्टर की बात सुनकर भावुक हो रही थी, पर डॉक्टर को कुछ कह न पाई थी। बस उसके चेहरे पर ज़बरदस्ती की मुस्कान दिखी थी।

स्त्री देह

"कैसी हो ऋषा? अब कैसी तबीयत लग रही है?" श्री ने उसकी हथेली अपनी हथेली में ले रखी थी। जैसे ही उसे लगा कि ऋषा अब बेहतर साँसें ले रही है, उसने पूछ लिया था।

"पहले से तो ठीक लग रहा है, पर!" उसकी आँखों के कोर से आँसू ढलक गए थे। अउम वहीं एक टेबल पर बैठा था और वीर खिड़की के पास खड़ा था।

"कम ऑन आयरन गर्ल! तुम इस कदर भावुक नहीं हो सकतीं!...और न ही यह भावुक होने का समय है। यह निर्णय का समय है मेरी दोस्त! इस तरह आँसू बहाकर अपने

आपको कमज़ोर मत करो। मैं जानती हूँ कि यह इस समय की ज़रूरत नहीं, पर प्लीज़।'' श्री, ऋषा को थोड़ा आत्मबल देने की कोशिश में ख़ुद भी सख्त होती दिख रही थी।

''हम सब तुम्हारे साथ हैं ऋषा। तुम्हारा जो भी निर्णय होगा, हम सब तेरे साथ खड़े रहेंगे,'' अउम ने अपने साथ का एहसास कराया था ऋषा को, पर वीर नज़रें झुकाए बैठा था। उसे समझ में ही नहीं आ रहा था कि वह क्या कहे और क्या करे!

''श्री, मुझे गर्भपात करा लेना चाहिए। यही हम सबके लिए सही है। मेरे लिए भी और इसके लिए भी,'' बोलते हुए ऋषा की आँखों से फिर आँसू बहने लगे थे।

''हाँ, ठीक है! तुम जो चाहोगी, वही होगा। हम लोग आधे घंटे के बाद निर्णय करेंगे।'' अपनी हथेली से ऋषा की हथेली को दबाते हुए श्री ने कहा था। ऋषा और श्री की नज़रें आपस में टकराई थीं और वह फिर फफक पड़ी थी।

''तुम इतनी कमज़ोर कब से हो गईं यार? मज़बूत हो, तो मज़बूत बनी रहो। कठिन समय में ही नायक की परीक्षा होती है!...और वैसे भी, तुम तो दूसरों को प्रेरित करती हो! दूसरे तुमसे प्रभावित होकर ताकतवर महसूस करते हैं। यही तो समय है स्ट्रॉन्ग बनने का,'' श्री ने समझाने की कोशिश की थी।

''मैं तो तैयार हूँ श्री! मैं कमज़ोर नहीं हूँ। जो होना था, वह तो हो गया, पर अब मेरा निर्णय यही है। पक्का निर्णय!'' ऋषा ने निर्णायक अंदाज़ में अपनी बात कही थी।

''हाँ ठीक है, पर इतना बताओ कि गर्भपात के क्या कारण हैं?'' श्री ने अजीब-सा प्रश्न कर दिया था, जिसकी उम्मीद किसी को नहीं थी।

''अरे यार! अब यह भी तुझे समझाना पड़ेगा!'' श्री का भाव समझने की कोशिश करते हुए ऋषा उसे गौर से देख रही थी।

''मतलब...!'' श्री, ऋषा के मुँह से ही सुनना चाहती थी।

''मतलब साफ़ है यार। एक कुँवारी माँ बनना संभव है क्या? इस समय एक तो कॉलेज का फ़ाइनल ईयर है। गर्भ रखने का मतलब करियर को चौपट करना होगा! समाज की नज़रों का सामना। माँ-पापा के लिए भी उतनी ही मुश्किल! भला कौन माँ-बाप अपनी बेटी को समाज में बदनाम होते देखना चाहेंगे!'' ऋषा ने थोड़ा भावुक होते हुए कहा था।

''अच्छा, तो इतने सालों से फ्रेशर्स को गोली दे रही थी स्ट्रॉन्ग बनने की? यानी एक स्त्री को अपने गर्भधारण के लिए पुरुष का ठप्पा चाहिए?...और पुरुषों को जैसे स्त्री की कोमल-नैतिक भावनाओं की आड़ में खेलने का लाइसेंस मिला हुआ है?''

''उफ़! तुम समझ क्यों नहीं रही हो यार!'' ऋषा के पास इन तर्कों का जैसे कोई जवाब नहीं था।

"मैं समझ रही हूँ। मैं जानती हूँ, वैवाहिक संस्कृति को। संस्कृति का वह बहुत ख़ूबसूरत और ज़रूरी हिस्सा है। इससे एक निश्चितता का भाव आ जाता है। इससे मनुष्य की सारी ऊर्जा दूसरी ज़रूरी ख़ोज में लगती है। उसका जीवन प्रेम, सुकून और ख़ुशी में व्यतीत होता है...पर एक स्त्री का शरीर उसका है! स्त्री गर्भ उसका है! उसका वजूद उसका है। इस पर किसी का ठप्पा मुझे स्वीकार नहीं। यह प्रकृति प्रदत्त अधिकार हमें प्राप्त है।"

"मैं तेरी बात से पूरी तरह सहमत हूँ।...पर यार, क्यों मुझे मुसीबत में झोंक रही हो?" ऋषा ने श्री को मनाने की कोशिश की थी। वह जानती थी कि अंतिम निर्णय तो उसी का होगा।

"ठीक है, तेरा जो जी करे, तू वही कर। मैं सिर्फ़ तेरी बातों से सहमत नहीं हूँ। ज़रा सोच—ज़मीन में बीज किसने डाला, इससे ज़मीन को मतलब होता है क्या? बीट के माध्यम से चिड़ियों द्वारा डाला गया बीज खेतों को अस्वीकार्य है क्या? नहीं ना...! बीज जैसे ही ज़मीन तक आया कि वह उसे ग्रहण कर लेती है। पैदावार होगी ही। यह ज़मीन का अधिकार है। उफ़...! कितनी अजीब बात है! जन्म देती है स्त्री और वंश चलता है पुरुष का," कहते हुए श्री थोड़ा उत्तेजित-सी थी। अउम और वीर चुपचाप श्री के विचारों को सुने जा रहे थे। ऋषा भी मौन होकर छत की ओर देखने लगी थी।

"ये बता ऋषा, हम प्रकृति से पानी लेते हैं, हवा लेते हैं, ऊर्जा लेते हैं। वैसे ही, ठीक वैसे ही भ्रूण भी लेते हैं! जिस तरह हवा, आप:, अग्नि आदि अपना अधिकार नहीं दिखाती, उसी तरह भ्रूण देने का अधिकार होना चाहिए क्या? बस इतना ख़याल रखना ऋषा, प्रकृति के नियमों के अनुसार माँ कभी अवैध नहीं होती और न ही उसका बच्चा अवैध होता है। वैध और अवैध हम बनाते हैं," कहकर श्री चुप हो गई थी।

"तो क्या करें? बच्चे को जन्म देंगे, तो पढ़ाई खत्म हो जाएगी और फिर मेरा परिवार भी यह निर्णय स्वीकार नहीं कर पाएगा श्री!"

"ठीक है। मुझे जो कहना था वह मैंने कह दिया। अब तुम्हारा निर्णय अंतिम होगा। तब तक मैं ज़रा बाहर से टहलकर आती हूँ। चलो अउम...! ज़रा बाहर घूमकर आते हैं!" कहते हुए श्री ने ऋषा के हाथ को बिस्तर पर रखा था और हल्की मुस्कराहट के साथ बाहर निकल गई थी।

श्री की आक्रामकता

"तुम इतनी आक्रामक क्यों हो गई हो यार? तुम्हारा कहना बिलकुल सही है, पर तुम्हारी बातें उसे मुश्किल में डाल सकती हैं श्री। झेलना तो उसे ही पड़ेगा ना!" अउम ने नर्सिंग होम के बाहर लगी बैंच पर बैठकर श्री को समझाने की कोशिश की थी।

"हाँ, तुम सही कह रहे हो, पर गुस्सा मुझे वीर पर है। अब क्या कहूँ ऋषा के

सामने।'' श्री थोड़ा संयमित होती हुई बोली। बाहर बत्तियाँ जल चुकी थीं। नर्सिंग होम के अहाते में ही एक ओर छोटा-सा पार्क बना हुआ था, जहाँ कुछ बैंचें लगी हुई थीं। वहाँ आस-पास कई और लोग बैंच पर या घास पर बैठे हुए थे।

''चाय पियोगी या तुम्हारे लिए कैन्टीन से कुछ और लेकर आऊँ?'' अउम ने श्री से खड़े होते हुए पूछा था।

''हाँ, चाय ही ले आओ और सुनो, पानी का पाउच भी ले लेना। गला सूख रहा है यार। मैं तब तक सिस्टर को फ़ोन कर देती हूँ। अभी तक उन्हें बताया भी नहीं है।''

''तो उन्हें क्या बताओगी?'' अउम ने यों ही पूछ लिया था।

''बोल दूँगी कि तबीयत ख़राब है। आज देर रात या कल तक डिस्चार्ज हो जाएगी, तब उसे साथ लेकर ही आऊँगी। तब तक मैं उसके साथ ही रुकूँगी,'' अउम के सवालों का जवाब देते हुए श्री ने कहा था।

''ठीक है! मैं चाय लेकर आता हूँ, तब बात करते हैं,'' कहते हुए अउम कैन्टीन की ओर चला गया था।

थोड़ी देर तक श्री यों ही शून्य में कुछ निहारती रही थी। यह कोई गणित का शून्य नहीं था, जिसे लगाकर आप मनचाही संख्या पा लें। यह अनन्त शून्य था, जो चौथे काल की ओर इंगित करता है। इसकी न ही गणना संभव है और न ही आकार-प्रकार का निश्चय। शून्य में श्री आज का निहितार्थ ढूँढ़ने की कोशिश कर रही थी। तभी गेट के पास स्थित मेडिकल स्टोर पर उसकी नज़र पड़ी। कुछ देर तक उसके साइन बोर्ड को देखते रहने के बाद वह बैंच से उठी थी और उस पार्क की क्यारियों को लाँघते हुए दुकान में चली गई थी।

''मुझे एक बड़ा कंडोम का पैक दीजिएगा।''

''जी मैम।'' कहते हुए दुकानदार ने एक बड़ा-सा कंडोम का डिब्बा उसके सामने रख दिया था।

पैसे देकर श्री ने कंडोम का डिब्बा उठा लिया था। फूलों की क्यारियों को लाँघते हुए वह वापस अपनी बैंच के पास आ ही रही थी कि उसकी नज़र अउम पर पड़ी, मानो वह इधर-उधर नज़रें घुमाकर उसी को तलाश रहा हो!

''ओह, कहाँ चली गई थीं?'' अउम ने उसकी ओर चाय बढ़ाते हुए पूछा था।

''वो...! सामने मेडिकल स्टोर गई थी।'' कहते हुए कंडोम के डिब्बे को बैंच पर रखा था और अउम के हाथ से चाय का कप लेते हुए पूछा था, ''पानी नहीं लाए?''

"लाया ना!" अँगुलियों में लटके थैले से उसने पानी का पाउच निकालकर श्री के हाथों में थमाया था।

पानी पीकर श्री ने चाय की चुस्की ली थी। तभी अउम की नज़र उसके बगल में रखे पैकेट पर पड़ी थी, तो उसने पूछ लिया था, "यह क्या है?"

"कंडोम!"

"कंडोम...!" शब्द सुनकर आश्चर्य में अउम के मुँह से भी यह शब्द फूट पड़ा था, पर थोड़ा संयमित होते हुए चुटकी ली थी, "क्या इरादा है हुज़ूर?"

श्री मुस्कराई थी और अउम के कधों पर प्रतीकात्मक घूँसा लगाया था, "बदमाशी सूझ रही है तुम्हें?"

"हद हो गई यार...! कंडोम लेकर तुम बैठी हो और बदमाशी मुझे सूझ रही है? इरादा तो तुम्हारा गड़बड़ लग रहा है!" अउम ने मुस्कराते हुए चुटकी ली थी।

"भक्क बदमाश...! सोचना भी मत!" बहुत ही प्यारी हँसी हँसी थी श्री। उसकी हँसी तो किसी कटार की तरह चली थी अउम के दिल पर!

"यह लाई क्यों हो यार? इसका तो एक ही इस्तेमाल है?" कहते हुए अउम फिर हँसा था।

"अभी पता चल जाएगा। धीरज धरो। चलो, अब जल्दी से चाय खत्म करो। ऊपर चलना है अउम...! ऋषा का चाहे जो निर्णय हो, हम उसके साथ हैं।...लेकिन यह जीवन सिर्फ़ कहने के लिए अपना होता है। दरअसल यह अपना कभी नहीं होता। अपना होने के भाव में हम जीते जाते हैं!" श्री फिर अटपटी बातें करने लगी थी।

"यह जीवन मेरा अपना नहीं है तो किसका है?" छोटा-सा सवाल किया था अउम ने।

"ज़रा सोचो यार! जो 'मैं' कहता है कि यह मेरा है, वह 'मैं' कौन है? हम कभी यह क्यों नहीं कहते—मैं शरीर...? यानी यह शरीर उसका है! जो यह कहता है कि ये आँखें मेरी हैं! ये पैर मेरे हैं! यह हाथ मेरा है! ठीक उसी तरह—जैसे, हम ये कहते हैं कि यह मकान मेरा है! यह गाड़ी मेरी है! अब बताओ—जब मैं, मेरा नहीं है और न ही मेरा, मैं है!...तब सब कौन है और सब किसका है? दरअसल हरेक जीवन की अपनी सार्थकता होती है। हमें मिला हुआ यह ख़ूबसूरत जीवन सार्थक हो सके, इसके लिए सदैव मनन-प्रार्थना करनी चाहिए और सार्थकता के मौके की ताक में रहना चाहिए।" कहते हुए ठहर गई थी श्री। कुछ देर कप को निहारने के बाद अउम की ओर देखा था उसने और मुस्कराते हुए खड़ी हो गई थी।

कप को कूड़ेदान में डाला था और मौन साधे अउम को टोकते हुए बोली थी, "अउम...! चलो...!"

"ऐं...!" अउम शायद अब तक श्री के दर्शन में खोया था। श्री के टोकने पर उसका ध्यान टूटा। फिर मुस्कराते हुए खड़े होकर उसने कप को कूड़ेदान में डाला था।

"अब चलें...?" श्री ने दोनों हाथों से प्रश्नात्मक भाव व्यक्त किया था, जैसे उसने कुछ कहा ही नहीं हो!

"हाँ-हाँ, चलो...!" कहते हुए अउम आगे बढ़ा था और दोनों नर्सिंग होम के भीतर चले गए थे।

कमरे में घुसते ही श्री ने देखा कि वीर, ऋषा का हाथ पकड़े रो रहा है और साथ में ऋषा भी रो रही है।

"अबे ओय! आँसू टपका कर भावुकता में मत बहा मेरी दोस्त को। उस दिन समझ नहीं आई थी तुझे...! उस समय तो भोग में बड़ा मज़ा आ रहा था ना!"

"साले भोगना ही था, तो यह क्यों नहीं लगाया था। हाँ-हाँ कंडोम!" कहते हुए श्री ने कंडोम का डिब्बा खोलकर उसे उसके हाथ में थमा दिया था।

"ये देख, कैसा होता है कंडोम? अब लगा लेगा या गूगल खोलकर दिखाऊँ! यू-ट्यूब में वीडियो भी मिल जाएगा," कंडोम अपने हाथ में लेकर गुस्से से दिखाया था श्री ने।

ऋषा और वीर, श्री की इस आक्रामकता से हतप्रभ थे, पर अपनी गलतियों पर शर्मिंदा भी। तब वीर ने ऋषा का हाथ पकड़े हुए ही पूरे विश्वास के साथ कहा था, "श्री, तुम्हारी जैसी दोस्त जिसे मिले, वह धन्य है। मैं और ऋषा अभी यही बात कर रहे थे। मेरी प्यारी दोस्त श्री, तुम्हारी नाराज़गी जायज़ है। हम मानते हैं कि हमसे गलती हुई है। हमें भोग से बचना चाहिए था। कंडोम होता तो भी...! जीवन एक व्यवस्था से ही इतना ख़ूबसूरत दिखता है। उस व्यवस्था को बनाए रखना हम सबकी ज़िम्मेदारी है।"

"गलती दोनों से हुई है, पर कठिनाई तो सिर्फ़ ऋषा को झेलनी पड़ेगी ना...!" श्री थोड़ा संयमित होते हुए बोली थी और पहली बार बोलते हुए उसके ओंठ भी काँपे थे। वह भावुक होने लगी थी और भावनाओं को छिपाते हुए पीछे मुड़ गई थी। कुछ देर के लिए पूरे कमरे में सन्नाटा छा गया था।

"हम कल ही शादी कर लेंगे।" वीर की आवाज़ श्री के कानों से टकराई थी। ऋषा और अउम के चेहरे की गंभीरता मुस्कराहट में बदल गई थी। तब श्री मुड़ी थी और ऋषा

को पलंग पर ही आलिंगन करते हुए रो पड़ी थी।

''आख़िर फँसा लिया ना इसने! अब इसने तुम्हारे लिए सिर्फ़ दो ही ऑप्शन छोड़े हैं। बच्चा गिरा दो या मेरे नाम का ठप्पा ले लो!...शादी कर लो।'' श्री के साथ ऋषा भी रोने लगी थी और अउम भी भावुक हो गया था।

''काश कि हम सब कुछ बदल पाते! जानती हो ऋषा, भारतीय संस्कृति के सर्वश्रेष्ठ गुरु श्रीकृष्ण कहते हैं, ''सब कुछ मेरे बस में नहीं!''

''तीसरा रास्ता भी है श्री!'' वीर की आवाज़ कमरे में जैसे सुगंध की तरह फैल गई थी। सभी की नज़रें उसकी ओर केन्द्रित हो गई थीं।

''यदि तुम सब चाहो, तो ऋषा बच्चे को एकल अभिभावक के रूप में जन्म देगी। जिस दिन इसे लगेगा कि अब दुनिया से लड़ना ज़्यादा कठिन और असह्य हो गया है, उस दिन हम शादी कर लेंगे,'' श्री की दृष्टि को समझते हुए वीर ने एक ठोस निर्णय सुनाया था।

ऋषा ने बिस्तर से उठने की कोशिश की थी, पर श्री ने उसे रोक लिया था। फिर ऋषा ने वीर की ओर देखते हुए आपनी बाँहें फैला दीं! वीर ने भी आगे बढ़कर ऋषा की बाँहों में अपने हाथों के सहारे ख़ुद को सौंप दिया था। कुछ पल यों ही रहने के बाद ऋषा ने अपनी बाँहें खोली थीं और वीर को आज़ाद कर दिया था!

''मैं इतनी कमज़ोर भी नहीं वीर! लेकिन तुम्हारे प्रेम ने मेरी ताकत को और बढ़ा दिया है। अब मैं अपने जीवन को सार्थकता के साथ जी सकूँगी। मेरा निर्णय यह है कि मैं बच्चे को जन्म दूँगी। अब ज़माने से लड़कर ज़रा हम भी देखेंगे...!''

अध्याय-11

रतिक्री

''दस बज गए हैं यार! मेरी तबीयत के बारे में सिस्टर को बताया था तुमने?'' हॉस्टल के गेट पर कैब से उतरते हुए ऋषा ने पूछा था।

''हाँ! फ़ोन कर दिया था! वह तो आने वाली थीं वहाँ, पर मैंने ही मना कर दिया था। उनसे कहा था कि अभी तुम ठीक हो। संभव है, आज ही डिस्चार्ज भी हो जाओ! तो फिर उन्होंने कहा कि ठीक है। अपडेट देते रहना। डिस्चार्ज हो जाए, तो हॉस्टल आकर घंटी बजाना।''

कैब से उतरकर श्री ने ऋषा को सहारा दिया था और कैबवाले को पैसे दिए थे। वीर और अउम बाइक से अपने हॉस्टल चले गए थे। गेट पर गार्ड मिल गया था। उसने श्री और ऋषा को देखते ही गेट खोल दिया था। ऋषा को पकड़े हुए श्री हॉस्टल के दरवाज़े तक आई थी और उसने घंटी बजाई थी। साथ में गार्ड भी आया था।

घंटी बजते ही सिस्टर के कमरे की बत्ती जली थी और उनका दरवाज़ा खुला था।

''कौन?'' सिस्टर की सवालिया आवाज़ आई थी।

''सिस्टर, मैं श्री हूँ और ऋषा भी साथ में है,'' श्री ने जवाब दिया था। फिर सिस्टर के क़दमों की आवाज़ धीरे-धीरे नज़दीक आई थी।

श्री की आवाज़ सुनकर सिस्टर ने दरवाज़ा खोला था।

''कैसी हो ऋषा? अब कैसी तबीयत है?'' सिस्टर ने ऋषा को देखते ही पूछा था और उसकी ठुड्डी को छूते हुए बोली थी, ''सेहत का ध्यान रखो! गॉड ब्लेस यू?''

''ठीक हूँ सिस्टर। हाई बीपी हो गया था। उस समय कुछ समझ में नहीं आया, तो सदर चली गई थी,'' ऋषा के चेहरे पर अब भी थकान साफ़ दिख रही थी।

''ठीक है। अपना ध्यान रखो। जाओ, आराम करो।...और श्री तुम ऋषा को कमरे में लिटाकर मेरे कमरे में आओ!''

''जी सिस्टर।'' कहते हुए श्री, ऋषा को लेकर सीढ़ियाँ चढ़ने लगी थी।

घंटी की आवाज़ से सभी हॉस्टलर्स को यह आभास हो गया था कि ऋषा आ गई है। उनमें से कई अपने कमरे से बाहर निकलकर ऋषा को देखने पहुँच गई थीं।

''कैसी हो ऋषा?'' ऋषा को देखते ही सबके मुँह से बस एक ही सवाल निकला था।

ऋषा ने फीकी-सी मुस्कराहट के साथ हाथ उठाकर सबको अपने ठीक होने का एहसास कराया था।

ऋषा को कमरे में लिटाकर श्री ने उससे कहा था, ''यार, अब तुम आराम करो। किसी भी तरह की चिंता मत करना। सब ठीक होगा। कहते हैं, हमारा हर सकारात्मक निर्णय ब्रह्म निर्णय होता है। चिन्ता नको करा... !'' मराठी भाव-भाषा के साथ श्री ने हँसते हुए अपनी बात पूरी की थी।

''अब मैं ज़रा सिस्टर से मिलकर आती हूँ। पता नहीं क्या बात है? कहीं कुछ गड़बड़ तो नहीं हुई हॉस्टल में?''

"अरे, कुछ नहीं होगा! अब तो चार साल होने को हैं। बहुत कुछ देखा है यहाँ। वैसे भी मुझे पता है कि यदि कुछ समस्या हुई भी ना, तो मुझे पता है कि अपनी जादुई नीली आँखों से तू सब सँभाल लेगी।"

श्री वहाँ से निकलने लगी थी। तब तक हॉस्टल की कई लड़कियाँ ऋषा को देखने वहाँ आ चुकी थीं। सबको हाथ दिखाते हुए श्री मुस्कराई थी और निकल गई थी कमरे से।

श्री ने सिस्टर का दरवाज़ा खटखटाते हुए पूछा था, "क्या मैं अन्दर आ सकती हूँ सिस्टर?"

"हाँ! आ जाओ।" सिस्टर की स्वीकृति पर श्री ने लॉक हैंडल घुमाया था और दरवाज़ा खोलकर झाँकते हुए अन्दर घुसी थी।

हमेशा की तरह सिस्टर कोई उपन्यास पढ़ रही थीं। उनके पास किताब के साइज़ में चमड़े का एक बैग था, जिसके तीन सिरों में चेन लगी हुई थी। उसकी चेन खोलकर सिस्टर किताब पढ़ती थीं। वह कौन-सी किताब पढ़ रही थीं, यह पता नहीं चलता था। हालाँकि पूछने पर वह बता दिया करती थीं। किताब बंद करनी हो, तो क्रॉसनुमा बुक मार्कर लगाकर चेन पूरी बंद कर देती थीं।

सिस्टर के टेबल पर जीसस क्राइस्ट की प्रकाशमयी आशीर्वाद देती तस्वीर टँगी थी। उनकी टेबल दरवाज़े से घुसते ही बाईं ओर थी। बाईं ओर ही खिड़की के पास उनका बेड था।

टेबल पर ढेर-सारी किताबें रखी थीं, जिनमें गीता का अंग्रेज़ी वर्ज़न भी रखा हुआ था।

"कौन-सी किताब पढ़ रही हैं सिस्टर?" श्री ने अलग तरह से बात की शुरुआत की थी।

"इस पर हम लोग बाद में बात करेंगे। सबसे पहले मैं अभी, इसी समय राउंड पर चलना चाहती हूँ।" सिस्टर के इतना कहते ही श्री थोड़ा घबराई थी। कई बातें उसके दिमाग में एक साथ कौंध गई थीं। उसे लगा कि न जाने कौन हॉस्टल से बाहर है? किसके कमरे में अभी क्या रखा है?...और सबसे बड़ी बात, सिस्टर साथ निकलेंगी, तो किसी को आगाह भी नहीं किया जा सकता है!

"सिस्टर, अभी तो ऋषा की तबीयत उतनी ठीक नहीं है और सभी लड़कियाँ...!" अभी श्री इतना ही कह पाई थी कि सिस्टर खड़ी हो गईं।

"चलो...! जल्दी से राउंड खत्म करते हैं।" सिस्टर एकदम दृढ़ता के साथ निर्णायक मूड में बाहर निकलने लगी थीं।

श्री को यह आभास हो गया था कि ज़रूर कोई बात हुई है, तभी सिस्टर रात के सवा दस बजे चेकिंग पर निकल रही हैं। सिस्टर अधिकांशत: नौ बजे दरवाज़ा बंद करते समय ही चेक किया करती थीं।

सिस्टर के आगे-आगे श्री चलती रही और एक-एक दरवाज़ा खटखटाती रही। सिस्टर कमरे के अन्दर जातीं, चारों ओर नज़रें घुमातीं, हाल-चाल पूछतीं और फिर वहाँ से निकल जातीं!

"खट् खट् खट्...!"

"कौन?" अन्दर से ओस की आवाज़ आई थी।

"मैं श्री हूँ!" श्री की आवाज़ सुनते ही ओस ने दरवाज़ा खोला था।

सामने सिस्टर को देखकर ओस बिलकुल हड़बड़ा गई थी। कमरे के भीतर नीली रोशनी फैली हुई थी। सब कुछ साफ़-साफ़ नहीं दिख रहा था। उसकी पार्टनर मैना भी तब तक खड़ी हो गई थी।

सिस्टर दरवाज़ा ढकेलते हुए बोलीं, "लाइट जलाओ।" मैना ने थोड़ा पीछे खिसकते हुए लाइट जला दी थी।

अब दूधिया रोशनी में सब कुछ साफ़ दिख रहा था। टेबल पर ही एक बड़े से डिब्बे में कुछ रखा हुआ था। डिब्बा थोड़ा आयताकार था। उस पर नज़र पड़ते ही सिस्टर ने श्री की ओर देखा था और कहा था, "श्री, तुम बाहर जाओ।"

श्री कुछ समझ नहीं पाई थी कि अब क्या हो गया? उस डिब्बे में क्या है? श्री कुछ भी समझ पाती, तब तक सिस्टर ने अन्दर से दरवाज़ा बंद कर लिया था।

पहले तो लगा कि सिस्टर कुछ डाँटने की मुद्रा में कह रही हैं, पर बाद में वह डाँट कुछ प्रश्न की तरह हो गई थी।

"ही...! ही...!" बाहर खड़ी दो-तीन लड़कियाँ ख़ूब हँस रही थीं।

"अरे, क्या हो गया? बेचारी ओस और मैना डाँट सुन रही हैं और तुम लोग हँस रही हो? एकदम पागल हो गई हो क्या?" श्री ने झल्लाते हुए अपने हँसने वाले साथियों से कहा था।

"क्यों? तुझे कुछ समझ में नहीं आ रहा है? बड़ी भोली बनती हो?" बाहर खड़ी लड़कियों ने हँसते हुए ही श्री से पूछा था।

''क्या हुआ? मैं समझी नहीं! टेबल पर एक बड़ा-सा लंबा डिब्बा रखा था। जब तक मैं कुछ समझ पाती, सिस्टर ने मुझे बाहर भेज दिया। वैसे मुझे लगता है, शायद इमर्शन रॉड होगा!...और क्या?'' श्री अनजान-सी अंदाज़ा लगा रही थी।

''अच्छा! इमर्शन रॉड था? हाँ शायद...!'' कहते हुए दोनों लड़कियाँ ज़ोर से हँसी थीं और अपना मुँह पकड़कर ख़ुद ही हँसी छिपाने या फिर दबाने की कोशिश की थी उन्होंने। उनके मन में शायद यह भय था कि कहीं सिस्टर सुन न लें।

''तो क्या था, तुम्हीं बताओ?''

''अबे रतिक्री था,'' हाथ से इशारे में समझाते हुए वे फिर हँसी थीं।

तभी अन्दर से आवाज़ आई, ''तुम दोनों हॉस्टल में नहीं रह सकती हो! कल तक का समय है तुम्हारे पास। अपने लिए बाहर कहीं कमरा ख़ोज लो! ओके...!'' कहते हुए सिस्टर ने दरवाज़ा खोला था। श्री और दूसरी लड़कियों को देखकर वह बोली थीं, ''तुम लोग अपने-अपने कमरे में जाओ!''

सिस्टर के इतना कहते ही सभी तेज़ी से अपने-अपने कमरे की ओर निकल ली थीं।

''ओके श्री! तुम ऋषा का ख़याल रखो।'' कहते हुए सिस्टर कॉरिडोर की ओर बढ़ गई थीं।

''गुडनाइट सिस्टर!''

''गुडनाइट!'' कहते हुए सिस्टर सीढ़ियों की ओर मुड़कर नीचे चली गई थीं। इस साल यह तीसरी बार हुआ था, जब लड़कियाँ हॉस्टल से निकाली गई थीं। एक बार रूम में शराब पीते हुए पकड़ने पर दो लड़कियाँ निकाली गई थीं और दूसरी बार तीन लड़कियों के रातभर गायब रहने के कारण!

सजना तेरे बिना

''जानती हो ओस और मैना को हॉस्टल से निकाल दिया गया।'' मॉर्निंग-वॉक से लौटकर कॉमन रूम में सुबह-सुबह अखबार पढ़ते हुए श्री ने सबसे पहले यह ख़बर सभी लड़कियों को दी थी।

हॉस्टल की कई लड़कियों में कानाफूसी होने लगी। सभी अपने-अपने ढंग की किस्सागोई में लग गई थीं। वैसे कॉमन रूम में सुबह की यह चहल-पहल बड़ी ख़ूब होती है। पिछले दिनों कॉलेज में क्या हुआ? मेस में क्या हुआ? पर्सनैलिटी डेवलपमेंट क्लास में किसने क्या पूछा? कौन-सी सीनियर नकचढ़ी है, तो कौन अच्छी आदि-आदि अनेक

गॉसिप सुबह-सुबह धूप-अगरबत्ती की सुगंध की तरह वातावरण में फैली रहती थी।

''तो ओस और मैना मैम क्या करेंगी? कहाँ जाएँगी इतनी जल्दी?'' एक जूनियर ने श्री से यह सवाल किया था।

सच है, समय कितनी तेज़ी से बीत जाता है और लगता है कि अभी कल ही की तो बात है। एकाध महीने वी क्लास के बाद सीनियर-जूनियर में स्नेहपूर्ण वातावरण बन जाता था और अब तो साथ रहते हुए साल के अंतिम चरण में पहुँच गए थे।

''देखो...! आज खोजेंगी। नीचे जो कॉलोनी है ना सी.पी.डब्लू.डी. की, उसमें यदि किसी ने पेइंग गेस्ट के रूप में रख लिया, तो बहुत अच्छा। नहीं तो सदर में कोई गर्ल्स हॉस्टल देखेंगी। उनके लिए मुश्किल तो है। फ़ाइनल ईयर का अंतिम सत्र है। अभी पढ़ाई पर भी ध्यान रखना है और अपने प्रोजेक्ट भी बनाने हैं। उसी पर कैम्पस में बेहतर जगह मिल पाएगी।'' श्री ने उस जूनियर को जवाब देते हुए मुँह बनाया था। उसके चेहरे पर क्लासमेट्स के लिए चिंता की कुछ गहरी रेखाएँ उभर आई थीं।

''पर हुआ क्या था मैम?'' जूनियर ने फिर सवाल किया था।

''पता नहीं...! उसके कमरे में कुछ मिला था, जिसे सिस्टर ने ज़ब्त कर लिया। एक साथी बता रही थी कि शायद वह रतिक्री था।'' श्री ने असमंजस के साथ कहा था। श्री के द्वंद्व ने वहाँ बैठी अधिकांश लड़कियों को थोड़ा कन्फ़्यूज़ कर दिया था। अलग-अलग दिमाग में अलग-अलग रेखाचित्र खिंचने लगा था। सबके चेहरे पर अलग-अलग रंगों के कथ्य और विविध सुरों के बिम्ब छितराए हुए थे।

''काण्ड तो आज ही करना है! दोनों की विदाई से पहले सलामी तो बनती है ना?'' श्री के इतना कहते ही सभी लड़कियाँ उसकी ओर आश्चर्य और उत्सुकता से देखने लगी थीं।

''मैडम, नीचे तो निर्मला गर्ल्स हॉस्टल भी है। वहाँ भी तो जा सकती हैं दोनों मैम?'' दूसरे जूनियर ने फिर वही राग अलापना शुरू कर दिया।

''अरे वो सिस्टर्स का ही है ना! यहाँ से बाहर की गई किसी लड़की को वे लोग क्यों जगह देने लगीं?'' श्री समझाते हुए खड़ी हो गई थी और चली गई थी अपने कमरे की ओर।

''लगता है ऋषा बाथहॉल गई है!'' कमरे में ऋषा को नहीं देखकर श्री बड़बड़ाई थी और ख़ुद भी तैयार होने के लिए बाथहॉल चली गई थी। दरवाज़े पर अँगूठे के निशान के साथ आई-स्कैन कराया था और उसे दो नंबर मिला था।

''ऋषा...! ऋषा...!'' ऋषा को पुकारकर श्री कन्फ़र्म कर रही थी कि वह वहीं है, पर पुकारने के बावजूद उसकी जवाबी आवाज़ नहीं आई थी।

''कहाँ चली गई पगली सुबह-सुबह? लगता है किसी के रूम में गई है! शायद ओस के रूम में!'' श्री बुदबुदाई थी और दो नंबर बेसिन से अपना चेहरा धोया था। तभी फ़्लश की आवाज़ आई।

आईने में श्री अपनी भौंहें देखती हुई बुदबुदाई थी, ''ओहो...! बड़े बेतरतीब बाल निकल आए हैं!'' फिर उसने वहाँ कुछ लगाया था और ऑटो प्लकर से आइब्रो के बेतरतीब बाल हटाने लगी थी।

''हाय श्री! कैसी हो?'' तभी मैना अन्दर आई थी और उसने श्री से हाल-चाल पूछा था।

''अरे यार, सॉरी...! सब गड़बड़ हो गया। मैं तो उस समय हॉस्पिटल से लौटी थी और सिस्टर ने कह दिया कि अभी चैकिंग करनी है। लगता है, उन्हें भनक लग गई थी। कोई तो है, जिसने सिस्टर तक यह बात पहुँचाई है!...क्योंकि तुम्हारे रूम के बाद सिस्टर ने किसी और कमरे की जाँच भी नहीं की,'' श्री थोड़ा माफ़ी के भाव के साथ बोली थी, मानो इसके लिए वही कसूरवार हो!

''कोई बात नहीं यार! जो होना था, सो तो हो गया। अब अभी नाश्ते के बाद नीचे जाएँगे। देखेंगे...! कॉलोनी में कोई पेइंग गेस्ट के रूप में रखने को तैयार हो गया, तो ठीक है, नहीं तो कहीं और देखेंगे। सवाल सिर्फ़ इतना है कि घरवालों को क्या कहेंगे?''

''हाँ, सही कह रही हो यार। आज सबसे पहले हम लोग सिस्टर को सबक सिखाएँगे। उसके बाद तेरे बारे में सोचते हैं कि घरवालों के सामने क्या बहाना बनाना है।'' श्री अपनी आइब्रो ठीक करते हुए सबक सिखाने की बात ऐसे कर रही थी, जैसे आइसक्रीम खाने का प्लान बना रही हो!

''छोड़ दे ना यार। कुछ मत कर। जाने दे।'' मैना ने थोड़ी निराशा में कहा था।

''चिंता मत कर! पिछली बार की तरह इस बार हम लोग उनके दरवाज़े पर पेशाब नहीं करेंगे और न ही उनके कमरे तक ठेलकर गाय घुसाएँगे। वह सब सोचना तेरा काम नहीं। तू निश्चिंत रह। हॉस्टल की दो स्टार निकाली जा रही हैं, आसमान में थोड़ी हलचल तो होगी ही ना! श्री ने हँसते हुए उसकी ओर देखा था और फिर आइब्रो ठीक करने में लग गई थी।

''ऋषा अभी रिसेप्शन में दिखी थी। उससे मिलने वीर आया हुआ है,'' मैना ने कहा था।

''अच्छा, वीर आया हुआ है? ननदी का सुबह-सुबह प्रेम उमड़ रहा है?'' श्री ने हँसते हुए मैना की ओर देखा था।

''प्रेम?'' मैना ने आश्चर्य करते हुए देह को उचकाया था।

''तभी ना सुबह-सुबह वीर पहुँचा हुआ है,'' बैग में अपना सामान रखते हुए श्री ने कहा था।

''कल उसकी तबीयत ख़राब हो गई थी ना! अब कैसी है?'' मैना ने पूछा था।

''मस्त है! तुम्हीं तो बता रही हो कि वीर आया है।''

''अच्छा!'' कहते हुए मैना सात नंबर बाथरूम में चली गई थी।

'मैनु एक पल चैन न आवै, सजना तेरे बिना...!' किसी के मोबाइल पर यह गाना बज रहा था। हॉस्टल की चहकती हुई सुबह गतिमान थी। सभी लड़कियाँ अपनी-अपनी तरह की गतिविधियों में तल्लीन!

व्हिसस...

''राजभवन के गेट के बगल से जो सड़क जाती है ना, उसी में थोड़ा आगे जाकर एक गर्ल्स हॉस्टल में जगह मिल गई है,'' ओस ने बताया। ओस के कमरे में ऋषा और श्री के साथ कई और साथी बैठी थीं। ओस और मैना अपना-अपना सामान बैग में रख रही थीं। हॉस्टल में आज उनका आख़िरी दिन है।

''किसी तरह की आवश्यकता हो, तो बताओ!'' ऋषा ने ओस से पूछा था।

''नहीं यार। ऐसी कोई ज़रूरत नहीं है। यदि तुम्हारा मतलब पैसे से है, तो उसकी चिंता मत करो। वो पूरा है। अभी मम्मा से क्या बोलेंगे, यह सबसे बड़ा सवाल है। पापा को तो किसी तरह समझा लेंगे, पर मम्मी ना...इतने तरह के सवाल पूछेंगी कि बस...! वैसे भी वह पेट की बात निकालने में पूरे मुहल्ले में फ़ेमस हैं।'' आर्थिक आश्वस्ति के बावजूद उसे अपने परिवार की बड़ी चिंता थी।

''अरे, तूने कोई ऐसा अपराध थोड़े कर दिया है, जो अक्षम्य हो! तूने न ही कोई तथाकथित मर्यादा तोड़ी है और न ही किसी को दुख पहुँचाया है। ध्यान से सुन, तू ये कह देना कि फ़ाइनल ईयर का अंतिम सेमेस्टर है। बहुत पढ़ना है और प्रोजेक्ट भी बनाना है। यदि अच्छा नहीं बना, तो अच्छी नौकरी नहीं मिलेगी। हॉस्टल में इतनी मस्ती होती है कि स्वाध्याय के लिए समय ही नहीं मिलता। दिमाग को एकाग्र करना मुश्किल है यहाँ, इसलिए तू रूम ले रही है, जिससे कि तुम अच्छी पढ़ाई कर सको! पढ़ाई के नाम पर न ही मम्मी ज़्यादा सवाल करेंगी और न ही पापा!'' ऋषा ने उपाय सुझाया था।

यह सुनकर ओस और मैना दोनों ज़ोर से हँसी थीं और फिर ओस बोली थी, ''अच्छा! स्वाध्याय...!''

''कौन-सा स्वाध्याय ये करेगी, इसको भी पता है,'' कहते हुए श्री भी हँसी थी।

तभी ओस ने अपने टेबल के ऊपर से मम्मी-पापा की फ्रेमयुक्त तस्वीर बैग में रखने के लिए उठाई थी और उसे कुछ देर अपलक देखती रही थी।

''ओय! तू ससुराल जा रही है क्या?'' ऋषा ने हँसी उड़ाई थी।

''अब कितनी लड़कियाँ ससुराल जाती हैं री?'' ओस ने फ्रेम को बैग में रखते हुए कहा था।

''मतलब!''

''अब बेटे और बेटीवाला वैसा फ़र्क कहाँ रह गया है! बेटे की शादी होगी, तो वह बहू के साथ अपना घर बसाएगा और बेटी की शादी होगी, तो वह दामाद के साथ अपना घर बसाएगी,'' कहते हुए हँसी थी श्री।

''अच्छा! तो तूने ढूँढ़ लिया है, अपने साथ ले जाने वाले को?'' ऋषा ने मस्ती की थी।

''न भी मिला हो, तो मिल ही जाएगा,'' बोलते हुए हँसी थी मैना।

''अच्छा सुनो...! पहला काम यह है कि सिस्टर के आने से पहले उनके दरवाज़े के हैंडल लॉक में मोम भर देना है। जिससे कि रात में उनका दरवाज़ा ही न खुले। खुले भी तो खोलने में कम-से-कम नानी तो याद आ ही जाये!''

''दादी से काम नहीं चलेगा?'' श्री की बातों पर ऋषा ने चुटकी ली थी।

''अब यह उन पर है। वह जिनको याद करना चाहें!'' कहते हुए श्री हँसी थी और फिर बोली थी, ''यदि उनका दरवाज़ा खुल भी गया, तो उनकी बत्ती बंद होने के ठीक पंद्रह मिनट के बाद हम सभी अपने-अपने दरवाज़े पर खड़े होकर एक साथ सीटी बजाएँगे और अपने-अपने कमरे में चले जाएँगे,'' श्री ने पूरी प्लानिंग समझाई थी।

''अरे छोड़ न यार! क्यों ये सब कर रही हो? अब आज भर का तो समय मिला है, तुम सब के साथ मस्ती के लिए। यह सब करने से व्यर्थ में सिस्टर और नाराज़ हो जाएँगी।...फिर पता नहीं कल किस-किस पर गाज गिर जाए!'' मैना ने श्री को समझाने की कोशिश की थी।

श्री का हठ ही उसकी सबसे बड़ी ताक़त है। उसने जो ठान लिया, सो ठान लिया। उसे समझा पाना किसी के बस में नहीं और उसका साथ छोड़ना भी संभव नहीं। हॉस्टल में सभी श्री का बहुत सम्मान भी करते हैं और प्यार भी।

"देखना तो, उपदी के जन्मदिन पर जो मोमबत्तियाँ आई थीं, उनमें से कुछ बच गई थीं। बची हुई मोमबत्तियाँ कहाँ रखी हैं?" श्री ने ऋषा से कहा था।

"हाँ, वह कॉमन रूम की अलमारी में ही हैं," ऋषा ने कहा था।

"वार्डन है कि चली गई? देखना तो मैना ज़रा!" श्री ने मैना से तफ़तीश करने को कहा।

"अरे अभी तो दिखी थी वह। नीचे ही होगी!" मैना की बात पर श्री कॉमन रूम में गई थी और वहाँ से मोमबत्तियाँ निकाल लाई थी।

"हाँ, मिल गईं मोमबत्तियाँ। चलो अपने काम को अंजाम दिया जाये," श्री ने सभी साथियों को प्रोत्साहित किया था। कई लड़कियाँ सिस्टर के कमरे तक साथ गई थीं।

"हाँ! और ठूँस...! भर गया? देखना, वह इतना टाइट हो जाए कि ताला तोड़ने की नौबत आ जाए।"

"यहाँ साफ़ भी कर दो और हैंडल को भी रूमाल से पोंछ दो। यहाँ कुछ भी सुराग नहीं छूटना चाहिए। सिस्टर बहुत चालाक हैं," ऋषा ने एक जासूस की तरह समझाया था।

मोम ठूँस कर ताले को पूरी तरह भर दिया गया था। किसी कील या नुकीली चीज़ से भी निकालना आसान नहीं था। आग से पिघलाया तो जा सकता था, पर उसमें बहुत खतरा था।

अपनी बदमाशियाँ पूरी कर सभी मेस की ओर चली गई थीं।

"छोटू...! ज़रा आज मेरे नाम से कुछ स्पेशल हो जाए! पापड़ वगैरह के साथ कुछ विशेष करो। देखो, आज तुम्हारी दो मैम हॉस्टल से जा रही हैं," अपने दोस्तों का उत्साह बनाए रखने के लिए ऋषा ने कहा था।

"क्या हुआ मैम? क्यों जा रही हैं हॉस्टल छोड़कर? आप लोगों का तो ऐसे भी सेशन खत्म होने वाला है।"

"अब सदर में रहेंगी। पहाड़ी जंगल से तंग आ गई हैं," कहते हुए हँसी थी ऋषा।

"अहा! क्या ख़ूब छोटू! तुमने तो कमाल कर दिया!" खाना देखकर ऋषा चहकी थी। छोटू ने तड़का दाल, मसाला पापड़, चावल फ्राई और आलू-गोभी की सब्ज़ी के साथ गरमा-गरम तवा रोटी परोसी थीं।

"वाह! सच में...! तुम्हारे जाने का शानदार सेलीब्रेशन हो रहा है मैना," खाना खाते हुए हँसी थी श्री।

"सिस्टर हॉस्टल पहुँच गई हैं और उनका दरवाज़ा नहीं खुल रहा है," तभी मेस में एक जूनियर ने आकर बताया था।

"आज सिस्टर थोड़ा जल्दी आ गईं? कितना बज रहा है अभी?" श्री ने पूछा था।

"साढ़े आठ बजे हैं मैम," जूनियर ने मोबाइल देखकर बताया था।

"चलो ठीक है। शायद किसी को बुलवा लें। देखते हैं... !" कहते हुए श्री मुस्कराई थी।

दोनों गार्ड्स ने ताला खोलने की बड़ी कोशिश की थी, पर वे सफल नहीं हो पाए थे। आधे घंटे के अन्दर कोई दरवाज़ा खोलने वाला आ गया था। उसने कुछ कोशिशों के बाद हैंडल के स्क्रू खोल दिए थे और बाहरी ढक्कन हटाकर सारा मोम वहाँ से निकाल दिया था। फिर चाभी से दरवाज़ा खोलकर स्क्रू कस दिया था।

इस मशक्कत में हॉस्टल की कुछ लड़कियाँ भी साथ खड़ी थीं, पर सिस्टर ने उस समय किसी से कुछ नहीं कहा।

कुछ ही देर में सब कुछ सामान्य लगने लगा था। सभी लड़कियाँ खाना खाकर अपने-अपने कमरे में जा चुकी थीं। अब सभी व्हाट्सऐप पर संपर्क में थीं। हॉस्टल का मुख्य दरवाज़ा भी बंद हो गया था।

एकदम शांत। मानो कुछ घटित होने से पहले वाली शांति हो गई हो! कमरों की बत्तियाँ भी बुझ चुकी थीं, जो अमूमन देर से बुझती थीं।

"व्हिस्स्... !" पूरा हॉस्टल जैसे सीटियों के एक सुर में गुँजायमान हो गया था। सैकड़ों लड़कियों की संयुक्त 'व्हिस्स्' ध्वनि, हॉस्टल क्या, पूरे जंगल में तरंगित हुई थी। उसकी ध्वनि इतनी तीव्र थी कि आस-पास के पेड़ों पर चिड़ियों में भी हलचल हुई थी।

कुछ ही पल में पूरा सन्नाटा! जैसे वहाँ कुछ हुआ ही नहीं हो!

सिस्टर के कमरे की बत्ती जली थी। कॉरिडोर में उनके क़दमों की आहट भी सुनाई पड़ी थी, पर पूरा हॉस्टल जैसे गहरी नींद में कब का सो चुका था। इन बदमाशियों में दिन कैसे बीतता चला गया, पता ही नहीं चला।

जगय (जन्म-गति-योग)

एक दिन ऋषा की तबीयत ठीक नहीं लग रही थी। आज दिनभर कॉलेज और हॉस्टल दोनों जगह भीड़-भाड़ थी। इसकी वजह श्री थी।

"जी मचल रहा है श्री। ज़रा वो, डस्टबिन उठाकर देना तो!" ऋषा थोड़ी बेचैनी में बोली थी।

श्री ने जल्दी से उठकर डस्टबिन टेबल के नीचे से निकाला था और उसका मुँह खोलते हुए ऋषा को दिया था।

''कैसा लग रहा है ऋषा?'' उलटी के बाद जब ऋषा ने थोड़ी लम्बी साँसें ली थीं, तब श्री ने पूछा था।

''अब ठीक है। उधर से पानी-गेंद देना तो!'' तेज़ श्वास लेते हुए ऋषा ने पानी-गेंद माँगी थी।

''एक मिनट...!'' कहते हुए श्री ने बॉक्स से दो पानी-गेंद निकाली थीं और बारी-बारी से गेंद की ऊपरी परत हटाकर ऋषा की ओर बढ़ाई थीं।

ऋषा ने पानी-गेंद मुँह में लेकर कुल्ली की थी और फिर लेट गई थी। श्री ने जानबूझकर नाइट बल्ब की नीली रोशनी से ही काम चलाया था। उसे पता था कि मुख्य लाइट जलते ही सिस्टर का ध्यान उसके कमरे की ओर आ सकता है। श्री ने अपनी हाफ़शर्ट उतारकर टॉप पहन लिया था और शॉर्ट पैंट पहनकर सो गई थी।

एक आग का गोला पूरी तरह धधक रहा था। ब्रह्मांड से उस ग्रह पर अनेक छोटे-छोटे आग के टुकड़े धातु के साथ टकरा रहे हैं। यह क्रम लगातार चल रहा है। तभी उस आग के गोले से एक धूमकेतु टकरा गया। एक ज़बरदस्त विस्फ़ोट के साथ धूमकेतु कई टुकड़ों में विभक्त हो गया और उससे अनेक तरह की चीज़ें बाहर फैल गईं। उन्हीं चीज़ों में बर्फ़ का टुकड़ा भी इधर-उधर फैल गया।

टकराहट के साथ ही एक ध्वनि वातावरण में तैरने लगी...'अऊँम्म्म्...! अऊँम्म्म्...!' विस्फ़ोट से हवा की तीव्रता और उसके वेग का एहसास भी हो रहा था।

धीरे-धीरे पृथ्वी आग के गोले से बर्फ़ में परिवर्तित होने लगी। आग, पृथ्वी के भीतर उसके केंद्र में और ऊपर ज्वालामुखियों के रूप में छिप गई है। उस धूमकेतु की टकराहट से पृथ्वी में हलचल हुई। उसकी प्लेट्स ने अपनी जगह बदली। अहा...! क्या ख़ूब! समुद्र निर्मित हो रहा है। नदियाँ अपना आकार ले रही हैं। पहाड़ों और पर्वत शृंखलाओं ने अपना आकार लेना शुरू कर दिया है। हिमालय और एंडीज़ उभरने लगे हैं। अंटार्कटिका अपना बृहद स्वरूप धारण कर रहा है। दुनिया की नदियाँ मचलने लगी हैं और मोहब्बत की लोरियाँ गाने लगी हैं। कई छोटे द्वीप आपस में मिलकर योग कर रहे हैं।

चारों ओर बर्फ़ का साम्राज्य हो गया है। हिमालय पर जटाधारी दिखने लगे हैं। शंकर ने अपनी जटाएँ खोल रखी हैं। भगीरथ की तपस्या से गंगा प्रसन्न हुई हैं। नील, अमेज़न, यांग्तजे, मिसिसिप्पी, येनिसेल, येलो, ओब, पराना, कांगो, अमुर आदि नदियों के साथ एक ओर गंगा तो दूसरी ओर सिन्धु और ब्रह्मपुत्र जीवन का विस्तार कर रही हैं।

जल की चारों अवस्थाएँ अभह, मरीचि, भर और अप दिख रही हैं।

अग्नि से जगय बन रही है। जगय में हवा निर्मित हो रही है। जगय में अनेक तत्त्व बन रहे हैं। उन तत्त्वों से ग्रहों का निर्माण हो रहा है। अलग हवाएँ रसायन का निर्माण कर रही हैं। दो हवाओं ने मिलकर आप: निर्मित किया है।

सृष्टि की निर्मात्री अग्नि ही पाँच तत्त्वों में विभक्त हो रही हैं। अग्नि से ही जन्म, अग्नि से ही गति और अग्नि से ही योग। इन तीन अवस्थाओं में जगय क्रमशः घूम रहा है।

श्री हड़बड़ाकर उठ बैठी थी। उसका पूरा शरीर बर्फ़ की तरह ठंडा हो गया था और उसे इस गर्मी में भी कँपकँपाती सर्दी का एहसास हो रहा था। उसने उठकर अलमारी के ऊपरवाले रैक पर से कम्बल उतारा था और उसे ओढ़कर सो गई थी।

अध्याय-12

श्री का चयन

"बहुत बधाई श्री। तुमने तो बताया ही नहीं। आज अखबारों और यहाँ नोटिस-बोर्ड पर बधाई के पोस्टर देखकर यह पता चला कि तुम भारत का प्रतिनिधित्व कर रही हो। हम सब को तुम पर गर्व है!" कॉलेज के एक साथी ने श्री को बधाई देते हुए कहा था। दरअसल कल शाम से ही चैनल्स पर श्री द्वारा भारत का प्रतिनिधित्व करने की ख़बर आ रही थी। श्री की बाइट भी चल रही थी।

आज पूरा कॉलेज ही श्री को बधाई दे रहा था। सुबह के सारे अख़बारों में श्री की तस्वीरें पहले पन्ने पर जगह बनाए हुए थीं। सुबह से राष्ट्रीय टेलीविज़न चैनलवालों की भी कॉलेज में भीड़ थी और कई पत्र-पत्रिकाओं के पत्रकार भी वहाँ जुटे हुए थे। हर ओर सिर्फ़ श्री!

"चल ना श्री, बेर खाते हैं। तू तो बेर नहीं खाती, पर आज तो खाना ही पड़ेगा," ऋषा, श्री को कॉलेज गेट से बाहर खेल मैदान के पास ले जाना चाह रही थी।

"पागल है क्या? आज उधर कुछ खाने गए ना, तो कल तस्वीर के साथ ख़बर छपेगी कि पानी की भारतीय प्रतिनिधि को बेर बहुत पसंद हैं। ही ही ही...!" कहते हुए अजीब तरह से हँसी थी श्री।

"हाँ, श्री सही कह रही है। अभी कॉलेज में ही रहना ज़्यादा ठीक है," वीर ने श्री की बातों पर सहमति जताई थी।

तभी अउम अपने हाथों में दो डिब्बे पकड़े सामने से चला आ रहा था।

"अरे यह देखो! अउम तो रसगुल्लों का ड्रम ही उठा लाया है। आज वह पूरे कॉलेज को रसगुल्ला खिलाएगा," ऋषा ने हँसते हुए कहा था।

"आज मैं बहुत खुश हूँ! इस ख़ुशी में सेलिब्रेशन तो होना ही चाहिए ना! रसगुल्ले से होगा आज का उत्सव। श्री सबसे पहले तुम शुरू करो," कहते हुए अउम ने दोनों डिब्बे

वहीं सीढ़ियों पर रख दिये थे और एक डिब्बा खोलकर चम्मच से रसगुल्ला निकाला था।

"अरे नहीं। सबसे पहले मेरी प्यारी दोस्त ऋषा का मुँह मीठा कराओ! ये मेरी क्लासमेट ही नहीं, प्रेरणा भी है," कहते हुए श्री ने ऋषा को अपनी बाँहों में भर लिया था।

"अच्छा, मैं इसकी प्रेरणा हूँ, तो मैं ख़ुद के लिए प्रेरणा क्यों नहीं बनी? यह तुम्हारी मुहब्बत है श्री कि तुम मुझे इतना सम्मान दे रही हो। वैसे भी तुम्हारी आदत है, ख़ुद श्रेय न लेकर दूसरों को श्रेय देने की। तुम तो—मेरी प्रेरणा हो यार...!" कहते हुए भावुक हो गई थी ऋषा।

"अब ये लो...! रसगुल्ला खाने के बजाय ये आँसू बहाने लगी। लाओ अउम, मैं अपने हाथों से इसके मुँह में रसगुल्ला डालूँगी," श्री ने हँसते हुए चम्मच से रसगुल्ला उठा लिया था और ऋषा के मुँह में ठूँस दिया था।

ऋषा के कपड़ों पर भी थोड़ा रस गिर गया था और रस के साथ रसगुल्ला ठूँसने पर ऋषा सरक भी गई थी। श्री ने उसकी पीठ सहलाई थी।

वीर सामने पानी राशनिंग मशीन से दो-चार पानी-गेंद निकाल लाया था और ऋषा को उसकी ऊपरी परत हटाकर पकड़ाई थीं। पानी-गेंद मुँह में लेते ही उसे थोड़ी राहत मिली थी, पर खाँसी के कारण आँखों से पानी निकल आया था।

उसकी आँखों को पोंछते हुए श्री ने कहा था, "यार, यह पानी बचाकर रखो। यह बेशकीमती है।"

उसके इतना कहते ही एक बार फिर सभी हँस पड़े थे, पर श्री गंभीर हो गई थी। इस बीच कॉलेज के दूसरे विभागों के विद्यार्थी भी श्री के पास आकर बधाई दे रहे थे। थोड़ी-थोड़ी देर पर वहाँ भीड़-सी लग जाती...! जो आता, अउम उसे रसगुल्ले खिलाता।

तभी आजतक चैनल की एक रिपोर्टर अपने कैमरामैन के साथ अन्दर आ गई और श्री से बातचीत का अनुरोध करने लगी थी।

"मैम, आपसे थोड़ी बातचीत करना चाहती हूँ। साथ ही आपके दोस्तों के अलावा प्रिंसिपल और आपके डीन से भी बात करना चाहती हूँ।"

"कृपया आप सबसे पहले कॉलेज के प्रिंसिपल फ़ादर से बात कर लीजिए। उनकी बाइट मिल गई, तो समझिये आपको कॉलेज के अन्दर किसी से भी बातचीत की परमीशन मिल गई। अन्यथा हम लोग यह नहीं कर पाएँगे। मतलब आप एक बार औपचारिकता ही सही, फ़ादर लौरी से मिल भी लीजिए और उनसे परमीशन भी ले लीजिए," श्री के कुछ कहने से पहले ही ऋषा ने मोर्चा सँभाल लिया था जैसे!

कॉलेज के विद्यार्थियों में श्री के साथ-साथ आजतक के रिपोर्टर से भी मिलने और उसके साथ सेल्फ़ी लेने की आपाधापी-सी थी।

''श्री, आप मुझे बस अपने दोस्तों के नाम बता दीजिए कि किन-किन से बाइट ले लूँ! वैसे क्लासमेट्स, जो आपकी ज़िन्दगी में अहमियत रखते हैं। बाकी मैं ख़ुद मैनेज कर लूँगी।'' रिपोर्टर के पूछने पर श्री हँसी थी।

''मेरे साथ खड़े ये तीनों मेरे ख़ास दोस्त हैं। ऋषा, अउम और वीर। आप इनसे बात कर सकती हैं,'' श्री अपने दोस्तों की ओर देखते हुए मुस्कराई थी और दोस्तों को भी गर्व का अनुभव हुआ था।

कुछ ही देर में प्रिंसिपल से बाइट और परमीशन लेकर रिपोर्टर अंजना फिर आ गई थी श्री के पास और नोटिस बोर्ड के बैकड्रॉप में श्री का इंटरव्यू लिया जाने लगा था। श्री के बाद उसके दोस्तों और पंवार मैडम, गट्टू मैडम और फिलोमिना मैडम से बातचीत हुई। देखते-ही-देखते दोपहर हो गई और श्री के निकलने का समय भी।

शाम के चार बजे की फ़्लाइट थी, इसलिए श्री अपने हॉस्टल वापस आ गई थी। उसने उबर टैक्सी बुला ली थी।...जा तो सिर्फ़ श्री ही रही थी, पर बाकी तीनों दोस्तों में ज़बरदस्त उत्साह था। पता ही नहीं चल रहा था कि जा कौन रहा है!

''अपना ख़याल रखना ऋषा!...और वीर तुम ज़रा सीरियसली लेना। मैं भी चार दिन नहीं रहूँगी। नहीं तो पिटोगे इस बार... !'' हवाई अड्डे पर उतरकर श्री ने समझाया था। श्री के गले मिलते ही ऋषा भावुक होने लगी।

''बहुत बधाई और शुभकामनाएँ। मुझे पूरा विश्वास है कि तुम्हारा प्रज़ेंटेशन दुनिया में नंबर वन होगा!'' ऋषा ने हँसते हुए कहा था।

अउम ने भी बधाइयाँ देते हुए कहा था, ''तुम्हें संसार की सारी खुशियाँ मिलें। तुम्हारी ज़िन्दगी में हमेशा मुस्कराने की वजह बनी रहे! वे सारे सपने पूरे हों, जो तुमने देखे हैं।''

''सपने... ! अरे नहीं... !'' सपनों के नाम पर श्री विचलित-सी होने लगी थी।

''क्या हुआ ?''

''नहीं! कुछ भी नहीं... !'' कहते हुए श्री ने आगे बढ़कर उसे आलिंगन किया था और फिर गाल पर चुम्बन लेते हुए बोली थी, ''दिल से धन्यवाद। तुम सबकी दुआओं का ही फल है कि आज मुझे भारतीय प्रतिनिधित्व का मौक़ा मिला है।''

वीर ने भी बधाई देते हुए हाथ मिलाया था और कहा था, ''ईश्वर हमेशा तुम्हारे साथ है। ख़ास समय पर तुम्हारी आँखें भूरी से नीली हो जाती हैं। उसका नीलापन बना रहे! सारा

आकाश तुम्हारा है! जितना नाप सको नाप लो मेरी दोस्त!''

श्री मुस्कराई थी और जानबूझकर बात टालते हुए बोली थी, ''मेरी आँखों के रंग को छोड़ो मेरे दोस्त। ऋषा की आँखों की गहराई में झाँको! उसका ख़याल रखना। ओके...! बाय...!''

''बाय...!''

''बाय...!''

''बाय...!''

श्री पहली बार हवाई जहाज़ पर चढ़ने के लिए अन्दर जा रही थी और बार-बार पीछे मुड़कर हाथ उठा रही थी।

''यात्रीगण कृपया ध्यान दें! 6ई 727 इंडिगो फ़्लाइट, जो राँची के लिए उड़ान भरेगी—उसके लिए तीन नंबर गेट से प्रवेश लें!''

बादलों के पार

''आज जाने की ज़िद न करो...! यों ही पहलू में बैठे रहो...!'' किसी अनजान नंबर से फ़ोन ने रिंग टोन गुनगुनाई थी। अउम ने ही कुछ दिन पहले उसके मोबाइल की रिंग टोन बदल दी थी।

''हैलो...! कौन?'' श्री ने फ़ोन उठाकर पूछा था।

''क्या मेरी बात श्री मैम से हो रही है?'' एक मधुर आवाज़ उधर से आई थी।

''हाँ जी, मैं श्री बोल रही हूँ।''

''मैम, मैं विकास मुंडा बोल रहा हूँ और मेरे साथ स्पीकर पर शालू शालिनी हैं। हम दोनों आपकी राँची यात्रा के सहयोगी हैं,'' उधर से आवाज़ आई थी।

''अच्छा...! तो आप लोग मुझे कहाँ मिलेंगे और आप लोग मेरा क्या सहयोग करेंगे?'' श्री ने चहकते हुए पूछा था।

''मैम, मैं शालू बोल रही हूँ। नमस्ते। आपका राँची में स्वागत है। हम लोग आपके पी.ए. हैं,'' शालू ने स्पष्ट करते हुए कहा था।

''पी.ए.?'' श्री ज़ोर से हँसी थी।

''जी मैम, आपको आज एक मेल भी गया होगा, जिसमें हम दोनों का नाम, परिचय,

मेल आई.डी., फ़ोन नंबर भी होगा,'' शालू ने विश्वास दिलाने की कोशिश की थी।

''अच्छा हाँ, एक मेल तो आया था, पर मैंने खोलकर नहीं देखा। अभी देख लेती हूँ।''

''मैम, हवाई अड्डे पर आपके स्वागत में हम खड़े रहेंगे और पूरे तीन दिन, चौबीसों घंटे आपके लिए उपलब्ध रहेंगे।'' इस बार विकास मुंडा ने और जानकारी दी थी।

''ठीक है। अब मैं बाद में बात करूँगी। जहाज़ में अनाउंसमेंट हो रहा है। ठीक है? चलिए फिर मिलते हैं। बाय!''

''बाय मैम! आपकी यात्रा मंगलमय हो!'' उसका बाय सुने बगैर श्री ने अपना फ़ोन काट दिया था। शायद श्री—जहाज़ में थोड़ी झिझकी हुई थी या फिर वहाँ के रोमांच में शामिल होना चाहती थी।...पर नहीं! उसने मोबाइल में अपने जीमेल अकाउंट को सर्च किया था। मेल पढ़कर श्री रोमांच से भर गई थी। उसमें बहुत सारी रोमांचकारी सूचनाएँ थीं।

जहाज़ के उड़ान भरते समय ज़मीन छोड़ते ही एक हूक-सी उठी थी सीने में, पर फिर सब कुछ सामान्य हो गया था। धीरे-धीरे बादलों को चीरते हुए जहाज़ ऊँचाई की ओर बढ़ रहा था। बादलों के बीच से गुज़रना श्री के लिए नया, पर बेहद रोमांचक अनुभव था।

''ओह! ओ...ओ रे बादल...!'' श्री, बादलों के बीच ख़ुद को पाकर रोमांचित होती हुई बुदबुदाई थी। उसका बस चलता, तो जहाज़ से बाहर निकलकर वहाँ सैर ही करने लगती। कम-से-कम खिड़की खोलकर बादलों को अपने हाथों से छूती और उसके थपेड़ों को अपने चेहरे और गाल पर महसूस करती! तभी उसे अउम के चुम्बन का ऊष्म एहसास हुआ था, मानो वह बादल बनकर जहाज़ के भीतर घुस आया हो! उसके बाल वसंत के प्रातःकालीन मंद समीर के थपेड़ों से झूलने-गुनगुनाने लगे हों!

'क्या बादलों की छुअन का ऐसा ही एहसास होता है?' तभी हत्थे से उसका हाथ फिसला था और उसकी आँखों के सामने फिर बादलों के टुकड़े आकार लेने लगे थे।

'ओह! ओ...ओ रे बादल...! कितना तरसाता है रे तू,' श्री, बादलों को निहारे जा रही थी।

''ऐ बदरा, तेरे बीच से उड़ते हुए मैं लाली हो रही हूँ। मेरा मन तुम्हारे कोमल स्पर्श से भीग रहा है। तू अपना प्रेम-नृत्य धरती पर कर सके, इसी पर मंथन के लिए मैं तुम्हीं से होकर गुज़र रही हूँ,'' बादलों के रोमांच में श्री, बुदबुदाए जा रही थी।

''मैम वेज या नॉनवेज?'' बादलों की स्वप्निल अठखेलियों के बीच उसके कानों में पतली-सी आवाज़ घुली थी। बादलों में डूबी आँखों ने गहराई से बाहर झाँका था। विमान परिचारिका उससे खाने के बारे में पूछ रही थी।

"वेज!" इतना कहकर श्री, विमान परिचारिका की गतिविधियों को देखती रही थी। नाश्ते का डिब्बा देते हुए परिचारिका ने फिर पूछा था, "गर्म या ठंडा? पेय में से क्या लेना चाहेंगी मैम?"

"चाय दे दो। साथ ही एक पानी का पाउच भी," श्री ने नाश्ता अपने सामने रखते हुए कहा था।

नाश्ता करते हुए श्री को बादलों में उसका घर होने का एहसास हो रहा था। बादल रूई के बड़े-बड़े फ़ाहों की तरह दिखाई पड़ रहे थे या फिर बादलों की पठारकाय आकृति, मखमली ज़मीन की तरह!

उसके हाथ तन गए थे और मुट्ठी भिंच गई थी। "तुम्हें एक दिन नियंत्रित करके रहूँगी बादल!" श्री, बड़बड़ाई थी और अपने भीतर के विश्वास को शब्दों में फिर से दुहराया था, "तुम्हें हासिल करके रहूँगी एक दिन!"

जहाज़ एक बार पुनः बादलों के बीच जा घुसा था, जहाँ श्री को बादलों की कई परतें दिखी थीं।

बादलों के कारण नीचे ज़्यादा साफ़ नहीं दिख रहा था, पर जैसे ही जहाज़ शहर के एकदम पास ऊपर उड़ान भरने लगा, शहर की बत्तियाँ (जुगनू) की तरह जगमगाने लगी थीं। अलग-अलग रंगों की रोशनी आँखों को बड़ा सुकून दे रही थी। उसके विविध रंग टिमटिमाती हुई स्वप्निल रेखाएँ खींच रहे थे। शायद बचपन से तारों को टिमटिमाते हुए देखने का यह पूर्वाग्रह हो या फिर उन तारों से कोई रिश्ता। कहा जाता है कि कोई भी चीज़ या इकाई हमें तभी आकर्षित करती है, जब कहीं वह हमारे अवचेतन से जुड़ी होती है।

"धक...!" ज़मीन पर विमान के टकराते ही दिल धक सा हुआ था।

श्री ने जैसे ही अपनी जींस की जेब से मोबाइल निकाला था, कई मैसेज देखने का इंतज़ार कर रहे थे। मोबाइल-कंपनी के स्वागत मैसेज से लेकर कुछ अन्य मैसेज की सूचना थी स्क्रीन पर।

"आज जाने की ज़िद...!" मोबाइल फ़ोन पर गाना बजा था।

"हैलो...!"

"हैलो मैम, मैं शालू बोल रही हूँ। आपकी पर्सनल असिस्टेंट।" शालू का इतने प्यार से कहना बड़ा मोहक था। श्री के चेहरे पर लाली पसर गई थी।

"हाँ, शालू। मैं बाहर निकल रही हूँ। तुम कहाँ हो?" श्री ने आनंद-भाव में पूछा था।

''मैं गेट के एकदम सामने खड़ी हूँ। मैं लाल फ्रॉक में हूँ, मैम। डीप रेड!'' शालू ने अपनी पहचान बताते हुए कहा था।

''अच्छा, ठीक है। बस दो-तीन मिनट में मैं तुम्हारे सामने होऊँगी,'' कहते हुए मुस्कराती रही थी श्री। उसे कुछ ख़ास तरह का एहसास हो रहा था।

बाहर निकलते ही उसे लाल फ्रॉकवाली प्यारी-सी हमउम्र लड़की दिखी थी। उसके हाथ में उसके नाम का वेलकम-बोर्ड भी था। और गले में एक कार्ड टँगा हुआ था। उसके बगल में एक लड़का खड़ा था, ''संभवत: वह विकास होगा।'' श्री के मुँह से कुछ शब्द निकल आए थे।

थोड़ा नज़दीक आते ही श्री ने लाल फ्रॉकवाली लड़की को अपना हाथ दिखाते हुए हवा में लहराया था। लाल फ्रॉकवाली लड़की यानी शालू ने भी अपना हाथ ऊपर उठाया था और फिर दोनों एक-दूसरे को देखकर मुस्कराए थे।

विकास ने फूलों का गुलदस्ता भेंट करते हुए हाथ मिलाया था और शालू ने कहा था, ''राँची में आपका तहेदिल से स्वागत है श्री मैम।''

तभी श्री की नज़र उसके पीछे खड़ी पुलिस पर पड़ी थी। पहले तो वह समझी नहीं। जब उन्हें पुलिस की टुकड़ी फ़ॉलो करने लगी तब श्री ने पूछा, ''हमारे साथ पुलिस क्यों है?''

''मैम, यह अंतरराष्ट्रीय जल-सम्मलेन है। यहाँ भारत सहित दुनिया के चालीस देशों के प्रतिनिधि शामिल हो रहे हैं। आप इस समय पूरी तरह सुरक्षा घेरे में हैं। आपकी गाड़ी के साथ स्कॉट भी होगा, जो ट्रैफ़िक में आपको ले चलेगा,'' विकास ने वहाँ की स्थिति समझाई थी।

श्री तो एकदम चकरा ही गई थी और उसके मुँह से निकला था, ''ओह!''

स्कॉट के साथ गाड़ियों का काफ़िला एयरपोर्ट रोड से कुँवर सिंह कॉलोनी, शुक्ला कॉलोनी, लक्ष्मी नर्सिंग होम, डोरंडा कॉलेज, विवेकानंद चौक, राजेंद्र चौक होते हुए सिर्फ़ 15 मिनट में चाणक्य बीएनआर होटल के कैम्पस में दाखिल हो गया था। श्री लगातार गाड़ी के शीशे से बाहर झाँकती हुई शहर के हर इलाके और रास्ते को ध्यान से देख रही थी।

गेट के पास गाड़ी रुकते ही पगड़ीधारी गेटमैन ने कार का दरवाज़ा खोला था।

नीचे उतरते ही श्री सुरक्षा-घेरे में होटल के अन्दर दाखिल हुई थी। काउंटर पर ज़रूरी परिचय-पत्र और हस्ताक्षर के बाद श्री अपने दोनों सहयोगियों के साथ पाँचवीं मंज़िल पर अपने कमरे में चली गई थी।

इंडस सुपर कंप्यूटर

"हैलो, मैं रूम नं. 506 से बोल रही हूँ। क्या मुझे तीन मसाला चाय मिल सकती हैं?" श्री अपने दोनों सहयोगियों के साथ अपने सूट में पहुँचकर उसके ड्राइंगरूम में ही बैठ गई थी। उनकी राय पूछकर श्री ने तीन मसाला चाय के लिए किचन में फ़ोन किया था।

"ज़रूर...! चाणक्य बीएनआर में आपका स्वागत है मैम! उसके लिए 15 मिनट का समय लगेगा। तब तक आप कुछ और लेना चाहेंगी?" किचन मैनेजर ने बहुत ही आत्मीय भाव से पूछा था।

"कुछ शाकाहारी स्नेक्स भी साथ में हो, तो ठीक रहेगा।" श्री ने शाकाहारी स्नेक्स का भी आग्रह किया था।

"ठीक है मैम। यदि कुछ और पसंद हो, तो मीनू वहीं आपके फ़ोन के पास है।" किचन से आत्मीय प्रस्ताव आया था।

"यदि संभव हो, तो पनीर कटलेट!" श्री ने अपनी इच्छा ज़ाहिर की थी।

"ठीक है मैम। पंद्रह मिनट के अन्दर आपका ऑर्डर पहुँच जाएगा। और कुछ मैम?"

"नहीं, धन्यवाद!"

"धन्यवाद मैम!"

"हाँ तो शालू! तुम क्या करती हो?" श्री ने शालू से मुस्कराते हुए पूछा था।

"मैम, मैं वाटर रिसोर्स डेवेलपमेंट में स्नातक कर रही हूँ।" शालू, श्री से बात करते हुए बहुत उत्साहित थी।

"अच्छा। यह तीन साल का कोर्स है कि चार साल का?"

"तीन साल का विश्वविद्यालयी कोर्स है मैम।" शालू ने श्री की उत्सुकता को शांत करने की कोशिश की थी।

"टिंग-टिंग, टिंग-टिंग," तभी दरवाज़े की घंटी बजी थी। विकास ने उठकर दरवाज़ा खोला था।

"विश्व पानी सम्मलेन में आपका स्वागत है सर। क्या श्री मैम से मिल सकता हूँ?" दरवाज़े पर खड़े एक युवा ने विकास से पूछा था।

"एक मिनट! मैं श्री मैम से पूछकर बताता हूँ," कहते हुए वह दरवाज़ा खुला छोड़कर थोड़ा अन्दर आया था।

"मैम, विश्व पानी सम्मलेन का कोई प्रतिनिधि आपसे मिलने आया है। क्या उसे अन्दर बुला लूँ?"

"हाँ-हाँ। ज़रूर...!" श्री ने बुलाने की सहमति दी थी।

"आइए!" विकास के कहने पर प्रतिनिधि अन्दर आ गया था।

"विश्व पानी सम्मलेन में आपका स्वागत है, मैम!"

"धन्यवाद! बैठिये...!" श्री ने अपने हाथ के इशारे से उन्हें दायीं ओर लगे सोफ़े पर बैठने को कहा था।

"हाँ जी, बताइए!" उनके बैठते ही श्री ने पूछा था।

"मैडम, आपके लिए पानी सम्मलेन की ओर से इंडस सुपर कंप्यूटर उपलब्ध कराया गया है। ये सभी 40 देशों के प्रतिनिधियों को उपलब्ध कराया गया है," पानी-सम्मलेन प्रतिनिधि ने यह कहते हुए अपने बैग से एक डिब्बा निकाला था।

"अच्छा, यह क्या है?" श्री ने अनभिज्ञता जताते हुए पूछा था।

"मैडम, यह मोबाइल के आकार का इंडस सुपर कंप्यूटर है। इसको ऑन करते ही आपके सामने एक बड़ी-सी स्क्रीन हवा में खुल जाएगी। उसके साथ ही आपका बायोमैट्रिक्स भरा जाएगा, जिससे कि यह कंप्यूटर आपके द्वारा संचालित होने लगेगा। स्क्रीन पर कई विकल्प आएँगे। वहाँ से आप अनन्त तक जानने की सुविधा पा सकती हैं।"

"अच्छा, बड़ा मज़ेदार है। मतलब, यह मेरे लिए है?" श्री ने आश्चर्य से पूछा था।

"जी मैम! यह आपके लिए भेंट है। यह कंप्यूटर अब आपके साथ हमेशा रहेगा।"

"ओह, धन्यवाद!" श्री उत्साह में इससे ज़्यादा बोल नहीं पाई थी।

"तो मैडम, मैं पाँच मिनट में आपका बायोमैट्रिक इसमें डाल देता हूँ। फिर इसके कुछ फ़ीचर्स बता दूँगा। इसके बाद आप इसे बहुत ही आसानी से चला सकती हैं," कहते हुए विश्व पानी सम्मलेन के प्रतिनिधि ने सात बाय पाँच इंच का एक मोबाइल फ़ोन जैसा उपकरण डिब्बे से निकाला था और उसे ऑन किया था।

ऑन करने के साथ ही उसके छोटे से स्क्रीन पर कुछ ऑप्शन आए थे, जिसमें पहचान के ऑप्शन पर जाकर उसने क्लिक किया था। उसके क्लिक करते ही सवाल आया था कि इसका मालिक कौन है?

उस प्रतिनिधि ने श्री के सामने उसकी स्क्रीन कर दी थी। इंडस सुपर कंप्यूटर ने श्री की आँखों को पढ़ा था। श्री के बटन दबाते ही कंप्यूटर ने श्री से कई परिचयात्मक सवाल पूछे थे, जिसका जवाब श्री देती गई थी। फिर उस कंप्यूटर ने श्री की हथेली को अपनी ओर उठवाया था और उसके फ़िंगर प्रिंट्स को सेव कर लिया था।

"डन।" स्क्रीन पर आते ही वह इंडस सुपर कंप्यूटर श्री का हो गया था। अब वह कंप्यूटर सिर्फ़ श्री से ही संचालित हो सकता था।

श्री ने उस प्रतिनिधि से पूछा था, "कृपया आप मुझे थोड़ा इसे चलाना सिखा देंगे?"

"हाँ, क्यों नहीं!"

"अच्छा, मेरे मेल पर मेरा प्रेज़ेंटेशन है। अब मैं अपना मेल खोलने के लिए क्या करूँ?"

प्रतिनिधि कुछ कहता, इससे पहले कंप्यूटर की पूरी स्क्रीन हवा में ही खुल गयी थी। उसी स्क्रीन पर अनेक ऑप्शन आए थे और श्री ने हवा में छूकर जीमेल खोला था।

"ओह!" श्री ने अपनी दोनों हथेलियों से गालों को ढक लिया था। विस्मयकारी ख़ुशी के साथ वह कुछ पल स्क्रीन को निहारती रही थी।

"मैम, आप इस कंप्यूटर के माध्यम से जगय के चारों कालों में पहुँच सकती हैं। भूत, वर्तमान और भविष्य में तो जा ही सकती हैं, उस चौथे काल में भी पड़ताल कर सकती हैं, जो कल्पनीय है। जो इन तीनों कालों का जनक है।" उस प्रतिनिधि ने कंप्यूटर की विविध गुणवत्ता का एहसास कराया था।

"अच्छा, मुझे अभी विश्व पानी सम्मलेन के बारे में जानकारी चाहिए," श्री ने कंप्यूटर से आग्रह किया था।

"भारत में पहली बार विश्व पानी सम्मलेन होने जा रहा है। यह सम्मेलन इसलिए महत्त्वपूर्ण है, क्योंकि इसमें 40 देशों के 30 वर्ष या उससे कम उम्र के युवा शामिल हो रहे हैं। इसमें वैसे ही युवाओं को शामिल किया गया है, जिनका पानी पर विशेष कार्य है।...या फिर पानी के लिए उनके पास नई सोच है। इसका आकलन उनके शोध प्रबंधों से किया गया है," कंप्यूटर ने महत्त्वपूर्ण जानकारी दी थी।

"इस पहले विश्व पानी सम्मलेन में अमेरिका और इंग्लैण्ड के साथ यूरोप के भी कई अन्य देश जैसे पाकिस्तान, ईरान, अफ़गानिस्तान, लेबनान, जॉर्डन आदि भाग ले रहे हैं, जिनके यहाँ पानी की भारी समस्या है और वे पानी की समस्या के निदान के लिए लगातार काम कर रहे हैं।"

कंप्यूटर कुछ और जानकारी देता, उससे पहले श्री ने कहा था, " धन्यवाद इंडस सुपर कंप्यूटर! क्या मैं तुम्हारा नामकरण कर सकती हूँ?"

"ज़रूर...! आप मनचाहा नाम रख सकती हैं। आप जब भी मुझे संबोधित करेंगी, मैं जवाब दूँगा।"

"ठीक है। मैं आज से तुम्हें सखी कहकर पुकारूँगी। समझीं सखी!"

"सखी...! ठीक है। अब आप मुझे सखी कहकर संबोधित कर सकती हैं।

"ओके! अब तुम बंद हो जाओ सखी," श्री ने कमांड दिया था।

"ओके श्री! मेरा सहयोग लेने के लिए धन्यवाद।" कहकर इंडस सुपर कंप्यूटर बंद हो गया था और स्क्रीन गायब हो गयी थी।

तभी दरवाज़े की घंटी बजी थी। शालू ने उठकर दरवाज़ा खोला था। वेटर ने नाश्ता और चाय टेबल पर लाकर रख दिया था।

"ओह! एक चाय तो कम पड़ गई," श्री ने प्रतिनिधि की ओर देखते हुए कहा था।

"कोई बात नहीं मैडम! अब मैं निकलना चाहूँगा। अभी कई मेहमानों को प्रज़ेंटेशन के साथ कंप्यूटर देना बाकी है। इसलिए मुझे इजाज़त दीजिए। वैसे तो आपके सारे सवालों का जवाब इंडस सुपर कंप्यूटर ही दे देगा, यानी आपकी सखी। यदि मेरी ज़रूरत हो, तो अपनी सखी से कहिएगा, वह मेरा नंबर लगा देगी।"

"सॉरी...! तुमने सारी कथा सुना दी और मैंने तुम्हारा नाम तक नहीं पूछा! कृपया अपना नाम बताइए।" श्री ने थोड़ा शर्मिंदा होते हुए प्रतिनिधि से नाम पूछा था।

"राज...! मेरा नाम राज है मैडम। अब आप मुझे इजाज़त दीजिए।"

"थैंक यू राज!"

"थैंक यू मैडम!" कहते हुए राज वहाँ से चला गया था।

श्री अपने दोनों सहयोगियों के साथ कटलेट का मज़ा लेती हुई चाय पीने लगी। चाय पीते हुए उनके बीच इंडस सुपर कंप्यूटर की ही बातें होती रहीं।

"मैम, अब हमारे लिए क्या आदेश है?" शालू ने पूछा था।

"तुम लोग घर जाना चाहते हो, तो जा सकते हो!" श्री ने सहजता से कहा था।

"नो मैम! यहाँ एक बेड है और सोफ़ा भी आरामदायक है। यदि आप कहें, तो हम लोग यहीं रुकेंगे।"

"आप दोनों अपनी इच्छा बताइए। घर जाना चाहते हैं या मेरे साथ रुकना चाहते हैं?" श्री ने शालू की ओर देखते हुए पूछा था।

"आपके साथ ज़्यादा-से-ज़्यादा समय बिताना चाहती हूँ," शालू ने थोड़ी आँखें बड़ी करते हुए कहा था।

"आपके साथ रुकना किसी रोमांच से कम नहीं मैडम!" विकास ने उम्मीद के साथ कहा था।

"ठीक है। आप दोनों मेरे साथ रुकिए। मैं अपने कमरे में जाती हूँ।" यह कहकर उठते हुए श्री मुस्कराई थी और उन दोनों के चेहरे पर भी मुस्कराहट फैल गई थी।

अध्याय-13

विश्व पानी सम्मलेन

"सखी, मेरा विश्व पानी सम्मलेन में भाग लेने वाले सभी प्रतिनिधियों से परिचय कराओ। मैं उनके बारे में जानना चाहती हूँ," श्री ने अपने बिस्तर पर बैठकर सखी को ऑन किया था और कमांड दिया था।

श्री के आदेश के साथ ही इंडस सुपर कंप्यूटर स्क्रीन खुल गयी थी और एक आदेशपाल की तरह आवाज़ आई थी, "ठीक है श्री। मैं अभी उपलब्ध कराती हूँ।" आवाज़ खत्म होते ही स्क्रीन पर सभी प्रतिनिधियों के चेहरे दिखाई देने लगे थे। बारी-बारी से श्री एक-एक प्रतिनिधि का प्रोफ़ाइल खोलकर देख रही थी। अमेरिकन प्रतिनिधि अलेक्जेंडर कई वर्षों से पानी पर काम कर रहा है। उसने कैलिफ़ोर्निया सहित अमेरिका के अनेक राज्यों में पानी के लिए बहुत जागरूकता फैलाई है। साथ ही बारिश और जंगल पुनर्जीवन पर बहुत रिसर्च करते हुए बेहद ज़रूरी काम किये हैं। वह कैलिफ़ोर्निया यूनिवर्सिटी का रिसर्च स्कॉलर है। पानी के लिए उसे अमेरिकन अवार्ड भी मिल चुका है। उसकी उम्र 28 साल है। नीली आँखें, भूरे बाल और एकदम गोरा चिट्टा।

पाकिस्तान की ज़ेबा अख्तर। उसे तो देखकर ऐसा लग रहा है, जैसे आसमान से उतरी परी हो! गज़ब की सम्मोहक आँखें थीं उसकी। सलवार-सूट के साथ सिर पर स्कार्फ़।

उसने पाकिस्तान के कई इलाकों में बारिश के पानी का संचयन और ज़मीनी पानी के संग्रहण पर नए तरीके से काम किया है। उसके अब्बा-अम्मी की एक आतंकी हादसे में मौत हो गई थी और वह अपने दादा के साथ लाहौर में रहती है। उसकी उम्र 27 साल।

तभी श्री का अपना चेहरा दिखा था। उत्सुकतावश श्री ने अपना प्रोफ़ाइल खोला था।

सफ़्स कॉलेज की स्नातक विद्यार्थी। इनके पास पानी के लिए नया आइडिया है, जो प्रयोगात्मक तौर पर एशिया महाद्वीप के लिए अत्यधिक उपयुक्त हो सकता है।

अपना ही प्रोफ़ाइल देखते हुए जैसे श्री अलग हो गई थी। वह श्री की प्रोफ़ाइल पढ़ते हुए रोमांचित हो रही थी। उस पर उभरी तस्वीर को ध्यान से देखे जा रही थी, "हम्म! स्मार्ट लग रही हो," कहते हुए हँसने लगी थी।

उसके दिमाग में कई बातें चलने लगी थीं और वह बुदबुदाई थी, "ख़ुद को देखना इतना मोहक और आनंददायक क्यों होता है? शायद ख़ुद से ख़ुदा बनता है और ख़ुदा से ही ख़ुद!...पर क्या हम सचमुच ख़ुद को देख पाते हैं? हम तो अक्सर दूसरों को देखने में पूरी ज़िन्दगी गुज़ार देते हैं। काश हम आत्म को निहार पाते, तो शायद परमात्म के दर्शन भी हो ही जाते!"

"आज जाने की ज़िद न करो," मोबाइल बजा था और श्री का ध्यान भंग हुआ था।

"हैलो अउम...! कैसे हो?" श्री ने चहकते हुए अउम का फ़ोन उठाया था।

"अच्छा ही हूँ!"

"मतलब? सब ठीक तो है ना?"

"तुम्हारे बगैर एकदम बढ़िया कैसे रह सकता हूँ?" अउम ने मोहक बात कही थी।

"ओह...! तुम कितनी सम्मोहित करने वाली बातें करते हो, अउम! सुनते हैं कि कृष्ण ऐसी मुरली बजाते थे कि पूरी दुनिया मोहित होने लगती थी।"

"कृष्ण को मोहित करने के लिए मुरली बजानी पड़ती थी, पर तुम तो संसार को बिना मुरली के ही मोहित किए रहती हो, श्री! खैर, छोड़ो यह सब! तुम बताओ...! ठीक से पहुँच गई थीं ना? तुम्हारा तो हवाई सफ़र का पहला अनुभव था यह!"

"ओह, मत पूछो! इतना रोमांचक था कि मैं क्या कहूँ! आने पर विस्तार से बताऊँगी। अभी मैं होटल में हूँ। गज़ब का इंतज़ाम है यहाँ यार। यह फ़ाइव स्टार होटल है, पर यहाँ ज़बरदस्त सुविधाएँ हैं। मैं इस तरह के होटल में पहली बार ठहरी हूँ यार। इस तरह का क्या, किसी भी होटल में ठहरने का यह मेरा पहला अनुभव है।"

"वाह, क्या बात है? बहुत ख़ूब! अभी क्या कर रही हो?" अउम ने उत्साहित होते हुए पूछा था।

"अभी...! उम्म...! अभी मैं अपने सबसे प्यारे दोस्त अउम से बात कर रही हूँ। ऐसे दोस्त से, जो अपनी आवाज़ के जादुई तिलिस्म से ही दुनिया को अपने वश में किये रहता है," कहते हुए श्री खिलखिलाकर हँसी थी।

"अच्छा...! सच में? तो क्या दुनिया को अपने सम्मोहन में बाँधे रखनेवाली भी मेरे वश में है?"

"अरे तुम क्या जानो अउम बाबू! मुझे संसार में किसी और चीज़ से नहीं, सिर्फ़ तुम्हारी आवाज़ के जादुई तिलिस्म से डर लगता है," कहते हुए फिर हँसी थी श्री। वह राँची में खिलखिला रही थी और बेला के फूल नागपुर में झर रहे थे।

"खाना खा लिया?" अउम ने बात बदलते हुए पूछा था।

"अरे नहीं! अभी तो मैं अपनी सखी के साथ हूँ," श्री ने स्क्रीन की ओर देखते हुए कहा।

"सखी? वहाँ कौन सखी मिल गई तुमको?"

"मुझे हाई ब्रिड सुपर कंप्यूटर गिफ़्ट में मिला है। मैं तो जब से आई हूँ, उसी में खोई हूँ। मज़ेदार है, अउम।" श्री का उत्साह कंप्यूटर की तारीफ़ में साफ़ झलक रहा था।

"वाह! क्या बात है श्री! बहुत ख़ूब! सुनकर ही मज़ा आ रहा है। आओगी तब देखूँगा। वैसे कुछ खाया-पीया है या तब से यही सब कर रही हो!"

"खाया भी है और पीया भी। साढ़े आठ बजे से सभी प्रतिनिधियों का मिलन-भोज है। हम सब बस अभी थोड़ी देर में वहाँ होंगे। चलो अब फ़ोन रखती हूँ। तैयार होकर नीचे जाना है।"

"ओके श्री, अपना ख़याल रखना। ढेरों शुभकामनाएँ!"

"तुम्हें भी ढेरों शुभकामनाएँ! अपना ख़याल रखना। मैं चार दिन नहीं हूँ, तो कोई बदमाशी मत करना, समझे!" बोलते हुए फिर खिलखिलाई थी श्री और उधर से अउम भी खिलखिलाहट में शामिल हो गया था। कुछ देर श्री ख़यालों में डूबी रही, तभी सखी ने सवाल किया था, "क्या मैं आपकी कोई मदद कर सकती हूँ?"

बंद करने से पहले श्री ने सखी से सवाल पूछा था, "अच्छा ये बताओ, भारत के अलावा वे कौन-कौन से देश शामिल हो रहे हैं, जो पानी की कमी से जूझ रहे हैं, सखी?"

"एक रिपोर्ट के अनुसार पानी की कमी के मामले में सबसे निचले पायदान के हिसाब से दस देश हैं—सोमालिया, इजिप्ट, सीरिया, पाकिस्तान, हैती, लाओस, कम्बोडिया, इथियोमिल्ला और अफ़गानिस्तान।"

"अच्छा...! धन्यवाद सखी। हम फिर बात करते हैं। अब बंद हो जाओ।" श्री के कमांड के साथ ही इंडस सुपर कंप्यूटर बंद हो गया था।

"हे शालू, विकास...! खाने के लिए नीचे चलें! अभी मिलन-समारोह है ना?" तैयार होकर कमरे से निकलते हुए पूछा था श्री ने। ड्राइंग रूम में अपने-अपने मोबाइल में लगे शालू और विकास दोनों उससे बाहर निकले थे और खड़े हो गए थे।

''जी मैम!'' विकास ने जवाब देने में तत्परता दिखाई थी।

शालू एक कदम आगे बढ़ते हुए बोली थी, ''मैम, साढ़े आठ तो बज चुके हैं। अब हमें दरबार हॉल में पहुँचना चाहिए।''

''...तो चलो ना! मैं तो चलने के लिए तैयार खड़ी हूँ।'' मुस्कराते हुए श्री ने शालू की ओर देखा था और धीरे-धीरे चलते हुए सूट से बाहर निकल गई थी।

लिफ़्ट से नीचे उतरकर वे दरबार हॉल गए थे। उसके गेट पर ही परिचय मशीन लगी थी। श्री ने मशीन के सामने अपनी आँखें कर दी थीं। आँखों की पहचान के बाद तीनों अन्दर गए थे।

वहाँ डिनर शुरू हो चुका था। एक-दूसरे के सामने पड़ते ही कुछ लोग आपस में अभिवादन कर रहे थे, तो कुछ लोग मुस्कराकर आगे बढ़े जा रहे थे। यह देखकर श्री को बहुत अच्छा लग रहा था कि वहाँ स्त्री प्रतिनिधियों की संख्या ज़्यादा थी।

वैसे श्री अपनी सखी के माध्यम से यह देख चुकी थी कि सम्मलेन में स्त्रियों की संख्या 29 है और पुरुषों की संख्या 11। यानी स्त्रियाँ पानी पर ज़्यादा गंभीरता से काम कर रही हैं और उनकी सोच भी बेहद ताज़ा है शायद! तभी सामने ज़ेबा अख्तर चिकन सूप लेती दिखी थी और श्री ने टौमेटो सूप लिया था।

''तुम ज़ेबा हो ना?'' श्री ने ही बात शुरू करते हुए पूछा था।

''हाँ, पर तुम कौन हो?'' ज़ेबा ने श्री की ओर उत्सुकता से देखते हुए अपनी बड़ी-बड़ी ख़ूबसूरत आँखें मटकाई थीं।

''मैं श्री...!'' श्री अभी इतना ही कह पाई थी कि ज़ेबा ने चहककर कहा था, ''भारतीय प्रतिनिधि? ओह...! तुम्हारे तो किस्से बहुत चर्चित हैं। तुम सभी सदस्यों में सबसे छोटी हो। शायद 21 साल की हो ना?''

श्री ने मुस्कराकर हाँ में सिर हिलाया था और कुछ कहना चाहा था, पर ज़ेबा ने फिर कहा, ''तुम अभी स्नातक कर रही हो। इंशा अल्लाह...! तुम जितनी ख़ूबसूरत हो उतनी ही क्रिएटिव। वाओ...! तुमसे मिलकर मुझे बहुत ख़ुशी हुई।'' ज़ेबा ने गर्म सूप सुड़कते हुए कहा था।

''मैं तो अभी पढ़ रही हूँ, पर किस्से तो आपके हैं! आपने इतनी कम उम्र में पाकिस्तान को पानी के लिए सचेत ही नहीं किया, बल्कि ख़ुद उतर गईं मैदान में। सैकड़ों तालाब खुदवाने की प्रेरणा बन गईं आप।''

''आपने तो मेरे बारे में बहुत जानकारी हासिल कर रखी है। आपका शुक्रिया इसके लिए।...पर यह हम सबकी ज़रूरत है। पानी के बगैर दुनिया ही ख़त्म हो जाएगी।''

"हाँ, सही कहा आपने। आपकी आँखें जितनी ख़ूबसूरत हैं, उतनी ही साफ़ विचारोंवाली भी हैं आप। अन्यथा पाकिस्तान में नकारात्मक सोचनेवालों की संख्या इतनी ज़्यादा है कि सब कुछ कब्र में दफ़न हो जाता है।"

"श्री...! मुझसे ज़्यादा आप ख़ूबसूरत बातें करती हैं।...पर भारत का रुख भी तो कभी पाकिस्तान के प्रति साफ़ नहीं रहा। दरअसल मैं ये मानती हूँ कि पाकिस्तान का निर्माण सिर्फ़ जिन्ना की चाहत नहीं थी, यह नेहरू की ज़रूरत भी थी। महात्मा गाँधी की हत्या के दिन से पहले ही उनका पाकिस्तान आने का कार्यक्रम बन गया था। दूसरे ही दिन वे पाकिस्तान आने वाले थे। जिन्ना डरे हुए थे कि यदि गाँधी उन्हें लौटने को कहेंगे, तो वे ख़ुद को रोक नहीं पाएँगे। भारत और पाकिस्तान फिर से एक देश बन जाएँगे।"

यह सुनकर श्री मुस्कराई थी और बोली, "राजनीति मुझे ज़्यादा समझ में नहीं आती ज़ेबा। आप शायद बेहतर समझती होंगी। मैं तो मुल्क देखने के बजाय मनुष्य देखती हूँ। मनुष्य होगा, तो ये मुल्क होंगे! मनुष्य ही नहीं बचेंगे, तो न ये मुल्क होंगे और न ही हमारी जाति, न ही हमारा धर्म।"

"ठीक कहा तुमने श्री। तुमसे मिलकर खुशी हुई।" ज़ेबा यह कहकर एक राउंड टेबल की ओर बढ़ी थी।

"मुझे भी ख़ुशी हुई। कल आपके प्रज़ेंटेशन का इंतज़ार रहेगा।"

श्री के इतना कहते ही ज़ेबा मुस्कराई थी और बोली थी, "मुझे भी तुम्हारे प्रज़ेंटेशन का इंतज़ार रहेगा।"

श्री घूम-घूमकर अन्य देशों के प्रतिनिधियों से मिल रही थी और उनसे बातें कर रही थी। उनके देश का जीवन, पानी की ज़रूरत, उनकी कठिनाइयाँ आदि-आदि बातचीत का मुद्दा था।

कई विदेशी मेहमानों से मिलकर श्री ने खाना खाया था और निकल आई थी पार्टी से बाहर। सहयोगियों के साथ अपने कमरे में लौट आई थी श्री।

ख़ुद को देखना

"तुम्हारे परिवार में कौन-कौन हैं शालू?" श्री, हॉल से निकलकर अपने सूट में आई थी और अपने तीन दिनी पर्सनल असिस्टेंट से बातचीत करने के लिए बैठक में ही बैठ गई थी।

"मेरे पिता किसान हैं। दूसरे की ज़मीन पट्टे पर लेकर उसमें खेती करते हैं। मूल रूप से सब्ज़ियाँ उगाते हैं, यहाँ शहरों में जिसकी बहुत माँग रहती है। माँ नहीं हैं। कुछ साल पहले

ही उनका देहांत हो गया था। मैं सबसे बड़ी हूँ। मेरी दो छोटी बहनें हैं।''

''ओह! तुम्हारी माँ के बारे में जानकर दुख हुआ। वैसे तुम्हारे पास कल के लिए कपड़े हैं या इसी लाल फ्रॉक में तुम सम्मलेन-भवन चलनेवाली हो?'' माँ के बारे में अफ़सोस करते हुए श्री ने शालू से हँसते हुए पूछ लिया था। दरअसल, जिस तरह उसने लाल फ्रॉकवाली लड़की के रूप में अपनी पहचान दी थी, उससे श्री बहुत आकर्षित हुई थी।

''नहीं मैम, कल के लिए मेरे बैग में कपड़े हैं। कल के लिए मैंने नीला फ्रॉक साथ में रखा हुआ है। वैसे यदि कपड़े नहीं भी लाई होती, तो सुबह जल्दी उठकर घर से ले आती!'' शालू ने आत्मीयता के साथ कहा था।

''मतलब तुम केवल फ्रॉक पहनती हो?'' श्री हँसी थी और शालू झेंप गई थी।

''तुम दोनों पहले से परिचित हो? एक ही कॉलेज में हो क्या?'' श्री ने विकास की ओर देखते हुए सवाल किया था।

''नहीं मैम। हम दोनों दो अलग कॉलेजों में हैं। मैं पर्यावरण विज्ञान की पढ़ाई कर रहा हूँ। यह मेरा चौथा सेमेस्टर है,'' विकास ने स्पष्ट किया था।

''चलो ठीक है। अब हम लोग कल बात करते हैं। मेरा प्रज़ेटेशन तो परसों है। कल सिर्फ़ सुनना है। हाँ, ये ज़रूर है कि राँची के आस-पास का कोई गाँव देखना चाहूँगी। बस...!'' कहते हुए श्री कमरे की ओर बढ़ी थी।

''गुड नाइट मैम!''

''गुड नाइट मैम!''

''गुड नाइट माई डियर असिस्टेंट्स!'' कहते हुए श्री अपने कमरे में चली गई थी। बिस्तर बहुत गद्देदार था। चिपचिपी गर्मी में ए.सी. बहुत राहत पहुँचा रहा था। वहाँ हॉस्टल में तो केवल पंखे से ही काम चल जाता था। श्री ने अपनी देह को मुलायम चादर में लिपटे कम्बल से अभी ढका ही था कि तभी, ''अभी जाने की ज़िद न करो!'' गाना बजने लगा था।

''हाय श्री!''

''हाय डार्लिंग! कैसी हो?''

''मैं तो ठीक हूँ। तुम बताओ ना!''

''यहाँ तो रजवाड़ों-सी स्थिति है। ऐसा लगता है, जैसे मैं कहीं की राजकुमारी हूँ और सभी मेरी ख़िदमत में लगे हैं,'' तभी बोलते हुए श्री रुक गई थी और उसे किसी की याद आने लगी थी।

''क्या हुआ श्री?'' श्री की चुप्पी पर ऋषा ने पूछा था।

''अरे, कुछ नहीं! उस राजकुमारी वाली बात पर कुछ याद आ गया।''

''क्या याद आ गया? पहले किसी और ने तुम्हें राजकुमारी कहा था क्या?''

''अरे छोड़ ना अभी यह बात! तू बता—तेरी तबीयत कैसी है? सब ठीक है ना? कोई दिक्कत तो नहीं?'' श्री ने राजकुमारी वाली बात टालते हुए पूछा था।

''मैं बिलकुल ठीक हूँ। बस कभी-कभी जी मिचलाता है और कुछ नहीं। तू जो मेरे लिए टैबलेट रख गई है ना, वह लेती रहती हूँ। उससे बहुत राहत मिलती है। पानी के स्तर को वह बनाए रखता है।''

''अच्छा, अपना ख़याल रखना।...और हॉस्टल का हाल-चाल कैसा है?'' श्री ने ऋषा की सेहत से आश्वस्त होते हुए हॉस्टल के बारे में पूछा था।

''सब ठीक है। तुम वहाँ ध्यान दो। तुम्हारी प्रस्तुति दुनिया की बेस्ट प्रस्तुति होगी। तुमसे पूरे भारत को बहुत अपेक्षा है। पूरी दुनिया की कहूँ, तो ज़्यादा सही होगा!''

''धन्यवाद यार। चलो कल फिर बात करते हैं। अभी सोने जा रही हूँ,'' श्री ने उबासी लेते हुए कहा था।

''ओके! बाय...!''

''गुड नाइट।'' कहकर श्री सोने लगी थी, पर पहली बार इस तरह के बिस्तर पर सोना बहुत आरामदेह नहीं लग रहा था। तकिया तो एकदम नहीं। श्री बहुत पतला तकिया लेती थी, पर यह स्पंजवाला तकिया तो एकदम अजीब था। करवट बदलते हुए श्री की आँख लगती, पर फिर टूट भी जाती। रात भर वह ठीक से सो नहीं पाई थी।

सुबह चार बजे ही उसने योगाभ्यास किया था और फिर उठकर ग्रीन टी बनाई थी। चाय की चुस्कियों के साथ वह आज के कार्यक्रम और अपने प्रज़ेंटेशन का स्मरण कर रही थी। अपना मेल खोलकर उसने पूरे प्रेज़ेंटेशन को देखा था और बुदबुदाई थी, ''यदि ज़रूरत पड़ी, तो पहले दिन के कार्यक्रम के बाद ज़रूरी संशोधन किया जाएगा।''

सुबह साढ़े नौ बजे सभी को होटल से एक किलोमीटर की दूरी पर एक भव्य सभागार में पहुँच जाना है, जहाँ सारा कार्यक्रम होना है!

नाश्ते पर अनेक लोगों से भेंट हो गई थी। श्री ने घूम-घूमकर थोड़ा-थोड़ा कई तरह की चीज़ों का स्वाद चखा था। पूरी-भाजी, डोसा, इडली, कॉर्नफ़्लैक्स आदि-आदि का

स्वाद लेते हुए वह विदेशी मेहमानों से बात भी कर रही थी। कई तरह के फलों का जूस पीया था उसने।

नाश्ते के बाद श्री अपने दोनों प्यारे सहयोगियों के साथ सभास्थल की ओर रवाना हो गई थी।

सड़क पर विश्व पानी सम्मलेन की बड़ी-बड़ी होर्डिंग्स लगी थीं। तभी श्री को एक होर्डिंग पर अपनी बड़ी-सी तस्वीर दिखी थी और उस पर भारतीय प्रतिनिधि श्री के स्वागत के साथ पानी पर कुछ बातें लिखी थीं।

''अरे रुको... ! गाड़ी को थोड़ा बैक कर सकते हैं क्या ?'' श्री ने ड्राइवर से अनुरोध किया था। ड्राइवर ने गाड़ी को सहूलियत से सड़क किनारे रोक दिया था।

''क्या हुआ मैम ?'' शालू और ड्राइवर ने लगभग एक साथ ही पूछा था।

''मेरी होर्डिंग लगी है यहाँ। क्या उसकी एक फ़ोटो ले सकते हैं ?''

''उतरकर ले लीजिए मैम। गाड़ी पीछे करना संभव नहीं। स्कॉट भी है ना साथ में। वह भी रुक गया है।''

श्री गाड़ी से उतरकर पीछे जाने लगी थी और साथ में उसके दोनों सहयोगी भी। अपनी होर्डिंग के पास खड़ी होकर श्री स्वयं को निहारती रही थी और बुदबुदाई थी, ''ख़ुद को देखना! ओह... ! सच में किसी ने क्या ख़ूब कहा है—जिसने ख़ुद को देख लिया, उसने सब कुछ देख लिया!''

''क्या हुआ मैम ?''

''कुछ नहीं शालू! ख़ुद को देखकर ख़ुद को तलाशने की कोशिश कर रही थी, क्या हम वही होते हैं, जो बाहर दीखते हैं।''

थोड़ा रुकी थी श्री और फिर बोली थी, '' यही तो गौतम बुद्ध ने किया था। ख़ुद के भीतर ही ख़ुद को देख लिया था।''

''मैम, फ़ोटो लीजिए ना! नहीं तो सम्मलेन-स्थल तक पहुँचने में देर हो जाएगी! साढ़े नौ बजे तक रिपोर्ट करना है वहाँ!'' विकास ने सचेत किया था।

श्री ने होर्डिंग की तस्वीरें ली थीं। पोस्टर के बैकग्राउंड में कुछ सेल्फ़ी भी ली थीं। उनके वहाँ रुकने से ट्रैफ़िक भी थम-सा गया था।

फ़ोटो लेने के बाद तीनों गाड़ी में बैठ गए थे और कुछ मिनटों में ही सम्मलेन-स्थल पहुँच गए थे।

पाकिस्तान की ज़ेबा

भव्य द्वार के भीतर स्कॉट के साथ श्री की गाड़ी घुसी थी। शीशे से ही बाहर का दृश्य अति मनोरम और शानदार लग रहा था। रास्ते के दोनों किनारों पर प्रतिनिधियों के कट आउट लगे थे, जो पिलर के सहारे खड़े थे। पिलर के ऊपर तस्वीरवाले प्रतिनिधि के देश का झंडा फ़हरा रहा था।

विशाल बिरसा मुंडा भवन के पास गाड़ी रुकी थी। वहाँ बाहर स्वागत में दो-तीन लोग खड़े थे। गाड़ी से नीचे उतरकर श्री अपने सहयोगियों के साथ अन्दर गई थी। सहयोगियों ने श्री को स्वागत काउंटर तक पहुँचाया था।

श्री जैसे ही स्वागत काउंटर की हरी लकीर के भीतर खड़ी हुई थी, वहाँ उसकी तस्वीर सामने की बड़ी स्क्रीन पर दिखने लगी थी।

''विश्व पानी सम्मलेन में आपका स्वागत है श्री,'' रिसेप्शनिस्ट ने श्री की ओर देखकर मुस्कराते हुए कहा था और उसकी ओर एक बैग बढ़ाया था। उसके बाद एक छोटी-सी मशीन भी। श्री ने उस मशीन पर डिजिटल हस्ताक्षर किये थे और बैग लेकर हरी लकीर से बाहर निकल आई थी।

''मैम, अब आप यहाँ से सीधे अन्दर जाइए। आपके लिए अगली कतार के बीच में बायीं ओर की पहली सीट है। उस पर एक नंबर लिखा हुआ है। सामने टेबल पर आपका नाम भी लिखा हुआ है और साथ में भारत का तिरंगा रखा हुआ है। अब हम ऊपर जा रहे हैं, जहाँ से पूरा कार्यक्रम देखेंगे,'' कहते हुए दोनों सीढ़ियों की ओर मुड़ने लगे थे।

''धन्यवाद यार...! तुम दोनों मेरा कितना ख़याल रखते हो!'' श्री ने मुस्कराते हुए हॉल की ओर कदम बढ़ाया था।

''मैम, यह तो हमारी ड्यूटी है। इसी बहाने हमें सीखने का बेहतरीन मौक़ा मिला है।''

''ठीक है।'' कहते हुए श्री हॉल के अन्दर चली गई थी। थोड़ा मुआयना करते हुए श्री आगे गई थी। बहुत ही सुन्दर सज्जा के साथ मंच तैयार किया गया था। सारी कुर्सियाँ अंडाकार आकार में लगी हुई थीं। मंच के पिछले हिस्से में सभी चालीस देशों के झंडे फ़हरा रहे थे। उनमें भारत का तिरंगा मध्य में बेहद आकर्षक लग रहा था। श्री मन-ही-मन भारतीय प्रतिनिधि बनकर फूली नहीं समा रही थी।

श्री अपने नाम के साथ की कुर्सी पर बैठ गई थी। उसके बगल में इंग्लैण्ड की प्रतिनिधि थी और उसके बगल में अमेरिकन प्रतिनिधि। पूरा हॉल प्रतिनिधियों से भर गया

था। उसके पीछे भारत के विभिन्न विभागों के अध्यक्ष बैठे हुए थे।

तभी अनाउन्समेंट हुई। सभी प्रतिनिधियों के स्वागत के साथ मंच पर तीन लोगों को आमंत्रित किया गया। मंच पर तीन प्रमुख अतिथि पधारे। भारत के पानी मंत्री शुभ दिव्य, अमेरिकन पानी स्कॉलर और आज के मुख्य अतिथि के साथ आज के कार्यक्रम की अध्यक्ष मिस सरिता तांती ने मंच पर अपना स्थान ग्रहण किया।

कार्यक्रम का उद्घाटन जलते हुए पंचदीप के सामने अभिमंत्रित जल छिड़क कर किया गया। इस जल-अर्पण के समय हॉल में उपस्थित सभी लोग खड़े हो गए थे। अतिथियों के दुबारा बैठते ही संचालिका ऋतु ने भारत के जल मंत्री का परिचय दिया था।

''अब मैं भारत के जल मंत्री शुभ दिव्य से निवेदन करती हूँ कि वे आज इस महत्त्वपूर्ण दिन पर अपने उद्गार व्यक्त करें,'' संचालिका ने जल मंत्री को बोलने के लिए आमंत्रित किया था और हॉल में तालियाँ बजने लगी थीं।

''नमस्कार! आप सभी जल विशेषज्ञों का स्वागत है। आज का दिन भारत के लिए तो महत्त्वपूर्ण है ही, दुनिया के लिए भी ख़ास है। आज दुनिया के हम सब युवा यहाँ अपनी-अपनी विशेषज्ञता के साथ जमा हुए हैं। अब मैं पानी पर हो रही भारत की कोशिशों की ओर दुनिया का ध्यान आकृष्ट करना चाहता हूँ। वैसे रिसर्च के स्तर पर भारत की प्रतिनिधि श्री इस पर विशेष प्रकाश डालेंगी।''

''भारत प्रति व्यक्ति साफ़ पानी की अनुपलब्धता के मामले में 37वें स्थान पर पहुँच चुका है, जो बेहद चिंता का विषय है। हमारे पड़ोसी देशों की स्थिति भी बहुत ख़राब है, जिसका ख़ामियाज़ा भारत को ही भुगतना पड़ रहा है। आज पाकिस्तान पानी की अनुपलब्धता के मामले में तीसरे स्थान पर आ गया है। इस वजह से नागरिक-घुसपैठ बहुत बढ़ गई है।''

''दरअसल इस समस्या की सबसे बड़ी वजह ज़मीन में पानी संग्रहण और उसके जल स्तर की अव्यवस्था और उसका दोहन है। आज़ादी के बाद से ही जब हमारी नई जल-नीति बनी, तब उसमें पानी निकालने का तो सारा इंतज़ाम किया गया, पर ज़मीन के भीतर पानी का स्तर बना रहे, इसकी कोई व्यवस्था नहीं की गई। 11 अगस्त 1952 को नदी एवं जल भंडारों की ख़ोज के लिए भारत-अमेरिका समझौता हुआ। इसका परिणाम बहुत सुनहरा दिखने लगा। सस्ती बिजली उपलब्ध होने लगी। हर गाँव के बाहर वाटर पम्प लग गए। धीरे-धीरे इसके परिणाम खतरनाक रूप से सामने आने लगे। नदियों की निर्बाधता ख़त्म होने लगी। ज़मीनी पानी का दोहन होने लगा। हमने लेने-पाने के अलावा कभी सोचा ही नहीं कि हम जब किसी घड़े का पानी पीते हैं, तो उसे साफ़ कर भरते भी हैं।''

''खैर! हमारी पिछली पीढ़ी को जो करना था, उसने किया। उन्होंने हमारे लिए

ख़ौफ़नाक चुनौतियाँ छोड़ रखी हैं। अब हमें आगे ख़ुद के लिए पानी तो बचाना ही है, आनेवाली पीढ़ियों के लिए संगृहीत भी करना है।''

''हम सब इस कठिन मिशन में कामयाब होंगे, इसी उम्मीद के साथ आप सबको ढेर सारे पानी की शुभकामनाएँ।'' जल मंत्री शुभ दिव्य के भाषण के खत्म होते ही ख़ूब तालियाँ बजी थीं।

उद्घाटन-सत्र आधे घंटे में समाप्त हो गया था और संचालिका ने नए सत्र की घोषणा करते हुए कहा, ''पाकिस्तान पानी की कमी के मामले में दुनिया का तीसरा देश बन गया है। हम शुरुआत वहीं से करते हैं। उनकी चुनौतियाँ क्या हैं और उनके क्या प्रयास हैं, इस पर हम विस्तार से जानना-समझना चाहेंगे, जिससे कि हम उनकी चुनौतियों का हल ढूँढ़ सकें। तो आइए पाकिस्तान की जल-विशेषज्ञ और समाज-सेविका ज़ेबा अख्तर से सुनते हैं वहाँ का हाल!''

''सलाम वालेकुम! गुड मॉर्निंग! नमस्कार! मैं आज आपके सामने पाकिस्तान की मुश्किलें, उसका संघर्ष और वहाँ की जा रही कोशिशों की चर्चा करना चाहती हूँ।

''पाकिस्तान पिछले कई दशकों से आतंकवाद से जूझता रहा है। हमारे आंतरिक हालात बहुत अच्छे नहीं हैं। हम आतंकवाद से ग्रस्त देश हैं। हमें पड़ोसी देशों से भी अपेक्षाकृत सहयोग नहीं मिला। इसके बावजूद हमने अपने नागरिकों की ज़रूरतों का पूरा ख़याल रखा है। आबादी के अनुसार इस समय हम पानी की कमीवाले देशों के मामले में निचले पायदान पर हैं। पानी समूची कायनात की ज़िन्दगी के लिए अहम है। हमें इसे बचाने और जमा करने के पुख़्ता इंतज़ामात करने होंगे।

''पाकिस्तान ने जो कदम उठाए हैं, उसकी चर्चा मैं यहाँ विस्तार से करना चाहती हूँ—

''सबसे पहले हम लोगों ने बारिश के पानी का संचयन प्लान शुरू किया, जिसमें हरेक आदमी की भागीदारी हो सके। हमने हरेक घर-मालिक को प्रेरित किया कि बारिश के पानी की एक बूँद भी यों ही न बहने दें। इसका बड़ा फ़ायदा हुआ है। पच्चीस वर्गमीटर की छत पर बारिश का इतना पानी जमा हो जाता है कि पाँच लोगों के परिवार के लिए चार सौ दिनों तक खाना पकाने और पीने के पानी का इंतज़ाम हो जाता है।'' ज़ेबा ने रुकते हुए पानी-गेंद कटोरे से उठाई थी और उसके आवरण को हटाकर पी लिया था।

''हमने सीवरेज के पानी का ट्रीटमेंट कर उसे खेती के लायक बनाया। इसका फ़ायदा किसानों को ख़ूब हुआ। पेशावर और रावलपिंडी सहित ऐसे इलाकों में, जहाँ पानी पहले से नहीं के बराबर था, फ़सलें लहलहा उठीं।

''हमने सामूहिक, सरकारी या सार्वजनिक मकानों या खुली जगहों पर पानी संचयन

की व्यवस्था की है। दो सौ पचास वर्गमीटर के जल-संग्रहण क्षेत्र में यदि पचास सेंटीमीटर भी बारिश होती है, तो लगभग एक-एक लाख़ लीटर पानी एकत्र हो जाता है। इससे एक सौ बीस लोगों के पीने और खाना बनाने के पानी की ज़रूरत पाँच महीने तक पूरी की जा रही है।

''पुराने तालाबों का अतिक्रमण हटाया गया है और हरेक गाँव में नए तालाब खुदवाए गए हैं, जिससे कि ज़मीन के अन्दर पानी के स्तर को बनाए रखा जा सके। पहाड़ों में नलटोंटियाँ लगाई गई हैं। शहरों के सभी पार्कों का आधा हिस्सा तालाब में परिवर्तित कर दिया गया है और उसके किनारे पेड़ लगाए गए हैं। 'हर खेत का अपना पानी' मुहिम के तहत हरेक खेत-मालिक अपने खेतों के लिए पानी का इंतज़ाम अलग-अलग तरीक़ों से स्वयं करे, इसके लिए उन्हें शिक्षित किया गया है।'' ज़ेबा रुकी थी और मंच पर बैठे अतिथियों की ओर देखा था।

''अभी हम लोग हर पाँच हज़ार की आबादी पर तालाब बनाने और साथ ही प्रत्येक आदमी सौ पेड़ों की योजना पर भी काम कर रहे हैं। मुझे विश्वास है कि इन प्रयासों का असर तीन साल के अन्दर दिखने लगेगा।

''पाकिस्तान का यही पैगाम है कि पूरी दुनिया के लोग इस मिशन में साथ आएँ और एक-दूसरे का सहयोग करें। यदि हम सब मिलकर इस मुश्किल का मुकाबला करेंगे, तो इंशाअल्लाह ज़रूर कामयाब होंगे। भारत का शुक्रिया कि उसने ऐसे बेहतरीन कार्यक्रम की पेशकश की। दुनिया के कुल चालीस देश इसमें भागीदार हैं। आप सब ने पाकिस्तान की बातें सुनीं और उसके नज़रिए को समझा। इसके लिए आप सब का शुक्रिया। ख़ुदा हाफ़िज।'' ज़ेबा ने सलाम की मुद्रा में अपना हाथ उठाया था और मुस्कराते हुए चारों तरफ़ नज़रें घुमाई थीं।

ज़ेबा अख्तर दिखने में जितनी आकर्षक थीं, बोलने में भी उतनी सधी हुई! उनकी बेहतरीन प्रस्तुति पर ख़ूब तालियाँ बजीं। पहले पाकिस्तान अपने पड़ोसी मुल्क के लिए जितनी कड़वी बातें किया करता था, आज ज़ेबा ने उसमें मिठास का रस ही घोला था। यह शायद पाकिस्तान की फ़ितरत बदलने के संकेत थे।

अध्याय-14

चुआ

''विकास, ये बताओ, यदि मैं झारखंड का कोई गाँव देखना चाहूँ, तो यह संभव है क्या?'' दोपहर के बाद श्री ने भोजन कक्ष से निकलते हुए पूछा था।

''यदि आप चाहें, तो मेरे गाँव चल सकती हैं। वहाँ मेरा घर भी है। मैं वहाँ पहले ही फ़ोन कर दूँगा।...पर जाने का उद्देश्य क्या है?'' विकास ने गंभीरता से पूछा था।

"दरअसल मैं इस इलाके की पानी की स्थिति को अपनी आँखों से देखना चाहती हूँ।"

"अच्छा, तो आप मेरे गाँव चल सकती हैं!...पर आपको प्रोटोकॉल से इसकी इजाज़त लेनी होगी। यदि स्वीकृति मिल जाए और आपका स्कॉट आपके साथ चले, तब तो कोई दिक्कत ही नहीं," विकास ने कहा था।

"अच्छा!" थोड़ा आश्चर्य से विकास की ओर देखते हुए फिर शालू की ओर देखा था श्री ने।

"ठीक है। अभी दुबारा सेशन शुरू होने वाला है। चार बजे सेशन खत्म हो जाएगा। उसके बाद संगीत का कार्यक्रम है। मैं उसे छोड़कर निकलना चाहूँगी।" श्री जैसे ही अन्दर जाने के लिए मुड़ी थी कि तभी ऑथोरिटी का एक आदमी दिखा था।

"हैलो! क्या मैं आपसे बात कर सकती हूँ?"

"ज़रूर! बताइए, मैं आपकी क्या सेवा कर सकता हूँ?" ऑथोरिटी के सदस्य ने बहुत ही आदर-भाव के साथ पूछा था।

"मैं शाम को आस-पास के किसी गाँव में जाना चाहती हूँ। पानी की स्थिति को देखने के लिए। कोई समस्या तो नहीं होगी?"

"नहीं मैडम! कोई समस्या नहीं है।...पर आप जाना कहाँ चाहती हैं? कुछ असुरक्षित क्षेत्रों को छोड़कर आप कहीं भी जा सकती हैं। आपको यह बताना होगा कि आप कहाँ जाना चाहती हैं? उसी के हिसाब से आपको इजाज़त मिलेगी। साथ ही आपके सहयोगी की राय भी पूछी जाएगी। इजाज़त मिलने पर आपका फ़्लैग गार्ड यानी स्कॉट साथ में जाएगा। कृपा कर आप अकेले कहीं मत निकलिएगा। यह आपकी सुरक्षा से जुड़ा मुद्दा है और हम सबकी व्यवस्था का मामला भी।"

"धन्यवाद आपका। हमारे सहयोगी मुझे गाइड करेंगे।" कहते हुए श्री ने हाथ के इशारे से फिर धन्यवाद किया था और हॉल में दाखिल हो गई थी।

इस बीच लेबनान, किर्जिस्तान, इरान, सऊदी अरेबिया, यमन, लीबिया आदि देशों के प्रतिनिधियों ने पानी पर उनके देश की समस्याएँ, किए गए उपायों और प्रयासों की व्याख्या भी की।

कार्यक्रम सफलतापूर्वक चलता रहा। पहले दिन के प्रजेंटेशन-सेशन की समाप्ति चार बजे हो गई। अब चाय का समय था। दूसरे हॉल में चाय का इंतज़ाम किया गया था।

श्री, हॉल से बाहर निकलकर सहयोग-केंद्र में गई थी और वहीं विकास के गाँव जलडेगा जाने की अनुमति ले ली। विकास और शालू ने भी अपनी स्वीकृति दर्ज कराई।

श्री ने शालू और विकास के साथ चाय पी थी। विकास ने चाय पीते हुए कहा था, ''विशेष व्यवस्था के बावजूद वहाँ पहुँचने में दो से ढाई घंटे लग सकते हैं, मैडम।''

''हाँ, ठीक है। चलो, निकलते हैं। अँधेरा होने से पहले पहुँचेंगे, तभी कुछ देख-समझ पाएँगे,'' कहते हुए श्री ने क़ागज-कप कूड़ेदान में फेंका था और निकल गई थी अपने सहयोगियों के साथ बाहर। तब तक स्कॉट को भी अलर्ट कर दिया गया था।

राँची से बाहर निकलने में ही 10 मिनट से अधिक समय लग गया था। शहर को निहारती हुई श्री के मन में राँची के बारे में धारणा बनती जा रही थी। पटना की ही तरह भीड़-भाड़वाली जगह। पहनावा-ओढ़ावा में मिली-जुली संस्कृति।

''अहा, कितना सुन्दर दृश्य है! ढलते सूरज के प्रकाश क़ा। पहाड़ियों पर यह नज़ारा ऐसा लग रहा है, मानो सुनहरी आभा आकाश से बरस रही हो और पहाड़ियों को अपने रंग से सराबोर कर रही हो। हर सुबह की शाम भी होती है। सुबह जितनी ख़ूबसूरत होती है, शाम उससे कम सुन्दर नहीं होती, क्योंकि उसमें आने वाली सुबह का सिन्दूरी सपना चमक रहा होता है!...और दिनभर की तपिश और थकान के बाद अधिकांश जीवों को अपने घर लौटने का एक अलग ही आनंद होता है।'' श्री बाहर के नज़ारे में भीगी जा रही थी।

''क्या कहा मैडम?'' विकास ने श्री को बड़बड़ाते हुए देखकर पूछा था।

''नहीं नहीं...! यों ही बस, ढलते सूरज की पीली रोशनी में कुछ जीवंतता तलाश रही थी। शाम भी कितनी जीवंत होती है! सच ही कहा है किसी ने कि हर शाम एक ख़ूबसूरत सुबह की तैयारी है और हर सुबह ज़िन्दगी में स्वप्न, विश्वास और संघर्ष के साथ मादक चाँदनी का एहसास कराने के लिए आती है!'' श्री के चेहरे पर मुस्कराहट पसर गई थी। उसे दार्शनिक भाव में देख शालू भी मुस्कराई थी, जो उसके बगल में ही नीली फ्रॉक पहने बैठी हुई थी।

राँची से निकलते ही खेत, खलिहान, जंगल और पहाड़ मिलने लगे थे। सड़क पर भारी गाड़ियाँ भी बहुत चल रही थीं, जो शायद खदानों की गाड़ियाँ थीं। इस इलाके को सोने की खान कहा जाता है। ज़मीन के नीचे विविध धातुओं और खनिजों का अम्बार पड़ा है, पर ख़दानों के दोहन ने इसे मौत की ओर धकेला है।

सड़क किनारे बसे अनेक गाँवों से गुज़रते हुए और उन मनोरम छटाओं में खोए, समय का तो पता ही नहीं चला।

''मैडम, आप यहाँ चुआ का ख़ास नज़ारा देख सकती हैं!'' एक जगह पहाड़ी से गुज़रते हुए विकास ने कहा था।

"चुआ...! यह क्या है?" श्री ने आश्चर्य से पूछा था।

"गाड़ी रोकिए और स्कॉट को सूचित कीजिए ड्राइवर साहब। उन्हें कहिए कि मैडम यहाँ कुछ देखना चाहती हैं।" सभी गाड़ियाँ सड़क किनारे उस तलहटी में बसे गाँव के बाहरी हिस्से में रुक गई थीं।

"आइए मैडम! यहाँ आपको देखकर बहुत मज़ा आएगा।" कहते हुए विकास श्री को तलहटी की ओर ले गया था। पूरी तलहटी ही गीली और दलदली थी। उस गीली मिट्टी में बहुत सारी लकड़ियाँ खोंसी हुई थीं या यूँ कहें गाड़ी हुई थीं।

"यह क्या है? इतनी बड़ी संख्या में यहाँ ये लकड़ियाँ क्यों खोंसी हुई हैं?" श्री ने आश्चर्य से पूछा था।

"मैम, इसे चुआ कहते हैं। कुछ लोग डाडी या डारी भी कहते हैं।...और करीब आइए! थोड़ा नज़दीक से देखिए!" श्री की ओर हाथ बढ़ाकर विकास ने उसके हाथ पकड़ लिए थे, जिससे कि फिसलन न हो! विकास एक सधे हुए खेतिहर या फिर गाइड की तरह व्यवहार कर रहा था।

"यह पेड़ की टहनियों की खोली है, यानी खुला नल! इससे पहाड़ों का रिसता हुआ पानी एकत्र हो जाता है।" विकास सावधानी से कदम बढ़ाते हुए श्री का सहारा भी बना हुआ था।

"वॉव...! अद्भुत...! यह पानी कहाँ से आ रहा है?...और यह तरीका क्यों अपनाया गया है?" श्री की आँखें इस अद्भुत नज़ारे से हतप्रभ थीं।

"मैम, यह चुआ हमारी पारंपरिक पद्धति है। इस पूरे इलाके में पानी ज़मीन पर पसरा हुआ है। पहाड़ और ज़मीन से रिसते इस पानी को हम इसी विधि से एकत्र करते हैं। पेड़ की डालियों के भीतर खोल बनाकर इन्हें ज़मीन में दो फुट तक धँसा देते हैं। फिर ये पसीजते हुए पानी को जमा कर देता है। इस तरह पानी हमें पीने के लिए भी मिल जाता है और खेतों के लिए भी। इसी से हमारे सारे खेत भी सिंचते हैं।"

"वह पत्थर से कुछ घेरा जैसा क्या है?" श्री की नज़रें बहुत चौकन्नी थीं। वह चारों ओर बहुत पैनी निगाहों से देख रही थी।

"मैम, वह बाद में विकसित हुआ। यदि टहनी या किसी लकड़ी का खोल हमारे पास उपलब्ध नहीं होता है, तो जहाँ ज़्यादा गीला या दलदल होता है, वहाँ केवल पत्थर से ही घेरकर कूपाकार कर देते हैं। उसमें भी पानी जमा होकर इसी तरह बहता है। सरकार ने हमारी मदद के लिए कई जगह सीमेंट का चुआ बना दिया, पर वे चुए सफल नहीं

हुए और सूख गए।'' विकास का हाथ पकड़े हुए श्री जानकारी ग्रहण करती जा रही थी। विकास के साथ अब एक आत्मीय रिश्ता भी बनता जा रहा था। वह इस जगह आकर आह्लाद से भर गई थी। शालू सड़क किनारे ही खड़ी होकर देख रही थी। फिसलन के डर से वह आगे नहीं बढ़ी थी।

''जानती हैं मैम, इन चुआ या डारी से बड़ी-बड़ी नदियाँ तक बन जाती हैं,'' विकास ने एक नई जानकारी दी थी।

''वह कैसे?''

''मैम, हम लोग एक प्रोजेक्ट के लिए मध्यप्रदेश के अमरकंटक गए थे। वहाँ से सोन नद का उद्‌गम है। सोन नद चुआ का सबसे बड़ा उदाहरण है। वैसे नर्मदा नदी भी चुआ से ही बनती है।''

''एक मिनट! तुम सोन नदी को नद क्यों कह रहे हो? वह तो नदी है ना? नद और नदी में कोई फ़र्क है क्या?''

''हाँ मैम...! भारत में ब्रह्मपुत्र और सोन दोनों पुरुष वाचक हैं, इसलिए इन्हें नद कहा जाता है।''

यह सुनकर श्री ज़ोर से हँसी थी और फिसलते-फिसलते बची थी। विकास ने अपने दूसरे हाथ से श्री को सँभाला था।

सँभलते हुए श्री के मुँह से निकला था, ''आउचऽऽ...!''

ठीक से खड़े होते हुए श्री ने सवालिया लहज़े में कहा था, ''मतलब पुरुषों ने यहाँ भी खेल कर दिया! भला यह बताओ—कोई भी नदी, नद क्यों हो जाएगी भला?''

''उतना तो मुझे नहीं मालूम मैम, पर सुनता हूँ कि जो विराट और विशाल होता है, वह पुरुष ही हो सकता है, स्त्री नहीं! इसीलिए इन दोनों नदियों को नद कहा जाता है!''

''और जो स्त्री विराट या विशाल हो जाती है वह पुरुष बन जाती है?'' हँसते हुए श्री ने पूछा था।

हँसते हुए विकास ने कहा था, ''मैम, ये कोई मेरा आविष्कार नहीं है। जो सुनता आ रहा हूँ, बस वही बताया आपको।''

श्री ने हँसते हुए उसकी हथेली को दबाया था और बोली थी, ''अरे नहीं यार! मैं तो बस उत्सुकतावश पूछ रही थी।...और सुनो, अब से तुम दोनों मेरे पी.ए. नहीं दोस्त हो!''

"हे शालू, तुम देखना चाहो तो आ जाओ। मैं तुम्हें पकड़ लूँगी। वैसे हैण्डसम ब्वाय विकास तो हम लोगों को सँभालने के लिए है ही! आ जाओ...!"

"नहीं मैम, मैंने देखा है चुआ! आपने देख लिया है तो बाहर आ जाइए। वहाँ फिसलन बहुत है। गिर गईं, तो चोट भी लग सकती है," शालू ने ज़ोर से कहा था।

"ठीक है फिर हम बाहर निकलते हैं। चलो विकास, अँधेरा हो चला है।" श्री ने विकास की ओर देखा था और फिर ज़मीन पर नज़रें गड़ाए बाहर निकलने के लिए कदम बढ़ाया था।

"हाँ मैम, चलिए।" कहते हुए विकास श्री का हाथ थामे हुए उस दलदली जगह से बाहर निकल आया था।

मारंग बुरो

शालू के कंधे पर हाथ रखते हुए श्री ने कहा था, "अब हम दोस्त हुए। तुम लोग मुझे मैम नहीं कहोगे। श्री कहकर बुलाओगे। ठीक है।"

दोनों ने मुस्कराते हुए श्री को देखा था और वापस गाड़ी में बैठ गए थे।

"और कितनी दूर है, तुम्हारा गाँव?" श्री ने गाड़ी बढ़ते ही पूछा था।

"मैम, बस आ ही गए!"

"मैम... ? अभी मैंने मना किया ना! अब मैं श्री हूँ तुम्हारे लिए। समझे कि नहीं?"

"सॉरी, सॉरी...! श्री!"

"हाँ, अब ठीक है!"

"हाँ तो श...! श्री...! बस पाँच मिनट में हम लोग जलडेगा पहुँचने वाले हैं," कहते हुए हँसा था विकास और उसके साथ श्री और शालू भी।

बाहर अँधेरा पसर चुका था और शहर की आधुनिक बत्तियाँ गाँव तक पहुँच चुकी थीं। दूर से ही किसी छोटे कस्बे के होने का एहसास हो गया था।

"मैम... मतलब श्री, इस इलाके में चार-पाँच साल से पानी का संकट शुरू हो गया है। मेरे दादा जी नब्बे साल के हैं। उनका कहना है कि उन्होंने कभी इस तरह का पानी-संकट नहीं झेला है।"

"पर अभी जो तुमने विशाल जलस्रोत दिखाया मुझे, वह क्या है?"

"श्री, हमारे यहाँ हज़ारों सालों से टेंवा रोपा का प्रचलन रहा है। मार्च-अप्रैल के महीने में जब भीषण गर्मी शुरू हो चुकी होती है, तब टेंवा रोपा किया जाता है। यानी गर्मी की खेती। भीषण गर्मियों में भी हमारे खेत पानी से भरे रहते थे और धान का उत्पादन होता था। कुछ लोग सब्ज़ियाँ भी उगाते थे, जिनकी शहरों में अच्छी कीमत मिलती थी। पिछले चार-पाँच सालों से गर्मियों में पानी नहीं आता। यहाँ तक कि पीने के पानी की भी कमी होने लगी है।"

"ऐसा क्यों? प्राकृतिक बदलाव हुआ है या कुछ और?" श्री ने आश्चर्य से पूछा था।

"श्री, ये हमारे मारंग बुरो हैं। आकार रूप में इन विशाल पहाड़ों और प्रकृति को हम अपना देवता मानते हैं। पंचतत्त्वों के प्रतीकों को हम पूजते हैं। हवा, पानी, पहाड़, पेड़, सूर्य आदि हमारे पूजनीय हैं। हमारे मुख्य देवता निर्गुण हैं—सिंग बुंगा। हमारे इन पूजनीय प्रतीकों को खनन के मायाजाल ने नष्ट कर दिया है।"

"मतलब? मैं नहीं समझी यार!" विकास की बातें रहस्यमयी थीं और माफ़ियाओं की ओर इशारा कर रही थीं।

"जानती हो श्री...! दरअसल ये बॉक्साइड, अभ्रक आदि के पहाड़ हैं। वर्षा के पानी को ये खनिज अपने भीतर सोख लेते हैं और वही धीरे-धीरे पसीजता रहता है। हमारे पानी के स्रोत को बनाए रखने वाले ये खनिज ही हैं। अब सरकार और माफ़ियाओं की मिलीभगत से खनन इतना ज़्यादा हो गया है कि पानी का सोखन ही ख़त्म-सा हो गया।"

"ओह...! यह जानकर दुख हुआ," श्री ने अफ़सोस जताया था।

"ड्राइवर साहब, कृपया गाड़ी धीमी कीजिए और सभी को धीमा करने के लिए कह दीजिए। हम लोग जलडेगा में घुस चुके हैं," विकास ने ड्राइवर साहब से आग्रह किया था।

"हाँ, वहाँ बाईं ओर एक ढलवाँ सड़क है। सड़क थोड़ी पतली है। उसी में लेना है। हाँ...! ठीक है...!" सभी गाड़ियाँ धीरे-धीरे उस ढलवाँ सड़क पर मुड़ गई थीं।

"हाँ, थोड़ा और आगे, हाँ ठीक है...! गाड़ी धीमी रखिए। बस-बस...! आ गए, रुकिए।" विकास ने गाड़ी रुकवा दी थी। गाँव के बच्चे गाड़ियों के पीछे दौड़ने लगे थे। गाड़ी से उतरकर विकास ने श्री को अपने घर आने का आग्रह किया था और दरवाज़ा खोलकर खड़ा हो गया था।

"आओ शालू! तुम भी आओ! तुम तो होस्ट हो यार!" शालू की ओर देखते हुए विकास ने कहा था।

मिट्टी का घर। छोटे-छोटे सीधे खपड़ेवाला छप्पर। दरवाज़े से घुसते ही आँगन। वहाँ पहले से ही कई खाटें लगी थीं और गाँव के कुछ लोग वहाँ बैठे थे। श्री के घुसते ही सभी

खड़े हो गए थे। अभिवादन के साथ स्वागत हुआ था श्री का।

"श्री, ये मेरे पिता जी हैं, ये दादा जी, ये दादी, ये माँ और यह मेरी बहन।" परिचय कराते हुए विकास बहुत उत्साहित था। सभी ने अपने-अपने परिचय के समय हाथ जोड़ते हुए थोड़ा झुककर अभिवादन किया था, "जोहार...! जोहार...!"

"ये हैं श्री मैम!" विकास और श्री की आँखें मिली थीं और दोनों मुस्कराए थे। श्री ने सबको हाथ जोड़कर नमस्ते की थी।

सबसे पहले गन्ने के रस से उनका स्वागत किया गया। रस पीते हुए श्री की नज़र आँगन के कोने में गई थी, "यह क्या है?"

"यह पशु-बाड़ा है। यहाँ हर घर में यह अनिवार्य रूप से रहता है। इसके भीतर कई कमरे जैसे हैं। पापा ने कुछ सूअर पाल रखे हैं, साथ में कुछ बकरियाँ और मुर्गियाँ भी हैं।...और हाँ, एक गाय भी है हमारे यहाँ," कहते हुए हँसा था विकास।

"श्री मैम, खाने की पाँत लगा दी गई है। आपने कहा था ना कि डिनर जल्दी करना आपको पसंद है, तो मैंने फ़ोन कर दिया था यहाँ। शालू, चलो...! सभी साथ में बैठ जाते हैं। शीघ्रता से लौटना भी तो है। कल श्री का प्रज़ेंटेशन भी है।" विकास ने समय की ओर संकेत करते हुए कहा था।

"तुम कितना ख़याल रखते हो यार! चलो, मैं तैयार हूँ...!" मुस्कराते हुए खाट से उठी थी श्री और पाँत पर जाकर बैठ गई थी। श्री के पूरे काफ़िले के साथ घर के सदस्य भी पाँत पर बैठे थे। पापा, गाँव के कुछ लड़के और घर की स्त्रियाँ खाना परोसने की तैयारी में लग गए।

"श्री, यह हमारे यहाँ का ट्रेडिशनल खाना है—भात, लाल साग, दाल और सलाद," कहते हुए विकास मुस्कराया था।

"अच्छा...! हम्म...! पर यह दाल थोड़ी अलग लग रही है। किस चीज़ की दाल है?" श्री ने भात में दाल सानकर कौर लेते हुए पूछा था।

"यह पुटकल की पत्तियों की दाल है। ये पत्तियाँ वसंत में निकलती हैं और मछली जैसी मोटी होती हैं। मज़ेदार बात यह है कि इसे सामूहिक रूप से तोड़ा जाता है, उबाला जाता है और सुखाया जाता है। माँड़ में उबालकर उन्हीं पत्तियों की दाल बनाई गई है," विकास ने कौर लेते हुए बहुत रोचक बात बताई थी।

"क्या ख़ूब...! यह तो शानदार बात बताई यार...!" श्री ने लाल साग भात में सानते हुए कहा।

''अपने सरहुल त्योहार में हम लोग सखुआ के पेड़ के फूलों की पूजा करते हैं। उसके फूल सफ़ेद होते हैं। नियम यह है कि उस पूजा के बाद ही हम लोग फूल और पत्तियाँ तोड़ सकते हैं। उससे पहले नहीं। यानी उनकी आराधना करने के बाद ही हम प्रकृति का कोई पत्ता या फूल लेते हैं,'' विकास ने प्रार्थना की बात कहकर श्री को और रोमांच से भर दिया था।

''शानदार बात है यह। बिना प्रार्थना के हम कभी किसी से कोई चीज़ नहीं ले सकते। यह संस्कृति हमारे आधुनिक जीवन ने खत्म कर दी है। खेत, पेड़, पहाड़, पानी, नदी, हवा आदि पर हम मनुष्य अपना पूर्ण अधिकार समझते हैं। जैसे यह सब सिर्फ़ हमारे लिए बना है! जैसे उनके जीवन का उनके लिए कोई अर्थ ही नहीं! यहाँ तक कि पशुओं को भी अपना गुलाम बना लिया है। वैसे जब हम आदमी को गुलाम बनाने से नहीं चूकते, तो बाकी चीज़ों की क्या अहमियत है!'' श्री हाथ में कौर लिए ठहर-सी गई थी।

''हुटार के फूल और नई कोपलों की भी दाल और सब्ज़ियाँ बनाने की परम्परा है हमारे यहाँ!''

''वाह...! बहुत स्वादिष्ट है विकास! तुम्हारे समाज का यह प्रकृति-प्रेम भी बहुत मोहक और आकर्षक है। काश कि हम इस संस्कृति को बचा पाएँ! तथाकथित आधुनिक समाज ने तो अपने लोभ-लाभ के चक्कर में इसे बहुत पहले ही छोड़ दिया है,'' श्री ने उँगलियाँ चाटते हुए कहा था।

तभी उसका ध्यान वहाँ लोगों के कपड़ों पर गया था। स्त्रियाँ चौड़ी किनारी वाली साड़ी को घुटने तक लपेटे हुए थीं। पुरुषों का धोती पहनने का तरीका भी बहुत आकर्षक था। हरेक की धोती से पूँछ बाहर निकली हुई थी। यह देखकर श्री ने आश्चर्य व्यक्त करते हुए कहा था, ''बहुत ही अलग तरह से लोग यहाँ धोती पहनते हैं।''

''जी, इस तरह धोती पहनने को यहाँ तुलुंग कहते हैं। यह हमारी लिपि से भी जुड़ा हुआ है—तोलुंग सिकी। इस बारे में कभी बाद में बताएँगे।'' विकास ने अपनी उँगलियाँ चाटते हुए कहा था। श्री के लिए वहाँ बड़ा ही कौतूहल-सा था। श्री भी उस प्रकृति-प्रेम को देखकर हतप्रभ और आह्लाद से भरी हुई थी।

''बहुत स्वादिष्ट खाना है,'' अपनी उँगलियाँ चाटते हुए श्री ने कहा था। तारीफ़ सुनकर विकास को तो ख़ुशी हुई थी, वहाँ के लोगों को भी अच्छा लगा था। मज़ेदार बात यह थी कि वहाँ के अधिकांश लोगों को या तो हिन्दी एकदम समझ में नहीं आती या थोड़ा-बहुत समझते थे। ज़्यादातर लोग चेहरे के भाव से समझ लेते थे कि क्या कहा जा रहा है। शायद प्रकृति के पेड़-पौधों, जीव-जन्तुओं की भाषा समझते हुए उनके लिए मनुष्य की सामान्य भाव-भाषा थोड़ी सहज हो गई थी।

खाना खत्म कर श्री ने विकास की ओर देखा था और उठने का इशारा किया था। विकास की बहन श्री को मुस्कराते हुए आँगन के एक किनारे ले गई थी और लोटे से पानी उँड़ेल कर उसके हाथ धुलवाए थे। श्री ने हाथ धोकर रूमाल से हाथ पोंछे थे और विकास की बहन के कंधे पर प्यार से हाथ रखते हुए पूछा था, "तुम्हारा क्या नाम है?"

"गुलाबी...!" कहते हुए मुस्कराई थी विकास की बहन।

"बहुत प्यारा नाम है तुम्हारा, एकदम तुम्हारी तरह!" कहते हुए हँसी थी श्री और साथ में गुलाबी भी।

"कहाँ पढ़ती हो?"

"यहीं, जलडेगा उच्च विद्यालय में," गुलाबी ने मुस्कराते हुए कहा था।

"किस क्लास में हो?"

"इस बार दसवीं की परीक्षा देंगे।"

"वाह! बहुत बढ़िया। ख़ूब ध्यान से पढ़ना। अच्छा...!" श्री ने उसका गाल छूते हुए कहा था। श्री की दुलार पर गुलाबी झेंप-सी गई थी और उसके चेहरे पर गुलाबी रंग छिटक गया था।

श्री आगे बढ़ी थी। हाथ जोड़कर सभी का अभिवादन करते हुए उसने कहा था, "आप सबसे मिलकर बहुत ख़ुशी हुई। यहाँ आकर प्रकृति से अपना संबंध और करीब से महसूस कर पाई।" कहते हुए श्री दरवाज़े की ओर बढ़ी थी और शालू की ओर देखा था।

गाँव के कई लोग श्री को गाड़ी तक छोड़ने आए। श्री गाड़ी में बैठ गई थी और स्नेहिल-आत्मीय यादों के साथ उसका काफ़िला राँची की ओर चल पड़ा था।

भारतीय प्रतिनिधि

"नमस्ते...! जोहार...! आदाब...! गुड मॉर्निंग...! मुझे ख़ुशी है कि युवा विश्व पानी सम्मलेन का यह पहला आयोजन भारत में हो रहा है। इससे भारत की चिंता और उसका उद्देश्य स्पष्ट होता है। मुझे इस बात की ख़ुशी है कि भारत ने मुझे अपने प्रतिनिधि के रूप में आपके साथ शामिल किया है। भारत हमेशा युवाओं की भागीदारी को महत्त्वपूर्ण मानता रहा है। उसे लगता है कि दुनिया में बदलाव युवा ही ला सकते हैं और उसमें भी लड़कियाँ हों, तो सोने पर सुहागा! उसका यह भी मानना है कि युवाओं के पास खिक्चा आँखें होती हैं, जिनमें ताज़ा पानी भरा होता है।...और आज विश्व को स्वच्छ, मीठे और ताज़े पानी की ज़रूरत है।" इतना कहते ही हॉल तालियों से गूँज उठा था।

"मैं अपनी बात स्टीफ़न हॉकिंग से शुरू करना चाहती हूँ। उनका कहना था कि हम तकनीकी के अंधाधुंध विकास के ऐसे मोड़ पर पहुँच गए हैं, जहाँ से वापस लौटना आसान नहीं! एक ओर अगले सौ वर्षों में ही रोबोटिक अत्याधुनिक कंप्यूटर हमारे लिए घातक हो जाएँगे और दूसरी ओर अगले पाँच सौ वर्षों में पृथ्वी आग के गोले में तब्दील हो जाएगी।" फिर से तालियों की गड़गड़ाहट ने श्री का हौसला बुलंद कर दिया था।

आज वह भारतीय लिबास में बहुत आकर्षक लग रही थी। उसकी आँखें हिरनी की तरह चौकस और भावुकता के पानी में डूबी नीली हो गई थीं। उसके गेहुएँ रंग पर खुले बाल भारतीय ख़ूबसूरती की कहानी कह रहे थे। वैसी लम्बाई अमूमन भारतीय स्त्रियों की नहीं होती है।

"भारत इस समय ब्रह्मांड और वायुमंडलीय, दो प्रकार के प्रयोगों को आगे बढ़ाने की ओर अग्रसर है। ब्रह्मांड में वैसे ग्रहों, क्षुद्र ग्रहों, जलपिंडों की तलाश की गई है, जहाँ बर्फ़ हो या पानी हो! रोबार्डो रेडारी के अनुसार, चार सौ करोड़ साल पहले पानी से भरे एक क्षुद्रग्रह के टकराने से पृथ्वी पर पानी आया था। ठीक उसी तरह दूसरे ग्रहों से पानी लाने के क्या उपाय हो सकते हैं? उनका सीधे टकराना तो जीवों को ही नष्ट कर देने या यों कहें समूल अंत कर देने जैसा होगा! हमें पुनः शंकर की तलाश करनी होगी, जो गंगा के वेग को अपनी जटाओं में सहन कर सकें।"

भारत के करोड़ों टीवी दर्शक और नेट-यूज़र्स श्री के भाषण को लाइव सुन रहे थे। वहीं उसके सफ़्स कॉलेज में भी हरेक क्लास में स्क्रीन पर इस सेशन को देखने की व्यवस्था थी। अलग-अलग विषयों के विद्यार्थी भी अपने कॉलेज से चुनी गयी भारतीय प्रतिनिधि को देखकर ख़ूब तालियाँ बजा रहे थे। अउम, ऋषा और वीर तो कई बार ताली बजाते हुए खड़े हो जाते थे। वैसे पूरे नागपुर में एक अलग ही माहौल था। पूरा शहर ही जैसे स्क्रीन पर आकर ठहर गया था।

"वायुमंडलीय स्तर पर भारत ने दो तरह से काम शुरू किए हैं और इस पर विशेष शोध कार्य सफ़्स कॉलेज में चल रहा है। वाष्पीकरण में इज़ाफ़ा और बादलों के अधिक निर्माण की प्रक्रिया। सिरस, क्युमलोनिम्बस और स्ट्रेरस, इन तीन बादलों के प्रकारों के निर्माण की गति तेज़ करना। क्युमलोनिम्बस बादल हिमालय पहाड़ या उससे भी बड़ा होता है। उसके निर्माण की गति को ज़्यादा बढ़ाने का प्रयोग जारी है। समुद्र, पेड़-पौधे, जीव-जंतु आदि सभी वाष्प बनाने के कारक हैं। हमें प्रत्येक व्यक्ति तीन सौ पचास पेड़ लगाने का प्रयास करना है।" सफ़्स कॉलेज का नाम आते ही नागपुर में सारे विद्यार्थी चियर्स कर उठे थे।

"हमें जल-चक्र की गति में भी थोड़ी तेज़ी लानी होगी। ठोस, तरल और गैस की गति में चार प्रतिशत तक इज़ाफ़ा कर देने से स्थिति एकदम सामान्य या सामान्य से थोड़ी बेहतर हो जाएगी," पूरे हॉल में फिर तालियाँ बजने लगी थीं।

"मैं व्यक्तिगत तौर पर 'श्रीस्त्र' (एक प्रकार का आधुनिक यंत्र) के निर्माण में भी सक्रिय हूँ और उसके फ़ार्मूले पर काम चल रहा है। ऐसे श्रीस्त्र का निर्माण क्युमलोनिम्बस जैसे बड़े बादलों के करोड़ों टन पानी को ज़मीन पर वर्षा की तरह मनचाही स्थिति में लाने के लिए किया जा सकेगा।" पूरा हॉल इस बात पर स्तब्ध था।

"भारत ज़मीन पर नदान और नदीली का प्रयोग करने जा रहा है, जिसका प्रारूप बनाकर मैंने भारत सरकार को भेज दिया है। मेरे उसी प्रोजेक्ट के कारण मुझे आप सब के सामने अपना विचार रखने का मौक़ा मिला है। पता चला है कि इस सभा में मैं सबसे कम उम्र की हूँ और वह भी एक लड़की! हो सकता है, मेरे वक्तव्य में व्यवस्थित आकार का अभाव हो!...पर मित्रो, जगय, जिसे आप सृष्टि कहते हैं, उसका भी कोई आकार नहीं होता! न ही हमारी मूल अग्नि या ज्योति का कोई आकार है।"

"आप सबका धन्यवाद और भारत का आभार, जिसने एक युवा लड़की को इस महत्त्वपूर्ण कार्य के लिए चुना। पानी के साथ एक ख़ूबसूरत दुनिया के लिए आप सब को शुभकामनाएँ।"

हॉल में बैठे सभी सदस्य खड़े हो गए थे और तालियाँ बजने लगी थीं। हाथ जोड़कर अभिवादन करते हुए श्री मंच से नीचे उतर रही थी और अपनी सीट तक पहुँची थी। तालियाँ बज रही थीं...! तालियाँ बज रही थीं...! श्री ने हाथ हिलाकर सभी का शुक्रिया अदा किया था। वह भावविह्वल होने लगी थी।

तभी उसे लगा, जैसे उसके कानों से एक आवाज़ टकराई, "बधाई हो साहिबा!"

अध्याय-15

श्रीईई...!

बिरसा मुंडा हवाई अड्डे पर गाड़ी से उतरकर श्री भावुक हो गई थी। एक हाथ से विकास और दूसरे हाथ से शालू को अपनी बाँहों में समेटे थी श्री।

"तुम दोनों का कैसे धन्यवाद करूँ! धन्यवाद बोलकर मैं तुम्हारे स्नेह को कम नहीं करना चाहती। तुम दोनों प्रतिभावान हो! तुम अच्छे से अपना कोर्स पूरा करो। मैं भी तुम्हारे साथ हूँ। किसी भी तरह की आवश्यकता हो, तो मुझसे संपर्क करना, पूरे अधिकार के साथ। वैसे हम लोग संपर्क में तो रहेंगे ही। राँची ने मुझे तुम्हारे जैसे प्यारे दोस्त दिए हैं। अगली बार आऊँगी, तो तेरे घर चलूँगी शालू," कहते-कहते श्री की आँखें भर आई थीं।

"ज़रूर मैम...!"

"फिर मैम!"

"सॉरी, ज़रूर श...श्री!" कहते हुए मुस्कराई थी शालू और श्री के चेहरे पर भी मुस्कराहट फैल गई थी।

"मुझे आपका इंतज़ार रहेगा," शालू ने मुस्कराते हुए अपनी बातें पूरी की थीं।

"और मुझे भी श्री...! मैं चाहूँगा कि आप मेरे घर दुबारा आइए!" विकास ने मुस्कराते हुए हाथ मिलाया था। उसकी आँखें भर आई थीं। श्री दूसरी लड़की थी, जिसने इतना स्नेह दिया था।

श्री ने आगे बढ़कर बारी-बारी से आलिंगन किया था और हवाई अड्डे के भीतर जाने के लिए मुड़ी ही थी कि किसी का काफ़िला आकर रुका था। श्री ने जैसे ही घूमकर देखा, जल मंत्री शुभ दिव्य गाड़ी से उतरते दिखाई पड़े थे और उनकी नज़र श्री पर पड़ी थी। श्री को देखते ही उन्होंने हाथ उठाया था और उसकी ओर बढ़े थे।

"हाय श्री...! कैसी हैं आप?" शुभ ने थोड़ी दूर से ही कहा था।

"मैं बिलकुल ठीक हूँ। आप कैसे हैं?" श्री ने शुभ को थोड़ा और नज़दीक आने देने का इंतज़ार किया था और फिर कहा था।

"आपने भारत का नाम रोशन किया है। आपका यह सन्देश दुनिया में फैलेगा और सभी आपके विचारों को अमल में लाएँगे। आप पर हम सब को गर्व है श्री।"

"धन्यवाद आपका!" श्री उस ख़ूबसूरत नौजवान से आकर्षित तो थी, पर उसके राजनीतिज्ञ होने के कारण दोस्ती के लिए बहुत उत्साहित नहीं थी।

"...और हाँ! आपका नदान-नदीली प्रोजेक्ट बहुत शानदार है। सरकार तो यह चाहेगी कि आपके नेतृत्त्व में वह काम हो, जिससे कि जिन सपनों के दृश्य आपकी खिक्चा आँखों में तैर रहे हैं, उन्हें ज़मीन पर उतारा जा सके!" कहते हुए शुभ मुस्कराए थे।"

शुभ द्वारा अपने मुहावरे को कोट करते देख श्री रोमांचित हुई थी और हँसे बिना नहीं रह सकी थी, "धन्यवाद, पर उस प्रोजेक्ट पर दूसरे लोग काम करें, तो ज़्यादा बेहतर होगा। अभी तो हमारी परीक्षाएँ हैं और साथ ही कई और ज़रूरी प्रोजेक्ट हैं, जिन्हें पूरा करना है।" श्री ने लगभग अपनी अनिच्छा जता दी थी।

"ठीक है। कोई हड़बड़ी नहीं है। आप इत्मीनान से विचार कीजिए!" शुभ ने श्री के लिए जैसे पूरी छूट दे रखी थी।

"अच्छा, अब मैं अन्दर जाती हूँ। फिर बात होगी!" कहते हुए श्री आगे बढ़ी थी।

"हाँ ज़रूर! बातें भी होंगी और मुलाकातें भी होंगी," कहते हुए शुभ मुस्कराए थे। दोनों गेट पर परिचय-पत्र दिखाते हुए हवाई अड्डे के अन्दर दाखिल हो गए थे।

अन्दर पहुँचकर श्री ने दरवाज़े के पास मुड़कर विकास और शालू की ओर देखा था और हाथ उठाकर जैसे उनसे विदाई ली थी।

जहाज़ समय पर था। औपचारिकता के साथ श्री खिड़की वाली अपनी सीट पर बैठ गई थी। पिछले चार दिनों को याद करते हुए विश्व पानी सम्मलेन के कई दृश्य उसे अचंभित कर रहे थे।

"शुभ वैसे अच्छे आदमी लगते हैं। इतनी छोटी उम्र में मंत्री बन गए, वह भी कबीना-मंत्री, पर राजनीतिज्ञों का चरित्र... !" बुदबुदाती हुई श्री बादलों को निहारती उन दृश्यों में खो गई थी, जब शुभ ने उसे खाने के समय भी बधाई दी थी और अपना परिचय देते हुए हाथ आगे बढ़ाया था। एक झिझक के साथ कैसे उसने हाथ मिलाया था। इतनी बिंदास होते हुए भी वह क्यों झिझकी थी? क्या उसका स्मार्टनेस प्रभावित कर रहा था, इसलिए आँखें चुराकर निकलना चाहती थी?...और यदि उसका व्यक्तित्व प्रभावित भी कर रहा था, तो बहाव में बहने से क्यों रोक रही थी ख़ुद को? हाँ, पर एक आकर्षण तो था उसमें!

"वैसे मुझे क्या? वो चाहे जैसा भी हो! हाँ, वह पानी-मंत्री है, इसलिए शायद कभी-कहीं मुलाक़ात हो जाए! वैसे सरकारी प्रोजेक्ट में फ़ंड के लिए काम करना मजबूरी हो सकती है। अकेले या किसी संस्था के बूते बड़े प्रोजेक्ट करना आसान नहीं है! हाँ, आमजनों को जागरूक कर काम को थोड़ा आगे बढ़ाया जा सकता है।...पर प्रत्यक्ष-परोक्ष कई स्तरों पर सरकारी सहयोग ज़रूरी हो जाता है।" श्री के ओंठ हिल रहे थे, जैसे वह ख़ुद से बातें कर रही हो! तभी श्री ने जहाज़ परिचारिका से पानी माँगा था और उसने चार पानी-गेंद श्री के हाथों में थमा दिये थे।

श्री ने पानी पिया था। तभी विमान में अनाउन्समेंट हुई, "अब हम लोग डॉ. बाबासाहब भीम राव अम्बेडकर अंतरराष्ट्रीय हवाई अड्डे पर उतरने, वाले हैं। यात्रीगण कृपया अपनी सीट बेल्ट लगा लें।" श्री, विकास की सहजता और उसके स्नेहिल स्पर्श के ख़ूबसूरत ख़यालों से बाहर आई थी और उसने खिड़की के बाहर झाँका था।

श्री ने जैसे ही हवाई अड्डे के बाहर कदम रखा था, हज़ारों लोगों की पुकार उसके कानों में गूँजने लगी थी। "श्रीईई... ! श्रीईई.. !" चारों ओर जयघोष!

श्री अपने सफ़्स कॉलेज और दूसरे कॉलेज के विद्यार्थियों से घिर गई थी। कोई उसे फूल दे रहा था, कोई गुलदस्ता तो कोई सिर्फ़ हाथ ही मिला लेने या सेल्फ़ी लेने को बेताब!

पुलिस के भारी बंदोबस्त के बीच श्री को भारत सरकार के जल-विभाग की गाड़ी में बिठाया जाने लगा था। तभी श्री की नज़र साथियों पर पड़ी थी।

''अउम, ऋषा, वीर—तुम लोग पीछे क्यों खड़े हो? भीड़ से बाहर निकलकर इधर आओ!'' श्री ने उन सबको शोर की वजह से तेज़ आवाज़ में पुकारा था। श्री के इशारे के बाद सभी युवाओं ने उन्हें रास्ता दिया था।

''चलो-चलो, तुम लोग साथ में बैठो!'' कहते हुए श्री ने तीनों को बारी-बारी से आलिंगन किया था और गाड़ी में बैठ गई थी।

''कॉलेज की ओर से तुम्हारे लिए गाड़ी आई है श्री! हम लोगों को तुम्हें रिसीव करने का ज़िम्मा दिया गया था,'' अउम ने बैठते हुए कहा था।

''तो उस ड्राइवर को फ़ोन कर दो। वह पीछे से चले,'' श्री ने सुझाव दिया था।

युवाओं की भीड़ के बीच गाड़ी सफ़्स कॉलेज की ओर रवाना हो गई थी। वहाँ ऐसा लग रहा था, जैसे श्री, भारतीय क्रिकेट टीम की कैप्टन हो और विश्वकप जीत कर लौटी हो!

जल योद्धा

''हॉस्टल जाने से पहले कॉलेज पहुँचना है श्री। कॉलेज में तुम्हारे स्वागत की ज़बरदस्त तैयारी है। पूरे कॉलेज के विद्यार्थी वहाँ जमा हो चुके हैं। जानती हो, तुम्हारे लिए ग्राउंड में भव्य-सा मंच बनाया गया है।'' ऋषा लगातार उत्साहित होकर पिछले चार दिनों के बारे में बताए जा रही थी। ऋषा के किस्से से श्री चमत्कृत-सी थी और उसकी आँखें आश्चर्य में फटी जा रही थीं।

''तुम्हें रिसीव करने के लिए हमें भेजा गया था, पर वहाँ तेरे दीवानों की इतनी भीड़ थी कि हम लोग पीछे ठेल दिए गए।'' अउम ने उत्साह में कहा था।

गाड़ी के शीशे से बाहर झाँकते हुए, आज श्री को नागपुर का संतरी रंग कुछ बादामी लगने लगा था। तभी गाड़ी सेमिनरी हिल्स की सड़क पर चढ़ाई चढ़ने लगी थी। आज श्री को वह जंगल भी कुछ अलग-सा ज़्यादा ही हरा लग रहा था।

''लगता है, यहाँ थोड़ी देर पहले बारिश हुई है,'' श्री को सागवान के चमकते भीगे पत्तों पर सतरंगी ताज़गी दिखी थी।

''हाँ, कल रात भी तेज़ बारिश हुई थी और आज सुबह भी। तुझे तो पता है, नागपुर की बारिश कब कहाँ बरस जाए, इसे वैज्ञानिक भी नहीं बता सकते। एक छोटे-से हिस्से में बारिश हो जाती है और दूसरे हिस्से में कड़ी धूप निकली रहती है।...और आज तो सुबह

बड़ा मज़ेदार दृश्य था। धूप भी थी और बारिश भी हो रही थी,'' वीर ने यह कहकर अपनी उपस्थिति दर्ज करवाई थी।

''अच्छा, सियार का ब्याह हो रहा होगा कहीं!'' श्री ने हँसते हुए अपने गाँव की कहावत कह दी थी और उसके साथियों के अलावा ड्राइवर भी हँस दिया था।

''क्यों भाई, आप समझ गए हमारी भाषा? आप भी हँसे, इसलिए पूछ रही हूँ।'' श्री ने ड्राइवर की ओर देखते हुए पूछा था।

''हाँ जी, मैं बिहार से हूँ।''

''अच्छा, बिहार में कहाँ से?'' श्री की उत्सुकता और भी बढ़ गई थी।

''जमालपुर जानती हैं? मुंगेर-जमालपुर...? वहीं से हैं,'' ड्राइवर ने समझाते हुए बताया।

''अरे जमालपुर काहे नहीं जानेंगे? हम भी बिहारी हैं। वैसे हम भी जमालपुर खानदान से हैं,'' कहते हुए हँसी थी श्री!

''अच्छा! आप भी वहीं से हैं?''

''...थे! अब हम बख़्तियारपुर में रहते हैं। पटना के पास ही है।'' श्री एक बिहारी के मिल जाने से बहुत उत्साहित हो रही थी। बात अभी और आगे बढ़ती कि कॉलेज का गेट सामने दिखा था। ऐसा लगा, जैसे पूरे कॉलेज के हज़ारों विद्यार्थी बाहर ही खड़े हों, उसके इंतज़ार में।

श्री के साथ उसके तीनों साथी भी उतने ही रोमांचित थे, मानो यह सम्मान उन्हीं को मिल रहा हो!

''गाड़ी को गेट के पास मत रोकिएगा। सीधे मंच तक ले चलिएगा ड्राइवर साहब!'' अउम ने ड्राइवर को निर्देश दिया था।

''तू पागल हो गया है क्या? मैं बड़ी वीआईपी हो गयी हूँ?...तुम्हारे लिए भी? ये सारे हमारे कॉलेजमेट हैं यार! ज़्यादा पागल मत बन। गाड़ी यहीं रोकिए ड्राइवर साहब! आपका धन्यवाद। मौक़ा मिले, तो फिर मिलिएगा!'' श्री के आदेशानुसार गाड़ी गेट से थोड़ा पहले ही रुक गई थी। उस चौड़ी दीवार के पास, जहाँ खीरेवाली चाची बैठी थी।

गाड़ी से उतरते ही श्री ने पूछा था, ''कैसी हो चाची?'' श्री आगे कुछ सुन पाती, वह अपने कॉलेजमेट से घिर गई थी। अनेक क्लासमेट्स उसे आलिंगन करने लगी थीं, कई हाथ मिला रही थीं और कई सेल्फ़ी लेने में आपाधापी! उन सबसे बड़ी ही आत्मीयता के साथ

मिलते हुए श्री कॉलेज के मुख्य मैदान के पंडाल की ओर बढ़ रही थी, जहाँ उसे सम्मानित किया जाना था।

इस बीच अउम ने गाड़ी से बैग निकाल लिया था और मेस ब्वॉय को देते हुए कहा था, ''जा, बैग मेस में ही अपने पास रखना। इधर से लौटकर श्री जाएगी, तो ले लेगी।''

अपने कॉलेजमेट्स के इस अगाध प्रेम ने श्री को आनंद से भर दिया था। किसी नेता, खिलाड़ी या हीरो-हिरोइन के लिए भी इतनी भीड़ शायद ही देखने को मिली हो कभी! यह पानी के प्रति जागरूकता थी या पानी की नई साहिबा के उदय का उत्साह, कहना कठिन था। इस बीच मीडियाकर्मी भी फ़ोटो-वीडियो लेने की आपाधापी कर रहे थे।

मंच से श्री के आगमन की सूचना दी जाने लगी थी और उसके स्वागत में कसीदे पढ़े जाने लगे थे।

मित्रों के साथ चलते हुए श्री मंच तक पहुँच चुकी थी। उसने मंच पर चढ़ते ही हाथ हिलाकर सभी का अभिवादन किया था। हज़ारों विद्यार्थी कुर्सी छोड़कर खड़े हो गए थे और 'श्रीईई..., श्रीईई...,' का नारा लगाने लगे थे।

कॉलेज के प्रिंसिपल फ़ादर लौरी ने श्री को फूलों का गुलदस्ता देकर स्वागत किया था और अपने उद्‌बोधन में श्री की जमकर तारीफ़ की थी, ''यह सिर्फ़ हमारे कॉलेज के गौरव की बात नहीं, पूरे भारत के गौरव की बात है। हमारे कॉलेज के शिक्षक-शिक्षिकाएँ भी बधाई के पात्र हैं, जिन्होंने श्री जैसे हीरे को तराशने का काम किया। हम सब को श्री पर गर्व है।''

फ़ादर के बाद श्री के स्वागत में एक जल-नृत्य प्रस्तुत किया गया था। नृत्य खत्म होते ही संचालिका ने श्री को बोलने के लिए आमंत्रित किया था, ''आप सभी जिन्हें सुनने के लिए यहाँ जमा हुए हैं और बेसब्री से उनका इंतज़ार कर रहे हैं, तो आइए दुनिया को अपने रंग में रंग लेनेवाली इस जल योद्धा श्री को सुनते हैं। तो श्री का अपने ही घर में स्वागत है...!''

श्री के खड़े होते ही करतल ध्वनि से पूरा वातावरण गुँजायमान हो गया था। तालियों का शोर इतना ज़्यादा था कि मंच के पास खड़े होकर श्री को थोड़ी देर इंतज़ार करना पड़ा था। उसने हाथ उठाकर सभी को शांत कराने की कोशिश की थी। श्री का हाथ उठते ही—श्री..., श्री..., का नारा बुलंद होने लगा था। उस शोर में ही श्री को अपना उद्‌बोधन शुरू करना पड़ा था। उसके बोल फूटते ही जैसे वहाँ पूरी शान्ति छा गई।

''हमारे आदरणीय प्रिंसिपल, हमारी डीन पवार मैडम, अली सर, दुबे सर, हमारे कॉलेज के स्त्री-पुरुष शिक्षक और हमारे अज़ीज़ दोस्तो! आप सबके इस अगाध प्रेम ने

मुझे और शक्तिशाली बनाया है। आज हमारे साथ कॉलेज के चार हज़ार विद्यार्थियों की ताकत मिल गई है। मुझे विश्वास है कि हम सब मिलकर पानी की समस्या के निदान के लिए काम करेंगे और पूरी दुनिया को स्वच्छ पानी से भर देंगे।'' श्री के उद्बोधन पर ख़ूब तालियाँ बजी थीं।

तभी श्री की नज़र भीड़ के एकदम पीछे खड़ी योगन पर पड़ी थी, जो वैसी ही खुले बालों के बीच मुस्करा रही थी। श्री ने जल्दी ही अपना भाषण खत्म किया था और नीचे उतरकर वह योगन के पास जाना चाहती थी, पर सहपाठियों की भीड़ ने उसे जाने नहीं दिया था। उसकी नज़रें बार-बार योगन को ढूँढ़ रही थीं।...पर जब तक वह वहाँ से निकल पाती, मीडियाकर्मियों से घिर गई थी।

हरेक मीडियाकर्मी अलग-अलग बाइट लेना चाह रहा था या अलग से ख़ास साक्षात्कार चाहता था। इस बार फिर से ऋषा ने मोर्चा सँभाला था, ''मेरे प्रेस के साथियो, श्री एक बाइट देंगी, जिसे आप सभी रिकॉर्ड कर लीजिए और अख़बारवाले साथी, आप सब उसी से ख़बर बनाइए। आज के बाद फिर अलग-अलग समय लेकर आप सब बात कर सकते हैं।''

श्री बाइट देने में बहुत उत्साहित नहीं थी। वह तो योगन से मिलना चाह रही थी, पर अउम के समझाने पर उसने मीडिया से बातचीत करना स्वीकार कर लिया था।

लड़की के भीतर स्टंट

''मेरा सामान कहाँ रखा है अउम ?'' कॉलेज और प्रेस की भीड़ से निकलते हुए वे चारों गर्ल्स हॉस्टल की ओर बढ़े थे।

''मेस-ब्वॉय छोटू है ना! उसी को सामान दे दिया है और कह दिया है कि वह मेस में अपने पास ही रखेगा इसलिए हॉस्टल में जाने से पहले तुम अपना बैग छोटू से ले लेना।''

''अच्छा, ठीक है। तुम दोनों जाओ। हम लोग फिर शाम को मिलते हैं।'' श्री ने अउम और वीर की ओर इशारा करते हुए कहा था।

''श्री, ज़रा इधर आओ! मैं तुम्हें अकेले में कुछ कहना चाहता हूँ।'' अउम ने श्री को गर्ल्स हॉस्टल के गेट से पहले अलग बुलाया था। सभी के चेहरे पर एक ख़ास मुस्कान फैल गई थी।

''हाँ, बताओ!'' अउम के बुलावे पर ऋषा और वीर से श्री थोड़ा किनारे हो गई थी।

''एक बार फिर से तुम्हें बधाई,'' कहते हुए अउम ने श्री का आलिंगन किया था।

श्री ने भी अउम का आलिंगन किया था और मुस्कराते हुए ही ख़ुद से अलग करते हुए बोली थी, ''धन्यवाद अउम! तुम बहुत प्यारे इन्सान हो! हमेशा ऐसे ही रहना!''

''धन्यवाद! तुमसे यह पूछना चाहता हूँ कि क्या शाम को मेरे साथ घूमने चलोगी?''

''कहाँ?'' श्री ने हँसते हुए पूछ लिया था।

''वहीं! जहाँ कोई आता-जाता नहीं!'' कहते हुए ज़ोर से हँसा था अउम।

''अच्छा! बड़े रोमांटिक हो रहे हो आज!'' श्री भी हँसी थी।

''मेरे कहने का मतलब कहीं भी! बस तुम्हारे साथ कुछ समय बिताने का मन है।'' अउम ने अपनी इच्छा जताई थी।

''हाँ, क्यों नहीं...! मुझे भी अच्छा लगेगा और तुम्हें वहाँ के किस्सों से झेलवाऊँगी!...और हाँ, आज मोटरसाइकिल मैं चलाऊँगी। तुम पीछे बैठना!''

''यह तो अच्छा है ना! मैं इत्मीनान से तुम्हें पकड़कर बैठूँगा,'' अउम ने थोड़ी चुहलबाज़ी की थी।

''अच्छा! बैठना ना...! ऐसा चलाऊँगी ना बच्चू कि सारा रोमांस रफूचक्कर हो जाएगा और चेहरे पर हवाइयाँ उड़ने लगेंगी!'' कहते हुए श्री ज़ोर से हँसी थी और अउम ने भी उसकी हँसी में साथ दिया था।

''चल ऋषा! बैग ले लेते हैं छोटू से...!'' श्री और ऋषा दोनों बाय की मुद्रा में हाथ हिलाते हुए गर्ल्स हॉस्टल में घुस गई थीं।

''आइए मैडम जी। मेस में आपका स्वागत है,'' अन्ना ने देखते ही कहा था।

''धन्यवाद अन्ना जी। आपका आभार।''

''नमस्ते दीदी। ये लीजिए—मैंने आपके लिए महाराष्ट्र की सबसे लोकप्रिय और स्वादिष्ट मिठाई श्रीखंड बनाई है। आपको बहुत पसंद है ना!'' कहते हुए दो दोनों में श्रीखंड लेकर श्री के सामने खड़ा हो गया था छोटू।

''ओह! थैंक यू छोटू...!'' कहते हुए उसके हाथ से दोना लेकर टेबल पर रखा था और उसको गले लगाया था।

''आप बहुत अच्छी हैं दीदी,'' कहते हुए भावुक हो गया था छोटू।

श्री ने उँगली से श्रीखंड चाटते-खाते हुए सिर हिलाया था और आँखें नचाकर बोली

थी, ''बहुत स्वादिष्ट श्रीखंड है छोटू। इसमें तो केसर भी डाला है आज तुमने! जानते हो श्रीखंड मुझे इसलिए पसंद है कि दही, चीनी और हल्के-मेवे के अलावा इसमें कुछ नहीं होता!''

छोटू मुस्कराया था और श्री का बैग उसके सामने लाकर रख दिया था, ''चलिए दीदी। रूम तक पहुँचा देते हैं,'' कहकर छोटू हॉस्टल की ओर बढ़ गया था।

बैग से सामान निकालते हुए श्री, ऋषा को किस्से सुनाए जा रही थी, ''जानती हो, वहाँ मुझे दो पी.ए. मिले हुए थे, चौबीस घंटे मेरे साथ।''

''दोनों लड़के थे?'' ऋषा ने मुस्कान छोड़ते हुए श्री की ओर देखा था।

''एक लड़की थी शालू और दूसरा लड़का था विकास। दोनों बहुत प्यारे थे। चारों दिन वे हर पल हमारे साथ रहे!'' श्री ने ऋषा की बदमाशी भाँपते हुए नज़रअंदाज़ किया था।

''वह हमेशा उस लड़की के साथ ही था या तुम्हारे साथ भी कभी अकेले?'' ऋषा की मस्ती कम नहीं हुई थी।

''अबे ओय! ज़्यादा शानपट्टी नहीं...! समझलअ काय?'' टूटी-फूटी मराठी बोलकर ज़ोर से हँसी थी श्री। श्री का हँसना, जैसे पूरी क़ायनात का हँसना, जैसे पूरी प्रकृति में बहार का आ जाना! उसकी हँसी के जादू ने न जाने कितनों को पगला रखा था।

''अच्छा तू बता! तेरी तबीयत कैसी है? तू ठीक है ना?'' श्री ने थोड़ा सीरियस होते हुए पूछा था।

''मैं बिलकुल ठीक हूँ। अभी तो लग ही नहीं रहा है कि मैं गर्भवती हूँ,'' ऋषा ने ख़ुशी ज़ाहिर करते हुए कहा था।

''चल अच्छा है। किसी तरह हम लोगों का अंतिम प्रेज़ेंटेशन और प्लेसमैंट हो जाए, तो तेरे लिए आसान हो जाएगा।''

''हाँ, श्री...! तू ठीक कह रही है। तेरे जैसा दोस्त हो ना, तो सब अच्छा ही होता है,'' श्री की बातों पर ऋषा को प्यार उमड़ आया था।

''चल अब तू आराम कर। बाकी बातें रात में करेंगे।'' दोनों को बातचीत करते हुए घंटों बीत गए और समय का पता ही नहीं चला।

''तू कहीं जा रही है क्या?'' ऋषा ने पूछा था।

''हाँ! अउम के साथ।''

''कहाँ?'' ऋषा ने थोड़ी उत्सुकता में पूछा था।

''खंडाला! हा हा हा...!'' ज़ोर से हँसी थी श्री और ऋषा भी अपनी हँसी रोक नहीं पाई थी।

''आज जाने की ज़िद न करो...!'' मोबाइल बजते ही ऋषा ने हँसते हुए कहा, ''लो, आ गया।''

''श्री, मैं गेट पर हूँ, नीचे आ जाओ।''

''ठीक है, दो मिनट।'' अउम को जवाब देते हुए श्री ने ऋषा की ओर देखा था और बोली थी, ''चल रात में मिलती हूँ, बाय...!'' कहते हुए श्री कमरे से बाहर निकल गई थी और कई-कई स्टेप्स नापते हुए सीढ़ियाँ उतर गई थी। तेज़ क़दमों से पार्किंग पार करते हुए गेट के बाहर पहुँच गई थी।

''चलो उतरो बाइक से। मैं चलाऊँगी,'' श्री ने बाइक का हैंडिल थाम लिया था।

''अरे हाँ बेबी...! तू ही चला...! देखना...! ज़रा सँभलकर...!'' अउम के इतना कहते ही श्री गंभीर हो गई थी।

''तुम ना...! तुमको बहुत विश्वास है ना ख़ुद पर! तुमको लगता है कि तुम मुझसे अच्छी बाइक चलाते हो! चल ना, अभी बताती हूँ तुझे! आँखें नहीं बंद कर लीं तो फिर कहना!''

''सॉरी यार! मज़ाक कर रहा था ना! ऐसा मत करना। प्लीज़...!'' कहते हुए श्री के पीछे बैठ गया था। अउम के बैठते ही श्री ने क्लच दबाकर एक्सलरेटर को तेज़ किया था और झटके से क्लच छोड़कर गाड़ी बढ़ा दी थी।

श्री, आज कुछ ज़्यादा ही मस्ती के मूड में थी। वह कभी हाथ छोड़कर बाइक चलाने लगती, तो कभी दोनों पैर ब्रेक और गीयर से उठा लेती।

तभी सड़क किनारे सीमेंट का मोटा पाइप दिखा था। शायद ऊँचाई से नीचे तक जानेवाला पानी का पाइप था या फिर सीवरेज-पाइप। पाइप को जोड़नेवाले बीच-बीच में बुंदा के ही बैंड लगे हुए थे। श्री को क्या सूझा, उसने मोटरसाइकिल वापस घुमाई और जहाँ पाइप सड़क से बिलकुल सटा हुआ था, वहाँ से मोटरसाइकिल को उस पर चढ़ा दिया। उस गोल पाइप का ऊपरी हिस्सा दो इंच से ज़्यादा न होगा, जिस पर श्री बाइक चला रही थी।

''उफ़...! ये क्या किया श्री तुमने...!'' अउम सचमुच घबराया हुआ था और उसके

मुँह से अनायास ही निकल गया था, "बीच में पाइप के दोनों ओर तो खाई जैसा है यार। यानी अगल-बगल पैर रखने की भी जगह नहीं!"

"चिंता मत करो, अउम...! तू भी क्या याद करेगा!" हँसते हुए श्री पाइप पर बाइक दौड़ाए जा रही थी। पाइप जोड़ पर जो ज्वाइंट बैंड लगा था, वह थोड़ा ऊँचा था। मोटरसाइकिल उसको पार करते हुए उछल-सी गई थी। श्री ने बाइक का बैलेंस पूरी तरह बनाए रखा था। उस उछाल में भी उसने अपने ग्रिप को संतुलित रखा था। वह ऐसे चला रही थी, जैसे बाइक किसी ट्रैक पर चिपककर चल रही हो! बड़ी सफलता के साथ श्री ने मोटरसाइकिल को वापस सड़क पर उतारकर रोक लिया था, "अब बोलो, मज़ा आया ना!" श्री ने हँसते हुए अउम से पूछा था।

"तुमने कहीं स्टंट सीखा है क्या?" अउम ने राहत की साँस लेते हुए पूछा था।

"प्यारे अउम। स्टंट हरेक लड़की के भीतर होता है, कहीं बाहर से नहीं आता है। वह पूरा जीवन स्टंट ही करती रहती है। हाँ, यदि तुम देखना चाहो, तब ही दिखेगा उसका स्टंट!...अन्यथा वह किसी सर्कस की शेरनी ही समझ में आएगी, जो अपने मालिक के हंटर पर ही स्टंट करती है।"

"हे भगवान! तुम क्या-क्या कहने लग जाती हो, यार...! मैं मज़ाक भी करता हूँ, तो तुम सीरियस होकर क्या कुछ कहने लगती हो और मैं सीरियस होता हूँ, तो तुम मज़ाक पर उतर आती हो," अउम ने नाराज़गी में थोड़ा मुँह बिचकाया था।

श्री ने आगे बढ़कर अउम के गाल पर चुम्बन ले लिया था और बोली थी, "गुस्सा हो गया मेरा सोना! चल अब बैठ! सदर चलते हैं, वहीं कहीं बैठेंगे।"

सेमिनरी हिल्स की पहाड़ियाँ खत्म ही होने वाली थीं। श्री मस्ती में अब भी बाइक चलाए जा रही थी। सेमिनरी हिल्स के निचले गेट से ठीक पहले सामने से एक बस आती हुई दिखी। श्री ने मस्ती में ध्यान नहीं दिया कि बाईं ओर सड़क थोड़ी टूटी हुई है। जैसे ही बाइक का चक्का उस गड्ढे में पड़ा, मोटरसाइकिल का बैलेंस गड़बड़ हो गया। श्री, मोटर साइकिल के साथ दाहिनी ओर गिरने लगी थी। सामने बस एकदम करीब आ चुकी थी।

श्री के गिरने का मतलब था, बस के चक्के के नीचे आना। श्री ने अपने दाहिने पाँव को सड़क पर ज़ोर से पटका था, जिससे कि बाइक का गिरना या झुकना रुक जाए, भले ही वे बाईं ओर गिर जाएँ।

हुआ भी वही। पैर के झटके से मोटरसाइकल बाईं ओर झुककर गिर गई थी और दोनों वहीं सड़क पर गिर पड़े थे। श्री की सूझ-बूझ से दोनों बाल-बाल बच गए थे।

मरदाना कहीं का

"अरे...! तुम्हारा तो घुटना छिल गया है!" अउम यह बोलते हुए ख़ुद तो खड़ा हुआ ही था और श्री को भी हाथ देकर खड़ा किया था। श्री उठकर अपनी देह झाड़ने लगी थी।

तभी अउम ने झुककर श्री के घुटने पर फूँक मारी थी। और फिर मुँह लगा दिया था। अपनी जीभ से उसकी चोट को साफ़ कर बाहर थूक दिया था।

"अबे ये क्या कर रहे हो?" श्री को अउम का यह व्यवहार आह्लादित तो कर रहा था, पर थोड़ा अटपटा भी लगा था।

"जब तक तुम्हें डिटॉल या कोई क्रीम मिलेगी, तब तक मेरा लार एंटीबायोटिक का काम करेगा। इसलिए मैंने तुम्हारे घाव को लार से साफ़ कर दिया है," अउम के चेहरे पर आत्मीय भाव चहक रहा था।

श्री तो अउम को टुकुर-टुकुर देखती रही थी, जैसे आँखें स्थिर हो गई हों या पलकें झपकना ही भूल गई हों!

"क्या हुआ?" अउम ने श्री की ठुड्डी को हिलाते हुए पूछा था।

"ऐएँ...! नहीं, कुछ भी नहीं...! तुम्हारे इस आत्मिक भाव ने मुझे प्रेम से भर दिया है। मैं अचंभित हूँ और तुम्हारे प्रति आसक्त भी हो रही हूँ।"

"अभी मुझे कुछ होता, तो क्या तुम प्रभावित नहीं होतीं?" अपने भाव को श्री के भीतर टटोलने की कोशिश की थी अउम ने।

"ऐसी कल्पना ही क्यों करता है रे...! मेरे रहते तुझे कुछ होगा ही नहीं। देख, अभी तुझे कुछ हुआ? तुम पर आफ़त आने से पहले उसे मुझसे होकर गुज़रना पड़ेगा!...अरे सच में! तुझे कुछ हुआ तो नहीं ना? तुम्हारे स्नेह में मैं ऐसा डूबी कि तुमसे पूछना ही भूल गई," यह कहते हुए श्री, अउम की देह टटोलने लगी।

"अरे नहीं! मुझे कुछ नहीं हुआ। सच में, तुम्हारे होते हुए मुझे कुछ हो सकता है भला!" श्री के मन में अपने प्रति अगाध प्रेम देखकर अउम का मन ख़ुशी से झूम उठा था।

"टन् टन्...! टन् टन् टन्...!" घंटी बजाता हुआ हवा मिठाईवाला चिल्ड्रेन पार्क से नीचे उतर रहा था।

"चल हवा मिठाई खाते हैं।" श्री हवा मिठाई देखकर इस दुर्घटना से उबरना चाहती थी।

"चल ठीक है। तू कहे, तो ज़हर भी खा लूँ!" अउम ने थोड़ी चकल्लस करते हुए

अपनी मोटरसाइकिल उठाई थी और उसे स्टैंड पर लगाया था।

''अच्छा! हवा मिठाई तेरे लिए ज़हर है?'' श्री ने अउम की चुहलबाज़ी समझकर मुँह बनाया था।

''नहीं रे...! यह तो हवा मिठाई है, मेरे कहने का मतलब...!''

''अब रहने दे...! ज़्यादा बातें मत बना! दिल तोड़ दिया तूने,'' कहते हुए श्री ने नाटकीय गंभीरता ओढ़ ली थी।

''मज़ाक किया था ना श्री! ऐसे न करो! प्लीज़!'' अउम के इतना कहते ही उसके भोलेपन पर ज़ोर से हँसी थी श्री।

''ऐएँ हवा मिठाइवाले-दो हवा मिठाई देना भाई!'' श्री आगे बढ़कर हवा मिठाई के ठेले के पास पहुँच गई थी। अपनी पिछली जेब से सौ रुपये निकालते हुए श्री ने पूछा था, ''कितने हो गए भैया?''

''आपसे पैसे नहीं लूँगा।'' हवा मिठाइवाला एक मिठाई पकड़ाते हुए दूसरी बनाने लगा था।

''क्यों भैया? क्या हो गया? पैसे क्यों नहीं लेंगे आप?''

''दीदी जी, आप हम सब के लिए इतना बड़ा काम कर रही हैं और हम ये हवा मिठाई भी अपनी ओर से नहीं खिला सकते हैं आपको? मेरी ओर से मुँह मीठा कीजिए,'' हवा मिठाइवाले की आँखों में श्री के लिए सम्मान दिख रहा था।

श्री, यह सुनकर अचंभित थी और उसके मुँह से निकला था, ''पर भैया, आपका परिवार होगा, बच्चे होंगे...! तो आप...! घोड़ा घास से दोस्ती कर ले, तो खाएगा क्या?'' श्री ने समझाते हुए सौ रुपये का नोट उसकी ओर बढ़ाया था।

''यह लीजिए। हवा मिठाई खाइए!...और हाँ, कोई प्रेम से मुँह मीठा कराए, तो पैसे नहीं दिए जाते, दुआएँ दी जाती हैं!''

उसकी बातें सुनकर श्री झेंप गई थी और हवा मिठाई लेते हुए बोली थी, ''ठीक है! अब नहीं बोलूँगी। आप और आपका परिवार हमेशा खुश रहे। आपके जीवन में हमेशा मुस्कराने की वजह बनी रहे।''

''धन्यवाद श्री!'' टनटन...! टनटन...! घंटी बजाते हुए वह स्नेही धीरे-धीरे सदर की ओर बढ़ गया था। श्री हाथ में हवा मिठाई लिए उसके ओझल होने तक देखती रही थी।

''मिठाई खाओ!'' कहते हुए अउम, श्री से सटकर खड़ा हो गया था। दोनों हवा मिठाई खाते हुए गुनगुना रहे थे। श्री गुनगुनाते हुए बच्चों की तरह अपने पाँव भी झुला रही थी।

''एक मिनट! तुम्हारी नाक पर हवा मिठाई लग गई है। लाओ मैं साफ़ कर देता हूँ। अपनी आँखें बंद करो।''

''क्यों...! आँखें क्यों बंद करूँ?'' श्री ने पूछा था।

''हे भगवान! अरे कभी तो बिना सवाल पूछे मेरी बात मान लिया करो!'' अउम ने झिड़की दी थी।

''अच्छा बाबा! ये लो!'' कहते हुए श्री ने अपनी आँखें बंद कर लीं और आँखें बंद करने के बाद कहा, ''अब मैं हवा मिठाई कैसे खाऊँ?'' तभी उसे अउम की गर्म साँसें अपनी नाक के पास महसूस हुई थीं।

अउम ने अपने ओंठों से श्री की नाक के ऊपर से हवा मिठाई खाकर हटाई थी। तभी श्री ने आँखें खोल दीं, ''पगले...! क्या कर रहे हो तुम?''

''हवा मिठाई हटा रहा था यार!'' कहते हुए अउम मुस्कराया था।

''अच्छा, तो तुझे मेरी नाक चूमने का बहाना चाहिए था!'' कहते हुए ज़ोर से हँसी थी श्री।

''क्या करूँ...! सीधे कहता, तो तू नखरे करने लगती, नखराही लड़की,'' अउम ने चुटकी ली थी।

''मैं नखराही लड़की हूँ? और तू डरपोक? ये ले...!'' कहकर श्री ने झुककर अउम के ओंठ चूम लिए थे।

दोनों एक-दूसरे को कुछ पल यों ही देखते रहे थे कि तभी राजभवन के गेट पर कुछ शोर-सा हुआ था। उन दोनों का ध्यान टूटा!

अउम ने मोटरसाइकिल स्टार्ट की और कहा, ''चल श्री बैठ...! किसी लड़की को दो-तीन लड़के घेरे हुए हैं।''

मिनट भर में दोनों वहाँ पहुँच गए थे।

''क्या हुआ?'' श्री को देखते ही उन तीनों लड़कों की सिट्टी-पिट्टी गुम हो गई थी।

''इसने मुझे भद्दी बातें कहीं। मैंने जब इसका प्रतिकार किया तो ये लोग मेरा हाथ

मरोड़कर—बताऊँ तुझे, कहने लगे।'' वह लड़की श्री को देखकर विश्वास से भर गई थी।

श्री ने आगे बढ़कर एक-एक थप्पड़ तीनों को लगा दिया, ''आया बड़ा मरदाना कहीं का...! असली मर्द है, तो लड़की का दिल जीत कर दिखा। दो-तीन लोग मिलकर अपनी मर्दानगी इस तरह मत दिखाओ।'' श्री गुस्साते हुए बोली।

''चल माफ़ी माँग...!'' श्री ने गुर्राते हुए कहा।

''सॉरी, गलती हो गई...!'' कहते हुए तीनों लड़कों ने सिर झुका लिये।

''चल आज माफ़ किया! ऐसी गलती दुबारा मत करना। चल फूट ले अब!'' कहते हुए श्री नियंत्रित हो चुकी थी।

''थैंक यू मैम!'' उस लड़की ने धन्यवाद दिया था और निर्मला हॉस्टल की ओर बढ़ गई थी।

''तू तो शेरनी है यार,'' अउम ने फिर चुटकी ली थी।

''अब चल मेरे शेर...! थोड़ी और तफ़री हो जाए...!'' कहते हुए श्री मुस्कराई थी और बाइक पर अउम को पकड़ कर उसके पीछे बैठ गई थी।

अध्याय-16

समुद्र के भीतर मीठा पानी

''ओए श्री! तुमने सखी के बारे में बताया था। वह इंडस सुपर कंप्यूटर सीरीज़...! उसे तो तुमने छिपाकर रखा है। दिखायी ही नहीं,'' ऋषा ने उत्सुकतावश श्री को याद दिलाते हुए ताने दिए थे।

''अरे हाँ! अभी निकालती हूँ।'' कहते हुए श्री ने बैग से मोबाइल जितना बड़ा कंप्यूटर निकाला था और उसे ऑन किया था। इंडस सुपर कंप्यूटर ने श्री की आँखों को पढ़ा था और फिर हवा में एक पारदर्शी स्क्रीन खुल गई थी।

''सखी ज़रा मेरे नदान-नदीली वाला प्रोजेक्ट खोलो! अभी उसे फ़ाइनल करना है। आज ही उसे फ़ाइनल कर लूँगी। उसे पानी डाइजेस्ट को भी भेजना है और कॉलेज में भी जमा कराना है।'' श्री के कहते ही कंप्यूटर पर श्री का नदान-नदीली प्रोजेक्ट खुल गया।

''ये देखो ऋषा। इस तरह यह सुपर कंप्यूटर काम करता है। बिना मेरे आई

वेरिफ़िकेशन किये या फ़िंगर प्रिंट वेरिफ़िकेशन किये यह शुरू ही नहीं होगा।'' श्री, इंडस सुपर कंप्यूटर खोलकर पूरा समझा रही थी।

''अरे वाह! यह तो गज़ब की चीज़ है यार! तुम्हारे कहने का मतलब यह है कि तुम्हारे सिवा इसे कोई और नहीं खोल सकता है,'' ऋषा की आँखें अचंभित-सी रह गई थीं।

''हाँ, जब तक कि मैं ख़ुद इसके कमांड में कोई बदलाव न कर दूँ...!''

''यार श्री। तब तो तू मेरी मदद कर! मैंने अभी तक अपना प्रोजेक्ट पूरा नहीं किया है। अब तू ही मेरा प्रोजेक्ट पूरा करवा सकती है,'' ऋषा की आँखें चमक उठी थीं।

''हाँ, क्यों नहीं! ज़रूर! तू अपना प्रोजेक्ट निकाल और बता कि तुम्हारा थीम क्या है! ये भी बता कि तूने अब तक क्या किया है! सखी तुम्हें सलाह भी देगी। वैसे मैं भी सोचूँगी कि उसमें क्या ख़ास किया जा सकता है?'' श्री ने ऋषा को समझाते हुए कहा था।

ऋषा की तो जैसे लॉटरी लग गई थी! उसने अपना लैपटॉप खोला था और समुद्री पानी को मीठा बनाने के प्रोजेक्ट को सामने रखा था।

''यह लो यार! यह मेरा प्रोजेक्ट है। समुद्री पानी को मीठे पानी में कैसे बदला जा सकता है, इसमें इसका प्रारूप है,'' ऋषा ने अपना प्रोजेक्ट खोलकर श्री को समझाया था।

श्री ने ऋषा की ओर देखा था और बोली थी, ''अरे वाह! तेरा प्रोजेक्ट अच्छा है। वैसे समुद्र में भी मीठे पानी का स्त्रोत होता है। तुम उसे समुद्री कुआँ भी कह सकती हो। चलो सखी से पूछते हैं। तुम अपने लैपटॉप की रिकॉर्डिंग शुरू कर दो!''

''सखी, यह बताओ कि समुद्री पानी को कम खर्च में मीठा करने का यह प्रोजेक्ट कितना सही है?...और दूसरी बात—हमें यह बताओ कि क्या समुद्र के भीतर भी मीठे पानी का स्त्रोत है, जिसे निकाला जा सके?'' श्री ने सखी के सामने सवाल रख दिया था।

''हाँ श्री! समुद्र के भीतर मीठे पानी के हज़ारों केंद्र हैं। इसके प्रमाण के लिए मैं तुम्हें सबसे पहले श्रीराम की एक कथा सुनाती हूँ—''

''जब लंका का युद्ध समाप्त कर श्रीराम, माता सीता के साथ वापस आ रहे थे, तब सीता को प्यास लग आयी थी और उन्होंने श्रीराम से अनुरोध किया था कि हे प्रभो, मुझे प्यास लगी है। मैं पानी पीना चाहती हूँ।

''उस समय श्रीराम समुद्र पार कर भारतवर्ष की ओर आ रहे थे। सीता की इच्छा की पूर्ति के लिए श्रीराम ने समुद्र को ध्यान से देखा और एक ख़ास जगह पर तीर चला दिया। फिर क्या था! समुद्र के बीच से उस जगह पर मीठे पानी की जलधार बहने लगी थी।

"लोग इसे पौराणिक कथा मानकर इस पर विश्वास नहीं करते!...पर कुछ भारतीय वैज्ञानिकों ने इस तथ्य को प्रमाणित किया है। समुद्र में दूसरे खनिजों—ठोस, तरल और गैस आदि के साथ पानी का स्रोत आज भी मौजूद है।"

"सखी यह बताओ कि इस मीठे पानी का स्रोत क्या है? वह नमकीन पानी के नीचे मीठा कैसे है?" श्री ने फिर सवाल किया था और ऋषा उन सारी जानकारियों को संगृहीत करती जा रही थी।

"श्री, यह बहुत ज़रूरी सवाल तुमने पूछा है! दरअसल पृथ्वी स्वयं में पूरा एक ब्रह्मांड है। सच पूछो तो पृथ्वी के गर्भ में इतनी ऊर्जा है, जितनी सूर्य में भी नहीं। पृथ्वी के केंद्र में आग धधक रही है। यदि कल को पृथ्वी को सूर्य का प्रकाश मिलना बंद भी हो जाए, तो पृथ्वी अपनी ऊर्जा से जागृत रहेगी। इसे किसी और ग्रह की ऊर्जा की ज़रूरत ही नहीं पड़ेगी!

"ठीक उसी तरह पृथ्वी के तीस किलोमीटर भीतर बहुत बड़ा पानी का भण्डार है। इसमें आधे से ज़्यादा पानी मीठा है। दरअसल इन कुओं का स्रोत वही पानी का भण्डार है।

"वैज्ञानिक अनुमानों के मुताबिक़ मरियाना ट्रेंच को पानी के इन्हीं रहस्यों के लिए जाना जाता है। वैज्ञानिकों का अनुमान है कि मरियाना ट्रेंच की गहराई छत्तीस हज़ार फुट है। जिसमें पूरा हिमालय जैसा पहाड़ भी घुस जाए, तो भी जगह शेष रह जाए!

"उसकी गहराई का प्रामाणिक दस्तावेज़ अब तक तैयार नहीं हो पाया है। कुछ वैज्ञानिकों का यह भी मानना है कि मरियाना ट्रेंच ही ऊपरी और निचले समुद्र या पानी-स्रोत को जोड़ने का मार्ग है।

"कुछ वैज्ञानिकों के शोध के अनुसार वहाँ कई ऐसे जीव भी रहते हैं, जो सिंगल सेल लिविंग ओर्गेनिज़्म वाले हैं। वे वहाँ के मिनरल्स पर ज़िंदा हैं। वहाँ बड़े और ख़तरनाक जीवों के होने का अनुमान भी है।"

"ओह! धन्यवाद सखी...! अब ज़रा मैं अपनी दोस्त ऋषा से बात कर लूँ, फिर तुम्हारी मदद लूँगी।"

"मेरा सहयोग लेने के लिए धन्यवाद श्री...!"

"अब बता ऋषा! तेरा काम हो गया या और भी सवाल हैं तेरे पास?" श्री ने मुस्कराते हुए पूछा था।

"अरे कमाल का प्रोजेक्ट बन गया मेरा। गज़ब की जानकारी सखी ने दे दी। अब मेरा प्रोजेक्ट भी ऐसा हो जाएगा कि इसे विश्व स्तर पर अलग से देखा जाएगा। थैंक यू श्री!"

''ननदी...! झापड़ खाएगी तू! थैंक यू काहे का...! चल, अब तू अपना प्रोजेक्ट फ़ाइनल कर...! तुझे भी कल ही जमा करना है ना?'' श्री ने आँखें बड़ी करते हुए कहा था।

''पर मेरा भाई तो है नहीं...!'' श्री की गाली पर ऋषा ने चुटकी ली थी और ज़ोर से हँसी थी। श्री ने भी उसकी हँसी में उसका साथ दिया था।

''अब चल, अपना काम कर!'' हँसते हुए ही श्री ने हिदायत दी थी।

''हाँ यार...! कल ही तो लास्ट डेट है। आज ख़त्म करना है, बस!''

''हाँ ठीक है! मैं भी अपना प्रोजेक्ट फ़ाइनल कर लेती हूँ।'' कहते हुए अपने-अपने प्रोजेक्ट को पूरा करने में दोनों लग गयीं।

दुसाध

''ऋषा...! ऐ ऋषा...! उठ जा यार! सात बज गए हैं। आज कॉलेज में प्रेज़ेंटेशन के साथ रिसर्च-रिपोर्ट भी जमा करनी है। अउम बता रहा था कि आज कैम्पस भी है,'' श्री, ऋषा को देर तक सोते देख उसे उठा रही थी।

''हम्म! उठती हूँ!'' कहकर भी ऋषा लेटी ही रही थी।

''क्या हुआ यार? तबीयत तो ठीक है ना तेरी?'' कहते हुए श्री ने ऋषा के ललाट को छुआ था।

''ओह! तेरा माथा तो गरम है यार!'' कहते हुए श्री ने फिर उसकी कलाई पकड़ी थी।

''तुझे तो तेज़ बुखार है ऋषा!'' श्री चिंतित होते हुए बोली थी।

''हाँ, सिर में दर्द तो है और पैर भी बहुत दर्द कर रहा है,'' ऋषा ने धीमे स्वर में कहा था।

''डिस्पेंसरी तो दस बजे खुलेगी!...पर वहाँ जाना ठीक नहीं! कुछ दिन और तुझे सँभालना है। वैसे किसी को पता भी चल जाए तो क्या! स्त्री का जन्म देना प्रकृति प्रदत्त अधिकार है। दुनिया का कोई क़ानून इसे गलत नहीं ठहरा सकता!'' श्री बोलते हुए आक्रामक होने लगी थी।

''अब दो-चार दिन तो बचे हैं यार! कॉलेज और हॉस्टल भी मर्दवादी विचारधारा से बाहर नहीं है ना! मेरे ख़िलाफ़ कोई एक्शन ले लिया गया, तो फिर लेने-के-देने पड़ जाएँगे!'' ऋषा ने थोड़ा धैर्य दिखाते हुए कहा था।

''उस डॉक्टर से संपर्क कर लेंगे श्री! उसका परचा है मेरे पास।...और उसमें उसका फ़ोन नंबर भी है,'' ऋषा ने धीमी आवाज़ में श्री को शांत करती हुई आगे कहा था।

''ठहर, मैं पता करती हूँ! शायद किसी के पास थर्मामीटर हो! पहले बुखार चेक करते हैं! फिर मैं अपना पानीवाला इलाज करूँगी,'' श्री कहती हुई कमरे से बाहर निकल गई थी और दो-तीन मिनट में ही वापस आ गई थी।

''ले थर्मामिटर, काँख में लगा ले!'' श्री ने ख़ुद ही थर्मामीटर झाड़कर ऋषा की काँख में लगाया था।

''अरे तुम्हें तो एक सौ तीन डिग्री बुखार है यार... !'' श्री थर्मामीटर देखते हुए गंभीर हो गई थी और उठकर बाथहॉल चली गई थी।

मग में आधा पानी भरकर लाई थी श्री और अपने दो रूमाल को तह लगा कर पानी में डाल दिया था। फिर सिर और पेट पर ठंडे पानी की पट्टी रखनी शुरू की थी।

अमरुदानी के साथ खिरापी की टैबलेट खिलायी थी श्री ने, जिससे कि भीतर से भी उसके शरीर को ताज़ा पानी मिले और उसके ताप को कम कर सके। हॉस्टल की कई लड़कियों ने श्री के कहने पर अपने-अपने हिस्से से पानी उसके कमरे में पहुँचा दिया था।

श्री लगातार ऋषा को पानी भी पिलाती जा रही थी।

''जानती हो ऋषा, गाँधी जी ने पानी का प्रयोग किया था। वैसे पानी की चर्चा वेदों और पुराणों में है। हमारे ऋषियों के बीच पानी का इलाज बहुत महत्त्वपूर्ण था!'' श्री पानी की पट्टी लगाते हुए किस्से सुनाए जा रही थी।

''गाँधी जी तो मिट्टी से भी उपचार करते थे। खेत की साफ़ मिट्टी लेकर, उसमें अंदाज़ से पानी मिलाकर, पतले गीले कपड़े में उसे लपेट लेते थे और फिर उसे पेट पर बाँध लेते थे। यह विधि वह रात को सोते वक्त अपनाते थे और जब नींद खुली, तब उसे हटा देते थे। इससे उनकी कब्ज़ की बीमारी ठीक हो गई थी।'' श्री के पास इस तरह के इलाज के अनेक किस्से भी थे और अनेक नुस्खे भी। जो बचपन में उसने देखा-सुना—वह सब अवचेतन में कैद हो गया। आज वह बाहर निकलने लगा था।

''अभी जो मैं पानी की पट्टी तुम्हारे माथे और पेट पर कर रही हूँ और तुम्हें बार-बार पानी पिला रही हूँ—इस इलाज के पुराणों में बहुत उदाहरण हैं। आधुनिक युग में गाँधी जी ही एक ऐसे विशिष्ट व्यक्ति हुए, जो इस तरह का प्रयोग करते हुए कभी डगमगाए नहीं!

''गाँधी जी के बेटे मणिलाल की उम्र दस साल थी। उसे काला ज्वर हो गया था। बुखार उतर ही नहीं रहा था। एक डॉक्टर ने अंडा और मुर्गी का शोरबा देने को कहा। गाँधी जी शाकाहारी थे। उनके लिए बड़ी मुश्किल की स्थिति थी। उन्होंने अपने बेटे से पूछा कि क्या वह खाना चाहता है। बेटे ने कहा कि वे जो उचित समझें करें। वैसे उसकी कोई रुचि अंडे या मुर्गी के शोरबे में नहीं थी। चाहे तो पानी का इलाज जारी रख सकते हैं!

''जब एक-दो दिन और बुखार नहीं उतरा, तो डॉक्टर ने खीजकर यहाँ तक कह दिया कि यदि आपके बेटे को कुछ हो गया, तो इसकी ज़िम्मेदारी आपकी होगी!

''कई दिनों तक बुखार नहीं उतरा। एक दिन बुखार एक सौ चार डिग्री तक पहुँच गया। गाँधी जी अब अधीर होने लगे थे। उन्हें डॉक्टर की कड़वी बातें याद आने लगीं। उन्हें लगा कि बेटे को कुछ हो गया, तो लोग क्या कहेंगे! उन्होंने आँखें बंद करके जीत की मनन-प्रार्थना की और फिर अपने मान्य जीवन मूल्य पर अडिग हो गए।

''देर रात उनके बेटे को पसीना आने लगा और उनके दृढ़ विश्वास की परीक्षा पूरी हुई। उनका पानी का इलाज सफल हो गया।''

कहानी सुनाते हुए श्री ने ऋषा को भी पसीने से तर देखा और उसकी ख़ुशी का ठिकाना नहीं रहा!

''सच है, जो मनुष्य अपने निश्चय पर दृढ़ रहता है, उसकी सफलता निश्चित है। हमारी हर सफलता, हमारे भीतर की दृढ़ता से ही शुरू होती है और हमारे लचीलेपन पर ही खत्म!'' श्री ख़ुशी से बुदबुदाए जा रही थी और उसने पट्टी करना बंद कर दिया था।

''अब अच्छा लग रहा है श्री!'' कहते हुए ऋषा उठकर बैठ गई और उसने चादर हटा दी थी।

''बहुत गर्मी लग रही है। पंखा चला दो यार!'' कहते हुए ऋषा ने श्री की ओर देखा था, जो बिना पंखे के पसीने से भीगी हुई थी।

''चल अच्छा है, तेरा भी बुखार उतर गया!'' कहकर हँसी थी ऋषा।

''हाँ, सही कहा तुमने, पर अभी हमें कॉलेज भी जाना है प्रोजेक्ट जमा करने। आज अंतिम दिन है यार। तुमने तो मुझे बताया नहीं कि कैम्पस भी आज ही है! मैं राँची चली गई थी, इसलिए पता ही नहीं चला!'' श्री ने उठते हुए पंखा चला दिया था।

''अरे हाँ, भूल ही गई थी तुझे कहने के लिए! चल मैं भी स्पंज-बाथ कर लेती हूँ, जिससे कि पसीने की बदबू चली जाए! उसके बाद साथ ही चलूँगी कॉलेज,'' ऋषा ने भी खड़े होते हुए कहा था।

''तू दोपहर बाद भी जा सकती है यार,'' श्री ने उसे आराम करने की सलाह दी थी।

''नहीं यार...! तेरे साथ चलकर जमा करा दूँगी! तू थोड़ी मदद कर देना मेरी। प्रोजेक्ट का नाम जो तूने सुझाया है ना, वही बढ़िया है। अब और दिमाग नहीं लगाना,'' कहते हुए ऋषा तैयार होने लगी थी। श्री, ऋषा की दृढ़ता पर मुस्कराई और बोली थी, ''जानती है ऋषा, मैंने अपने पापा और माँ दोनों को स्वनियमन में बहुत दृढ़ देखा है।''

''मेरे पिता तालाब या कुआँ खोदने का काम करते थे। ये हमारा पुश्तैनी काम था। पा बताते हैं कि मेरे दादा जी ज़मीन पर हाथ रखकर बता देते थे कि यहाँ कितना नीचे पानी है। पानी है भी या नहीं! पानी के स्तर के साथ-साथ उसकी गुणवत्ता भी बता देते थे। उनके समय में ही यह काम कमज़ोर पड़ने लगा था। चापाकल, और बोरिंग का युग आ चुका था। पा के समय में तालाब या कुएँ की खुदाई नहीं के बराबर होने लगी। हमारे परिवार को बहुत आर्थिक संकटों का सामना करना पड़ा। थोड़ा बहुत मिथिला में मछली और मखाने के लिए तालाब की खुदाई होती थी। उसके लिए उधर ही बहुत लोग थे,'' कहते हुए कुछ पल रुकी थी श्री।

''बिहार में हमारी जाति ऐसी है कि उससे बाँकी जातियों की हड्डी छुआ जाय!'' कहकर हँसी थी श्री।

''मतलब! मैं समझी नहीं...!'' ऋषा ने आश्चर्य से पूछा था।

''मतलब यह कि हम दुसाध जाति के हैं। हमें हिन्दुओं में अछूत माना जाता है। हमारी छाया से भी छूत लगती है। जानती है—इसकी भी दिलचस्प कहानी है। कहा जाता है कि हमारे पूर्वज बहुत ताकतवर होते थे। इसलिए रजवाड़े उन्हें दु-साध्य कहते थे। मतलब—जो किसी से साधा न जा सके! इसलिए हमारे समाज के पुरुषों को महलों-घरों की रखवाली और सुरक्षा के लिए रखा जाता था। जब राजा महल से कहीं भी बाहर जाते या उनकी सेना युद्ध में जाती थी, तब दुसाध ही उनके घर की स्त्रियों की रक्षा के लिए रहते। कुछ रानियों या सभासदों की स्त्रियों की दुसाधों पर आसक्ति हो गई। इसके कारण रजवाड़ों ने इसका हल यह निकाला कि इन्हें अछूत घोषित कर दिया जाय! यहाँ तक कि ढिंढोरा पिटवा दिया गया कि दुसाधों की छाया से भी छूत लगेगी और हड्डी भी छुआ जाएगी!'' कहते हुए ज़ोर से हँसी थी श्री!

ऋषा ने आगे बढ़कर श्री को गले से लगा लिया था और बोली थी, ''उफ़! हमने स्त्रियों पर अपनी सत्ता कायम रखने के लिए अपनों पर ही जुल्म किया! जानती हो श्री, अपने स्वार्थ में जाति-व्यवस्था को कायम रखना तब भी उनकी ज़रूरत थी और आज भी है। स्वार्थ में लोग अपने सगे भाई तक को नहीं छोड़ते थे और जाति तो बहुत दूर की चीज़ है। हमसे तथाकथित जंगली समाज ज़्यादा पारदर्शी, प्रैक्टिकल और आगे का समाज है। मुंडारी, संथाली, कुरुक, खरिया, पहाड़िया आदि सभी अलग-अलग समूहों के नाम हैं। वहाँ हर कोई हरेक काम करता है। मज़ेदार बात यह है कि सभी समूहों की आपस में शादियाँ होती हैं। उससे भी मज़ेदार बात यह है कि वहाँ हमेशा से लड़कियों को अपनी पसंद का वर चुनने की पूरी छूट है। बिन ब्याह, किसी भी लड़के-लड़की को साथ रहने और बच्चे पैदा करने की भी पूरी आज़ादी है। मनुष्य की प्रकृति के अनुरूप उनका समाज बहुत आधुनिक और प्रैक्टिकल है।''

ऋषा की बात सुनकर श्री को विकास मुंडा की बात याद आ गई। वह भी ऐसा ही

कुछ बता रहा था। फिर अपने पा और माँ को याद करते हुए बोली, ''मैंने पानी और मिट्टी का इलाज अपने पा से सीखा है। उन्हें भी पानी के गुणों के बारे में बहुत कुछ पता है! पानी के रहस्यों के बारे में भी। उन्हें यह विरासत में मिला है।'' श्री अपने पा और माँ को याद करते हुए गहरे उतरती जा रही थी।

''श्री, तुम्हारी बातों से यह लगता है कि तुम्हारे भीतर बहुत दर्द दबा हुआ है,'' कहते हुए ऋषा ने श्री की हथेली को अपनी हथेली में लेकर दबाया था और फिर से आलिंगन किया था।

''ओह, चलो यार! कॉलेज चलें! मैं भी कौन-सा किस्सा लेकर बैठ गई,'' कहती हुई श्री अपने इंडस सुपर कंप्यूटर के साथ बाहर निकली थी और साथ में ऋषा भी!

ध्वनि तरंग

''हाय अउम! तैयार हो तुम...? तुम्हारा प्रोजेक्ट तैयार है?'' अउम पर नज़र पड़ते ही श्री ने पूछा था।

''हाँ, हो गया!...पर तुम्हें इतनी देर क्यों हुई? वैसे, पानी के संग्रहण और साफ़ पानी पर मैंने प्रोजेक्ट बनाया है, जिसमें आर्सेनिक और अन्य जीवों के प्रतिकूल पानी को कैसे ध्वनि से अनुकूल बनाया जा सकता है, बताया गया है।'' अउम ने कुछ नई बातें कही थीं।

''अरे वाह! तुम्हारा आइडिया तो कमाल का है! जब तक पूरा पढ़ूँगी नहीं, समझ में नहीं आएगा! क्या तुमने इसमें मन्त्रों का इस्तेमाल किया है?'' श्री ने विषय की थाह लेने की कोशिश की थी।

''मन्त्र तो हैं ही, पर अलग-अलग ध्वनि तरंगें बैक्टीरिया को प्रभावित करती हैं। अब कौन-सी और कैसी ध्वनि किसके लिए प्रभावकारी है, इसे ही समझकर इस्तेमाल करना है। जैसे मेरे नाम के बिम्ब उच्चारण से मनुष्य ख़ुद को शुद्ध करता हुआ अपने भीतर पहुँच जाता है। फिर वहाँ समाधि की स्थिति में वह संसार को जान लेता है। उसी तरह कई ध्वनियाँ किसी को सम्मोहित करने के लिए होती हैं और कुछ ध्वनियाँ विमुख करने के लिए। विमुख ध्वनि का इस्तेमाल यहाँ पानी की शुद्धि के लिए होगा!'' अउम ने एक अलग ही बात कह दी थी।

''वॉव, अउम! तुमने तो कमाल कर दिया! मुझे तुम पर गर्व है...! क्या प्रोजेक्ट है तुम्हारा!'' श्री इतनी खुश थी, मानो यह उसी का प्रोजेक्ट हो!

''अब चलो, इसे जमा कराया जाए! फिर बाद में प्रेज़ेंटेशन देना है। जिसे ऑनलाइन अनेक कम्पनियाँ देख रही होंगी, उसी पर सेलेक्टेड कंडीडेट से कम्पनियाँ साक्षात्कार करेंगी,'' अउम ने सीढ़ियाँ चढ़ते हुए श्री से कहा था।

''हाँ चलो! अरे क्या कहूँ? ऋषा को बुखार हो गया था! अभी थोड़ा ठीक है। सुबह से पानी की पट्टी कर रही थी। उसी में थोड़ी देर हो गई।'' इतना कहकर श्री भी ऋषा के साथ सीढ़ियाँ चढ़ने लगी थी। तभी वीर नीचे उतरता हुआ दिखा।

''अरे कहाँ हो इतनी देर से? मैंने व्हाट्सऐप भी किया, पर कोई जवाब ही नहीं मिला!'' वीर ने ऋषा की ओर देखकर पूछा था।

''वह सब बाद में बताऊँगी! पहले प्रोजेक्ट जमा करा दूँ! तुमने कर दिया क्या?'' ऋषा ने वीर से पूछा था।

''हाँ! जमा करके ही तो तुम लोगों को ढूँढ़ने निकला था।'' वीर ने सिर हिलाते हुए ओंठों को थोड़ा अन्दर किया था।

''अच्छा चल...! साथ में तो रह...! अभी तेरा कैम्पस तो बाकी है ना?'' ऋषा ने वीर को इशारा करते हुए कहा था।

''मैडम यह मेरा प्रोजेक्ट है। कृपया इसे जमा कर लीजिए!'' श्री ने अपना इंडस सुपर कंप्यूटर खोला था और सखी से अपना नदान-नदीली प्रोजेक्ट कॉलेज कंप्यूटर को सेंड करने को कहा था। पलक झपकते ही कॉलेज के कंप्यूटर पर श्री का प्रोजेक्ट पहुँच गया था।

''हाँ ठीक है...! तुम्हारा प्रोजेक्ट रिसीव हो गया। प्रेज़ेंटेशन तैयार है?'' पवार मैडम ने पूछा था।

''हाँ, मैडम! मैं अभी अपना प्रेज़ेंटेशन दे सकती हूँ!'' श्री ने पूरे विश्वास के साथ कहा था।

''ठीक है। सामनेवाले हॉल में अपना प्रेज़ेंटेशन तुम दे सकती हो!''

''थैंक यू मैडम,'' श्री ने मुस्कराते हुए पवार मैडम को धन्यवाद दिया था।

श्री के बाद अन्य साथियों ने भी प्रोजेक्ट जमा किया था और प्रेज़ेंटेशन देने गए थे। प्रेज़ेंटेशन देकर सबसे पहले श्री निकली थी। बारी-बारी से निकलते हुए सबके चेहरे खिले हुए थे।

''कैसा रहा प्रेज़ेंटेशन?'' श्री ने ऋषा से पूछा था।

''बहुत बढ़िया रहा यार! प्रेज़ेंटेशन देते हुए सर भी बहुत संतुष्ट लग रहे थे। उन्होंने कहा भी कि तुम्हारी प्रस्तुति बहुत अलग है,'' ऋषा की ख़ुशी का ठिकाना नहीं था। तभी वीर अन्दर से निकलकर आया था।

''क्या, कैसा रहा?'' ऋषा ने हँसते हुए पूछा।

"बहुत बढ़िया यार! सब अच्छा रहा।" वीर भी उत्साहित दिख रहा था। तभी अउम भी हॉल से बाहर निकल आया।

"तेरा क्या हुआ गोरे?" ऋषा ने चुटकी लेते हुए कहा था।

"फ़र्स्ट क्लास यार! कुछ विदेशी कम्पनियाँ भी ऑनलाइन देख रही थीं श्री! अब बारी-बारी से कम्पनियाँ सेलेक्टेड कंडीडेट का साक्षात्कार लेंगी। अब हमें उसका इंतज़ार करना है।"

तभी बारी-बारी से सभी को अन्दर भेजा जाने लगा। सभी विद्यार्थियों के चेहरों पर एक अलग तरह का उत्साह था। पिछले चार सालों की मेहनत का फल आज उन्हें मिलनेवाला था। जिसकी जैसी मेहनत और सोच होगी, वह बड़ा हाथ मारेगा!

स्क्रीन पर श्री का नाम आया था। तभी सेशन इंचार्ज ने कहा था, "श्री, अब आप अन्दर जाइए।"

श्री का साक्षात्कार बहुत अच्छा हुआ था और बाकी साथियों का भी। दोपहर बाद फ़ाइनल रिज़ल्ट आने की बारी थी। किस कंपनी ने किसे कितने रुपयों का ऑफ़र दिया है—यह भी पता चलेगा! यही सफलता का सबसे बड़ा मापदंड माना जाता है। परीक्षाओं के रिज़ल्ट तो आते रहेंगे, पर यहाँ किसने क्या प्रस्तुत किया, यही मूल है।

"चल यार, भूख लग रही है। खाना खा लिया जाये!" ऋषा ने श्री से कहा था।

"हाँ, चल आज तो तूने नाश्ता भी नहीं किया था ना? तुम दोनों भी जाओ। अपने मेस से खाना खाकर आओ! हम लोग दो बजे फिर यहीं मिलते हैं," कहकर श्री ने ऋषा का हाथ पकड़ा और सीढ़ियाँ उतरने लगी थी।

वीर और अउम भी कॉलेज के उस दोराहे तक साथ चले थे, जहाँ से गर्ल्स और ब्वॉयज़ हॉस्टल के रास्ते अलग होते हैं। फिर वे अपने-अपने हॉस्टल की ओर मुड़ गए थे।

अध्याय-17

कुछ खाया कि नहीं?

"चल छोटू ज़रा जल्दी से खाना लगा! और सुन, ज़रा पापड़ सेंक देना यार!" श्री ने अपनी आँखें छोटी करते हुए बड़े दुलार भाव से अनुरोध किया था।

"ठीक है श्री मैडम! आपके लिए स्पेशल पापड़ सेंकवाता हूँ," छोटू ने भी हीरोवाले अंदाज़ में कहा था।

खाना खाते हुए श्री ने कहा था, ''मेरा तो प्रेज़ेंटेशन बहुत अच्छा हुआ है और साक्षात्कार भी! अब देखते हैं, कौन-सी कंपनी सबसे ज़्यादा ऑफ़र करती है। ज़्यादा उम्मीद है, विदेशी कंपनियों की! वे ज़्यादा ऑफ़र कर सकती हैं!''

श्री की बात सुनकर ऋषा ने कहा था, ''मेरा भी साक्षात्कार बढ़िया हुआ है, पर कह नहीं सकते! विदेशी कंपनी के लिए समुद्र तो उत्साहित करनेवाला काम हो सकता है! अच्छा ऑफ़र मिलना तो चाहिए!''

''चिंता मत कर, बहुत अच्छा ऑफ़र मिलनेवाला है तुझे! अउम का प्रोजेक्ट तो शानदार है। उसके प्रोजेक्ट में विदेशी कम्पनियाँ ज़्यादा रुचि दिखाएँगी!...पर वीर के बारे में नहीं जानती!'' श्री ने ऋषा को आश्वस्त करते हुए खाना खत्म किया था और नेपकिन से हाथ पोंछकर पानी राशनिंग मशीन से पानी का पाउच लिया था।

''तेरा हो गया ऋषा? चल, दो बजनेवाले हैं! अभी स्क्रीन पर लिस्ट रिलीज़ हो जाएगी!''

''हाँ, हो गया यार!'' ऋषा ने भी नेपकिन से हाथ पोंछे थे और पानी पीकर दोनों साथ-साथ निकल गए थे कॉलेज की ओर! कॉलेज की ओर जाते हुए दोनों के मुँह पर धूप पड़ रही थी। दोनों ने काला चश्मा लगा रखा था।

''बधाई श्री!'' अउम ने आगे बढ़कर आलिंगन किया था श्री को।

''क्या हुआ?'' श्री आश्चर्य से पूछती हुई स्क्रीन बोर्ड की ओर बढ़ने लगी थी।

''सन रेमोन, कैलिफ़ोर्निया की स्पेस वाटर रिसर्च ने तुझे बीस लाख डॉलर वार्षिक पैकेज का ऑफ़र किया है।'' अउम बताए जा रहा था और श्री स्क्रीन पर देखे जा रही थी। स्क्रीन पर देखते ही श्री की ख़ुशी का ठिकाना नहीं रहा। वह उस भीड़ से ख़ुद को अलग कर तेज़ी से ढलान की ओर भागी थी। अउम ने उसे रोकना चाहा था, पर उसने कहा था, ''प्लीज़ थोड़ी देर के लिए मुझे अकेला छोड़ दो! मैं अपने पा-माँ से बात करना चाहती हूँ।''

''हैलो पा! प्रणाम!'' श्री की आँखों से ख़ुशी के आँसू छलक रहे थे।

''पा, मुझे अमेरिकन कम्पनी ने बहुत बड़ा ऑफ़र दिया है।''

''हाँ, हैलो बेटी! मुझे तुमसे यही उम्मीद थी। मुझे पूरा विश्वास था कि मेरी बेटी अपने बुद्धि-कौशल से एक दिन दुनिया पर राज करेगी,'' कहते हुए पा भी रोने लगे थे।

कुछ देर तक दोनों की सिसकियाँ ही फ़ोन पर सुनाई पड़ती रही थीं। दोनों ही कुछ बोल नहीं पा रहे थे।

"माँ को फ़ोन दीजिए पा...!" कुछ देर सिसकियों के आदान-प्रदान के बाद श्री थोड़ा संयमित हुई थी।

"हाँ-हाँ, लो बेटी! माँ से बात करो!"

"हैलो!"

"हैलो माँ, प्रणाम!"

"खुश रहो बेटी! कैसी हो?"

"ठीक हूँ माँ! बहुत अच्छी हूँ! एक विदेशी कंपनी में नौकरी मिल गई है।"

"अच्छा! बहुत ख़ुशी की बात है। तुमने हम सब का सपना पूरा किया है।" कुछ पल रुकने के बाद माँ ने पूछा था, "अच्छा, कुछ खाई है कि नहीं?"

माँ के पूछते ही फफक कर रो पड़ी थी श्री। उसके मुँह से जैसे आवाज़ ही नहीं निकल रही थी। जैसे-तैसे उसने कहा था, "हाँ माँ...! खा लिया है। अभी तो खाया है। दाल-भात, पापड़, दही, सब...!" कहते हुए फिर रो पड़ी थी श्री!

"अब रोना बंद कर बेटी। अब दुख के दिन गए!" पा की आवाज़ कानों से टकराई थी।

दोनों ओर कुछ देर तक मौन और सिसकियों में समूचे दुसाधों-गरीबों का दर्द और उनके भूख के किस्से उभर आए थे।

"ठीक है पा! अभी रखती हूँ। रात में फिर बात करूँगी! आप लोगों ने खाना खा लिया?"

"हाँ बेटी, खा लिया! तू हमारी चिंता मत कर! बस तू अपने उद्देश्यों में लगी रह! जा...! ख़ूब आशीर्वाद...!" पिता की भावुकता भी लगातार बह रही थी।

श्री ने आँखें पोंछते हुए फ़ोन काट दिया था।

अउम की चकल्लस

'अभी न जाओ छोड़ कर...!' गाना बजते ही फ़ोन उठाया था श्री ने, "हैलो!"

"हैलो! कहाँ हो श्री? हम सब कॉलेज में ही तुम्हारा इंतज़ार कर रहे हैं।" श्री के हैलो कहते ही अउम ने कहा था।

"मैं इधर पीपल के पेड़ के नीचे बैठी हूँ अउम। पा-माँ से बात कर रही थी।"

"मैं उधर आऊँ या तुम इधर आओगी? कैसी दोस्त हो यार? एक बार पूछा तक नहीं कि हम लोगों का क्या हुआ?" अउम ने ताना देते हुए कहा था।

"सॉरी-सॉरी यार! तुम लोग कहाँ पर हो?" श्री को अपनी गलती का एहसास हुआ था, पर जिनके साथ बचपन अधपेट गुज़रा हो, उनके संघर्षों को भला कैसे नज़रअंदाज़ कर सकती है वह!

"हम लोग तुम्हें ढूँढ़ते हुए कॉलेज के गेट के पास तक आए हैं। वहीं खीरा चाची के पास बैठे हैं, दीवार पर।"

"ठीक है। तुम सब वहीं रुको। मैं बस दो मिनट में आ रही हूँ। मैं यहाँ से चल पड़ी हूँ। सॉरी यार...! मुझे माफ़ करना।" श्री को बहुत अफ़सोस हो रहा था।

"पहले तुम आओ तो...!"

"बस पहुँच गई अउम। देखो, मैं दिख रही हूँ...! अरे कॉलेज मैदान के पीछे की ओर! अरे इधर...!" श्री उसे अपनी ओर दिखाने की कोशिश कर रही थी।

अउम ने हाथ उठाकर श्री की ओर इशारा किया था और कहा था, "हाँ, दिख गईं तुम...! चल आ जा।" कहते हुए फ़ोन काट दिया था अउम ने।

"बधाई श्री।" ऋषा, वीर और अउम तीनों ने बारी-बारी से बधाई दी थी और फिर सभी चुप हो गए थे।

"धन्यवाद, तुम सबको। अब क्या हुआ? अरे सॉरी यार! मैं कैसे तुम सबको समझाऊँ कि मेरा बचपन कैसे बीता है! मेरे पा-माँ ने कितने कष्ट सहे हैं! ऐसे भी दिन देखे हैं, जब रात को सिर्फ़ पानी पीकर सो गए थे," कहते हुए श्री रो पड़ी थी।

"अउम ने आगे बढ़कर श्री का आलिंगन किया था और कहा था, "सॉरी यार। अब हम सब के बारे में नहीं पूछोगी कि हमारा क्या हुआ?"

"सॉरी तो मैं बोलती हूँ...पर हाँ—बताओ! अरे बताओ ना यार! माफ़ी तो माँग चुकी हूँ ना!" श्री ने आँसू पोंछते हुए कहा था और इस बात पर सभी हँस पड़े थे।

"मेरा दो जगह हुआ है। एक चायना की कंपनी में और दूसरा मुंबई की कंपनी में। मैंने मुंबई में रहने का निर्णय लिया है। हालाँकि चायना की कंपनी में पैकेज ज़्यादा है।"

"मुंबई में कहाँ और कितना पैकेज है?" श्री ने उत्सुकतावश पूछा था।

''मुंबई के वाटर रिसर्च एंड एयर पॉल्यूशन में 32 लाख का वार्षिक पैकेज है,'' अउम ने मुस्कराते हुए कहा था।

''और मेरा 'फ्रेश वाटर', लन्दन में हुआ है श्री। पाँच लाख पाउंड वार्षिक है।''

''वाह...! कमाल कर दिया तुम लोगों ने!...और वीर तेरा?'' श्री ने ख़ुशी ज़ाहिर करते हुए वीर की ओर देखा था।

''मेरा 'पानी संचयन', दिल्ली में हुआ है। चौबीस लाख का पैकेज है।''

''वाह! सबने कमाल कर दिया!'' कहते हुए श्री ने बारी-बारी से सबको आलिंगन किया था और बधाई दी थी।

''तूने तो कमाल कर दिया श्री। यह उच्चतम ऑफ़र है। अब तक सर्वाधिक भारतीय रिकॉर्ड ही होगा शायद!'' अउम ने ख़ुशी ज़ाहिर करते हुए कहा था।

तभी कई क्लासमेट्स वहाँ पहुँच चुके थे और सभी एक-दूसरे को बधाई देने लगे थे। सबके चार साल साथ-साथ बीते हैं, कई खट्टे-मीठे अनुभवों से गुज़रते हुए। आज पानी डिपार्टमेंट का जश्न का दिन था।

''सुनो श्री, आज मैंने तुम्हारे लिए रेडिसन ब्लू में पार्टी रखी है। हम लोग सात बजे वहाँ पहुँच जाएँगे और वहीं खाने के साथ मस्ती होगी।''

''पार्टी तो मुझे देनी चाहिए अउम!'' श्री ने धीमी आवाज़ में कहा था।

''क्या मुझमें और तुझमें कोई अंतर है। पार्टी तेरी ओर से ही होगी। केवल पैसा मैं दूँगा। अब ठीक है!'' अउम की इस बात पर हँसी थी श्री और साथ में ऋषा और वीर भी।

''ये रेडिसन ब्लू कहाँ पर है?'' ऋषा ने पूछ लिया था।

''ये छत्रपति चौक है ना, वर्धा रोड पर, वहीं है। हम लोग साथ में ही ओला से चलेंगे। वहाँ से लौटने में होटल की टैक्सी भी मिल जाएगी।'' अउम ने जैसे पूरी प्लानिंग कर रखी थी।

''वो तो फ़ाइव स्टार होटल है ना!'' श्री ने कुछ याद करते हुए पूछा था।

''हाँ, पाँच सितारा होटल है। एक अंतरराष्ट्रीय स्टार के लिए यह थोड़ा छोटा है, पर क्या करें? नागपुर में वह सबसे बड़ा होटल है।'' अउम ने थोड़ी मस्ती की थी और सभी हँस पड़े थे।

''पर क्या ज़रूरत है, इतने महँगे होटल में पार्टी देने की?'' श्री, अउम से अधिक ख़र्च कराने के मूड में नहीं थी।

"सुन, तेरी पहली सैलरी मिलेगी ना...! तब तू हम तीनों को सन रेमोन बुला लेना। वहाँ दो-तीन दिनों तक ख़ूब पार्टी-शार्टी करेंगे, फिर लौट जाएँगे। अब ठीक है ना?"

"अच्छा ठीक है बाबा! तेरा जो जी में आए कर! तू तो मानता नहीं है ना कभी मेरी बात," श्री ने हँसते हुए कहा था।

"लो जी, ऋषा...! वीर...! सुन लो! मैं जिसकी सबसे ज़्यादा बात मानता हूँ, वह कह रही है कि मैं उसकी कभी नहीं सुनता हूँ। देख रहे हो ना तुम लोग। मैं अपनी भी इतनी नहीं सुनता, जितनी इसकी सुनता हूँ। लगभग हर बात को आदेश समझकर मानता हूँ और यह! यह लड़की अभी से बदलने लगी है...!" अउम मुँह बनाते हुए मुस्कराया था। श्री ने भी उसे घूरते हुए मुँह बनाया था और हँस दी थी।

"देख लो, हँस रही है। पहले इसने मुझे ख़ुद के आगे सरेंडर कराया। बाज़ी लगाई थी तुम दोनों ने! मुझे पटाकर दिखाने का चैलेन्ज ऋषा ने दिया था। क्लास में आँख मारकर रिझाया था इसने। आगे-पीछे घुमाया इसने!...अब देखो ज़रा, शरीफ़ बन रही है। सच ही कहा गया है—लड़की चाहे तो एक मिनट में लड़के को पटा सकती है और लड़का चाहे तो एक मिनट में पिटवा सकता है!" कहकर ज़ोर-ज़ोर से हँसने लगा था अउम।

"तू पिटवाएगा अब!" कहते हुए श्री ने उसकी पीठ पर दो-तीन धौल लगाये थे। हँसते हुए श्री दाँत भी पीस रही थी। सभी हँस रहे थे और दोनों की चुहलबाज़ियों का मज़ा ले रहे थे।

"अच्छा चल, अभी थोड़ी देर चिल्ड्रेन्स पार्क की ओर टहलते हैं, फिर पार्टी के लिए तैयार होने चलेंगे," ऋषा ने खड़े होते हुए कहा था।

"अरे नहीं यार! कंपनी ने मेरा मेडिकल इंश्योरेंस और सारा पेपरवर्क करा दिया है। मुझे अभी तुरंत ऑनलाइन वीज़ा के लिए आवेदन करना है। ऑफ़िस ने वीज़ा के लिए भी सहयोग किया है। मेरे आवेदन के साथ विशेष श्रेणी में मेरा वीज़ा-साक्षात्कार होगा। उम्मीद है कि कल शाम तक वीज़ा मिल भी जाए। टिकट भी वीज़ा मिलते ही आ जाएगा। बहुत सारा काम है। बैंक के कार्ड सहित बहुत कुछ!"

श्री के कहते ही अउम ने कहा था, "तो ठीक है, चलो अभी। हम लोग साथ बैठते हैं। ऑनलाइन फ़ॉर्म भरने में थोड़ा समय तो लगेगा! ज़्यादा दिक्कत होगी, तो आज पार्टी नहीं करेंगे।" अउम ने श्री को आश्वस्त करते हुए कहा था।

"ठीक है। तुम लोग चिल्ड्रेन्स पार्क जाओ! यदि मेरा वीज़ा-फ़ॉर्म जल्दी सबमिट हो गया, तो हम भी वहाँ आ जाएँगे। उम्मीद है, इंडस सुपर कंप्यूटर से जल्दी हो जाएगा।" कहते हुए श्री-अउम ब्वॉयज़ हॉस्टल की ओर गए थे और ऋषा-वीर चिल्ड्रेन्स पार्क की ओर।

चिल्ड्रेन्स पार्क और जैपनीज़ गार्डन के गेट के बाहर ही एक बैंच पर ऋषा और वीर

बैठ गए थे। वीर ने चाय के लिए आंटी को कहा था। वहाँ परिवार सहित बच्चे खेल रहे थे—खोमचेवालों को घेरे हुए थे। बहुत मनोरम माहौल था। तभी ऋषा के फ़ोन की घंटी बजी थी। लन्दन से उसकी कंपनी का फ़ोन था और ऋषा जाने के सिलसिले में बातें करने लगी थी।

एक घंटे में ही श्री और अउम हवाक की मदद से वीज़ा के लिए ऑनलाइन फ़ॉर्म भरकर वहाँ पहुँच गए थे।

''अरे वाह, इतनी जल्दी भर लिया?'' ऋषा ने उन्हें देखते ही पूछा था।

''हाँ, भर भी लिया और आज ही सात बजे का समय मिला है। इसलिए यहाँ आ गया। अब पार्टी के लिए जा पाना संभव नहीं है,'' अउम ने जवाब दिया था।

''चलो अच्छा है। मुझे भी अप्लाय करना है। अभी ही कर दूँगी।'' ऋषा ने अपने वीज़ा के बारे में बताया था।

ज्योति ईश्वर

''पानी रे, रे पानी/ तेरे बिन/ गीत कोई क्या गाए?/ जब चिड़िया भी प्यासी हो,/मन मेरा तरसा हो,/ आँखों के पानी को/ अमृत की आशा हो,/ गीत कोई क्या गाए?''

गाने की आवाज़ ने श्री को बेचैन कर दिया था। कभी वह अपने साथियों को देखती और कभी गाने की दिशा भाँपने की कोशिश करती।

''क्या हुआ श्री!'' उसके विचलित भाव को देखकर अउम ने पूछा था।

''नहीं, कुछ भी नहीं! लगा जैसे कहीं कोई औरत गीत गा रही है। बस उसी को सुनने की कोशिश कर रही थी।'' श्री के चेहरे पर गहरी ध्यान भाव की रेखाएँ खिंची हुई थीं।

''अच्छा!'' अउम खड़ा होकर चाय लेने लगा था।

''तुम लोग चाय पियो! मैं बस अभी आई,'' कहते हुए श्री खड़ी हो गयी थी और सड़क पार कर दूसरी ओर बढ़ गयी थी।

''श्री श्री...!'' अउम असमंजस में श्री को पुकारता रहा था, पर श्री तो जैसे किसी के गीत में कैद होकर खिंची चली जा रही थी।

''तुम आ गयीं मलिका?'' सड़क किनारे ही बाल रेल की क्रॉसिंग के पास एक पेड़ के नीचे पत्थर पर बैठी योगन हमेशा की तरह मुस्करा रही थी।

''हाँ योगन! आज हमारा कॉलेज ख़त्म हो गया। केवल परीक्षाएँ देनी हैं। वह भी ऑनलाइन दे सकते हैं। इसलिए आज यहाँ मेरा अंतिम दिन है शायद! मेरी नौकरी लग गई

है। अमेरिका की एक कम्पनी है। वहीं मैं ब्रह्मांड में पानी ढूँढूँगी और अपने दूसरे प्रोजेक्ट भी पूरे करूँगी।''

योगन मुस्कराते हुए बोली, ''मुझे पता है श्री। तुम पानी लाओगी और पृथ्वी को बचाओगी। अभी पृथ्वी की उम्र ख़त्म नहीं हुई है। अभी यहाँ जीवों के विकास के कई क्रम बाकी हैं, श्री।''

''तुमने अपने बारे में मुझे कभी नहीं बताया। तुम मुझे कैसे जानती हो? मुझे ही क्या, इतना सब कुछ कैसे जानती हो? तुम देवदूत हो या पैगम्बर? या स्वयं ईश्वर...? मेरे लिए एक पहेली हो तुम!''

''मैं भी पानी राशनिंग मशीन ज्योति का ही एक अंश हूँ श्री। तुम भी ज्योति हो, समस्त इकाइयों, अवयवों में विद्यमान ऊर्जा तुम्हीं हो, तुम्हीं अग्नि हो।''

''तुम पागल हो? क्या कहे जा रही हो?'' बोलते हुए हँसी थी श्री, ''तुम्हारी बातें मेरी समझ से परे हैं।''

''साहिबा! वह ज्योति ही ईश्वर है। उसके टूटने और मिलने की निरंतर प्रक्रिया है। ज्योति ही सृष्टि है। ज्योति ही संसार है। ज्योति ही जीव, ज्योति ही जीवन है और ज्योति ही मृत्यु है। सब कुछ ज्योति से ही निर्मित होता है और फिर सब कुछ ज्योति में ही समाहित हो जाता है।''

''ठीक है! मैं मानती हूँ कि ईश्वर हमारे भीतर ही होता है। वह कहीं बाहर नहीं होता। हमीं उसके साकार हैं।...पर तुम मुझे क्यों विशिष्ट साबित करने पर लगी हो?''

''तुम रोज़ सपने देखती हो ना श्री?''

योगन की बात ने श्री को एकदम बेचैन कर दिया था, ''ओह...! तुम्हें कैसे पता? यदि तुम्हें सब कुछ पता है, तो यह बताओ कि मैं क्या सपने देखती हूँ?''

''तुम अनेक ग्रहों और सौरमंडल को देखती हो! तुम जगय के जन्म और उसका योग देखती हो! तुम पानी देखती हो! जीवों के जन्म और उनका विकास देखती हो...!''

''उफ़!'' घुटनों के बल बैठते हुए श्री ने अपने हाथ जोड़ दिए थे, ''मैं किसी साकार ईश्वर को नहीं मानती, पर आप या तो कोई सिद्ध स्त्री हैं या कोई विशिष्ट! मैं आपको जितना समझने की कोशिश कर रही हूँ, उतना ही उलझती जा रही हूँ।''

''आठ अरब की आबादी में तुम अलग हो! तुम्हारे दिमाग का वह हिस्सा जाग्रत है, जो अमूमन मनुष्यों का नहीं होता। सामान्यतः मनुष्य चेतनाशील होता है। उसकी चेतना कई स्तरों पर संगृहीत होकर काम करती है। वे अपनी इन्द्रियों के माध्यम से जानकारी लेकर दिमाग

में जमा करते हैं। अपने जन्म की स्थितियों के कारण उसकी अवचेतना क्रियाशील रहती है। उसकी मनोवृत्तियाँ कार्यशैली को प्रभावित करती हैं और कार्यशैली उसकी मनोवृत्तियों को!''

''इन बातों से मेरा क्या सम्बन्ध है योगन?''

''तुम्हारे दिमाग का वह हिस्सा ज़्यादा जाग्रत है, जो अवचेतना से संगृहीत है। तुम पृथ्वी की इस मुश्किल का हल ढूँढ़ने आई हो! मैं तुम्हें इसलिए जानती हूँ कि मैं अपने जागृत अवचेतन के कारण बहुत कुछ देख पाती हूँ। तुम्हारी प्रभा को पढ़ लिया था मैंने। तुम सम्पूर्ण हो, तुम अशेष हो, तुम अनंत हो, इसीलिए तुम्हारा नाम श्री है।

''तुम सूक्ष्म जीव में भी थीं और कोशकीय जीव में भी। एनोरौबिक माइक्रोब में भी तुम थीं और मैमल्स के रूप में भी इस पृथ्वी पर थीं। डायनासौर के रूप में भी थीं और मैमथ के रूप में भी। होमो इरेक्ट्स के रूप में भी थीं और आज के मनुष्य रूप में भी। बस रूप और आकार बदलता रहता है। तुम हमेशा थीं, हमेशा हो, हमेशा रहोगी और उस चौथे काल में भी...!''

श्री भावविभोर हो ठेहुने के बल हाथ जोड़े योगन को सुनती रही थी, जैसे यह आज उसका अंतिम जीवन-संवाद हो!

''जाओ श्री! शायद फिर कभी मुलाक़ात हो! जाओ अपना कर्म पूरा करो! दुनिया में प्रेम का प्रसार करो! समस्त पृथ्वी के कल्याण का मार्ग प्रशस्त करो!''

श्री की आँखों से झरझर आँसू बह रहे थे। योगन ने आगे बढ़कर श्री की आँखों के पानी को पोंछते हुए कहा था, ''आँखों के पानी को अगोरो श्री।'' कहते हुए ज़ोर से हँसी थी योगन!

श्री हाथ जोड़े हतप्रभ उसे देखती रही थी। तब तक देखती रही थी, जब तक वह आँखों से ओझल नहीं हो गयी!

अध्याय-18

प्रेमयोग

''कितना हुआ भाई?'' श्री ने टैक्सी के रुकते ही ड्राइवर से पूछा था।

ड्राइवर ने अपने मोबाइल में मैसेज देखते हुए कहा था, ''पाँच सौ चालीस रुपए, मैडम।''

''ये लीजिए भाई।'' पैसे देकर बचा हुआ पैसा वापस लिया था श्री ने। हवाई अड्डे के गेट पर उतरकर डिक्की की ओर गई थी।

"डिक्की खोलना भाई," अउम ने ड्राइवर से कहा था। डिक्की खुलते ही सामान निकाला था उसने। सामान लेकर सभी वहीं बाहरी चबूतरे पर खड़े हो गए थे।

कुछ देर तक अउम गीली आँखों से श्री को देखता रहा था। श्री, ऋषा को आलिंगन करती हुई बोली, "अपना और अपने बच्चे का ख़याल रखना ऋषा। अब लंदन जा!...और उधर से एक सुन्दर सी बेबी लेकर आ!" कहते हुए हँसी थी श्री। उसे हँसते हुए देखकर अउम बस उसी को निहारे जा रहा था।

"तुम्हारा जहाज़ दो दिन बाद है ना?"

"हाँ! इसी समय है। उसी दिन मुंबई से लन्दन के लिए जहाज़ है।" ऋषा ने बिछुड़न के भाव के साथ कहा था।

"कुछ पल मुझे भी दे दो श्री!" एक हल्की-सी आवाज़ श्री के कानों में पड़ी थी और उसने घूमकर अउम को देखा था।

"ओह माई डियर! सॉरी...! तुम तो मेरी जान हो यार!" कहते हुए श्री मुड़ी थी और अउम को आलिंगन कर लिया था। अउम ने भी अपनी बाँहों में श्री को कसकर भींच लिया था, जैसे अब वह कभी अपनी बाँहों से उसे आज़ाद नहीं करेगा।

कुछ देर दोनों बस एक-दूसरे की बाँहों में समाए हुए थे, जैसे उन्हें ज़न्नत मिल गई हो! दोनों की आँखें बंद थीं और दोनों की आँखों से गरम नमकीन पानी पसीजने लगा था।

फिर अउम ने अपनी आँखें खोली थीं और श्री को अपनी बाँहों से अलग किया था। श्री ने अपनी नज़रें झुकाकर रूमाल से आँखों की कोर पोंछने की कोशिश की थी।

अउम ने श्री के खारे पानी को पोंछते हुए कहा था, "तुम्हारा रोना दुनिया का सबसे ख़राब दृश्य है। मैं तुम्हें कभी रोते हुए नहीं देख सकता। यदि तुम फिर कभी रोईं, तो मेरी जान ही चली जाएगी!"

श्री ने नज़रें उठाकर अउम को देखा था और उसने अपनी उँगलियों से उसकी आँखें पोंछते हुए कहा था, "तुम्हारा रोना भी मुझे अच्छा नहीं लगता। कभी मत रोना! तुम कभी रोये ना, तो मैं रो-रोकर सैलाब ला दूँगी! समझे!" कहते हुए श्री ने अउम को अपनी बाँहों में भर लिया था।

दोनों कुछ देर तक फिर से एक-दूसरे की बाँहों में चार साल की सैर करने लगे थे। हर खट्टी-मीठी याद के चित्र, चलचित्र बनकर उनकी पनियाई आँखों में तैर रहे थे।

उन्हें देखकर वीर ने ऋषा की कमर में हाथ डाल दिया था और गाल पर एक चुम्बन ले लिया था।

''बदमाशी मत न कर यार...! अभी अपने श्री-अउम का मिलन देख!'' कहकर ऋषा ने वीर की ओर प्यार भरी नज़रों से देखा था और मुस्कराई थी।

अउम ने श्री को अपनी बाँहों से आज़ाद करते हुए पूछा, ''श्री, जीवन के बारे में तुम्हारा क्या इरादा है? क्या सोचा है तुमने?''

''अभी तो सामने यह नई नौकरी, नया प्रोजेक्ट है।...और एक साल पूरा ध्यान लगाना है, अपने इस मिशन पर। पहली बात यह कि मैं यू.एस. जाअउम, अपना काम शुरू करूँ, थोड़ा एडजस्ट कर लूँ, तब कुछ सोचूँगी! अभी क्या कहूँ?''

''मतलब अब तुमसे एक साल बाद भेंट होगी?'' अउम के चेहरे पर वियोग के भाव पसरे हुए थे।

''अरे यार! देख ना...! मैंने तो पा-माँ को भी इसीलिए दिल्ली हवाई अड्डे पर ही बुला लिया है। उनके साथ मेरा भाई भी आ रहा है। वहीं हम लोग मिलेंगे। उनसे भी तो अब एक साल बाद ही मुलाक़ात होगी!'' श्री थोड़ा संयमित होती हुई बोली।

''मैं भी दिल्ली तक साथ चलूँ?'' अचानक अउम की बेचैनी बढ़ती जा रही थी।

''पागल है क्या? तुझे भी तो परसों ही कंपनी को रिपोर्ट करना है ना! फिर...! अभी इसी जहाज़ में जगह भी नहीं मिलेगी। पहले से यदि तू सोचता, तो अपना सामान भी ले आता! वहीं से सीधे मुंबई चला जाता,'' कहते हुए श्री ने अउम की ओर एक कदम बढ़ाया था और उसके गाल चूम लिए थे।

अउम ने कुछ पल के लिए अपनी आँखें बंद कर ली थीं, जैसे वह प्रेमयोग में चला गया हो! कुछ पल बंद रखने के बाद आँखें खोली थीं और श्री के करीब मुँह ले जाकर फुसफुसाया था, ''एक अनुरोध करूँ? मानेगी?''

''बोल ना यार! तू अभी जो बोलेगा, मैं वही करूँगी! तू बोल! तेरे लिए जान भी...!''

अउम ने श्री के ओंठों पर उँगली रखते हुए कहा था, ''तुम अपने दोनों पाँव मेरे पाँवों पर चढ़ाकर खड़ी हो जाओ और आलिंगन करो। मैं भी साथ में तुम्हारे पूरे वज़न को उठाए आलिंगन करूँगा और तेरे कान में कुछ कहूँगा!'' अउम की इस बात पर श्री हँसी थी और एक नज़र ऋषा की ओर देखा था।

श्री ने अपनी बाँहें फैला दी थीं और अउम के पाँवों पर अपने पाँव चढ़ाकर खड़ी हो गई थी। श्री की लम्बाई पाँच फुट दस इंच थी। जबकि अउम की लम्बाई पाँच फुट आठ इंच थी। श्री ने जब उसके पाँवों के पंजों पर अपना पंजा रखा था, तब वह और लम्बी हो गई थी। उसकी आँखें स्वत: मानो प्रेमयोग में बंद हो गई थीं।

अउम ने भी श्री को अपने पैरों पर उठाए बाँहों में भर लिया था और कान के पास मुँह ले गया था। अउम की साँसें श्री के कान में थोड़ा नीचे से ऊपर की ओर पड़ रही थीं। श्री का पूरा शरीर एक विशिष्ट रोमांच, विशिष्ट आह्लाद से भर गया था। उसका पूरा शरीर सिहरने लगा था। उसके शरीर का एक-एक रोम जैसे वासंती हवा का अनुभव कर रहा था! अउम और श्री के बाएँ-दाएँ हाथ आलिंगन से निकलकर आपस में जुड़ रहे थे। उनकी उँगलियाँ आपस में गुँथकर ज़ोर आज़माइश करने लगी थीं! पूर्ण मिलन का संगीत जैसे बजने लगा था।

श्री ने जीवन में ऐसा अनुभव न पहले ख़ुद किया था और न ही किसी को करने का हक़ दिया था।

अउम की गर्म साँसें श्री को मदहोश करती हुईं इस भीड़ से किसी और लोक में ले गई थीं। शरीर की हर कोशिका जैसे सुलगने लगी थी।

"क्या तुम मुझसे शादी करोगी?"

श्री की साँसें भी अउम के कानों में पड़कर उसे प्रेमलोक में ले गई थीं। तभी श्री के शब्द उसके कानों से टकराए थे, "ज़रूर! तुम्हारे जैसा जीवन-साथी पाकर कोई भी लड़की धन्य हो जाएगी, अउम।"

अउम ने आँखें खोली थीं और श्री के कान के पास चूमते हुए कहा था, "मुझे इस ज़िन्दगी में स्वर्ग मिल गया!"

श्री ने ख़ुद को अउम की बाँहों से अलग करते हुए कहा था, "हम ब्याह करेंगे अउम! मैं आनंदित हूँ कि तुमने यह प्रस्ताव दिया! तुम्हारे प्रस्ताव का यह तरीका भी नायाब है मेरे दोस्त! शायद ही किसी लड़के ने किसी लड़की को इस तरह से ब्याह का प्रस्ताव दिया होगा!"

"तुम्हारे जहाज़ का अनाउन्समेंट हो रहा है, श्री!" तभी ऋषा की आवाज़ श्री के कानों में पड़ी थी।

"ओह! अब चलूँ? इजाज़त है अउम?" श्री ने एक ख़ास भाव की विह्वलता के साथ पूछा था।

"तुम ऐसे कहोगी?" हल्की मुस्कराहट के साथ फिर अउम ने कहा था, "मुझे तुम्हारा इंतज़ार रहेगा!"

"मुझे भी...!" कहते हुए श्री ने सभी को बाय किया था और हवाई अड्डे के गेट के भीतर चली गई थी।

मकुनी लिट्टी

"अलविदा नागपुर...!" सीट बेल्ट बाँधते ही श्री के मुँह से बस यों ही कुछ शब्द निकल गए थे। प्राथमिक प्रक्रिया पूरी करने के बाद हवाई जहाज़ उड़ गया था दिल्ली की ओर।

श्री को उसकी पसंदीदा सीट मिल गई थी। खिड़की से झाँकती वह नागपुर की आलीशान इमारतों को धीरे-धीरे बौनों में तब्दील होती देख रही थी।...तभी उसकी नज़र टीवी-टॉवर पर गई थी।

ओह, सेमिनरी हिल्स!" वायुसेना-नगर के गेट के पास ही तो था टीवी टॉवर। कैसे हम लोग वायुसेना-नगर के टैक्स फ्री थियेटर में सिनेमा देखने जाते थे। एक बार तो साइकिल पर तीन लोग चढ़ गए थे। गार्ड ने देखकर रोक लिया। उसके पूछने पर बताया कि सिनेमा देखने आए हैं! गार्ड्स ने सफ़्स कॉलेज का कार्ड देखकर जाने दिया था। वैसे बाहरी लोगों को अन्दर जाने की स्वीकृति नहीं थी।

"सेमिनरी हिल्स! ओह, मेरा कॉलेज, मेरा हॉस्टल, मेरा कमरा...! चार साल तक सब मेरा था।...पर मेरा भी कुछ होता है क्या?" धीरे-धीरे ओझल होते सेमिनरी हिल्स को देखते हुए श्री बुदबुदाई थी और भावुक हो गई थी।

जहाज़ धीरे-धीरे छिटपुट बादलों में घुस गया था और श्री को राँची की यात्रा याद आने लगी थी, "जीवन ही एक यात्रा है। एक जीवन से दूसरे जीवन और दूसरे से तीसरे! जन्म-गति-योग, यही साइकिल प्रक्रिया है, ज्योति अंश की!" श्री बुदबुदाए जा रही थी। कम बादलों के बीच तैरते हुए श्री आध्यात्मिक होने लगी थी या फिर दार्शनिक!

जहाज़ ने वह ऊँचाई पा ली थी, जब ऊपर नीला आकाश और नीचे हल्के-फुल्के बादलों में समूचा कल चित्रित था! आसमान लगभग साफ़! नीला आसमान और धूप में सूखती धुँधली-सी धरती!

"तुम मुझसे शादी करोगी?" जैसे अउम की आवाज़ श्री के कानों में बार-बार गूँज रही थी और वह रोमांचित हो रही थी।

"ओह अउम! तुम बहुत प्यारे इंसान हो! मुझे ख़ुशी है कि मेरी ज़िन्दगी में तुम जैसा इंसान आया। उसमें ईश्वरत्व-सा भाव है। आधी स्त्री और आधा पुरुष! अर्धनारीश्वर का भाव!" श्री बुदबुदाती हुई अउम की बाँहों में पहुँच गई थी।

"अउम तुम मेरे लिए ही बने हो! जन्मों-जन्मों के साथी हो तुम। तुम्हारा होना मेरा होना है और मेरा होना तुम्हारा! ज्योत से ज्योत का मिलन है यह! सबसे बड़ी बात यह है कि

तुम्हारे प्रेम ने मुझे ताकतवर बनाया है। सच में, प्रेम को कभी तुमने बंधन नहीं बनने दिया!''

तभी लगा जैसे अउम ने उसके कानों में कुछ कहा हो, ''प्रेम में डूबा योगी अपने साकार को गलाकर निराकार हो जाता है। हर बंधन से मुक्त वह अनादि और अनन्त हो जाता है। इस संसार का सबसे बड़ा कर्मयोगी वही है, जिसने ख़ुद के निराकार हो जाने तक प्रेम किया है।''

''कुछ कहा आपने... ?'' बगल की सीट पर बैठे एक सज्जन ने पूछा था, तब श्री का ध्यान टूटा।

''जी...! नहीं तो...!'' श्री झेंप-सी गई थी और उस आदमी को पलटकर दुबारा देखा था।

''यह एयर होस्टेज तब से कुछ पूछ रही है, पर आप कुछ बोलकर हँसे जा रही हैं, समझ नहीं पाई वह? जब उन्होंने मेरी ओर देखा, तब मैंने आपसे पूछा!'' बातचीत से वह आदमी सहज ही लगा था।

''मैम, वैज या नॉनवैज?...और पीने में क्या लेंगी?'' विमान परिचारिका ने फिर पूछा था।

''वैज!...और यदि फ्रूट जूस हो, तो वह साथ में!'' श्री ने परिचारिका को उत्तर दिया था।

नाश्ता करते हुए भी श्री बार-बार खिड़की के बाहर देखती और अउम के प्रपोज़ के तरीके को याद कर रोमांचित होने लगती। उसके रोम-रोम को प्रेम की पुरवाई का एहसास होने लगता।

तभी दिल्ली पहुँचने की सूचना प्रसारित हुई थी और साथ ही सीट बेल्ट बाँधने का अनुरोध भी।

अउम के ख़यालों में डूबी श्री को लगा जैसे पलक झपकते ही वह दिल्ली पहुँच गई।

''धम्म!'' एक हल्के झटके के साथ जहाज़ दिल्ली हवाई अड्डे पर पहुँच चुका था।

''हैलो नैन! हाँ कहाँ हो तुम लोग!'' श्री ने अपने भाई को फ़ोन लगाकर पूछा था।

''दीदी प्रणाम! हम लोग सामान लेनेवाली जगह के पास हैं।''

''अच्छा ठीक है, बस मैं वहीं पहुँच रही हूँ।'' कहती हुई श्री ने पहले फ़्लैट एक्सलरेटर पर तेज़ी से कदम बढ़ाते हुए अपनी गति और तेज़ कर ली थी। टी-3 हवाई अड्डे के दूसरे छोर तक आकर नीचे उतरने लगी थी। नीचे उतरते हुए दूर से ही उसे पा-माँ और नैन दिख गए थे।

नीचे उतरकर श्री अपना सामान लेने लगी थी, तभी पा-माँ और नैन वहाँ पहुँच गए थे।

''प्रणाम पा, प्रणाम माँ!'' कहते हुए श्री ने झुककर पाँव छुए थे उनके। माँ ने आशीर्वाद देते हुए गाल छुआ था और गले से लगाकर रोने ही लगी थी। माँ को रोते देख श्री भी भावुक हो गई थी। कुछ पल दोनों यों ही आलिंगनबद्ध रहे थे।

''अरे मैं भी हूँ दीदी,'' नैन ने अपनी ओर ध्यान न देते देख श्री को टोका था।

श्री हँसती हुई माँ से अलग हुई थी और नैन का गाल छूते हुए बोली थी, ''अरे, तू तो मोटा हो गया है। मेरे हिस्से की गेहूँ-रोटी भी तू ही खा जाता है ना!''

''अच्छा, और तू हॉस्टल में मलाई उड़ाती है, तब इतनी दुबली क्यों हो गई है?'' नैन ने भी ठिठोली की थी।

''माँ के हाथ की रोटी नहीं मिलती ना रे! तू तो रोटी के साथ पा-माँ का दुलार खा-खाकर मोटा गया है। इससे काम नहीं करवाती हैं क्या माँ...?''

श्री की चुहलबाज़ी पर पा हँसे थे और माँ हँसते हुए बोली थीं, ''धत्त! तू वैसी-की-वैसी ही है। एकदम नहीं बदली।''

''नैन, तू पा-माँ का ख़याल नहीं रखता है? देख तो, पा कितने दुबले हो गए हैं?'' श्री ने पा की ओर देखकर कहा था।

''हमारे लिए काम ही सुख है बेटी। काम मिले, तो सब सुख है और न मिले तो मन ही बोझिल हो जाता है। आजकल तो तू भी कुछ भेज देती है और मिथिला में एकाध काम मिल गया था, तब सब अच्छा रहा था।'' पा की बातों से श्री का मन भारी हो गया था। उसने ग़रीबी झेली है। उसे स्कॉलरशिप मिल गया और उसी पैसे से कुछ घर भेज देती थी श्री।

''आजकल न ही कुआँ और न ही तालाब की खुदाई! मगध में सब कब का बंद हो गया। हाँ, ईंट-भट्ठों से कुछ गुज़ारा चल जाता है। वह भी आए दिन मालिकों के अवैध खनन और अवैध भट्ठे की वजह से संकट में ही रहता है।''

''ले, तेरे लिए ठेकुआ बनाकर लायी हूँ।'' माँ ने एक प्लास्टिक का पुराना डिब्बा निकालकर श्री की ओर बढ़ाया था।

''ओह मम्मी! तुम इतनी क्यों परेशान हुईं?'' कहते हुए श्री ने उसी समय डिब्बा खोला और आँख बंदकर डिब्बे से निकलती खुशबू का आनंद लिया! कुछ पल उसी

अवस्था में रहने के बाद एक ठेकुआ निकालकर खाया। मुँह चलाते हुए आँखें बंद कर ली थीं श्री ने।

"हाँ खा ले! थोड़ी सेहत अच्छी हो जाएगी। वहाँ वैसे भी साल भर तरसेगी यहाँ के खाने के लिए," नैन ने हँसते हुए कहा था।

"तू क्या सोच रहा है कि मैं इसमें से तुम्हें भी देनेवाली हूँ। चल फूट ले! तेरे लौटनेवाले जहाज़ का टाइम हो गया।" कहते हुए श्री भी हँसी थी और डिब्बा बंद कर अपने बैग में रख लिया था।

"आओ तुम लोगों को खाना खिला दूँ! उधर चलते हैं," एक ओर इशारा करते हुए श्री ने कहा था।

"हम लोग मकुनी-लिट्टी साथ लेकर आए हैं श्री। तुझे भी बहुत पसंद है ना! आज हम लोग वही खाएँगे," माँ ने बड़े लाड़ से कहा था।

"ओह! सत्तू की रोटी...!" सुनते ही श्री के मुँह में पानी आ गया था जैसे।

"चलो हम लोग वहाँ कुर्सी पर बैठते हैं। वहीं बैठकर खाएँगे!" कहते हुए श्री अपना सामान लेकर कुर्सी के पास गई थी।

"बैठिए पा! माँ, आप भी बैठिए ना!" कहते हुए श्री ने सब को बिठाया था।

"हाँ, अब निकालो माँ! यहीं बैठकर खाएँगे।" श्री माँ के हाथ की मकुनी-लिट्टी खाने को उतावली हो रही थी।

श्री ने एक कागज़ की प्लेट में माँ के हाथ से मकुनी ली थी और चटकारे ले-लेकर खाने लगी थी। माँ ने उसे और लिट्टी देने की कोशिश की थी, पर उसने कहा था, "माँ, जहाज़ में कुछ खा लिया है। अब तुम लोग खा लो! बच जाएगा ना, तो एक-दो मकुनी-लिट्टी साथ ले जाएँगे। फिर तो तेरे हाथ का खाना साल भर बाद मिलेगा ना!" श्री, माँ के हाथ की लिट्टी खाकर मस्त हो गई थी।

सभी ने खाना खाया था। गाँव-जवार की बातें भी हुई थीं और श्री के प्रोजेक्ट पर भी ख़ूब बातें हुई थीं।

"ये लो, तेरे लिए चार लिट्टियाँ बच गईं। इसे ठीक से रख ले। चार-पाँच दिन तक खराब नहीं होंगी!" माँ ने एक डिब्बे में लिट्टी रखकर रबर से बाँध दिया था। श्री ने हँसते हुए डिब्बे को अपने बैग में रख लिया था।

"पा आप चिंता मत कीजिए. अब दुख भरे दिन बीत चुके हैं। मैं हर महीने आपके

अकाउंट में पैसे भेज दिया करूँगी। हाँ, जल्दी ही पटना में घर खरीदने के लिए पैसे भेजूँगी।...और नैन, तुम ध्यान लगाकर पढ़ना। ख़ूब पढ़ना! पा-माँ का ख़याल रखना! अब तुम बड़े हो गए हो!''

श्री की बातें सुनकर सीबल दुसाध की आँखें भर आई थीं और उन्होंने श्री के सिर पर हाथ रखते हुए कहा था, ''जा बेटी, तुझे ख़ूब कामयाबी मिले! ख़ूब ख़ुशी मिले!''

श्री भी भावुक हो गई थी। इस विदाई के क्षण में माँ एक बार फिर रोने लगी थीं। रोते हुए अपनी आँखें अपने आँचल से बार-बार पोंछ रही थीं।

''अब रोने के दिन गए सजनी यादव! अब कभी मत रोना! ठीक है...!'' श्री ने अपनी उँगलियों से माँ के आँसू पोंछे थे और मुस्कराई थी।

श्री विदा लेते हुए अपने दोनों बैग लेकर अंतरराष्ट्रीय हवाई अड्डे की ओर चली गई थी। वह बार-बार पीछे मुड़कर देखती हुई हाथ हिला रही थी।

सैन फ्रेंसिस्को

वीज़ा, पासपोर्ट के क्लियरेंस काउंटर पर श्री अपना वेरिफ़िकेशन करा रही थी। सब कुछ वेरीफ़ाय कराने के बाद श्री ने अनुरोध किया था, ''मैडम, यदि खिड़की की तरफ़ वाली सीट मिल जाये, तो मुझे अच्छा लगेगा।''

''ठीक है!'' सिर हिलाते हुए काउंटर पर बैठी रिसेप्शनिस्ट ने सर्च किया था।

''यह भी ध्यान रखिएगा कि ज़्यादा पीछे न हो!'' श्री के दूसरे अनुरोध पर उसकी ओर बिना देखे उसने परिचय-पत्र माँगा था।

''यह लीजिए मैडम!'' श्री ने अपना आधार कार्ड आगे बढ़ा दिया था।

''मैडम...! खिड़की की सीट तो है, पर थोड़ा पीछे है। क्या करूँ?''

''ठीक है! दे दीजिए।'' श्री ने सहमति जताई थी।

बोर्डिंग पास लेकर श्री सुरक्षा जाँच में गई थी। बड़ा बैग तो वहीं लगेज में डाल दिया था। एक पिट्ठू बैग उसके साथ था, जिसे लेकर उसने सुरक्षा जाँच करवायी थी और अन्दर चली गई थी।

जहाज़ पर चढ़ने का अनुभव तो श्री को हो ही चुका था। इसलिए वह पूरी तरह विश्वस्त थी। हालाँकि यहाँ की सुरक्षा ज़्यादा पुख्ता लग रही थी। जाँच में समय भी ज़्यादा लग गया था। अभी उसके जहाज़ की उड़ान में तीन घंटे का समय था।

पीठ पर बैग टाँगे वह थोड़ी देर हवाई अड्डे की कॉमन लॉबी में टहलती रही। तभी उसे किताबों की दुकान दिखी और वह उसमें घुसकर किताबें देखने लगी।

अ ब्रीफ़ हिस्ट्री ऑफ़ टाइम फ्रॉम द बिग बैंग टू ब्लैक होल-स्टीफन डब्ल्यू. हॉकिंग। किताबों के बीच श्री एक जगह ठहर गई। एक पूरा रैक स्टीफन हॉकिंग की किताबों से भरा पड़ा था। द *ग्रैंड डिज़ाइन* से लेकर द *थ्योरी ऑफ़ एवरीथिंग* तक अनेक किताबों से गुज़रते हुए श्री ने *अ ब्रीफ़ हिस्ट्री ऑफ़ टाइम...* ख़रीद ली। साथ ही विवेकानंद की किताबें *कर्मयोग* और *ज्ञानयोग* भी श्री ने ख़रीद ली थीं।

श्री को इस यात्रा से पहले बहुत भाग-दौड़ करनी पड़ी थी। वीज़ा के लिए तो श्री को ज़्यादा दिक्कत नहीं हुई थी। वह पहले ही दुनिया में बहुत चर्चित हो चुकी थी और कंपनी का सहयोग तो था ही। अउम ने भाग-दौड़ कर बहुत सारे कामों को पूरा करने में उसकी मदद की थी। बैंक क्रेडिट कार्ड, इंटरनेशनल डेबिट कार्ड से लेकर साथ में नकद ले जाने के लिए पंद्रह सौ डॉलर का इंतज़ाम भी अउम ने करवाया था। उसका हेल्थ इंश्योरेंस तो कंपनी ने ख़ुद करा दिया था।

श्री ने पहले ही ठेकुआ और मकुनी-लिट्टी इतना खा लिया था कि उसे कुछ और खाने की इच्छा ही नहीं थी। श्री अपने जहाज़ के इंतज़ार में स्टीफन हॉकिंग को पढ़ती रही।

तभी जहाज़ का अनाउंसमेंट हुआ था और श्री जहाज़ में अपनी खिड़की वाली सीट पर जाकर बैठ गई थी। अपने ऊपरवाले बॉक्स में उसने पिट्ठू बैग रखते हुए दो किताबें निकाल ली थीं।

तेरह घंटे लगातार बैठे-बैठे श्री को थकान-सी होने लगी थी। नया अनुसंधान, नई नौकरी और यू.एस. जाने के उत्साह में वह उबाऊ और थका देनेवाली यात्रा भी श्री को उत्साहित किये हुए थी। जैसे-तैसे उसने कष्टदायी सफ़र को तय किया था। इस बीच थोड़ी बहुत झपकी भी लेती रही थी श्री।

''धम्म!'' जहाज़ जैसे ही ज़मीन से टकराया था, एक नई ज़मीन पर उतरने के सपनीले एहसास से भर गई थी श्री।

सैन फ्रेंसिस्को की जाँच प्रक्रिया से श्री बाहर निकली, तो उसे उसके नाम का बोर्ड लेकर खड़ा एक आदमी दिखा।

''हैलो! मैं श्री हूँ, इंडिया से...!'' श्री ने उसके पास जाकर अपना परिचय दिया था।

''ओह! वेलकम श्री! प्लीज़!'' वह आदमी बड़े आदर के साथ कार-पार्किंग में श्री को ले गया था। एक ख़ूबसूरत लम्बी-सी गाड़ी की डिक्की में सामान रखा था और कार का पिछला दरवाज़ा खोलकर बैठने का आग्रह किया था।

अमेरिका में ऐसा स्वागत थोड़ा आश्चर्यजनक भी था।...पर कंपनी के लिए श्री की जॉइनिंग बहुत महत्त्व रखती थी।

वहाँ से सफ़र शुरू हुआ सैन रेमोन के लिए।

सैन फ्रेंसिस्को के हवाई अड्डे से निकलकर गाड़ी उस ख़ूबसूरत-से शहर को पार कर रही थी। तभी श्री की नज़र एक बोर्ड पर पड़ी थी। सैन फ्रेंसिस्को म्यूज़ियम ऑफ़ मॉडर्न आर्ट।

''अच्छा! अमेरिका में भारत की तरह संस्कृतियों को बड़ा महत्त्व दिया जाता है। पटना में भी अंतरराष्ट्रीय स्तर का एक ख़ूबसूरत म्यूज़ियम है, पर यह तो मॉडर्न आर्ट का म्यूज़ियम है! बहुत ख़ूब!'' श्री दोनों ओर नज़रें घुमाकर कुछ अचंभित और उत्सुकता के साथ देखे जा रही थी।

तभी उसकी गाड़ी ऑकलैंड ब्रिज पर आ गई थी। पूरा नज़ारा बेहद ख़ूबसूरत था। समुद्र के ऊपर से तो मुंबई में भी पुल बनाया गया है। वह एक शहर के दो हिस्सों को जोड़ता है। यह पुल तो दो शहरों को जोड़ता है और कैलिफ़ोर्निया के दो हिस्सों को भी।

तभी समुद्र के बीच में एक आइसलैंड-सा दिखा था और श्री ने ड्राइवर से पूछ लिया था, ''यह क्या है?''

''यह येरबा बूसना आइसलैंड है मैडम!'' ड्राइवर ने बिना सिर घुमाए ही जवाब दिया था।

कुछ ही मिनटों में गाड़ी ऑकलैंड में प्रवेश कर गई थी और हाइवे से गाड़ी सैन रेमोन की ओर बढ़ गई थी।

''सैन फ्रेंसिस्को टूरिस्ट के लिए बहुत अच्छी जगह है और ऑकलैंड भी! अभी हम लोग जहाँ से गुज़र रहे हैं, यहाँ राइट साइड बहुत ग्रीनरी है! यह है चिल्ड्रेन्स फ़ेयरीलैंड! यहाँ पास में एक ब्यूटीफ़ुल लेक भी है।'' ड्राइवर ने श्री की उत्सुकता देखकर गाइड का काम करना शुरू कर दिया था।

गाड़ी हाइवे पर बहुत तेज़ गति से गुज़रती जा रही थी। ग्रास वैली और ऑकलैंड ज़ू से गुज़रते हुए गाड़ी तेज़ी से ऑकलैंड पार कर रही थी। कैस्ट्रो वैली के बाद श्री को ऐसा एहसास हुआ कि धूप की दिशा बदल रही है और वह अब पूरी तरह उलटी दिशा की ओर जा रही है।

श्री की चालीस मिनट की एक ख़ूबसूरत यात्रा का अंत सैन रेमोन के पास की पहाड़ियों के भीतर घुसकर हुआ। एक विशाल कैम्पस में गाड़ी घुस गई थी।

श्री पूरा दृश्य देखकर मुस्करा रही थी। उसके चेहरे पर आह्लाद का भाव था। उसकी

अपनी मंज़िल के लिए शायद यह पहली सीढ़ी है।

"मंज़िल भी कोई मंज़िल होती है क्या? मंज़िल तो बस जीते रहने की उत्साहवर्धक ख़ुराक भर है। यह आँखों में सपने बनकर आदमी को क्रियाशील बनाए रखती है। यदि मंज़िल पाने का सपना आँखों में न बस जाए, तो भला आदमी जीएगा ही क्यों? जीएगा तो सिर्फ़ भोजन, संभोग और जीवन की रक्षा मात्र के लिए," हँसते हुए बुदबुदाई थी श्री।

अध्याय-19

स्पेस वाटर रिसर्च

"श्री, हम स्पेस वाटर रिसर्च के ऑफ़िस में आ चुके हैं। आपका लगेज यहीं नीचे क्लॉक रूम में जमा करा देता हूँ।" ड्राइवर ने मुस्कराते हुए श्री को ऑफ़िस के मुख्य दरवाज़े पर पोर्टिको में छोड़ा था!

"थैंक यू! पर सॉरी...! मैंने अब तक आपसे आपका नाम भी नहीं पूछा! प्लीज़ अपना नाम बताइए!" श्री ने मुस्कराते हुए पूछ लिया था।

"क्रिस्टफर!" ड्राइवर ने मुस्कराकर अपना नाम बताया था।

"थैंक यू अगेन, क्रिस्टफर। फिर मिलते हैं।" कहते हुए श्री उस आलीशान ख़ूबसूरत भवन में सीढ़ियाँ चढ़ते हुए घुस गई थी।

"थैंक यू श्री।" ड्राइवर की हल्की-सी आवाज़ उसके कानों में पड़ी थी।

सीढ़ियाँ चढ़कर श्री मुख्य दरवाज़े से अन्दर घुसी थी और धीमे-धीमे कदम बढ़ाते हुए चारों ओर नज़रें घुमाई थीं।

बड़ी लॉबी के बीच में ही लिफ़्ट के संकेत थे। लिफ़्ट की बाईं ओर रिसेप्शन पर दो रिसेप्शनिस्ट बैठी थीं। उनमें एक फ़ोन पर बात कर रही थी और दूसरी कंप्यूटर पर कुछ देख रही थी। पूरी लॉबी शांत-शांत-सी थी।

"हैलो, मैं श्री! इंडिया से आई हूँ!"

"वेलकम मिस श्री!" कंप्यूटर पर काम कर रही रिसेप्शनिस्ट ने श्री की ओर देखकर मुस्कराते हुए कहा और फिर उसने स्क्रीन पर उँगलियों के निशान के साथ रेटीना को स्क्रीन पर वेरिफ़ाय कराया था। उसका आधार-परिचय मैच करते ही हरे रंग की बत्ती जल गई थी। रिसेप्शन के पीछे लगी स्क्रीन पर 'वेलकम श्री' लिखकर स्क्रोल होने लगा था।

''मिस श्री...! आपका स्पेस वाटर रिसर्च में स्वागत है। हमें विश्वास है कि यहाँ आपको आपके कार्य की संतुष्टि मिलेगी। कृपया आप तीसरे फ़्लोर के छह नंबर हॉल में जाएँ! आप अपनी उँगलियों या रेटीना का उपयोग करें। लिफ़्ट से लेकर रूम तक आपकी रेटीना ही आपकी चाभी होगी। पानी से लेकर हरेक तरह की सुविधा आपकी रेटीना वेरिफ़िकेशन पर उपलब्ध है।

''धन्यवाद!'' कहते हुए श्री लिफ़्ट में दाखिल हो गई थी। लिफ़्ट से तीसरी मंज़िल पर निकलकर उसने दोनों ओर नज़रें घुमाई थीं। दाहिनी ओर उसे एक दरवाज़े के पास स्क्रोल होता हुआ चार नंबर दिखा था।

श्री उसी ओर आगे बढ़ गई थी और जल्दी ही वह छह नंबर हॉल के दरवाज़े पर पहुँच गई थी। रेटीना परिचय के साथ पलक झपकते ही दरवाज़ा गायब हो गया था और श्री के अन्दर घुसते ही दरवाज़ा उपस्थित!

एक बड़ा हॉल था, जहाँ कम-से-कम तीस-पैंतीस लोग अलग-अलग क्यूब में बैठे काम कर रहे थे।

श्री कुछ समझती, तब तक एक गोरा आदमी उसके सामने आकर खड़ा हुआ था, ''वेलकम श्री!''

श्री ने अपनी उँगली ऊपर करते हुए प्रश्नात्मक लहज़े में पूछा था, ''मिस्टर डेनियल?''

''यस! मैं डेनियल! रिसर्च सेंटर में तुम्हारा स्वागत है।''

''थैंक यू डेनियल!'' कहते हुए श्री ने डेनियल से हाथ मिलाया था और उसके साथ चल पड़ी थी। चलते हुए एक कोने में पारदर्शी दरवाज़े के पास पहुँची थी श्री। उनके पहुँचते ही दरवाज़ा गायब हो गया था और अन्दर जाते ही पुनः दरवाज़ा उपस्थित।

''वेलकम श्री! मैं रॉड्रिक!''

''हैलो! गुड मॉर्निंग सर!''

''सबसे पहले तुम जॉइनिंग की प्रक्रिया पूरी कर लो, फिर हम लोग साथ में कॉफ़ी लेंगे।'' रॉड्रिक ने कुर्सी की ओर इशारा करते हुए बैठने को कहा था और उसके सामने हस्ताक्षर के लिए स्क्रीन खोल दी थी।

श्री ने डिजिटल पेन उठाकर हस्ताक्षर किये थे और उसकी रेटीना रीडिंग के साथ ही जॉइनिंग हो गई थी।

श्री की जॉइनिंग प्रक्रिया के समय ही रॉड्रिक उठकर कॉफ़ी मशीन से दो कप

निकालकर ले आए थे। तब तक डेनियल अपने लिए भी एक कप कॉफ़ी ले आया था और कुर्सी पर बैठ गया था।

"कॉफ़ी पियो!" रॉड्रिक ने कॉफ़ी की ओर इशारा करते हुए कहा था।

"थैंक यू रॉड्रिक सर!" श्री ने मुस्कराकर धन्यवाद दिया था।

"श्री तुम्हारा सहयोगी डेनियल वाटर साइंटिस्ट है। तुम्हारा केबिन तुम्हारे लैब में ही है। यदि तुम चाहो, तो आज ही से काम की शुरुआत कर सकती हो! तुम चाहो, तो अपने केबिन में आराम भी कर सकती हो! यहाँ की ड्यूटी चौबीसों घंटे की है। तुम कभी भी आ-जा सकती हो! तुम्हारे रहने का इंतज़ाम लेक व्यू हाउस में कर दिया गया है। तुम जब वहाँ जाना चाहो, जा सकती हो! अब हम सबका वाटर मिशन तुम्हारा भी मिशन है।" रॉड्रिक की बातें सुनती जा रही थी श्री।

"तुम ग्रहों पर वाटर रिसर्च और श्रीस्त्र के निर्माण, दोनों पर काम शुरू कर सकती हो। हम सब के लिए भी यह ड्रीम प्रोजेक्ट है।"

"थैंक यू सर! मैं अभी से काम शुरू कर रही हूँ। आज लैब देखूँगी-समझूँगी और फिर सुविधा के अनुसार काम करूँगी। आपको मुझसे निराशा नहीं होगी!"

"हे स्वीट गर्ल...! मुझे क्यों निराशा होगी? सक्सेस एंड फ़ेल्योर इज़ योर्स!" कहते हुए हँसे थे रॉड्रिक!

"ओके सर! मैं चलती हूँ लैब में! थैंक यू फ़ॉर योर कॉन्फ़िडेंस एंड कोऑपरेशन!" श्री ने मुस्कराकर रॉड्रिक से हाथ मिलाया था।

श्री मुड़ते हुए बोली थी, "चलें डेनियल?"

"यस, ऑफ़कोर्स...! कहते हुए डेनियल भी मुस्कराया था और दोनों लैब के लिए निकल गए थे।

"लैब कहाँ है?" श्री ने छह नंबर हॉल से निकलते हुए पूछा था।

"सेवंथ फ़्लोर...! लेफ़्ट साइड का पूरा हिस्सा लैब ही है।" डेनियल जवाब देते हुए लिफ़्ट के भीतर घुसा था। दोनों लिफ़्ट से सातवीं मंज़िल पर चले गए थे।

"वॉव! बहुत ख़ूबसूरत लैब है डेनियल!" लैब में घुसते हुए श्री चमत्कृत-सी चारों ओर देखने लगी थी। एक विशाल हॉल! इसमें एक ओर अलग-अलग तरह की दूरबीन जैसा कुछ लगा हुआ था, तो दूसरी ओर भाप निकल रही थी। एक ओर बहुत बड़ा कंप्यूटर इनपुट-आउटपुट कमांड सिस्टम लगा हुआ था और उसके ऊपर तीस-पैंतीस स्क्रीन लगी हुई थीं।

कुछ देर तक श्री खो-सी गई थी लैब में! घूम-घूमकर पूरा लैब देखा था श्री ने।

''आओ श्री! यह तुम्हारा केबिन है,'' कहते हुए डेनियल एक केबिन में श्री को ले गया था।

''यह तुम्हारी चेयर है! इससे जुड़ा दूसरा कमरा भी है, जहाँ तुम्हारे सोने-रहने का भी इंतज़ाम है।''

''थैंक यू डेनियल!...और तुम्हारा केबिन?'' श्री ने धन्यवाद देते हुए पूछ लिया था।

''तुम्हारे बगलवाला केबिन मेरा है,'' डेनियल ने मुस्कराकर कहा था।

''यह लो, तुम्हारा रिंग कंप्यूटर और नया फ़ोन विद सिम! साथ ही इंटरकॉम से तुम कभी भी इस बिल्डिंग में किसी से भी बात कर सकती हो!'' डेनियल ने पूरी बात समझाई थी।

''तो हम लोग काम शुरू करें? कुछ देर काम करने के बाद मैं अपने घर जाना चाहूँगी।''

''ऑफ़कोर्स! रिसर्च रूम में जाकर तुम अपना काम शुरू कर सकती हो! मैं थोड़ी देर बाद तुम्हें ज्वाइन करता हूँ। अभी मैं ज़रा क्लाउड का काम खत्म कर लूँ!''

''ओके, थैंक यू!''

''कैरिऑन! गॉड ब्लेस यू!'' डेनियल ने मुस्कराकर शुभकामनाएँ दी थीं।

''थैंक्स अगेन डेनियल!'' कहते हुए श्री रिसर्च-रूम की ओर चली गई थी और डेनियल क्लाउड की ओर...!

यूरोपा और जलपिंड

''यूरोपा! हमारे सौरमंडल का चौथा उपग्रह है। आकार में चाँद से थोड़ा छोटा। क्या ख़ूब! पानी ही पानी! इसकी सतह एकदम चिकनी है। ऐसा लगता है, जैसे सतह बर्फ़ की है।''

''वॉव! तो तुम यूरोपा की स्टडी कर रही हो! इस पर जीवन के बारे में हॉकिंग ने अपनी रिसर्च में बहुत कुछ बताया है श्री।'' श्री को कंप्यूटरयुक्त दूरबीन के सहारे यूरोपा के अध्ययन पर डेनियल ने कहा था।

''हाँ डेनियल! मैंने इस ग्रह के बारे में पढ़ा था। यह पृथ्वी के बहुत करीब भी है और पानी से भरा हुआ है। अनुमानत: इसकी गहराई सौ किलोमीटर से भी ज़्यादा की लगती है। ऊपरी सतह, जो बर्फ़ की है, उसकी मोटाई लगभग दस किलोमीटर के आस-पास की है,'' श्री, यूरोपा के अध्ययन से उत्साहित होते हुए बोली थी।

"हाँ श्री। इस सोलर सिस्टम में यह सबसे ज़्यादा लाइट कन्वर्टर ग्रह है। लगभग पॉइंट सिक्स पर्सेंट!"

"बहुत रोमांचक है यार! सबसे मज़ेदार चीज़ इस ग्रह पर मुझे यह दिख रही है कि यहाँ एक भी गड्ढा नहीं है।"

"सही कह रही हो श्री! इसका मतलब है कि इसकी सतह क्रियाशील है। यहाँ उल्का टकराकर भीतर की ओर चली जाती है," श्री के रोमांच को डेनियल ने और भी बढ़ा दिया था।

"...और इसका चुम्बकीय क्षेत्र भी बहुत कमज़ोर है, जो लगातार बदलता रहता है। मतलब यूरोपा की सतह पर सुचालक पदार्थ मौजूद हैं।"

श्री कंप्यूटर की मदद से यूरोपा का बहुत नज़दीक से अध्ययन कर रही थी। इसमें भारतीय शटल यान इनकी मदद कर रहा था जो यूरोपा का चक्कर लगाता हुआ उसकी सारी जानकारी दे रहा था।

"अरे...! डेनियल! यह देखो—फ़व्वारे! अहा...! क्या ख़ूब!" कहते हुए उछल पड़ी थी श्री।

"मतलब यहाँ नमकीन और मीठा दोनों तरह का पानी मौजूद है। लाइफ़ तो अब निश्चित है यहाँ! बर्फ़ में ज़िन्दा रहने वाला जीव होगा वहाँ!" यूरोपा का अध्ययन करते हुए डेनियल बुदबुदाया था।

"अब हमारे लिए चुनौती यह है कि उसका पानी पृथ्वी पर लाने के क्या उपाय हो सकते हैं? वह तो बृहस्पति के पास है। उसका कमज़ोर गुरुत्वाकर्षण हमारे पक्ष की बात है।...क्योंकि पृथ्वी पर से मनुष्य सहित जीव वहाँ तो नहीं जा सकते। उसका तापमान माइनस तीन सौ डिग्री से भी कम है," श्री और अध्ययन करते हुए आँकड़े दर्ज करती जा रही थी।

"हाँ, पर यूरोपा हाइड्रोजन के मुकाबले दस गुना ज़्यादा ऑक्सीजन पैदा करता है। यदि हम उसकी सतह पर मनुष्य को छोड़ दें, तो मनुष्य के भीतर रहने-बसने वाले अरबों जीव वहाँ आसानी से पहुँच सकते हैं," डेनियल ने कुछ अलग तरह की बात की थी।

"...पर मनुष्य तो वहाँ, उस कंडीशन में जीवित नहीं रह पाएगा ना! हमें पृथ्वी पर पानी लाने का पहले उपाय ढूँढ़ना चाहिए।" श्री ने मनुष्य पर केन्द्रित करते हुए अपनी बात कही थी।

"हाँ श्री! यह बात तो सही है, पर वहाँ के पानी को पृथ्वी पर लाना आसान नहीं। हमें कुछ ऐसे जलपिंडों की तलाश करनी होगी, जिसमें पानी या बर्फ़ की मात्रा अधिक

हो और उसे पृथ्वी के उन हिस्सों में गिराया जाये, जहाँ जीवन बहुत कम है। यदि कमज़ोर गुरुत्वाकर्षण के कारण यूरोपा का कोई टुकड़ा निकला, तो वह हमारे लिए उपयोगी हो सकता है,'' डेनियल ने चुनौती समझाते हुए कहा था।

''हाँ डेनियल, पर पृथ्वी के किसी भी हिस्से पर जलपिंड को गिराना बहुत कठिन है। वह पृथ्वी की कक्षा में घुसते ही सबसे पहले आग के गोले में तब्दील हो जाएगा। उसके बाद पृथ्वी पर बहुत तेज़ गति से टकराएगा। वह पृथ्वी पर रेडियेशंस इतना बढ़ा देगा कि सारे जीव ही नष्ट होने के कगार पर होंगे,'' श्री ने अपने दूसरे अध्ययन का हिस्सा यहाँ जोड़ा था।

''यदि हम ऐसे क्षुद्र नक्षत्र की ख़ोज करें, जो यूरोपा की तरह सघन बर्फ़ के साथ माइनस तीन सौ डिग्री या उसके आस-पास के तापमान का हो, तो पृथ्वी की कक्षा में घुसकर भी वह आग के गोले में परिवर्तित नहीं होगा,'' डेनियल ने समझाते हुए कहा था।

''हाँ, यह तो सही है, पर उसकी गति?'' फिर सवाल छोड़ दिया था श्री ने।

''उसकी स्पीड यदि हम कम कर पाए, जिससे कि पृथ्वी पर गिरते समय हल्का झटका हो या न के बराबर हो, तब हम शायद उस पूरी बर्फ़ और पानी का बड़ा सैलाब पृथ्वी पर बढ़ा सकते हैं।''

''सही कह रहे हो, डेनियल।'' कहते हुए श्री ने अपनी उँगलियों से ललाट के एक कोने को थोड़ा रगड़ा और आँखें शोचनीय मुद्रा में छोटी हो गईं!

''क्या अलादीन को बुला रही हो?'' डेनियल ने हँसते हुए पूछा था।

''...अरे, नहीं!'' जैसे शोचनीय मुद्रा से जगी हो श्री।

''ललाट पर तुम हाथ यूँ फेर रही थीं, जैसे अलादीन का चिराग रगड़ रही हो!'' कहते हुए डेनियल फिर हँसा था।

''अच्छा! तुम अलादीन के किस्से जानते हो?'' श्री ने डेनियल को आश्चर्य से देखते हुए पूछा था।

''हाँ, एक बार एक फ़िल्म देखी थी। तब पता चला कि एशिया में अलादीन का चिराग बहुत प्रचलित है,'' मुस्कराते हुए डेनियल ने कहा था।

''अब मुझे अपने घर जाना है। मेरा सामान भी नीचे क्लॉकरूम में रखा हुआ है,'' श्री ने कुर्सी से उठते हुए कहा था।

''ठीक है, चलो मैं तुम्हें ले चलता हूँ। मेरे घर के नज़दीक ही तुम्हारा घर है। सैन रेमोन बहुत छोटा शहर है, तुम्हारे भारतीय शहरों की तुलना में। केवल नब्बे हज़ार की आबादी-वाला

शहर।...पर बहुत सुन्दर जगह है। वैसे यह रेज़िडेंशियल शहर है। यहाँ पहला सबसे बड़ा रिसर्च सेंटर खुला है।'' डेनियल ने संक्षेप में सैन रेमोन के बारे में जानकारी दी थी।

''अच्छा! मेरे लिए आसान हो जाएगा।'' कहते हुए नीचे उतरकर श्री ने अपना सामान लिया था और निकल गई थी अपने घर की ओर।

सैन रेमोन...! ज़्यादा दूर का सफ़र नहीं था। हाइवे से उतरकर शहर में घुसते ही लेक व्यू हाउस आ गया था।

डेनियल ने घर के सामने श्री को छोड़ते हुए पूछा था, ''एनी हैल्प?''

''नहीं यार! कर लूँगी मैं। थैंक यू डेनियल...!''

''ओके, किसी भी तरह की ज़रूरत हो, तो बेहिचक कहना!'' डेनियल ने प्यार भरे अंदाज़ में कहा था।

श्री ने उसके प्यारे अंदाज़ को भाँप लिया था और बोली थी, ''ज़रूर!''

''अब भी कहो! साथ चलूँ?''

''नहीं! इसकी ज़रूरत नहीं है डेनियल। चाभी तो मिल ही गई है। यदि ज़रूरत पड़ी, तो तुम्हें कॉल करूँगी,'' श्री ने स्नेह से मना किया था।

''ओके बाय!''

''बाय! थैंक यू अगेन।...और सुनो, आज से हम दोस्त हुए!'' श्री ने इस वाक्य के साथ धन्यवाद दिया था।

''थैंक्स श्री!'' कहते हुए डेनियल अपनी गाड़ी में बैठकर निकल गया था।

मछली की आँख

''ट्रिंग ट्रिंग...! ट्रिंग ट्रिंग...! हैलोऽऽऽ...!'' श्री ने नींद से जागते हुए फ़ोन उठाया था।

''मैं डेनियल...! सब ठीक तो है ना? मैं कई बार तुम्हें रिंग कर चुका हूँ।''

''ओह! सॉरी डेनियल। मैं घर में आकर सो गई थी। मुझे यहाँ कुछ करने की ज़रूरत ही नहीं पड़ी। वेल फ़र्निश्ड घर है और पूरा तैयार करके दिया गया है डेनियल।''

''हाँ, पता है मुझे। मैं इसलिए फ़ोन कर रहा था कि आज तुम्हारा खाने का क्या प्लान है? मतलब खाना कैसे खाओगी? तैयारी तो कुछ होगी नहीं ना! इसलिए यदि तुम

कहो, तो हम लोग साथ खाना खाएँ! यहाँ भारतीय रेस्टोरेंट भी है!'' डेनियल ने डिनर का आमंत्रण दिया था।

''ओहो डेनियल। मैं दो दिन से सोई नहीं हूँ। भारत और यू.एस. की टाइमिंग में भी फ़र्क है ना! मुझे दिन में नींद आ रही थी, पर पहले दिन के काम के उत्साह में किसी तरह दिन काट लिया। यहाँ बिस्तर लगा मिला, तो बस ढेर हो गई,'' श्री ने उबासी लेते हुए कहा था।

''...पर डिनर तो करोगी ही ना, तो साथ ही करते हैं! मैं तुम्हें रिसीव कर लूँगा।'' डेनियल ने साथ में डिनर के लिए मनाने के अंदाज़ में कहा था।

''अच्छा, ठीक है। मुझे आधे घंटे का समय दो। मैं तैयार होकर तुम्हें फ़ोन करती हूँ,'' श्री ने डेनियल के अनुरोध का सम्मान करते हुए हामी भरी थी और उठकर नहाने चली गई थी।

बाथरूम से निकली, तो व्हाट्सऐप रिंग किया था।

''हैलो, दीदी प्रणाम!'' उधर से नैन की आवाज़ आई थी।

''अरे नैन! खुश रहो। कैसे हो? पा-माँ कैसे हैं?'' नैन की आवाज़ सुनकर चहक ही उठी थी श्री।

''एकदम ठीक हैं। लो बात करो!'' नैन ने पा को फ़ोन थमा दिया था।

''श्री!'' उधर से पा की आवाज़ आई थी।

''पा प्रणाम! कैसे हैं आप?...और माँ कैसी है? उस दिन आप लोग ठीक से पहुँच गए थे ना बख्तियारपुर?'' एक साथ सवालों की झड़ी ही लगा दी थी श्री ने।

''एकदम ठीक से पहुँच गये थे बेटी। खुश रहो। तुम्हारी माँ भी ठीक है। तुम्हारा काम शुरू हो गया? आज कैसा रहा तुम्हारा दिन?'' पा की आवाज़ सुनकर श्री आनंद से भर गई थी।

''एकदम बढ़िया पा! बहुत बढ़िया। हमारा बॉस भी बहुत फ्रेंडली है और हमारे क्लीग्स भी बहुत अच्छे हैं। हमारे प्रोजेक्ट में जो साथी है, उसका नाम डेनियल है। वह भी बहुत अच्छा लड़का है। आज उसने बहुत सहयोग किया। अभी वही डिनर पर भी ले जा रहा है।...और पा, मुझे एक घर मिला है। बहुत बड़ा है। आप सब भी आकर यहाँ रह सकते हैं।'' श्री, पा से बात करते हुए बहुत उत्साहित थी।

''पहले तुम बढ़िया से वहाँ काम करो। हम सब की चिंता मत करो। अपने काम पर ध्यान दो। दुनिया को तुमसे बहुत उम्मीदें हैं और मुझे भी। हम लोगों का आना-जाना तो होता रहेगा। अभी पूरी तरह अपने काम पर नज़र गड़ाए रखना। महाभारत के अर्जुन की तरह। बस मछली की आँख और कुछ नहीं,'' पा यह कहते हुए भावुक हो गए थे।

"ओऽऽ पाऽऽऽ...! आज मैं जो कुछ भी हूँ, आपकी वजह से हूँ। आप न ही मुझे गंगा में कुदाते और न ही मैं हाथ-पाँव मारकर तैरना सीख पाती। आप मेरे आदर्श हैं पा। आप ही के सपने मेरी आँखों में बसे हैं।" कहते हुए श्री भी भावुक हो गई थी। तभी ऑफ़िसवाला दूसरा फ़ोन बजने लगा था।

"एक मिनट पा, आप लाइन पर रहिए। हैलो, डेनियल, तुम आ गए क्या?"

"हाँ, बाहर खड़ा हूँ श्री," डेनियल ने कहा था।

"दो-चार मिनट इंतज़ार कर लेना यार। पापा से फ़ोन पर बात कर रही हूँ। बस तुरंत आती हूँ! सॉरी...!" श्री ने मुँह बिचकाते हुए डेनियल का फ़ोन काट दिया था।

"हाँ पा, डेनियल बाहर आया हुआ है। अभी हम लोग डिनर के लिए जा रहे हैं। ज़रा माँ से बात कराइए।"

"हैलो...!" माँ की आवाज़ सुनते ही श्री का गला भर्रा गया था। "प्रणाम माँ। सब ठीक है ना? तबीयत कैसी है?"

"खुश रहो बेटी। सब ठीक है। तुम ख़ूब आगे बढ़ो। ख़ूब तरक्की करो!"

"ठीक है माँ। तुमसे कल बात करते हैं। अभी डिनर के लिए जा रहे हैं। अपना ख़याल रखना।"

"ठीक है श्री। तुम भी ठीक से रहना। खाना समय पर खाना।"

"ठीक है, प्रणाम। पा को भी प्रणाम बोल देना और नैन को आशीर्वाद।" कहते हुए श्री ने व्हाट्सऐप कॉल काट दी थी और तेज़ी से बाहर निकलकर घर लॉक किया था।

अध्याय-20

हैदराबाद बिरयानी हाउस

"सॉरी डेनियल। तुम्हें बहुत इंतज़ार करवा दिया। दरअसल मेरे पापा का फ़ोन आ गया था," श्री के चेहरे पर क्षमा-भाव उभर आया था।

"कोई बात नहीं श्री," कहते हुए डेनियल ने उसकी ओर बढ़ते हुए पूछा था, "सामने वाली लेक तुमने देखी है कि नहीं?"

"कौन-सी लेक? तुम जब छोड़कर गए, तब से अभी ही बाहर निकली हूँ," श्री ने कहा।

"आओ, तुम्हें दिखाते हैं। थोड़ी देर बैठते हैं यहाँ, फिर चलेंगे!" कहते हुए डेनियल मुस्कराया था और श्री के करीब पहुँच चुका था।

''चलो-चलो। तुमने मेरी उत्सुकता बढ़ा दी। मैं भी लेक देखना चाहूँगी।'' कहते हुए श्री, डेनियल के साथ चल पड़ी थी।

''वॉव...! बहुत ख़ूबसूरत है यार।'' अवाक-सी श्री के मुख से ये शब्द फूट पड़े थे।

लेक के पास एक ख़ूबसूरत पार्क भी बना हुआ था, जहाँ दूधिया रोशनीवाले लैम्प के खम्भे गड़े हुए थे। वहाँ कई जगह लकड़ी के बैंच रखे हुए थे और उन पर कई युवा जोड़े बैठे हुए थे। कुछ बुज़ुर्ग पार्क में टहल रहे थे। एक ओर दो-तीन बच्चे भी खेल रहे थे।

''इतनी देर तक लोग यहाँ बैठे हैं, जबकि ठंड बहुत है, डेनियल।''

''हाँ, पर लेक के पास ठंड अपेक्षाकृत कम ही रहती है। हालाँकि अब थोड़ी ही देर में मैदान ख़ाली हो जाएगा। कुछ लोग व्यायाम के ख़याल से भी यहाँ आते हैं, पर वैसे लोग सुबह मिलते हैं। मैं केवल तुम्हें इसका व्यू दिखाने लाया हूँ। तुम चाहो, तो सुबह यहाँ टहल सकती हो!'' डेनियल मुस्कराते हुए वहाँ के बारे में बता रहा था।

''हाँ डेनियल। तुमने अच्छा किया कि यह जगह दिखा दी। सुबह उठकर मॉर्निंग वॉक करना मेरी आदतों में शामिल है। वैसे अभी कितने बजे हैं?'' श्री ने धन्यवाद की मुद्रा में पूछा था।

''आठ बज गए हैं श्री। अब हमें चलना चाहिए। अच्छा, यह बताओ, भारतीय खाना खाना है या अमेरिकन या फिर कुछ और?'' लेक पार्क से निकलते हुए डेनियल ने पूछा था। श्री को वहाँ ठंड लग रही थी। उसने अपने हाथ ओवरकोट की जेब में डाल रखे थे।

''तुम जहाँ ले चलो! आज जो तुम खिलाओ, निर्णय तुम्हारे हवाले!'' श्री का चेहरा दमक उठा।

''क्रो कन्यों रोड से सैन रेमोन बैली रोड की ओर दो रेस्टोरेंट हैं। एक चिपोटल मेक्सिकन ग्रिल और दूसरा पाक डॉन। वैसे वहीं पर मैकडोनाल्ड भी है। यदि भारतीय खाना खाना है, तब दोर्वूद रोड से चलेंगे हैदराबाद बिरयानी हाउस।'' खाने का ऑप्शन डेनियल ने फिर से श्री पर डाल दिया था और दोनों गाड़ी में बैठ गए थे।

''तुमने कभी भारतीय खाना खाया है?''

''नहीं।'' डेनियल ने श्री के प्रश्न का जवाब दिया था।

''तो फिर आज तुम भारतीय खाना खाओ! हैदराबाद बिरयानी हाउस ही चलो!'' श्री ने असमंजस खत्म किया था।

''ओके बॉस!'' कहकर डेनियल हँसा था और फिर उसने कहा था, ''आज का दिन

मेरे लिए स्पेशल है। पहले एक इंडियन दोस्त मिली और अब उसके साथ इंडियन खाना खाने जा रहा हूँ। दोनों जीवन में पहली बार...!'' कहते हुए हँसा था।

हैदराबाद बिरयानी हाउस के सामने गाड़ी पार्क कर दोनों रेस्टोरेंट में घुस गए थे।

मीनू देखते हुए डेनियल ने पूछा था, ''क्या लेना चाहोगी तुम? सबसे पहले यह बताओ कि वेज लोगी या नॉनवेज?''

''मैं वेजिटेरियन हूँ, पर तुम चाहो तो नॉनवेज खा सकते हो! वेज खाना मेरी पसंद है। मेरे घर में तो नॉनवेज का ही प्रचलन रहा है।''

''ओके, तो आज मैं भी वेज ट्राय करता हूँ।'' डेनियल ने श्री का सम्मान करते हुए कहा था।

''अरे नहीं यार! मुझे कोई आपत्ति नहीं।'' तुम अपनी पसंद का खाओ!''

''क्या तुम धार्मिक हो? कौन से गॉड को मानती हो?''

''अरे बाबा, वेज और नॉनवेज का धर्म से कोई लेना-देना नहीं है। यह पूरी तरह आवश्यकता, उपलब्धता और व्यक्तिगत इच्छा की बात है। वैसे भारत में ज़्यादातर लोग इसे धर्म से जोड़कर या जीव हत्या से जोड़कर देखते हैं। प्लीज़ तुम अपनी पसंद का ही मँगाओ!''

''ठीक है।'' कहते हुए डेनियल ने एक स्पेशल वेज बिरयानी, एक चिकन बिरयानी और दो वेज सूप का ऑर्डर काउंटर पर जाकर दिया था।

सामनेवाली कुर्सी पर दुबारा आकर बैठते हुए डेनियल ने पूछा था, ''तुम ईश्वर को मानती हो?''

''हाँ! हमारे यहाँ वेदों में पंचतत्त्व और जीवन-स्रोतों को ही ईश्वर माना गया है। उसमें ज्योति या अग्नि को पूर्ण ईश्वर का दर्जा है।''

''...और वे, जो तुम्हारे यहाँ भगवान माने जाते हैं?'' डेनियल की उत्सुकता बढ़ गई थी।

''मैं तो ज्योति यानी अग्नि यानी ऊर्जा को ही ईश्वर मानती हूँ। भारतीय ऋषियों ने ईसा पूर्व लगभग तीस हज़ार साल पहले ही अमृता सभ्यता में इसकी व्याख्या कर दी थी, जो हमारे पास उपलब्ध नहीं रह सका। पत्तों पर लिखे साहित्य को आपसी लड़ाई ने स्वाहा कर दिया। यह सभ्यता वैदिक काल, पौराणिक काल, मोहन जोदारो और हड़प्पा से पहले की सभ्यता थी।'' श्री को सुनते हुए डेनियल आश्चर्यचकित था।

''सनातनी ऋषियों ने समाधि में जाकर उसे पढ़ा और पुनः अर्जित किया। जानते हो डेनियल, हमारे ऋषियों-लेखकों ने पंचतत्त्वों को भी जीव के रूप में देखा है। इसीलिए

अग्निदेव, पवनदेव, वरुणदेव आदि की परिकल्पना की गई है, जिन्हें मनुष्य रूप में दिखाकर यह बताने की कोशिश की गई है कि वे जीव हैं।''

''तुमने तो इंडियन फिलोसफ़ी ख़ूब पढ़ी है!'' डेनियल के चेहरे पर हतप्रभ होने का भाव बना हुआ था। कई सवाल भी मन में उठ रहे थे, पर वह श्री को पहले बोलने देना चाह रहा था, क्योंकि उसे श्री से सुनना बहुत रोमांचक लग रहा था।

''दो हवात्म के मिलन से जल बूँद पैदा हुई। हवा में भी प्राण हैं और जलबूँद में भी प्राण हैं। यही समझाने की कोशिश हमारे ऋषि लेखकों ने की है। आज बिगबैंग का प्रयोग भी गलत साबित हो रहा है। एक भारतीय वैज्ञानिक ने इसे साबित करने की कोशिश भी की है। प्रोफ़ेसर आभास कुमार मित्रा ने 1998 ई. में ही बताया था कि ब्लैकहोल होता ही नहीं। उनका रिसर्च पेपर 2000 ई. में *फ़ाउंडेशन ऑफ़ फ़िज़िक्स* में छपा। उन्होंने इसे इटरनल कोलेप्सिंग ऑब्जेक्ट कहा है। हॉकिंग ने भी 2006 ई. में कहा—देअर आर नो ब्लैक होल्स। भारतीय अमृता साहित्य में एक अग्निपुंज है, जहाँ संसार की सारी ऊर्जा समाहित होकर योग करती है और वहीं से ऊर्जा के विविध रूपों का प्रस्फुटन भी निरंतर होता रहता है। इसे आज के वैज्ञानिक ब्लैकहोल कह रहे थे। वैसे एक तस्वीर के माध्यम से ब्लैकहोल के होने का दावा भी किया गया है। अनेक वैज्ञानिक ब्लैकहोल के सिद्धांत को ही अस्वीकार करने लगे हैं। मतलब भारतीय प्राचीन साहित्य को ही स्वीकार करने लगे हैं।''

''पर मैं जीसस क्राइस्ट को मानता हूँ। मैं उन्हीं को गॉड मानता हूँ,'' अपना क्रॉस लॉकेट निकालकर दिखाया था डेनियल ने।

''हमारे यहाँ हरेक मनुष्य को देवी-देवता माना गया है। यहाँ हरेक मनुष्य मुक्ति का प्रयास करता है। उसका जीवन-लक्ष्य ईश्वर नहीं होता! पर तुम तो वैज्ञानिक हो! उन रहस्यों को भी जानते हो! फिर कैसे?'' श्री ने सूप पीते हुए थोड़ा आश्चर्य से पूछा था।

''मनुष्य के सामने जब कोई दृश्य में हो, तब उसका विश्वास बढ़ जाता है। उसे लगता है कि कोई तो है, जो उसकी मुश्किलें कम कर सकता है! कोई तो है, जिसके सहारे की उम्मीद है! कोई तो है, जिससे बिना किसी भय के मन की बात कह सकता हूँ!...ऐसा मददगार है, जिसे मुझसे कोई अपेक्षा नहीं। कुछ नहीं चाहिए उसे मुझसे! भले ही यह भ्रम क्यों न हो! वैसे भ्रम भी जीवंत होता है और यह हमें चौथे काल की ओर ले जाता है।'' सूप खत्म होते ही डेनियल और श्री दोनों काउंटर पर गए थे और बिरयानी की प्लेट्स उठा लाये थे।

''हाँ! यह बात सही कह रहे हो डेनियल! उस अग्नि या ज्योति को किसी भी रूप में स्मरण करोगे, तो हमारे भीतर की ऊर्जा जागृत हो जाएगी। हमारी आकर्षण-क्रिया काम करने लगती है। हमारे पास वैसी चीज़ें नज़दीक आने लगती हैं, जो हम चाहते हैं।'' श्री ने बिरयानी का स्वाद लेते हुए उसमें छाछनुमा चटनी मिलाई थी।

"वाह, बहुत स्वादिष्ट है श्री, पर थोड़ा तीखा है। तुम्हारे यहाँ मसालों का इस्तेमाल ज़्यादा होता है ना?" डेनियल ने बिरयानी का तीखा स्वाद लेते हुए पूछा था।

"हाँ, सही कहा तुमने! हम लोग मसालेदार खाना ज़्यादा पसंद करते हैं।" श्री हँसी थी और बोली थी, "इसीलिए हम लोग थोड़ा मसालेदार होते हैं, पर मिर्ची लग जाए, तो आँसू निकाल देते हैं।" कहते हुए ज़रा ज़ोर से हँसी थी श्री। वहाँ बैठे कई लोग उन्हें देखने लगे थे।

खाना खत्म करते ही श्री बोली थी, "डेनियल, अब मैं निकलना चाहती हूँ। बहुत नींद आ रही है। कल से मैं अपने लक्ष्य में लग जाना चाहती हूँ।"

"आइसक्रीम नहीं खाओगी?" पूछते हुए डेनियल खड़ा हुआ था।

"आज रहने दो! फिर किसी दिन!" श्री ने मुस्कराते हुए मना किया था।

"ओके, यह भी ठीक है! इसी बहाने तुम्हारे साथ घूमने का मौक़ा तो मिलेगा!" कहते हुए डेनियल हँसा था और दोनों बाहर निकल आए थे।

"हाँ, वही तो!" कहकर श्री भी हँसी थी और दोनों गाड़ी में बैठकर निकल गए थे।

जिसने प्रेम किया

"टिर्र...! टिर्र...! हैलो!" श्री के व्हाट्सऐप पर अउम का हँसता चेहरा उभर आया था।

"हैलो श्री! कैसी हो?"

"बहुत बढ़िया हूँ यार! तुम कैसे हो?" श्री के चेहरे पर मुस्कराहट फैल गई थी।

"मैं भी ठीक हूँ। आज मैंने भी जॉइन कर लिया है। यहाँ बहुत अच्छा लग रहा है। हर कोई अपनी आँखों में सपने लिए दीवानों की तरह अपने काम में व्यस्त है।" अउम ने अपनी जॉइनिंग की बात बताई थी।

"मेरी भी जॉइनिंग बहुत रोमांचक रही, अउम। मज़ा आ गया! आज का दिन बहुत अच्छा रहा। मेरे बॉस भी बहुत अच्छे हैं और मेरे क्लीग्स भी।" श्री ने उत्साहित होते हुए कहा था।

"चलो, ख़ुशी है कि वहाँ तुम्हें अच्छा लग रहा है। वैसे भी तुम्हारा ड्रीम प्रोजेक्ट है ना स्पेस का पानी!" अउम ने ख़ुशी ज़ाहिर करते हुए कहा था।

"हाँ यार! आज तो उसी पर काम करती रही। तलाश और प्रयोग दोनों जारी हैं। तुम अपना बताओ!" श्री तो जैसे भूल ही गई थी कि वह डेनियल की गाड़ी में है।

डेनियल ने लेक व्यू हाउस के नीचे गाड़ी रोकी थी, तब श्री का ध्यान टूटा, ''ओहोऽऽऽ, अउम एक मिनट होल्ड करना। मैं अभी खाना खाकर अपने घर पहुँच चुकी हूँ।''

''ओके!'' उधर से अउम की आवाज़ आई थी।

''सॉरी डेनियल। भारत से मेरे दोस्त का फ़ोन आ गया, तो मैं उससे बातें करने लगी। थैंक यू फ़ॉर डिनर।...और हाँ, तुम्हारा साथ बहुत अच्छा लगा। कल ऑफ़िस में मिलते हैं। ओके! थैंक यू अगेन... !'' कहते हुए श्री गाड़ी से नीचे उतर गई थी।

''ओके! थैंक यू, साथ देने के लिए। वैसे तुम कहो, तो कल सुबह ऑफ़िस के समय मैं तुम्हें रिसीव कर लूँ!'' डेनियल ने पूछा था।

''अरे नहीं! मैं आ जाऊँगी। ऑफ़िस में मिलते हैं। बाय... !'' कहते हुए श्री ने अपना दाहिना हाथ हिलाया था।

डेनियल ने भी हाथ उठाकर बाय किया था और गाड़ी बढ़ा दी थी।

''सॉरी अउम! मेरा कॉलिग था साथ में। वही छोड़ने आया था। हाँ, अब बताओ।'' श्री, अउम से बातचीत करते हुए दरवाज़े की ओर गई थी।

''ये कॉलिग कौन है? क्या नाम है उसका?'' अउम ने पूछा था।

''डेनियल! यंग चैप है। हमारे साथ ही प्रोजेक्ट में है। दो महीने पहले ही उसने ज्वाइन किया है,'' श्री ने बड़े प्यार से बताया था।

''देखना, ज़रा सँभल के! अमेरिकन्स को भारतीय लड़कियाँ बहुत पसंद हैं!'' कहकर हँसा था अउम।

''कुछ महक रहा है। कहीं कुछ जल रहा है क्या?'' कहते हुए ज़ोर से हँसी थी श्री और अउम भी ज़ोर-ज़ोर से हँसने लगा था।

''और बताओ श्री?'' अउम, श्री से और बातें करना चाह रहा था।

श्री अपना दरवाज़ा खोलकर अन्दर घुसी थी। श्री के भीतर आते ही बिजली ऑन हो गई थी, ''जानते हो अउम, मुझे एक बढ़िया-सा घर मिला है। लेक के किनारे बहुत सुन्दर व्यू है।''

''वॉव... ! क्या बात है श्री! काश, मैं भी वहाँ होता और पूरी रात तुम्हारे साथ वहीं लेक के किनारे बैठा रहता,'' अउम थोड़ा रोमांचित होते हुए बोला था।

''अच्छा! तेरी कुल्फ़ी जम जाती वहाँ! रात में बहुत ठंड है यहाँ यार! घर के अन्दर का टेम्प्रेचर कंट्रोल्ड है। सब ऑटोमेटिक है। कुछ करना नहीं पड़ता।'' श्री, अउम के साथ

बात करते हुए उसके पास होने का एहसास कर रही थी।

''मुंबई के बारे में बता जानेमन...! वो तो सितारों की नगरी है ना! कोई परी वगैरह दिखी कि नहीं?'' श्री ने चुटकी ली थी।

''हाँ मिली ना! यह तो परियों की नगरी है यार! किसी इन्द्रलोक से कम नहीं। जिधर देखो, उधर अप्सराएँ!'' कहते हुए अउम ने भी मज़े लिए थे।

''अच्छा, वाह! फिर तो मज़े हैं तेरे। है ना?'' श्री की आवाज़ झल्लाहट में थोड़ी भारी हो गई थी।

''मुझे भी यहाँ कुछ जलने की महक आ रही है श्री! देखो तो, तुम्हारे आस-पास कुछ जल तो नहीं रहा है ना?'' कहते हुए अउम हँसा था।

''बदमाश! अभी बताती हूँ तुझे!'' हँसते हुए श्री ने आँखें नचाई थीं।

''बताने के लिए या तो तुझे यहाँ आना पड़ेगा या फिर मुझे वहाँ, मैडम!'' अउम और श्री में प्यार भरी गुस्ताख़ियाँ चल रही थीं तभी अउम ने एक चुम्बन देते हुए कहा था, ''यह लो...! इसे सँभालकर रखना। ये आलतू-फ़ालतू डोरे डालनेवाले लोगों से तुझे बचाकर रखेगा।''

''मुआह...!'' श्री ने चुम्बन का जवाब चुम्बन से दिया था और कहा था, ''तू भी इसे सँभालकर रखना। यह वहाँ तुम्हें उड़ रही अप्सराओं से बचाएगा।'' कहकर दोनों हँसे थे।

''तुम बहुत प्यारे इंसान हो अउम...! यह अपना प्यारापन हमेशा बचाकर रखना।'' श्री ने भावुक होते हुए कहा था।

''तुम भी श्री! तुम्हारे जैसी साथी पाकर मैं धन्य हो गया। वह कहते हैं ना कि जिसने प्रेम किया, उसने सब कुछ कर लिया, उसे कुछ और करने की ज़रूरत नहीं! तो मैंने प्रेम कर लिया है। बस मेरा जीवन सफल हो गया।'' अउम बोलते हुए आनंद भाव में चला गया था।

''ओऽऽऽ अउम...! अब तू रुलाएगा क्या? मत रुला न यार! नहीं तो, मेरा मन काम में नहीं लगेगा।''कहते हुए श्री, अउम के प्रेमरस में डूब गई थी जैसे।

''सॉरी यार! मैं इसीलिए सुबह से तुम्हें फ़ोन नहीं कर रहा था। यानी तुम्हारी सुबह। मेरे यहाँ तो अभी सुबह के साढ़े दस बज रहे हैं।''

''अच्छा! यहाँ तो इस समय रात के नौ पैंतालीस हुए हैं।'' फिर दोनों हँसे थे।

''अब फ़ोन रखो अउम! कल फिर इसी समय बात करते हैं। मैं ही तुम्हें कॉल कर लूँगी। बाय!''

"बाय श्री! गुड नाइट...!"

"ओके तेरा मॉर्निंग! बाय, बाय, बाय...!"

"बाय!" अउम ने फिर कहा था।

"अब फ़ोन रखो यार! नहीं तो हम दोनों रात भर एक-दूसरे को बाय बोलते रहेंगे।" कहते हुए श्री हँसी थी और फ़ोन काट दिया था।

ज्योतिर्लिंग

"अपना हैट और ओवरकोट उतारकर श्री ने हैंगर स्टैंड पर रखा था और जूते खोलकर किचन में गई थी। दो पानी-गेंद गटक लेने के बाद श्री ने अपनी जींस उतारी थी और शॉर्ट पैंट-टॉप पहनकर ड्राइंग रूम में गई थी। सोफ़े पर बैठकर टीवी ऑन किया था उसने। स्टार मूवी पर एक अंग्रेज़ी फ़िल्म चल रही थी। चैनल को सर्च करते हुए श्री को ज़्यादा कुछ प्रभावित नहीं किया था। शायद उसकी आँखें नींद से बोझिल हो रही थीं। हालाँकि उसकी भारतीय टाइमिंग के हिसाब से तो अभी दिन था, पर थकान की वजह से बोझिलता आ गई थी।

रिमोट से टीवी ऑफ़ कर वह ड्राइंग रूम से अपने बेडरूम में पहुँच गई थी। रिमोट से ही उसने घर की बत्तियाँ बुझाई थीं और मोटी चादर के भीतर घुस गई थी।

"अरे योगन, तुम यहाँ?" श्री ने आश्चर्य से पूछा था।

"जहाँ तुम, वहाँ मैं! भला मैं अपनी साहिबा को छोड़कर कहाँ जाऊँगी?" योगन मुस्कराती रही थी। उसके बदन पर अब भी वही नीली साड़ी दिख रही थी।

श्री हँसते हुए बोली थी, "अच्छा, मैं तुम्हारी साहिबा हूँ!"

"सच में! तुम तो जगय की साहिबा हो! प्रेम की देवी!" योगन कहते हुए हँसी थी।

"अब मुझे देवी तो मत बनाओ! मुझे श्री ही रहने दो!" श्री ने आग्रह किया था।

"अच्छा, श्री एक लड़की है, जो हर समय पानी-पानी करती रहती है। एक लड़की का पानी-पानी राग। यह ठीक रहेगा ना तुम्हारा परिचय?" आज भी योगन कुछ अजीब-सी अटपटी बातें ही करती रही थी।

"तुम क्या कह रही हो? मेरी समझ में कुछ नहीं आ रहा है," श्री ने मुँह बनाते हुए कहा था।

"देखो, यह ज्योतिर्लिंग!" योगन समझाने की कोशिश में और उलझाती जा रही थी।

"मैं नहीं समझी!" योगन को सुनते हुए श्री ने कहा था।

तभी योगन ने श्री का हाथ पकड़ा था और बोली थी, "चलो ज़रा घूमकर आते हैं।" कहते हुए श्री का हाथ पकड़े हवा में उड़ने लगी थी।

यहाँ-वहाँ, जहाँ-तहाँ, पृथ्वी की कक्षा से बाहर! पृथ्वी से दूर...! अंतरिक्ष-अनंत में...!

"देखो! देखो वह ज्योतिर्लिंग...! तुम्हें दिखा? अरे यह कोई स्त्री-पुरुष वाला भग या गुप्तांग नहीं है। मूलतः लिंग का अर्थ प्रतीक से होता है।...पर इसका अर्थ उससे भी आगे का हो गया है। शून्य, आकाश, अनन्त, ब्रह्मांड आदि-आदि का प्रतीक! यह ऊर्जा-पुंज! समस्त जगय की ऊर्जा यहीं समाहित होकर योग करती रहती है। देख रही हो...? कितना छोटा बिन्दु है। ठीक उतना ही बड़ा बिन्दु, जितनी तुम्हारे भीतर की ज्योत! अरे हाँऽऽऽ...! वही तेरे प्राण...!"

"संसार की सारी ऊर्जा सोखता हुआ दिखता है वह!...पर वह तो योग कर रहा है, संसार के समस्त ऊर्जा बिन्दुओं से। उसका कोई निश्चित आकार नहीं। वह अग्नि की लपटों की तरह लपलपाता रहता है, बिना प्रकाश के!"

"हाँ, तुमने ठीक समझा श्री। सृष्टि के खत्म होने के समय शिव ने तुमसे कहा था कि अब हमें ज्योति में परिवर्तित हो जाना चाहिए और पूरी सृष्टि ज्योति रूप, यानी तुममें समाहित हो गई थी।"

"देखो उस ज्योति पुंज से प्रकाश की पतली किरण निकल रही है। दरअसल वे प्रकाश के असंख्य कण निकल रहे हैं, जो जगय और विविध तत्त्वों का निर्माण करते रहते हैं। यह कोई आज के तथाकथित वैज्ञानिकों का बिगबैंग या ब्लैकहोल नहीं है।"

"ध्यान से सुनो! उस पतली-सी निकलती किरण से ध्वनि निकल रही है—अ जोड़ ऊ जोड़ म-अउम की ध्वनि। यही ध्वनि बीज है। ध्यान से देखो उस निकलते प्रकाश को। विविध रंग निर्मित हो रहे हैं। विविध हवाओं का जन्म हो रहा है। तत्त्वों का विस्तार हो रहा है।"

"आओ श्री तुम्हें प्रेम के बारे में बताती हूँ। दरअसल सब आकर्षण-क्रिया का सिद्धांत है। वह ज्योतिरूपा ज्योतिर्लिंग, जो सारी ऊर्जा को अपनी ओर खींच रहा है, वह उसकी मुहब्बत है। इसीलिए कहा जाता है कि तुम अपने दिमाग से जैसी विद्युत तरंग छोड़ोगी, तुम्हारी ज़िन्दगी में वैसा ही होगा! यानी प्रेमयोग, प्रेमराग, प्रेमनृत्य, यह अंतरिक्ष की संस्कृति है। जीवों के साथ अंतरिक्ष का एक ही नियम लागू होता है!"

''...पर तुमने अभी भी यह नहीं बताया कि तुम कौन हो?'' श्री ने उड़ते हुए खिड़की से अपने घर में प्रवेश किया था।

''मैं तुम हूँ। मैं तेरे भीतर की ही ज्योति हूँ, जो बार-बार यह रूप धरकर तुम्हारे सामने आ जाती हूँ,'' योगन ने कहा था।

''कॉफ़ी पियोगी!'' श्री ने बड़े प्यार से पूछा था।

''तुम जो भी करती हो, वह मैं ही करती हूँ!''

''कॉफ़ी पियोगी?'' श्री ने फिर पूछा था।

''तुम इतने प्यार से कहोगी तो क्यों नहीं पीऊँगी!'' योगन ने मुस्कराते हुए कहा था। श्री ने किचन में जाकर ओवन में कॉफ़ी बनाई थी और ड्राइंग रूम में लेकर आई थी।

''ये लो कॉफ़ी पियो। पानी भी लोगी?'' श्री ने सोफ़े पर उसकी बगल में बैठते हुए पूछा था।

''पानी पी लिया मैंने,'' कहते हुए योगन कॉफ़ी पीने लगी थी।

अचानक श्री की आँखें खुल गई थीं। उस ठंड में भी वह पसीने से नहा गई थी। वह कमर से ऊपर तक तो शीघ्र ही प्राणयुक्त हो गई थी, पर कमर और उसके नीचे जैसे निष्प्राण। वह उठकर बैठना चाह रही थी, पर निष्प्राण कमर ने साथ नहीं दिया था। ऐसा प्रतीत हो रहा था, जैसे अभी-अभी वह शरीर में वापस आई हो!

श्री घबरा गई थी। उसने अपने दोनों हाथों से कमर को सहलाया था और ब्लड सर्कुलेशन को कमर और उसके नीचे पैरों तक पहुँचाने की कोशिश की थी।

''ओह...! तो क्या मैं सचमुच समाधि में थी? शायद यह कोई सपना था या सचमुच शरीर से बाहर चली गई थी,'' श्री बुदबुदाई थी और उसने अपने हाथों से सहलाते हुए निष्प्राण-सी कमर को थोड़ा जागृत किया था। फिर हाथों के सहारे उठकर बैठ गई थी। उसने अपनी पीठ पलंग के सिरहाने टिका दी थी। अब वह कमर के नीचे निष्प्राण पैरों को सहलाने लगी थी। धीरे-धीरे वह पूरी तरह तरंगित हो गई थी।

बिस्तर से उठकर उसने बत्ती जलाई थी। उसकी नज़रें जैसे किसी को महसूसने की कोशिश कर रही थीं।

''योगन कहाँ गईं?'' ख़ुद से सवाल पूछते उसकी निगाहें चौकस थीं। वह उठकर ड्राइंग रूम में गई थी। वहाँ सेन्ट्रल टेबल पर दो मग रखे हुए थे, जिसकी कॉफ़ी पी जा चुकी थी। उसे देखते ही श्री की आँखें फटी रह गई थीं।

अध्याय–21

योगी श्री

केपलर बाईस बी। इस उपग्रह की सतह पानी से बनी हुई है। एक समुद्री ग्रह, जहाँ चारों ओर पानी–ही–पानी है। जीवन की अपार संभावनाएँ। पृथ्वी से छह सौ प्रकाश वर्ष की दूरी पर है। धरती से दोगुना बड़ा है यह ग्रह! जीवन के लिए बहुत उपयुक्त ग्रह।

"किर्र...! किर्र...! हैलो!" श्री ने व्हाट्सऐप फ़ोन उठाया था।

"हैलो बेटी। कैसी हो? कई दिनों से बात नहीं हुई ना, तो सोचा हाल–चाल पूछ लूँ।"

"प्रणाम पा! मैं ठीक हूँ। अपनी रिसर्च में ही दिन–रात लगी हुई हूँ। बस...!"

"और सब ठीक है ना?"

"हाँ पा! मेरा सब बढ़िया है। माँ कैसी है?"

"ठीक है, यहीं पर है—लो बात करो!"

"हैलो!"

"हाँ माँ, प्रणाम!"

"खुश रहो बेटी। हम लोग अब दिन गिनने लगे हैं कि तुम दो महीने में आने वाली हो।"

"हाँ माँ! हमें भी तुम सब से मिलने की बहुत इच्छा है। एक–दो दिन में टिकट भी ले ही लेंगे। बाकी सब ठीक है ना माँ?"

"हाँ श्री, सब ठीक है।"

"अभी फ़ोन रखती हूँ। बाद में फिर बात करूँगी। प्रणाम।"

"ठीक है, खुश रहो!" माँ के इतना कहते ही फ़ोन कट गया था और श्री पुनः अपनी रिसर्च में व्यस्त हो गई थी।

मंगल ग्रह से लेकर 34–36 बी एग्ज़ो प्लानेट जैसे बर्फ़ीले क्रिस्टल से भरा उपग्रह तक खंगाल मारा था श्री ने।...पर अब भी उसे छोटे क्षुद्र ग्रहों या जलपिंडों की तलाश थी।

पानी–अणु, गुरुत्वाकर्षण की अलग–अलग क्षमताओं का विशेष अध्ययन जारी था।

पिछले कई महीनों से यह स्थिति बन गई थी कि श्री को सूरज के उगने और उसके डूबने का भी होश नहीं रहा था। ऑफ़िस में ही कैंटीन के सैंडविच, बर्गर और वेस्टर्न फ़ूड पर वह निर्भर थी।

''हाय श्री। गुड मॉर्निंग!'' डेनियल ने आते ही श्री को टोका था।

''हे डेनियल। गुड मॉर्निंग! कैसे हो?'' श्री ने उत्साहित होते हुए डेनियल की ओर देखा था और फिर बादलों वाली अपनी रिसर्च में लग गई थी।

''श्री, तुम्हें थोड़ी देर के लिए बाहर भी घूमना चाहिए। पिछले बारह दिनों से तुम यहाँ से बाहर तक नहीं निकली हो! ऐसी स्थिति ठीक नहीं। तुम तो एकदम विक्षिप्त-सी होती जा रही हो!'' डेनियल ने श्री को ध्यान से देखते हुए अपनी चिंता जताई थी।

''ओऽऽऽ... मेरे प्यारे डेनियल! क्या मैं पागल दिखने लगी हूँ? सामान्य नज़रों से देखोगे, तो मैं पागल ही दिखूँगी!''

''नहीं, मैं यह कहना चाहता हूँ कि तुम्हें थोड़ा बाहर की हवा लेनी चाहिए। तुम पागल जैसी नहीं, प्राचीन भारतीय योगी की तरह दिखने लगी हो!'' कहते हुए डेनियल गंभीर था।

''मैं प्रेमयोगी हूँ! मुझे पानी की जल-बूँद के सिवा कुछ दिखता ही नहीं। जिस तरह महाभारतकाल में अर्जुन को सिर्फ़ मछली की आँख दिखती थी,'' कहते हुए श्री अपनी रिसर्च छोड़कर डेनियल की ओर मुड़ गई थी और हँस दी थी।

''मैं इसलिए कह रहा हूँ कि तुम्हें आए हुए दस महीने बीतने को हैं। मुझे लगता है कि इन महीनों में तुमने अपने यहाँ वाले घर को भी ठीक से नहीं देखा होगा। पता नहीं, कभी अपने घर भी बात करती हो या नहीं। शायद दोस्तों को भी तुमने भुला-सा दिया है।''

''थैंक यू डियर। तुम्हारी यही बात मुझे बहुत प्रभावित करती है। तुम मेरी इतनी चिंता करते हो, यह मेरे लिए सौभाग्य की बात है। समय मिलने पर मैं घर भी बात करती हूँ। घर की ज़िम्मेदारी भी बैंक ने सँभाल रखी है। तुम्हारे आने से ठीक पहले मैं अपने पापा से बात कर रही थी। मैं अपने दोस्तों से भी बात कर लेती हूँ। अउम का तो लगभग रोज़ ही फ़ोन आ जाता है। वह तो मेरी ताकत है यार।...और हाँ, एक जानकारी दे दूँ! मेरी दोस्त ऋषा है ना! अरे वही जो लन्दन में है। उसे बेटी हुई है। सच में उसने दुनिया बदल दी।''

''चलो, अच्छा है। इसीलिए मैंने कहा, तुम योगी हो। बहुत सारा काम तो तुम्हारे योग से हो जाता होगा,'' कहते हुए हँसा था डेनियल।

''सुनो माई डियर। खुशखबरी सुनो! मैं एक क्षुद्र ग्रह की तलाश कर चुकी हूँ, जिस पर अथाह पानी है, पर उसे पृथ्वी से टकराने की गुत्थी नहीं सुलझा पाई हूँ। इस बीच मेरा

एक और प्रयोग पूरा हो गया है,'' कहते हुए श्री की आँखें चमक रही थीं।

''क्या बात है! आज तो तुम बहुत खुश लग रही हो श्री। लगता है कुछ और हाथ लग गया है तुम्हारे!'' श्री के चेहरे पर कुछ ख़ास उत्साह दिखा था डेनियल को।

''हाँ, मैं उस विधि में कामयाब हो गई हूँ जिससे वाष्पीकरण में तीन प्रतिशत तक की तेज़ी आ सके,'' श्री ने चहकते हुए कहा था।

''अच्छा! वाह! कैसे संभव हुआ?'' डेनियल ने आश्चर्य से पूछा था।

''वह पूरी रिपोर्ट आज सुबह ही मैंने भेज दी है डेनियल। पानी या पृथ्वी की दूसरी सजीव इकाइयों से वाष्प बनकर जब वह बादलों में परिवर्तित होता है और बादलों द्वारा पुनः बारिश के माध्यम से वह ज़मीन पर जाता है। इसकी गति को तीन प्रतिशत तक तेज़ करने में मुझे सफलता मिली है। इससे पृथ्वी पर सामान्य से बारह प्रतिशत तक अधिक वर्षा हो सकती है। वैसे इलाकों में वर्षा और ज़्यादा होगी, जहाँ पेड़ और नदियाँ ज़्यादा हैं,'' श्री ने डेनियल को समझाते हुए कहा था।

''बहुत ख़ूब श्री। बधाई। तुम्हारे काम करने के तरीके ने मुझे बेहद प्रभावित किया है। यह तुम्हीं कर सकती हो श्री! तुमने मुझे भी मोटिवेट किया। तुम्हारे बगैर मैं भी यह सब नहीं कर पाता,'' डेनियल ने मुस्कराते हुए कहा था।

''तुम मेरे अच्छे दोस्तों में से एक हो गए हो! तुमने हर दिन मेरा बहुत ख़याल रखा! मेरी गलतियों की ओर इशारा किया। कंधे-से कंधा मिलाकर सारे प्रोजेक्ट पर काम किया। तुम्हारे जैसा दोस्त यहाँ नहीं मिलता, तो शायद मैं भी इतनी जल्दी सफल हो पाती इसमें संदेह है,'' श्री कहते हुए भावुक हो गई थी।

''ओह श्री! यू आर द ग्रेट यार! क्या तुम कॉफ़ी पीना चाहोगी?'' डेनियल ने मुस्कराते हुए पूछा था।

''हाँ ज़रूर! तुम्हारे आने पर हर दिन एक कॉफ़ी तो होती ही है यार! फिर आज क्यों पूछ रहे हो?'' श्री हाथ को प्रश्नात्मक तरीके से उठाते हुए मुस्कराई थी।

''ठीक है!'' कहकर डेनियल केबिन में गया था और दो मग कॉफ़ी ले आया था।

''यह लो! तुमने कुछ नाश्ता किया?'' डेनियल ने कॉफी देते हुए पूछा था।

''नहीं! भूल गई डेनियल!''

''ओके! दो चीज़ सैंडविच मँगवाता हूँ!'' कहकर डेनियल ने कैंटीन में फ़ोन किया था।

कॉफ़ी पीते हुए डेनियल ने पूछा था, ''तुम्हारे श्रीस्त्र की क्या पोज़ीशन है श्री? वह काम कहाँ तक पहुँचा?''

''वह काम भी लगभग पूरा हो गया है। उसका फ़ॉर्मूला तो कंपनी को पहले ही जमा करा दिया है। पाँचवीं मंज़िल पर उसके निर्माण का काम चल रहा है।'' श्री ने अपने ख़ास यंत्र के निर्माण की बात बताई थी।

''वॉव! क्या बात है श्री! तुमने दुनिया के लिए यह शानदार आविष्कार किया है। इसके लिए दुनिया तुम्हें सदियों तक याद रखेगी।'' डेनियल के चेहरे पर गौरव का बोध था।

''धन्यवाद यार! लोग मुझे याद करें या नहीं करें, पर मानवीय सभ्यता को मैं थोड़ा वक्त और दिलाने में कामयाब हो सकूँ, तो इस जन्म की सार्थकता होगी!'' कहते हुए श्री ने कॉफ़ी की चुस्की ली थी।

डेनियल जलपिंड

''तुम्हारे परिवार में कौन-कौन हैं श्री?'' डेनियल ने श्री से यों ही पूछ लिया था।

''मेरे पापा-मम्मी और मेरा छोटा भाई है नैन!'' श्री ने संक्षिप्त-सा उत्तर दिया था।

''नैन क्या करता है?''

''वह इस साल बारहवीं में गया है,'' श्री ने जवाब देते हुए डेनियल से पूछ लिया था, ''और तुम्हारे परिवार में?''

''मेरे परिवार में...! अब मैं क्या कहूँ? पापा हैं! जब मैं बहुत छोटा था, तभी मम्मी नहीं रहीं। पापा न्यूयार्क में रहते हैं। उन्होंने दूसरी शादी कर ली है। मेरा बड़ा भाई है, वह जैक्सन में रहता है।'' डेनियल ने गहरी साँस लेते हुए कहा था।

''ओह सॉरी! इस मामले में मैं लकी हूँ यार कि मुझे पापा-मम्मी दोनों का प्यार मिला। हालाँकि हमारा जीवन बहुत गरीबी में बीता, पर पापा ने दुलार में कोई कसर नहीं छोड़ी। जानते हो डेनियल, हम लोग सामाजिक तौर पर अछूत परिवार माने जाते हैं। वहाँ आज भी लोग मानसिक तौर पर इससे बाहर नहीं निकल पाए हैं, जबकि भारत का कानून बराबरी का है। वैसे सच पूछो, तो कहने के लिए बराबरी का है। वहाँ के कानून में ही जातीय भेदभाव दिखता है।'' श्री अभी इतना ही कह पाई थी कि डेनियल ने एक दूसरा सवाल कर दिया था।

''तुम्हारे पापा क्या करते हैं?''

''मुहब्बत!'' कहकर हँसी थी श्री। उन्हें मिट्टी-पानी से मुहब्बत है।...और-तो-और, उन्होंने प्रेम-विवाह किया है। मेरी माँ यादव हैं। वह समाज बहुत ताकतवर पर स्नेहदिल

है। वे लोग दोस्ती भी ख़ूब निभाते हैं और दुश्मनी भी शिद्दत से करते हैं। हम लोग मूलत: जमालपुर के रहनेवाले हैं।...पर शादी के बाद पापा को बहुत दिनों तक छिप कर रहना पड़ा। घर छूट गया। पापा, माँ को लेकर बख्तियारपुर में रहने लगे। ये सब बिहार की छोटी-छोटी जगहें हैं!'' कहते हुए हँसी थी श्री।

''हे श्री, ज़रा देखो! यह एक क्षुद्रग्रह दिख रहा है। यह घूमते हुए पृथ्वी के करीब आ रहा है। यह आठ किलोमीटर के डायमीटर में बहुत बड़ा जलपिंड है।'' बातचीत के दौरान स्क्रीन पर देखते हुए अचानक डेनियल ने एक जलपिंड को ख़ोज निकाला था।

''वॉव...! क्या ख़ूब डेनियल! इसी की तो तलाश थी मुझे इतने महीनों से,'' कहते हुए श्री और डेनियल लग गए थे उस जलपिंड की तलाश में।

''क्या यह ख़ुद ही पृथ्वी की ओर आकर पृथ्वी से टकराने वाला है? क्योंकि इसके अध्ययन से पता चल रहा है कि यह जलपिंड किसी उपग्रह का टूटा हुआ हिस्सा है। यह जलपिंड किसी वैसे ग्रह से टूटकर निकला होगा, जिसके गुरुत्वाकर्षण में लगातार उतार-चढ़ाव होता होगा! यानी परिवर्तनशील! गुरुत्वाकर्षण की कमज़ोर स्थिति में उपग्रह कम्पित हुआ होगा और उसका छोटा-सा हिस्सा उससे टूटकर अलग हो गया होगा,'' श्री ने उस जलपिंड का अध्ययन करते हुए बताया।

''हाँ, सही कह रही हो श्री! इस जलपिंड का गुरुत्वाकर्षण भी कमज़ोर है।''

''इसके अध्ययन से तो इसके मूल ग्रह का अनुमान लग रहा है।''

''इसका अर्थ्स ऑरबिट के भीतर आना कठिन है। इसकी स्पीड से यह तो पता चल रहा है कि यह पृथ्वी के बहुत करीब से गुज़रेगा। संभव है कि पृथ्वी का गुरुत्वाकर्षण इसे प्रभावित करे! पृथ्वी से टकराना बहुत डेंजरस हो सकता है,'' डेनियल ने अध्ययन करते हुए चिंता जताई थी।

''यह कैसे पृथ्वी पर लाया जाए, यह सोचने से पहले इसका एक नाम सोचते हैं।'' कहते हुए श्री ने अपनी उँगलियों को बाबू साहब अंदाज़ में गाल पर टिकाया था और ललाट की बाईं ओर मानो दिमाग को खटखटाया था।

''डेनियल जलपिंड इसका नाम होगा। आज से इसकी यही पहचान होगी,'' कहते हुए श्री, डेनियल की ओर देखते हुए मुस्कराई थी।

डेनियल ने हँसते हुए कहा था, ''डेनियल जलपिंड क्यों? श्रीडेनियल जलपिंड रखो इसका नाम।''

''नहीं! सबसे पहले तुमने ढूँढ़ा है इसे। इसलिए जलपिंड तुम्हारे नाम। यदि इसे पृथ्वी पर उतारने में कामयाब हुए, तो फिर सदियों तक लोग तुम्हें याद रखेंगे। इससे पृथ्वी का पूरा जलचक्र ही बदल जाएगा। यह बात अलग है कि कुछ वर्षों के लिए पृथ्वी ख़तरनाक रूप से ठंडी हो जाएगी।''

''अच्छा, ठीक है। मान लिया। क्या बताया था तुमने कि कोई तुम्हें साहिबा कहकर बुलाता है? तुमने उसका अर्थ बताया था, मालिक या भगवान शायद! तुम सचमुच साहिबा हो श्री! तुम्हारा आदेश तो जीव-जन्तु क्या नेचर के एलिमेंट्स भी नहीं टाल सकते,'' कहते हुए हँसने लगा था डेनियल। उसकी हँसी में श्री भी साथ हो गई थी।

''डेनियल! यदि डेनियल जलपिंड पृथ्वी की कक्षा में प्रवेश करता है, तो ठीक उसी समय जब वह कक्षा में प्रवेश करने वाला हो, उसके हज़ारों टुकड़े कर दिए जाएँ। तब वह पृथ्वी की कक्षा के गुरुत्वाकर्षण प्रभाव में आसानी से अन्दर खिंच जाएगा या दाखिल हो जाएगा। छोटे-छोटे टुकड़े के टकराव को पृथ्वी झेल भी लेगी।'' श्री को जलपिंड के पृथ्वी से टकराने की एक तरकीब सूझ गई थी।

''वॉव ! क्या आइडिया है श्री!...पर सवाल यह भी है कि हम उस जलपिंड को तोड़ेंगे कैसे?''

''मुश्किल तो है, लेकिन जलपिंड की गति पर सब निर्भर होगा। पृथ्वी के पास पहुँचकर उसकी गति क्या होगी, इसका बारीक अध्ययन बहुत ज़रूरी है। थोड़ी-सी भी चूक बड़ी तबाही ला सकती है। मूलतः हर स्थिति में पृथ्वी को फ़ायदा ही होगा, पर हमें जीवों को भी बचाना है,'' श्री ने स्क्रीन पर नज़रें गड़ाए ही जवाब दिया था।

''हैलो फ्रेंड्स...! क्या न्यूज़ है?'' रॉड्रिक की आवाज़ सुनकर दोनों चौंके थे।

''एकदम ठीक है सर!'' श्री और डेनियल ने एक साथ जवाब दिया था और फिर श्री ने नए जलपिंड की ख़ोज की बात बताई थी।

''ओह! वॉव! हम कामयाब हो रहे हैं। पूरी रिपोर्ट भेजो! ज़रा मैं भी देखूँ!'' रॉड्रिक ने ख़ुशी ज़ाहिर करते हुए कहा था।

''सर, मैं एक महीने की छुट्टी पर भारत जाना चाहती हूँ,'' श्री ने खड़े होते हुए कहा था।

''ठीक है, मेल भेज दो! वैसे थोड़ा कम समय के लिए जाओ तो अच्छा होगा।'' रॉड्रिक ने ओंठों को दबाते हुए कहा था।

''सर, एक साल होने को है। मम्मी-पापा के लिए भी हमारी ज़िम्मेदारी है। वहाँ जाकर भी मैं कौन-सा खाली बैठनेवाली हूँ। हमारी रिसर्च तो वहाँ भी जारी रहेगी और हम

लोग परस्पर जुड़े रहेंगे,'' श्री ने आँखें छोटी करते हुए अनुरोध भाव से कहा था।

''हाँ, ठीक है। कोई बात नहीं। मुझे पता है! तुम्हारा औरा बहुत ही पोज़िटिव है श्री! तुम जहाँ भी रहोगी, व्यर्थ नहीं बैठोगी!''

''थैंक यू सर! इस विश्वास के लिए!'' श्री ने मुस्कराकर रॉड्रिक का आभार व्यक्त किया था।

प्रेम से स्थितप्रज्ञ

''टिर्र टिर्र...!'' व्हाट्सऐप पर अउम का मनलुभावन चेहरा चमक रहा था।

''हैलो श्री! कैसी हो ?'' अउम की प्यारी आवाज़ श्री के कानों में मधुरता का रस घोल रही थी जैसे!

''जिसके पास तुम जैसा साथी हो, वह हमेशा अच्छी ही रहेगी ना! मैं एकदम ठीक हूँ यार! तुम्हीं मुझे मेरी रिसर्च से बाहर निकाल लेते हो अउम!'' श्री का अउम पर प्यार उमड़ रहा था।

''कल ऋषा से बात हो रही थी। कह रही थी कि एक दिन उसने तुम्हें कई बार फ़ोन किया, पर तुमने उठाया ही नहीं।''

''अभी कुछ दिन पहले तो उससे बात हुई थी। उसे बेटी की बधाई भी दी थी। उसने कब फ़ोन किया था ? ध्यान नहीं दिया! कई बार मैं कई-कई दिन रिसर्च में ऐसी डूबी रहती हूँ कि अपना भी होश नहीं रहता। कई बार तो तुम्हारा भी फ़ोन नहीं उठाया है। मैं आज ही फ़ोन करती हूँ उसे।''

''अच्छा सुनो!''

''हाँ सुनाओ!''

''तुम्हारे कामधेनु ने बाछी दी है।'' अउम ने कुछ अटपटी-सी बात कही थी।

''मतलब!'' श्री ने आश्चर्य से आँखें नचाते हुए पूछा था।

''मतलब यह कि तुम्हारे पापा ने जो गाय ख़रीदी थी ना, उसने बछिया दी है। तुम्हारे पापा बता रहे थे कि बहुत लछमिनिया गाय है,'' अउम ने मुस्कराते हुए कहा था।

''हाँ, मुझे पता है, पर तुम यह क्यों बता रहे हो ?'' श्री इसका सन्दर्भ नहीं समझ पा रही थी।

''सुनो! जब भारत को आज़ादी मिल रही थी ना, तब उसी समय बँटवारे का प्रस्ताव

गाँधी जी के सामने रखा गया था। गाँधी जी यदि मना कर देते, तो संभव है कि यह बँटवारा रुक जाता।

''जब इस गहन विषय पर विमर्श चल रहा था और नेहरू जी ने बापू से पूछा कि आपका निर्णय क्या है! तब अचानक बापू उठ खड़े हुए और कमरे से बाहर निकल गए। टहलते हुए वे अपनी बकरी के पास गए और उसके पाँव की चोट को सहलाया।...फिर कपड़े की पट्टी बनाकर उसे भिगोया था। उसके बाद बकरी की चोट की जगह पर उन्होंने पट्टी बाँध दी थी। उधर जवाहरलाल बापू के इस व्यवहार पर खीज रहे थे। पट्टी बाँधकर बापू कमरे में आए और उन्होंने भारत-पाकिस्तान के बँटवारे की अनुमति दे दी,'' अउम यह किस्सा सुनाकर चुप हो गया।

''इस कहानी का अभी क्या सन्दर्भ है अउम?'' सन्दर्भ की तलाश में श्री ने सवाल किया था।

''इसका यह सन्दर्भ है मेरी जान कि निर्णय लेने से पहले उस जगह से ख़ुद को शारीरिक और मानसिक तौर पर पूरी तरह अलग करना चाहिए। तब दिल और दिमाग की खिड़कियों में नई हवा और नई रोशनी का प्रवेश होता है,'' अउम ने कहानी का सन्दर्भ बताया था और हँसा था।

''वॉव...! हाऊ स्वीट...! मैं समझ गई अउम, पर क्या गाँधी जी का वह निर्णय सही था?'' श्री कहानी के भाव में डूबी थी, पर उसके मन में यह सवाल कौंध गया था।

''उस समय की स्थिति के अनुसार शायद उनकी सोच यह थी कि ज़मीन पर अलग-अलग सत्ता के साथ रहना उतना ख़राब नहीं है, जितना मनुष्य के जीवन की महत्ता! जब तक मनुष्य है, तब तक जीवों के लिए धरती की ख़ूबसूरती का एहसास है। अन्यथा सब व्यर्थ! मनुष्यता की रक्षा ज़्यादा ज़रूरी थी उन स्थितियों में! शायद यही सोच रही थी उनकी!''

''तुम पानी पर रिसर्च कर रहे हो या गाँधी जी पर, अउम?'' श्री ने हँसते हुए पूछा था।

''पानी की बात तुमने छेड़ी, तो एक बात याद आई! मौसम विभाग के अनुसार, इस साल भारत में कम बारिश होने की संभावना है। हम सब युद्ध स्तर पर उसकी तैयारी के लिए उतर चुके हैं,'' अउम ने एकदम अलग और घबराने वाली बात कही थी।

''क्या?'' श्री तो सुनकर हड़बड़ा ही गई थी।

''हाँ श्री! कहा तो यह भी जा रहा है कि कुछ इलाकों में पचास प्रतिशत से भी कम बारिश होगी। पिछले साल तो पहले ही पानी की कमी से हम जूझते रहे थे। फिर भी सामान्य के अस्सी प्रतिशत तक बारिश हो गई थी। जिस इलाके में कम बारिश हुई, वहाँ नुकसान तो हुआ, पर स्थितियाँ नियंत्रित कर ली गईं! महाराष्ट्र, गुजरात, राजस्थान और मध्यप्रदेश जैसे

राज्य सूखे के केंद्र में होंगे। वैसे बिहार और बंगाल में भी कम बारिश की संभावना जताई गई है,'' अउम ने चिंतित होते हुए यह ख़बर दी थी।

''मैं अगले महीने भारत पहुँच रही हूँ अउम? टिकट ले लिया है।'' श्री के दिमाग में मानो बहुत कुछ चलने लगा था।

''हैलो...! हैलो...!'' श्री को लगा जैसे उधर से आवाज़ ही नहीं आ रही है!

''हाँ, हैलो!'' अउम की आवाज़ आई थी।

''क्या हुआ? मेरे आने की ख़बर से तुम चुप हो गए?'' तभी श्री को लगा जैसे अउम रो रहा है।

''अरे क्या हुआ? तुम रो रहे हो?'' श्री ने विचलित होते हुए पूछा था।

''तुम्हारे आने की ख़बर से मैं भावुक हो गया था श्री!'' अउम ने अटकते हुए कहा था।

''अबे ओये...! तुम लड़कियों की तरह कोमल भावनाओं में बह रहे हो! मुझे देखो...! मैं तो खुश हूँ! सुनो अउम! मैंने मुंबई की ही टिकट ली है। तुमसे मिलने के बाद दूसरे दिन पटना जाऊँगी। संभव हुआ, तो एक दिन के लिए नागपुर भी जाना होगा। परीक्षा का रिज़ल्ट तो ऑनलाइन मिल गया था, पर सर्टिफ़िकेट और अन्य जमा कागज़ात वहाँ से लेने हैं।'' श्री ने ख़ुद को नियंत्रित करते हुए कहा था।

''यह कहकर तुम मुझे और रुला रही हो!'' अउम की इस बात पर श्री मौन हो गई थी।

''क्या हुआ श्री?'' अउम ने श्री की चुप्पी पर पूछा था।

''रुलाई सिर्फ़ तुम्हीं को आती है? मैं अकेली हूँ। सभी अपनों से दूर! मैं यहाँ कितना रोती हूँ, यह तुम्हें पता है? मैंने तो खुशख़बरी सुनाई और तू रोने लगा!'' कहते हुए रो पड़ी थी श्री।...और वह सिसकियाँ लेने से ख़ुद को रोक नहीं पाई थी।

''सॉरी यार! प्रेम में सुख और दुख, दोनों का भाव एक हो जाता है। कहते हैं स्वाद भी एक हो जाता है। आदमी स्थितप्रज्ञ-सा होकर सुख-दुख के बीच खड़ा प्रेम-नृत्य करने लगता है। हर बंधन से मुक्त!''

''मेरे मुँह का स्वाद तो एक हो गया है, तेरा हुआ क्या?'' श्री ने अपने बेस्वाद होने की बात बताई थी।

''आओगी तो स्वयं देख लेना!'' अउम भी लगभग उसी भाव में जी रहा था।

''चलो अब फ़ोन रखो! एक घंटे से अधिक हो गया है। सुबह जल्दी उठना है। आज कई दिनों बाद मैं अपने घर में आई हूँ।''

"ओके बाय...! मुआह...!"

"मुआह...! गुड नाइट!" कहते हुए श्री ने फ़ोन काट दिया था।

अध्याय-22

ऋषा की बोधि

"औउएन...! आआआ...! माआआअर...!"

"अल्ल्लल्ले...! मेरी सोनी...! क्या बोल रही है तेरी बेटी?" श्री ने पूछा था।

"बोल रही है कि श्री मासी बहुत बदमाश है। वह अपनी प्यारी-सी बिटिया को भूल जाती है," कहते हुए हँसी थी ऋषा।

"अच्छा! ये बोल रही है वह? क्या नाम रखा है इसका?" श्री ने हँसते हुए पूछा था।

"बोधि!"

"अरे वाह! बोधि...! बहुत प्यारा नाम है। बहुत सुन्दर भी है यार! एकदम मेरे जैसी!" बोलते हुए हँसी थी श्री।

"अच्छा! तेरे जैसी है? पर इसकी मेरे जैसी तीखी नाक है और तेरी नाक खुली हुई-सी है।"

"...पर आँखें मेरे जैसी हैं।" श्री ने वीडियो चैट पर ऋषा की बेटी को देखते हुए कहा था।

"हाँ, है तो तेरे जैसी, पर तू जब योगी रूप में आती है ना, तब तेरी आँखें नीली हो जाती हैं। इसकी आँखों का रंग उस तरह नहीं बदले बस!" कहते हुए ऋषा फिर हँसी थी।

"हँस ले, हँस ले...! देखना नीलपरी की आँखें नीली ही हो जाएँगी!" बोलते हुए श्री भी हँस रही थी।

"कैसे एक साल बीत गया यार! लगता है जैसे कल की ही बात हो! वह हॉस्टल की मस्ती...! शायद ही कभी ऐसा दिन गुज़रा हो, जब उन क्षणों को याद न किया हो।" ऋषा, श्री से बात करते हुए पुराने दिनों में खो गई थी।

"सही कह रही हो यार!...पर यहाँ आकर तो जैसे मैंने होश ही खो दिए हैं। मुझे अपने लक्ष्य के सिवा कुछ सूझता ही नहीं," श्री गंभीर होती हुई बोली थी।

''तू तो शुरू से वैसी ही थी। बार-बार पीपल के पेड़ के नीचे भाग जाती थी और मैं तुझे खोजती फिरती थी। कई बार तो तू क्या-क्या बोलने लगती थी, जो मेरी समझ में भी नहीं आता था। बोधि की तरह तेरी अलग ही भाषा होती थी श्री,'' ऋषा ने कुछ गंभीर बातें हँसते हुए कही थीं।

''मैं अपने वश में भी नहीं होती हूँ यार! तब भी और आज भी!'' श्री कुछ ज़्यादा ही गंभीर हो गई थी।

''अब तेरी आँखें नीली होने लगी हैं,'' कहकर हँसी थी ऋषा!

''अरे नहीं रे! आज तो घर लौटने की उमंग है। पा-माँ से मिले हुए एक साल हो गया,'' श्री उत्साहित होती हुई बोली थी।

''अरे छोड़...! तू तो अउम से मिलने को बेसब्र हो रही है। तभी तो तू सीधे मुंबई जा रही है।...और मुझे मेरे सजन से मिलने ही नहीं दिया!'' कहते हुए ऋषा हँसी थी।

''मिलन के लिए ही ना तू दिल्ली जा रही है। कल तो तू भी पहुँच ही ना जाएगी?''

''हाँ, कल रात में पहुँचूँगी! वीर भी पहली बार मिलेगा बोधि से! बहुत उत्साहित है वह! वीडियो चैट पर दोनों घंटों आँव-आँव करते रहते हैं! जैसे वीर बोधि की हर बात समझता हो!''

''वहाँ पहुँच, फिर हम लोग मिलने का प्लान करते हैं। मुझे नागपुर भी जाना है सर्टिफ़िकेट के लिए। अउम बोल रहा था कि वह भी जाएगा। संभव हुआ, तो हम चारों साथ ही चलेंगे। पुरानी यादों को कुछ पल के लिए दुबारा जी लेंगे!'' श्री बहुत उत्साहित होते हुए बोली थी।

''हाँ, ठीक रहेगा। वीर से भी पूछ लेंगे। वहाँ मिलने का मज़ा ही कुछ और है श्री!'' ऋषा भी मिलने को उत्साहित हो गई थी।

''टिन् टिन्...!'' कॉलबेल बजी थी।

''लगता है डेनियल आ गया। अभी वह हवाई अड्डे तक छोड़ने चलेगा!''

''ओयहोय...! तेरे तो जलवे हैं मैडम! वहाँ एक अलग बॉयफ्रेंड और यहाँ एक अलग! कर ले मस्ती!''

''धत्त! तू लन्दन जाकर ज़्यादा बदमाश हो गई है। अब चल। फ़ोन काट रही हूँ। हवाई अड्डे को निकलने का समय हो गया। बाय। टेक केयर! बाय बोधि...!'' श्री ने मुस्कराते हुए कहा था।

"चल ठीक है! बाय..! अब भारत में मिलते हैं," कहते हुए ऋषा ने वीडियो कॉल बंद की थी।

श्री ने दरवाज़ा खोला था, "हाय डेनियल...! आ जाओ...!" कहते हुए श्री अन्दर आ गई थी और डेनियल ने ही दरवाज़ा बंद किया था।

"सारा सामान पैक हो गया?"

"हाँ यार! सामान ही क्या है? यहाँ तो सब कंपनी का है। मैं अपने साथ जो लायी थी, लगभग उतना ही है बस! अउम और नैन के लिए रिंगकॉम ख़रीदा है। माँ-पा के लिए सब कुछ अमेज़न से ख़रीद कर भारत में ही भिजवा दिया है।

"गुड...! टिकट, वीज़ा और पासपोर्ट सब रख लिया है ना?" डेनियल ने एक दोस्त की तरह ध्यान दिलाया था।

"हाँ जी, बिलकुल रख लिया है। मैं तैयार हूँ। यदि तुम तैयार हो, तो हम लोग निकल सकते हैं।" श्री तौलिया बैग में रखते हुए अपने बेडरूम में गई थी। वाड्रोव से लेकर बिस्तर तक उसने चेक किया था।

"ओके...! तो चलें?" डेनियल ने पूछा था।

"हाँ...!" श्री ने अपना पिट्ठू बैग उठाते हुए कहा था। तब तक डेनियल उसका बड़ा बैग ट्रॉली पर लुढ़काता हुआ आगे बढ़ा था। श्री ने एक नज़र पीछे मुड़कर घर की ओर देखा था और फिर बाहर निकल गई थी। सामने ही कंपनी की गाड़ी श्री को छोड़ने के लिए खड़ी थी।

सामान रखकर डेनियल ने पिछली सीट का दरवाज़ा खोला था और सम्मान के साथ श्री को बैठने का इशारा किया था। श्री मुस्कराई थी और आगे बढ़कर पिछली सीट पर बैठ गई थी। डेनियल दूसरी ओर से आकर बैठा था। ड्राइवर ने सैन फ्रेंसिस्को हवाई अड्डे की ओर गाड़ी बढ़ा दी थी।

"तुम तो सैन रेमोन ज़्यादा घूमी भी नहीं श्री!" डेनियल ने बस पूछ लिया था।

"हाँ यार, मौक़ा ही नहीं मिला। एक महीने बाद जब लौटूँगी ना, तब दो-तीन दिन सिर्फ़ घूमूँगी तुम्हारे साथ। ठीक है...!" हँसते हुए श्री ने कहा था।

"हाँ, ज़रूर! मुझे ख़ुशी होगी।" कुछ और हल्की-फुल्की बातों के साथ चालीस मिनट के रास्ते का पता ही नहीं चला।

सैन फ्रेंसिस्को हवाई अड्डे पर डेनियल थोड़ा भावुक हो गया था। श्री ने अपना सामान उठाते हुए डेनियल की ओर देखा था और आगे बढ़कर उसे आलिंगन करते हुए किस किया था।

“जल्दी ही लौटकर आती हूँ डेनियल। तुम मुझे अपडेट करते रहना। हम लोग रिंगकॉम के माध्यम से रिसर्च का काम भी आगे बढ़ाते रहेंगे। वापस आकर कई रिसर्च फ़ाइनल करने हैं। श्रीस्त्र भी बन गया है। बस फ़ाइनल प्रयोग बाकी रह गया है।”

“हाँ श्री! तुम लौटकर आओ! तब बाकी प्रोजेक्ट पर आगे बढ़ा जाएगा। तुम ख़ास हो! हर दिल पर राज करने वाली। हम लोग संपर्क में रहेंगे।” कहते हुए डेनियल मुस्कराया था। अपना सामान लेकर श्री हवाई अड्डे के अन्दर चली गई थी।

औपचारिकताएँ पूरी करने के बाद श्री उत्साह के साथ भारत के लिए रवाना हो गई थी।

बख़्तियारपुर का बचपन, नागपुर की लड़काई और सैन रेमोन के यौवन के चित्र आपस में कोलाज बना रहे थे। जहाज़ की खिड़की वाली सीट पर बैठी श्री बाहर झाँकती हुई अपनी यादों में खोई हुई थी। तेरह घंटे का सफ़र कब ख़त्म हो गया, पता ही नहीं चला।

श्री का गृहप्रवेश

मुंबई हवाई अड्डे पर श्री बाहर निकली थी और सामने ही अउम उसके इंतज़ार में फूलों का गुलदस्ता लेकर खड़ा था। अउम के पास पहुँचते ही श्री उसके दोनों पैरों के पंजों पर खड़ी हो गई थी और इस तरह आलिंगन किया था, जैसे बस अब वह हमेशा ऐसे ही बाँहों में चिपकी हुई रहने वाली है। आनंद भाव में दोनों की आँखें बंद हो गई थीं। पूरी तरह सुध-बुध खोकर दोनों एक-दूसरे से थोड़ी देर तक यों ही चिपके रहे थे, मानो वे हवाई अड्डे पर नहीं किसी पार्क में हों!...और फूलों की ख़ुशबू के साथ वासंती हवा के झोंके में दोनों के कपड़े फड़फड़ा रहे हों और बाल उड़ रहे हों!

कुछ पल मदहोशी की अवस्था में रहने के बाद अउम ने आँखें खोली थीं। हवाई अड्डे पर चारों ओर खड़े होकर लोग इस सिनेमाई सीन को देख रहे थे। अउम ने श्री को थपथपाया था और दोनों एक-दूसरे से अलग होकर बाँहों में ही लिए आँखों-आँखों में साल भर की विरह की कहानी कह रहे थे। इस समय श्री का सारा लक्ष्य अउम में आकार ले रहा था। वह पूरी तरह अउम की बाँहों में सारी विक्षिप्तता से बाहर आ गई थी।

“हमें दो ऊर्जापुंज नहीं बनना है अउम! तुम मुझमें समा जाओ या मैं तुममें समा जाऊँ!” श्री प्रेमयोग में पूरी तरह डूबी थी और दोनों ही एक-दूसरे की बाँहों से अलग होना नहीं चाह रहे थे।

“चलो श्री, अब घर चलते हैं। मम्मी तुम्हारा इंतज़ार कर रही हैं और पापा भी,” अउम ने श्री को अपनी बाँहों से मुक्त करते हुए कहा था।

"अच्छा, मम्मी-पापा आए हुए हैं?" श्री ने आश्चर्य मिश्रित भाव से पूछा था।

"हाँ...! मुझसे नहीं, तुमसे मिलने आए हैं। तुमने जब बताया था कि तुम आज आ रही हो, तो तीन-चार दिन पहले वे लोग यहाँ पहुँच गए थे," अउम ने हँसते हुए बताया था।

"हाऊ स्वीट यार! चल-चल, मुझे भी जल्दी है उनसे मिलने की।" कहते हुए श्री ने अपना एक बैग उठाया था और अउम ने दूसरा!

रिमोट से अउम ने गाड़ी खोली थी और सफ़ेद रंग की बड़ी-सी गाड़ी में सामान रखा था। अगली सीट का दरवाज़ा खोलते हुए अउम ने झुककर श्री से बैठने का अनुरोध किया था। श्री, अउम की ओर हवा में चुम्बन छोड़ते हुए गाड़ी में बैठ गई थी।

दोनों बैठकर निकल गए थे वहाँ से। श्री के लिए मुंबई आने का यह पहला मौक़ा था। बंद शीशे से ही शहर को निहारती हुई श्री थोड़ी ही देर में बांद्रा वेस्ट के एक अपार्टमेण्ट के भीतर घुसी थी।

"आओ श्री!" गाड़ी से नीचे उतरते हुए अउम ने कहा था, "यही है एक छोटा-सा घोंसला, जहाँ तिनका-तिनका चिड़ी के आने का इंतज़ार कर रहा है। आओ चिड़ी, तुम्हारा तुम्हारे ही घोंसले में स्वागत है।" श्री यह सुनकर मुस्कराए बिना नहीं रह सकी थी। सामान लेकर दोनों तीसरी मंज़िल पर गए थे।

"टिंग टिंग...!" अउम की मम्मी ने दरवाज़ा खोला था।

"आ गए तुम लोग? रुको-रुको...! एक मिनट।" दरवाज़े पर ही दोनों को रोककर मम्मी ने पास के ही एक टेबल पर रखी थाली में दीप जलाया था और दरवाज़े के पास आकर खड़ी हो गई थीं। अउम ने श्री को आगे बढ़ने का इशारा किया था। आगे बढ़कर श्री मम्मी के पैर छूने के लिए झुकने लगी थी, तब मम्मी ने उसे कहा था, "रुको...! पहले टीका लगाने दो!"

भरी कटोरी से पानी का छींटा लेकर उन्होंने रोली पर डाला था। अक्षत सटाकर दीप की ज्योति का स्पर्श किया था और श्री को लगाते हुए कहा था, "आओ बेटी, पहली बार तुम्हारे घर में तुम्हारा स्वागत है।"

मुस्कराती हुई श्री ने मम्मी के पाँव छुए थे और फिर पीछे खड़े पापा के भी पाँव छुए थे।

मम्मी ने श्री को निहारते हुए अपनी बाँहों में भर लिया था।

"ओऽऽऽ...मम्मी! दरवाज़े पर ही सारा दुलार लुटा दोगी या अन्दर भी आने को कहोगी!" अउम की इस बात पर मम्मी के साथ पापा भी हँसे थे।

मम्मी ने श्री को अपनी बाँहों से मुक्त कर अउम को भी टीका लगाया था।

प्रवेश की औपचारिकता के बाद मम्मी श्री का हाथ अपने हाथ में लिए सामने लगे सोफ़े तक लायी थीं, ''बैठो...! मैं तुम सब के लिए मीठा लेकर आती हूँ। फिर पकौड़े तैयार करूँगी।''

''मम्मी आप रहने दीजिए। मैं कर लेती हूँ! आप भला मुझे क्यों पकौड़े खिलाएँगी। मैं बनाती हूँ,'' श्री ने खड़े होते हुए कहा था।

''ओह श्री! हम दोनों ने मिलकर पूरी तैयारी कर ली है। बस तलना बाकी है,'' मम्मी ने प्यार से कहा था।

''हाँ बेटी! मैं खाना अच्छा बना लेता हूँ। अउम और उसकी मम्मी को मेरे हाथ का खाना बहुत पसंद है।'' पापा ने हँसते हुए कहा था। तब तक मम्मी किचन में जा चुकी थीं। पीछे से श्री भी उठकर गई थी।

''मम्मी, आपको पता है, अउम भी अच्छा खाना बनाता है। नागपुर में हम लोग जब पिकनिक पर गए थे, तब मुख्य रसोइया यही था।'' कहते हुए श्री हँसी थी और साथ में मम्मी भी।

''मम्मी, तब तक मैं टेबल पर पानी और दूसरी चीज़ें रखता हूँ,'' अउम ने अन्दर आते हुए कहा था।

''अच्छा...! श्री के बिना तुझे चैन नहीं मिल रहा है क्या, जो बहाने बनाकर आ गया यहाँ?'' मम्मी ने ठिठोली की थी।

''अरे नहीं मम्मी! सिर्फ़ औरतों के ज़िम्मे घर के काम का ठेका नहीं है ना!'' इसलिए आया।'' अउम झेंपते हुए किसी तरह कह गया था।

टेबल पर नाश्ता रखा जा चुका था। श्री के साथ मम्मी भी आकर बैठ गई थीं। अब मिठाई के बाद पकौड़े-चाय का मज़ा लेते हुए श्री ने कहा था, ''वॉव! सो टेस्टी! मज़ा आ गया मम्मी। वहाँ यही सब मिस करती थी। मतलब मम्मी के हाथ का खाना!'' उसके इतना कहते ही मम्मी ने उसके सिर पर प्यार से हाथ फेरा था और थोड़ा दुलार भाव से उसकी ओर देखा था। श्री, मम्मी के इस भाव से आनंदित हो रही थी।

गप्पें चलती रही थीं। हँसी-ठिठोली के बीच श्री के आगमन से सभी आनंदित थे।

''अउम! श्री के कमरे में उसका सामान रख दो! श्री आराम करना चाहे, तो करे या तुम लोग बात करो! तब तक मैं दोपहर के खाने का इंतज़ाम करती हूँ!'' कहते हुए मम्मी

रसोई की ओर गई थीं और पापा अपने कमरे में उठकर चले गए थे।

सामान उठाकर अउम श्री को कोने वाले तीसरे कमरे में ले गया था, ''यह लो...! अभी तुम्हारा यह अलग कमरा है। शादी के बाद मैं तुम्हारे इसी कमरे में शिफ़्ट हो जाऊँगा!'' कहते हुए हँसा था अउम। श्री ने आगे बढ़कर अउम को चूम लिया था और कहा था, ''तुम्हारी फ़ैमिली बहुत अच्छी है अउम। एक पल के लिए भी मुझे यह एहसास नहीं हुआ कि मैं पहली बार मिल रही हूँ। थैंक यू यार! इतनी ख़ूबसूरत फ़ैमिली देने के लिए।''

ज़मीन की तलाश

''तुम क्या बता रहे थे अउम? इस साल भारत में कम बारिश के अनुमान के बारे में?'' श्री ने बिस्तर पर बैठते हुए पूछा था।

''अनुमान तो पूरे एशिया का है! इस बार भारत सहित चीन, नेपाल और पाकिस्तान में भी कम बारिश की संभावना जताई गई है,'' अउम ने चिंता जताते हुए कहा था।

''ऐसे में चीन हमारे लिए और मुश्किलें खड़ी कर सकता है। ब्रह्मपुत्र और कुछ नदियों के पानी का इस्तेमाल तो उसने पहले ही बढ़ा लिया है और भारत में पानी की कमी होने लगी है।...पर पाकिस्तान?''

''उफ़...! वहाँ के लोगों को हर ओर से मुश्किल है। आखिर भारत भी कितना पानी छोड़ेगा? भारत के लिए उसकी ओर से सबसे बड़ी समस्या पाकिस्तानी घुसपैठ है।'' श्री ने भारतीय नज़रिए से बात कही थी।

''यार मेरे लिए तो मुश्किल घड़ी है। भारत में तो तत्काल काम करने की ज़रूरत पड़ेगी, नहीं तो मुंबई सहित भारत के अनेक शहर वीरान होने लगेंगे। हमें हर हाल में यहाँ तत्काल काम शुरू करने की ज़रूरत है।'' थोड़े चिंता-भाव के साथ निर्णायक होते हुए श्री बोलती गई थी।

''मतलब यू.एस. नहीं लौटोगी?'' अउम ने आश्चर्य व्यक्त करते हुए पूछा था।

''वहाँ का काम तो यहाँ से भी किया जा सकता है। यदि ज़रूरत पड़ी, तो छोड़ने का भी निर्णय लिया जा सकता है। तत्काल भारत के लिए काम करना बहुत ज़रूरी है। यदि बारिश ले भी आएँ, तो उसे जमा कहाँ करेंगे? यह भारत की सबसे बड़ी समस्या है। हमने देश भर के आधे से अधिक तालाबों को दूसरी स्वार्थपूर्ति के लिए भर दिया है,'' श्री की चिंता लक्ष्यात्मक होती जा रही थी।

''तब क्या करने का इरादा है? तुम्हारा तो भारत सरकार के पास नदान-नदिली

प्रोजेक्ट जमा है। अभी तक उस पर काम नहीं शुरू हुआ है। उसी पर काम करो!'' अउम, श्री के भारत में रुकने के निर्णय से मन-ही-मन खुश हो रहा था।

''हाँ, सही कह रहे हो तुम।...पर सरकार के पास पहले जाएँगे, तो वहीं फँसकर रह जाएँगे। यदि हम काम शुरू कर दें और उसे प्रचारित करने में कामयाब हो जाएँ, तब विदेशी फ़ंडिंग भी हो सकती है और सरकार का सहयोग मिलना भी आसान हो जाएगा,'' श्री भारत की सरकारी शैली को अच्छी तरह समझती है।

''फिर कैसे और कहाँ से शुरू होगी? उतनी ज़मीन कहाँ से आएगी? किसान स्वतः आने में सशंकित रहेंगे! उतना बड़ा हुजूम कहाँ से आएगा? हुजूम के लिए भी पैसे चाहिए। सबसे पहले किसी नदी किनारे ढेर सारी ज़मीन! यह कैसे संभव है?'' अउम ने व्यावहारिक चिंता ज़ाहिर की थी।

''हूं...! सही कहा तुमने। मेरा तो अब न जमालपुर में कुछ है और न ही बख़्तियारपुर में! जहाँ से कुछ भी शुरुआत की जा सके। क्योंकि किसान को जब तक सामने कोई मॉडल नहीं दिखेगा, वह समझ ही नहीं पाएगा।'' श्री का दिमाग लगातार हल ढूँढ़ने में लगा था।

''गंगा किनारे से हम लोग थोड़ा परिचित हैं। मेरा गाँव भी है—बड़हिया। यह तो तुम जानती ही हो! मेरे पास गंगा किनारे पाँच बीघा ज़मीन है। वह मैं तुम्हें दे सकता हूँ। तुम चाहो, तो एक मॉडल के रूप में पेश कर वहाँ से काम शुरू कर सकती हो!'' अउम ने एक रास्ता सुझाया था।

''वाह! क्या ख़ूब! क्या पापा मान जाएँगे? वैसे उसकी कीमत क्या होगी?'' श्री ने थोड़ा शंकित होते हुए पूछा था।

''उसकी चिंता मत करो। यदि मेरे पास गंगा किनारे और ज़मीन होती, तो वह भी तुम्हें दे देता। इसमें मेरा तो फ़ायदा है ही, देशहित और जीवहित भी जुड़ा हुआ है। तुम्हारा यह कोई व्यक्तिगत कार्य तो है नहीं। यदि यह तुम्हारा व्यक्तिगत मसला भी होता, तो भी मैं यह ज़मीन तुम्हें दे देता।''

अउम की बातों ने श्री को आह्लाद से भर दिया था। ख़ुशी में उसने अपनी बाँहें फैला दी थीं और अउम कुर्सी से उठकर उसकी बाँहों में समा गया था।

दोनों के ओंठ स्वतः मिल गए थे। दोनों ने एक-दूसरे के ओंठों का जलपान किया हो जैसे! फिर श्री ने कहा था, ''अभी नहीं!''

''क्यों तुम्हें वैवाहिक ठप्पे की ज़रूरत कब से आन पड़ी?'' अउम ने ख़ुद को अलग करते हुए पूछा।

''अभी हमारे सामने एक लक्ष्य है। लक्ष्य के प्रति पूर्ण समर्पण ही जीत का एकमात्र रास्ता है। मैं फुटबॉलर जिदैन नहीं बनना चाहती, बस! हमारा मिलन भी कोई साधारण बात नहीं! हम सेल्फ़मेनिफ़ेस्टो के साथ एक-दूसरे में योग करेंगे।''

श्री ने अउम की हथेली को अपनी हथेली में दबा रखा था और कहा था, ''तुमने मेरी पहली समस्या तो हल कर दी। इसीलिए मैं कहती हूँ कि तू मैं हूँ और मैं तू!'' कहते हुए उसकी आँखों का रंग कुछ पल के लिए नीला हो गया था। वह चुप हो गई थी। अउम की हथेली की रगड़ से जैसे वह वापस लौटी हो!

''अउम, उस ज़मीन से सिर्फ़ शुरुआत भर होगी। समस्या हल नहीं होगी। शुरुआत में हमें एक कॉरिडोर तो बनाना ही पड़ेगा। इसमें बड़हिया-दानापुर प्रोजेक्ट हो या फिर बड़हिया-मुंगेर प्रोजेक्ट! वहाँ के लोगों को जागरूक कर उनका साथ माँगना होगा! उनके सहयोग के बगैर यह काम आसान नहीं!'' श्री की आँखों में जैसे बहुत कुछ आकार ले चुका था।

''वैसे इसमें किसी का नुकसान तो है नहीं। नदी किनारे जहाँ ज़्यादा जगह है, वहाँ नदान और जहाँ कम जगह है या नदी से थोड़ा अलग है, वहाँ नदीली बनाकर उससे अच्छी आमदनी की जा सकती है। इसमें किसानों के लिए बड़ा फ़ायदा है।...फिर वे क्यों नहीं साथ देंगे तुम्हारा। यदि ठीक से तुम समझाने में कामयाब हो गईं, तब!'' अउम की बातों से श्री के भीतर विश्वास और प्रबल हो गया था।

''किसी की सामान्य और परम्परागत फ़सल से कहीं ज़्यादा इसमें आर्थिक फ़ायदा है। जीवन को बचाने का यह माकूल उपाय है। बरसात में गंगा के उफ़नते पानी को नदान और नदीली में जमा करना। बारिश का पानी भी उसमें स्वत: जमा हो सकता है। उस नदान की ऊँची मिट्टी पर फलदार वृक्ष लगाना। तालाब में मछली उत्पादन। जब तक नदान-नदीली में पानी है, तब तक ग्राउंड वाटर के स्तर को वह बनाए रखेगा और सूखने से पहले पर्याप्त मात्रा में भीतर पानी दे चुका होगा। यह मनुष्य सहित हरेक जीव और पृथ्वी के लिए बहुत ज़रूरी है,'' श्री ने अउम को प्रोजेक्ट के बारे में समझाया था।

''जानते हो अउम! नदान-नदीली के मध्य एक छेद होगा जिससे नदी का बढ़ा हुआ पानी उसमें जमा हो जाएगा। यह बरसात में नदियों के सैलाब को नियंत्रित तो करेगा ही उसका क़रीब पाँच से छह प्रतिशत तक पानी बह जाने से बचा लेगा। पानी भर जाने पर उस छेद को बंद कर दिया जाएगा। यही हरेक नदी के अधिक बहाव के पानी को जमा करने का रास्ता होगा। वहाँ बड़ी संख्या में लगने वाले पेड़ भी वाष्पीकरण और कार्बनडाइ ऑक्साइड सोखने में सहयोगी होंगे।''

''मुझे तुम पर पूरा यकीन है। वैसे भी तुम्हारी दृष्टि पूरी तरह साफ़ है।...और हाँ! वो मंत्री! क्या नाम था उसका?'' अउम कहते हुए याद करने लगा था।

"शुभ...!"

"हाँ शुभ...! उसने तो तुम्हारे प्रोजेक्ट की सराहना की थी ना और उसमें रुचि भी दिखाई थी," अउम ने याद दिलाते हुए कहा था।

"हाँ, पर वो अब मंत्री नहीं रहा ना शायद!" श्री ने कुछ याद करते हुए कहा था।

"अच्छा सुनो...! तुम तो कल पटना जा रही हो और मम्मी-पापा भी जा रहे हैं। अपने पा-माँ से मिलवा देना," अउम ने धीमी आवाज़ में कहा था।

"हाँ सही कह रहे हो! दोनों तो बोरिंग रोड पर ही रहते हैं।" श्री ने सहमति जताई थी और मुस्कराते हुए पूछा था, "तुम्हारी छुट्टी नहीं है? तुम भी साथ चलते तो मज़ा आ जाता!" श्री, अउम की हथेली को अपने हाथ में लिए उसे देखते हुए बोली थी।

"ले लेंगे छुट्टी...! अरे तुम कहो तो ये जान भी हाज़िर है मेरी जान!" अउम ने बत्तीसी दिखाई थी।

"तेरी जान को तू चाहिए साहेब!" कहते हुए श्री भी हँसी थी।

"ऋषा और वीर को भी कहेंगे कि वहीं आ जाएँ!" अउम ने कुछ सोचते हुए कहा था।

"अरे फिर तो पूरी टोली ही! क्या बात है। सच में मज़ा आ जाएगा," श्री भी खुश होते हुए बिस्तर पर से उठी थी।

नरीमन पॉइंट

खिड़की से बाहर झाँकते हुए श्री ने कहा था, "यहाँ समुद्र कितनी दूर है अउम?"

"समुद्र बहुत पास में है। बस दस मिनट का रास्ता है। चलना है क्या?"

"मन तो था पर छोड़ो..! मम्मी खाना बना चुकी हैं। खाते हुए ही बहुत देर हो जाएगी," श्री ने कहा था।

"तुम चाहो तो खाना खाकर मरीन ड्राइव, नरीमन पॉइंट भी चल सकते हैं। लौटते हुए थोड़ी देर भी हो जाएगी तो क्या!"

"लेकिन कल तो मुझे पटना निकलना है!" श्री असमंजस में थी।

"मम्मी से पूछ लेते हैं! यदि वो कहेंगी तभी जाएँगे। यदि उनको अपनी पतोहू से कुछ बतियाना होगा तो नहीं जाएँगे," कहते हुए चुटकी ली थी अउम ने।

''अच्छा! ठीक है। पूछ लो! यदि वो कहेंगी तो खाने के बाद घूमने चलेंगे!'' अभी श्री इतना ही कह पाई थी कि बाहर से मम्मी की पुकारने की आवाज़ आई थी।

''हाँ मम्मी, आया!'' कहते हुए अउम और श्री दोनों बाहर निकले थे।

''अरे श्री तुमने आराम नहीं किया। तुम तो थकी हुई होगी! अउम ने तुझे आराम करने नहीं दिया ना?''

''नहीं मम्मी, मुझे भी अच्छा लग रहा था। एक साल बाद मिले हैं ना! कॉलेज तो खतम भी नहीं हुआ कि हम लोग नौकरी के लिए भाग लिए। तो बस...!''

''यदि तुम लोग खाना खाना चाहो तो सब कुछ रेडी है।'' मम्मी ने टेबल पर प्लेट रखते हुए कहा था।

''हाँ मम्मी, हम लोग खाना चाहते हैं और खाकर नरीमन पॉइंट जाना चाहते हैं। यदि तुम कहो तो!'' अउम ने पानी का जग टेबल पर रखते हुए कहा था।

''अच्छा तो तुम लोगों ने पहले से ही सब तय कर रखा है?'' मम्मी ने जानबूझकर गंभीर बनते हुए कहा था।

''नहीं मम्मी! अभी मैंने ही अउम से पूछा कि समुद्र कितनी दूर है। तब अउम ने कहा कि पास में ही है। चलो घूम आते हैं!'' श्री ने थोड़ा लजाते हुए कहा था।

''धत्त पगली! मैं तो बस यों ही कह रही हूँ! मुंबई आकर नरीमन पॉइंट न गए, तो क्या मुंबई गए!'' कहते हुए हँसी थीं मम्मी। तभी पापा भी कमरे से बाहर आए थे।

श्री रसोई में गई थी और वहाँ से सब्ज़ी का डोंगा उठा लाई थी। पापा टेबल पर आकर बैठ गए थे।

आज श्री के स्वागत में पूरा बिहारी खाना ही बना था। भागलपुरी कतरनी का भात, बैगन बड़ी, बड़ी-कुली, आलू-गोभी की तरकारी, लाल साग, कद्दू का बचका, तिलौड़ी-चरौड़ी पापड़-चिप्स, भात पर घी, दही और उज़ला रसगुल्ला! खाने की सुगंध से श्री का मन खिल उठा था।

सभी ने साथ बैठकर खाना खाया था, ''हरेक चीज़ बहुत स्वादिष्ट है मम्मी। ओह! कितने दिनों बाद इस तरह से खाना खा रही हूँ! वैसे सच कहूँ मम्मी, तो घर में ऐसा खाना मैंने कभी नहीं खाया। मेरे घर में तो आलू का चोखा साल भर की एक सब्ज़ी होती थी। वैसे मुझे माड़-भात बहुत पसंद है।''

''बेटी, खाना तो बस जिह्वा की संतुष्टि का एक कारक भर है। स्थिति और उपलब्धता

के अनुसार हर शरीर अपनी ज़रूरतें ख़ुद तय करता है। यह तो तुम्हारे स्वागत के लिए ही है। तुम अब मेरे घर की मेहमान नहीं रहीं। अब हम एक परिवार के सदस्य व्यावहारिक तौर पर भी बन गए,'' कहते हुए पापा ने श्री की ओर मुस्कराते हुए देखा था।

स्वादिष्ट खाना खाते हुए सैन रेमोन के बारे में भी बहुत सारी बातें हुई थीं और नागपुर की भी। श्री को वहाँ का श्रीखंड बहुत पसंद था। तभी अउम ने कहा था, ''खाना हो गया हो, तो उठा जाय!''

''हाँ श्री, उठो!'' कहते हुए मम्मी जी ने जूठी प्लेटें उठानी चाही थीं, पर श्री ने ऐसा करने नहीं दिया था। उसने और अउम ने मिलकर सारी प्लेट्स उठाई थीं। श्री को इस तरह काम करते और अउम को उसका साथ देते हुए देखकर मम्मी का चेहरा खिल गया था। उन्हें बहुत संतोष हो रहा था अपने बेटे की पसंद पर! वह आह्लादित हो रही थीं, श्री के प्यारेपन से।

टेबल साफ़ कर श्री और अउम अपने-अपने कमरे में गए थे और कपड़े बदलकर निकल गए थे नरीमन पॉइंट की ओर।

''श्री, हम लोग लोकल ट्रेन से चलेंगे। उससे जल्दी पहुँचेंगे और जल्दी लौटेंगे,'' कहते हुए अउम ने सड़क पर एक टैक्सी रुकवाई थी और वहाँ से वे बांद्रा स्टेशन गए थे। वहाँ से लोकल ट्रेन पकड़ कर चर्च गेट!

''मुंबई आकर जिसने लोकल ट्रेन की सवारी नहीं की वह मुंबई को देख ही नहीं पाया। जानती हो श्री, अभी तो चार बज रहे हैं, इसलिए चर्च गेट जाने में ज़्यादा भीड़ नहीं मिली, वरना चढ़ना मुश्किल होता है। लोकल की सबसे ख़ास बात यह है कि स्टेशन पर ट्रेन में घुसने के लिए जद्दोजहद करनी पड़ती है। पहले से चढ़े यात्री तुम्हें घुसने की जगह भी नहीं देंगे। जैसे ही ट्रेन चली, वही यात्री तुम्हें जगह देकर अन्दर आने देंगे। तुम्हें गिरने से बचाएँगे। यही मुंबई की मनोवृत्ति है। पहले यह शहर तुम्हें स्वीकार नहीं करेगा। तुम्हें डराएगा! तुम्हें भगाएगा! यदि तुम टिक गईं, तो यही शहर तुम्हारा संरक्षण करेगा।'' चर्च गेट पर उतरकर अउम दाहिनी ओर से बाहर निकला था और टहलते हुए मरीन ड्राइव पहुँच गया था।

''वॉव!'' सामने सड़क पार कर श्री फुटपाथ पर आई थी। समुद्र का ख़ूबसूरत नज़ारा उसके सामने था। श्री कुछ देर तक अपलक समुद्र को निहारती रही थी। उसे यह एहसास ही नहीं रहा कि अगल-बगल कौन है! वह बस उतरते सूरज को अथाह समुद्र के सामने देख रही थी।

''आओ श्री! हम लोग नरीमन पॉइंट की ओर चलते हैं,'' यह सुनकर श्री का ध्यान टूटा।

''हाँ चलो!'' श्री ने चारों ओर नज़रें घुमाई थीं। वहाँ समुद्र किनारे मोटी-सी दीवार

पर बहुत लोग बैठे थे। ज़्यादातर लड़के-लड़कियों के अनेक ख़ूबसूरत जोड़े वहाँ सपनों के अथाह सागर में गोते लगा रहे थे। नरीमन पॉइंट की ओर जाते हुए कई जोड़े, उस सुरक्षा दीवार से बाहर, समुद्र किनारे सीमेंट के त्रिकोण पत्थरों पर आलिंगित किसी और दुनिया की सैर में दिखे। कुछ जोड़े तो समुद्र के पानी में अपने पैरों पर उसकी नमकीनियत महसूस कर रहे थे। दूर तक अर्धचंद्राकार सड़क पर चलती बसें और गाड़ियाँ अलग ही गले के हार का दृश्य प्रस्तुत कर रही थीं। बाईं ओर सड़क और दाईं ओर समुद्र! सड़क के दूसरे किनारे पर कई होटल और बड़े-बड़े आलीशान भवन समुद्र के सामने डटे हुए थे।

''वाह...!'' श्री उस पूरे दृश्य में जैसे खोई हुई थी। नरीमन पॉइंट के कोने पर दोनों हाथ पकड़े सीमेंट के त्रिकोण पत्थरों पर नीचे उतर गए थे। सँभलते हुए दोनों थोड़ा नीचे गए थे। शहर का दूसरा हिस्सा एक ओर दिख रहा था और दूसरी ओर समुद्र का अथाह फैलाव! दोनों नीचे पानी तक चले गए थे। हालाँकि वहाँ जाना निषिद्ध था। दुनिया से बेफ़िक्र पानी में पैर डाले श्री और अउम बैठे सूर्य को सागर में उतरते देख रहे थे।

''कितना मोहक दृश्य है श्री! भ्रम ही सही, पर सूर्य किस तरह अपनी पूरी थाह के साथ समुद्र के खारे पानी का चुम्बन कर रहा है।''

''हाँ अउम! यह नरीमन पॉइंट हमें प्रकृति की दो विपरीत धाराओं के योग का साक्षी बना रहा है। जानते हो अउम! पूरा जगय ऐसे अनेक भ्रमों को उत्पन्न करता है। दिखता कुछ है और होता कुछ है! अक्सर वैज्ञानिक भी इसी भ्रम को सच मान लेते हैं, जैसे बिगबैंग और ब्लैकहोल!'' श्री, के कहते-कहते सूर्य समुद्र में समाने लगा था! श्री, अउम की वामा बनी इस योग दृश्य में खोई हुई थी।

अध्याय-23

नौभैया परिवार

''बाय श्री... ! जाओ, अपने लक्ष्य में कामयाब हो !'' अउम हवाई अड्डे पर श्री को छोड़ने आया था और साथ में मम्मी-पापा को भी!

श्री मुस्कराते हुए बोली थी, ''तुम मेरी ताकत हो अउम और मेरा गर्व भी। तुम्हारे साथ के बगैर मैं कुछ भी नहीं। संभव हो, तो तुम भी कुछ दिनों के लिए छुट्टी लेकर आ जाओ ना!'' श्री ने गंभीरता से अउम की आँखों की गहराई में झाँकते हुए कहा था।

''मैंने मेल भेज दिया है श्री। जल्दी ही तुम्हारे यज्ञ में शामिल होने के लिए मैं पहुँच रहा हूँ।'' अउम की आँखों में जैसे प्रेम के गुलाबी रंग ने उसकी पतली महीन नसों को उभार दिया था।

"तुम्हारे बगैर मेरा यज्ञ पूरा नहीं हो सकता अउम! तुम्हारा आना ज़रूरी है।"

"ठीक है! मैं तुम्हारे साथ ही रहूँगा, तुम्हारे दिल की गहराइयों में! जब मन हो झाँक लेना," कहते हुए अउम हँसा था।

"बाय!" कहते हुए श्री ने आँखें झपकाई थीं और अउम ने मम्मी-पापा के पैर छूकर प्रणाम किया था।

बाहर निकलकर कुछ देर यूँ ही आसमान की ओर ताकता रहा था अउम! जहाज़ों का उड़ना-उतरना जारी था। तभी एयर इंडिया का एक जहाज़ दिखा था, जिसने अभी-अभी उड़ान भरी थी।

पापा और मम्मी के साथ का सफ़र एकदम अलग था। बोर्डिंग करते समय तीनों ने एक साथ ही सीट ली थी। मम्मी का स्नेह मन को विह्वल किए जा रहा था। श्री के मन में एक सवाल भी था कि क्या इन पर मेरी जाति का कोई प्रभाव नहीं पड़ा! क्या इनमें जाति-भेद का कोई ज़ख़्म नहीं? क्या भारत सचमुच सचेत हो गया है? क्या दुनिया के सांस्कृतिक बदलाव की गति तेज़ हो गई है?

"धम्म!" श्री के ख़यालों में ही यात्रा जैसे पूरी हो गई थी और जहाज़ पटना उतर चुका था।

पटना पहुँचकर पापा की गाड़ी से श्री पहले अउम के घर गई थी।

"आओ बेटी!" बहुत दुलार से पापा घर के भीतर घुसते हुए बोले थे। वहाँ रसोइये ने नाश्ता बना रखा था। चाय-नाश्ता करते हुए श्री ने पा को फ़ोन किया था।

"हैलो पा! प्रणाम। मैं आ गई हूँ और अभी अउम के घर पर हूँ। अभी उन सबके साथ वहाँ पहुँच रही हूँ।" एक साँस में कह गई थी श्री।

"अच्छा! आ गईं बेटी? खुश रहो। नैन बोल ही रहा था, फ़ोन लगाने के लिए। एक बार उसने लगाया भी, पर तुम शायद जहाज़ पर ही होगी। नॉट रिचेबल बोल रहा था।" पा ने खुश होते हुए कहा था।

"ठीक है, बस थोड़ी देर में पहुँच रही हूँ।"

"आओ-आओ!" संक्षिप्त बातचीत के साथ फ़ोन कट गया था।

नाश्ते की औपचारिकता के बाद श्री, पापा और मम्मी के साथ घर के लिए निकली थी। मम्मी ने एक बैग में कुछ नए कपड़े रखे थे। बोरिंग रोड चौराहे पर से पापा जी ने ढेर

सारे फल और ढेर सारी मिठाइयाँ ख़रीदी थीं।

''इतने सारे फल और इतनी मिठाइयाँ क्यों ख़रीद रहे हैं पापा?'' श्री ने आश्चर्य से आँखें बड़ी करते हुए पूछा था।

''तुम्हारे घर ख़ाली हाथ जाएँगे क्या?'' पापा ने हँसते हुए कहा था और मम्मी ने श्री का गाल छूकर स्नेह प्रदर्शित किया था। श्री ने अपने ओंठों को एक अलग आकार दिया था और उसकी आँखें मम्मी के स्नेह से पनियाली हो गई थीं।

कुछ ही मिनटों में श्री अपने अपार्टमेंट में पहली बार दाखिल हो गई थी।

''टिन् टिन्...!'' फ़्लैट का दरवाज़ा खुला था।

''आइये...! आप सबका स्वागत है।'' कहते हुए पा पीछे हटे थे। श्री के साथ पापा और मम्मी अन्दर आए थे।

अन्दर माँ ने हाथ जोड़े थे और मम्मी ने उन्हें बाँहों में भर लिया था। तब तक ड्राइवर आकर श्री का सामान रख गया था।

सभी अभी सोफ़े पर बैठे ही थे कि नैन ने उन दोनों के पाँव छुए थे और श्री को प्रणाम कर उसके पास बैठ गया था। श्री ने बैठे हुए ही उसे अपनी दाहिनी बाँह में समेट लिया था।

यहाँ खाने का मोर्चा श्री ने सँभाला था। चाय-मिठाई के साथ गपशप का दौर चलता रहा था। अपना नया घर देखने के बाद चाय पीते हुए श्री भी साथ ही बैठी थी।

''पापा क्या हम लोग कल बड़हिया चल सकते हैं?'' बातचीत के क्रम में श्री ने पूछ लिया था।

''हाँ, क्यों नहीं? कल सुबह ही निकलते हैं। डेढ़ घंटे में तो पहुँच ही जाएँगे।...और फिर तुम कुमैदानवाली ज़मीन देख लेना।'' पापा जी भी इस पूरे प्रोजेक्ट से बहुत उत्साहित थे और श्री के साथ खड़े थे।

''वहाँ रुकने की ज़रूरत पड़ गई तब?'' श्री ने संदेह दूर करने के ख़याल से पूछा था।

''अरे, तो अपना इतना बड़ा हवेलीनुमा घर काहे के लिए है! तुम्हें कोई दिक्कत नहीं होगी।...और-तो-और, मैं ख़ुद वहाँ रहूँगा। तुमको जिनसे मिलने की इच्छा होगी, उनसे मिलवा भी दूँगा।'' पापा के इस आत्मीय भाव ने श्री को आनंद से भर दिया था।

''जानती हो श्री! 1943 ई. में एक बहुत बड़ा अकाल पड़ा था। उस समय पूरा

बंगाल, उड़ीसा और बिहार इसके केंद्र में थे। उस सूखे के कारण पड़े अकाल ने लगभग बीस लाख लोगों की जान ले ली थी। एक साल बारिश नहीं हुई थी और फ़सलें चौपट हो गई थीं। दूसरे साल फिर बारिश बहुत कम हुई। तालाबों के राज्य बंगाल-बिहार-उड़ीसा, एकदम उजाड़-से हो गये। लोग भूखे-प्यासे मरने लगे। अंग्रेज़ों की क्रूरता ने इसको और भी विकराल बना दिया। जो फ़सलें हुईं भी, उन्हें अंग्रेजों ने द्वितीय विश्वयुद्ध में रसद की कमी से निबटने के लिए अपने गोदामों में भर लिया था। छोटे-छोटे स्तर पर कुछ ज़मींदारों और मारवाड़ी व्यापारियों ने अनाज बाँटने की कोशिश की, पर वह ऊँट के मुँह में जीरे के समान था। उसी समय बड़हिया के घनराज टोला (जो बाद में धनराज टोला कहलाने लगा) में एक नौभैया परिवार था। वह परिवार आज भी है। उस परिवार के सबसे छोटे भाई मटुकधारी, जिसे प्यार से लोग जुलुमधारी भी कहते थे, अपने घर के मालिक मँझले भैया रमेश के पास गए थे और उनसे अकाल में गरीबों की मदद करने को कहा था। सभी भाइयों की बैठकी हुई और छोटे भाई के इस प्रस्ताव को मान लिया गया। दूसरे ही दिन ढिंढोरा पिटवा दिया गया और सदाव्रत बँटने लगा। सदाव्रत में हरेक आगंतुक को धोती या साड़ी, एक बोरी अनाज और चाँदी का एक सिक्का दिया जाता था। उस परिवार के लिए पूरे इलाके में सम्मान का भाव उत्पन्न हो गया। उनके लिए एक कहावत ही चल पड़ी थी—नौभैया के यहाँ सिक्का बजता है।''

श्री, पापा के मुख से बड़हिया की कहानी सुनकर आह्लादित होते हुए बोली, ''पापा, फिर तो प्रकृति ने मुझे जानबूझकर उस पवित्र धरती से काम के श्रीनव की स्थिति दे दी है। आपके स्नेह ने मुझे और शक्तिशाली बना दिया है।''

''तुम मेरी प्यारी बेटी हो! बुज़ुर्गों का काम है, अपने बच्चों का सहयोग करना।...और तुम तो इस काम के लिए विश्वविख्यात हो चुकी हो! तुम्हारी मदद करने के लिए तो अभी बहुत लोग आगे आएँगे श्री! देखना...!'' पापा ने एक तरह से आशीर्वाद दे दिया था।

''पापा...!'' कहकर श्री ने हाथ जोड़ते हुए उनके पाँव छू लिए थे। पापा ने दोनों बांहे पकड़कर उसे खड़ा किया था और दिलअज़ीज़ बन गई बेटी के ललाट को चूम लिया था।

...फिर खाना हुआ था। श्री की पसंद का शाकाहारी खाना ही बनाया गया था। खाने के समय पानी की किल्लत पर ही बातचीत होती रही।

''ठीक है बेटी! आज तुम अपने पा-माँ के साथ रहो! कल निकलने से पहले मैं तुम्हें फ़ोन कर दूँगा। तुम अपना बोरिया-बिस्तर बाँध लो! सुबह पाँच बजे चलने से ट्रैफ़िक नहीं मिलेगा।'' कहते हुए पापा और मम्मी उठ खड़े हुए थे। श्री के दोनों परिवार गले मिले थे और फिर पापा-मम्मी ने विदा ली थी।

नदान-नदीली प्रोजेक्ट

"हाँ यह ज़मीन तो बहुत अच्छी है, पर गंगा की मुख्यधारा ही दूर चली गई है ना पापा?" श्री आज सुबह ही पापा के साथ बड़हिया आ गई थी और सबसे पहले कुमैदानवाली ज़मीन और गंगा का मुआयना करने चली गई थी।

"हाँ बेटी, पर बरसात में पूरा दियारा पानी से भर जाता है और यह जो सोता जैसा दिख रहा है, पूरी तरह गंगा में मिल जाता है। इसलिए तुम्हें दिक्कत नहीं होगी। वैसे, यदि तुम चाहो तो पंचमहला-जलालपुर-हथिदह की ओर अपने परिचितों से बात करें! वहाँ गंगा की मुख्य धारा है," पापा ने उस इलाके की स्थिति समझाई थी।

"अब शुरुआत तो यहीं से करेंगे पापा। एक कॉरिडोर बड़हिया-लखीसराय-मुंगेर का प्रोजेक्ट बनाएँगे और दूसरा हथिदह-मोकामा-दानापुर का प्रोजेक्ट बनाएँगे। मेरे दिमाग में स्थिति साफ़ हो गई है। मैं ज़रा पा से बात कर लेती हूँ। उन्होंने कहा था कि दुसाधों में तालाब खोदनेवाले अब भी कुछ एक्सपर्ट मुंगेर में हैं, जो दरभंगा की ओर जाकर काम करते हैं। उन्होंने कहा था कि उन सबका हुजूम जुटा देंगे।" श्री पूरी तरह अपने निश्चय को आकार देने में लग गई थी।

"ट्रिंग ट्रिंग...! हैलो!" श्री ने फ़ोन उठाया था।

"हैलो, ऋषा बोल रही हूँ।"

"अरे तू पहुँच गई भारत? यह किसका नंबर है?"

"यह वीर का नंबर है। अभी उसी के साथ दिल्ली में हूँ।"

"अच्छा! वाह! वीर कैसा है?"

"बहुत खुश है। तब से बोधि के साथ लगा हुआ है। श्री, हम दोनों ने साथ रहने का निर्णय कर लिया है," ऋषा खुश होते हुए बोली थी।

"ओह! बहुत बधाई तुम्हें! सुन ऋषा। तुम दोनों बोधि को लेकर बड़हिया आ जाओ। यहाँ अउम का बहुत बड़ा घर है। वह भी पहुँचनेवाला है। तुम सब आ जाओगे, तो बहुत मज़ा आएगा," श्री ने अपनी ओर से बड़हिया आने का आमंत्रण दे दिया था।

"बड़हिया? हूं...! तू पहुँच भी गई अउम के घर? सब कब्ज़िया लिया? वाह! तू तो बड़ी होनहार निकली रे! एक आँख मार के पहले बेटे को फँसाया और अब पूरा घर?" कहते हुए ऋषा ज़ोर से हँसी थी और साथ में श्री भी।

"धत्त...! तू ना? कभी नहीं सुधरेगी! अब तूने साथ रहने का निर्णय कर लिया है,

तो तेरी प्रेरणा से सोच रही हूँ मैं भी यह नेक निर्णय ले ही लूँ!"

"अच्छा! मुंबई में कहीं शादी तो नहीं कर ली?" कहते हुए गंभीर हो गई थी ऋषा।

"अरे नहीं रे! पहले अपना लक्ष्य पूरा करना चाहती हूँ। एक बार इसकी शुरुआत हो जाए, तभी चैन मिलेगा। शादी भी तो एक महत्त्वपूर्ण कार्य है ना ऋषा! इसलिए इस लक्ष्य को आगे बढ़ा देने के बाद वैवाहिक संकल्प लेंगे," श्री भी गंभीर हो गई थी।

"संकल्प?" ऋषा ने आश्चर्य से पूछा था।

"हाँ, अँजुरी में पानी लेकर स्वसंकल्प करेंगे। पानी में अग्नि और हवा दोनों की उपस्थिति होती है। उसे अँजुरी में लेकर संकल्प लेने से पूरी सृष्टि में हमारा लिया हुआ संकल्प पहुँच जाता है और जगय के सभी तत्त्व हमारी सहायता करने के लिए आ जाते हैं। तभी हमारी ज़िन्दगी मनोनुकूल ख़ूबसूरत होती है।" श्री ने शादी की भी जैसे पूरी प्लानिंग कर रखी थी।

"तो ठीक है पंडित श्री! हम भी तुम्हारी तरह ही संकल्प लेंगे। ठीक है? वीर से बात करके आती हूँ, बड़हिया!"

"चल, फिर बात करती हूँ। वीर का यह नंबर सेव कर लेती हूँ," कहते हुए श्री ने फ़ोन काट दिया था और पा को फ़ोन लगाया था।

"हैलो पा...! प्रणाम! हाँ अभी मैं गंगा किनारे मुआयना कर रही हूँ।"

"खुश रहो बेटी।"

"पा, ज़रा अपने समाज के जनार्दन चच्चा को कह दीजिए ना कि एक-दो दिनों में तालाब खोदनेवाले एक्सपर्ट को बड़हिया लेकर आ जाएँ!"

"ठीक है, कहता हूँ!...पर वे लोग रहेंगे कहाँ?...और खाएँगे क्या? उन्हें कुछ आर्थिक मदद कब तक मिल पाएगी? यह सब उन्हें बताना पड़ेगा बेटी।" पा ने कुछ ज़रूरी सवाल किए थे।

"पा, एक-दो दिन तो सत्तू और फरही-चूड़ा से काम चलाएँगे। उसके बाद उन्हीं के लोगों में से दो-तीन लोगों को खाना बनवाने में लगवा देंगे। रहने के लिए कुछ लोगों के लिए टेंट लगवा देंगे और कुछ लोग अउम के साथ रह लेंगे। बहुत बड़ा छपरैल खाली पड़ा हुआ है।...और आर्थिक सहयोग के लिए हम प्रयासरत हैं। कहीं से इंतज़ाम हुआ तो ठीक, नहीं तो एक महीने का हम ख़ुद से कर देंगे।"

''ठीक है बेटी। हम बात करते हैं। अब रखें?''

''ठीक है पा!'' कहते हुए श्री ने फ़ोन काट दिया था। कुछ देर वहीं मुआयना करने के बाद श्री, पापा के साथ वापस हवेली आ गई थी।

खाना खाते हुए श्री ने पूछा था, ''पापा, हम लोग खाना खाने के बाद लखीसराय चल सकते हैं?''

''हाँ, चल सकते हैं। पर एक ही दिन में कितना काम करोगी? वैसे, वहाँ क्यों जाना चाहती हो?'' पापा ने उत्सुकतावश पूछा था।

''डी.एम. से मिलना चाहती हूँ। उन्हें इस अभियान की पूरी जानकारी देकर उनसे सहयोग मांगूँगी!'' श्री का विश्वास भी बड़ा गज़ब का था।

''हाँ, पर डी.एम. है कि नहीं और वह कब मिलेगा? यह तो पहले जानना होगा ना! उससे समय लेना पड़ेगा,'' पापा ने व्यावहारिक बात बताई थी।

''हूं...! अच्छा यह बताइए, कोई लोकल पत्रकार आपका परिचित है?'' श्री ने कुछ सोचते हुए पूछा था।

''हाँ, है तो! बड़हिया में भी और लखीसराय में भी है,'' पापा ने कहा था।

''ठीक है। आप उसे फ़ोन लगाइए और उससे कहिये कि श्री, यू.एस. से आई हैं। एक ख़ास प्रोजेक्ट उन्हें शुरू करना है। डी.एम. से मिलना चाहती हैं। इससे दो काम एक साथ हो जाएँगे। एक तो ख़बर भी कल छप जाएगी और वह डी.एम. से मिलने में मदद भी कर देगा।'' श्री की बातों से पापा जी एकदम चमत्कृत थे।

''क्या दिमाग चलता है इस लड़की का! तुम साधारण लड़की नहीं हो सकतीं श्री! समझो तुम्हारा काम हो गया। खाना खाकर लखीसराय चलते हैं।''

श्री हँसी थी और बोली थी, ''पापा, यह तो आपका आशीर्वाद है। जब माँ-बाप का बच्चों के सिर पर हाथ होता है ना, तो आसमान भी झुक जाता है।''

श्री की बात सुनकर मम्मी ने उसके सिर पर हाथ फेरा था और कहा था, ''बड़हिया का रसगुल्ला बहुत फ़ेमस होता है। अभी खास तुम्हारे लिए मँगवाया है। लो मुँह मीठा करके निकलो!''

रसगुल्ला खाते हुए श्री ने कहा था, ''वाह! बहुत स्वादिष्ट है मम्मी!''

संकल्प

"मैं श्री, सूर्य को साक्षी मानकर अँजुली में जल लिए यह संकल्प लेती हूँ कि पृथ्वी पर जीवों की रक्षा के लिए पानी लाऊँगी! मैं इस पावन अवसर पर पंचतत्त्वों का आह्वान करती हूँ कि वे मेरे इस महान कृत्य में हमारा साथ दें!" कहते हुए श्री ने आँखें खोली थीं, तो अउम को भी अपनी बगल में अँजुरी में जल भरकर संकल्प लेते हुए देखा। श्री ने ज़मीन पर अभिमंत्रित जल अर्पित किया और पहला फावड़ा चलाकर मिट्टी की खुदाई की शुरुआत की।

अउम की ओर देखकर श्री मुस्कराई थी और अउम ने भी पलकें झपकाकर श्री के साथ होने का एहसास दिलाया था।

तभी सामने डीएम साहब की गाड़ी आकर रुकी थी।

"काम तो शुरू कर दिया आपने श्री। मुझे ख़ुशी है कि आपने इस पुनीत कार्य के लिए हमारे ज़िले को चुना। आपके कहे अनुसार पानी का टैंकर उपलब्ध करवा दिया है। साथ ही सत्तू, चूड़ा, गुड़ आदि का भी प्रबंध करा दिया है। प्रत्येक दिन हज़ार आदमी भी काम करें, तो भी उनके लिए महीने भर का इंतज़ाम तो हो ही गया है। यह सब मैंने कुछ किसानों, व्यापारियों के सहयोग से किया है। मिट्टी को हटाने और स्थल को चौरस करने के लिए मैंने ट्रैक्टर और क्रेन का भी इंतज़ाम करा दिया है। वह भी आता ही होगा। एक और बात! मोकामा से सी.आर.पी.एफ़ कैम्प में हमारी बात हुई है। वहाँ से पच्चीस टेंटों का इंतज़ाम हो गया है। इसके अलावा जो कुछ भी ज़रूरत हो, वह बताइए। मैं आपके साथ हूँ," डी.एम. शशिकान्त मिश्रा ने मुस्कराते हुए कहा था।

श्री ने मिट्टी भरा तसला उठाया था और डी.एम. साहब की ओर बढ़ाते हुए कहा था, "आपका यह सहयोग दुनिया हमेशा याद रखेगी।"

डी.एम. साहब ने आगे बढ़कर श्री के हाथों से मिट्टी भरा तसला लिया था और अपनी बगल के साथी को थमा दिया था। मीडिया के लोग धड़ाधड़ फ़ोटो-वीडियो बना रहे थे।

"शशिकांत जी! यदि आप जैसे सहयोगी मिल जाएँ, तो पूरा भारत फिर से स्वर्ग बन जाए!" श्री ने मुस्करा कर कहा था।

"आप शर्मिन्दा कर रही हैं। मैं तो सरकारी नौकर हूँ। हर महीने काम की तनख़्वाह मिलती है।...पर आप! हमें आप पर गर्व है! आज आपकी गौरव-गाथा तो सारे अख़बारों के प्रथम पृष्ठ पर है। मैं तो आपके सहयोग का एक प्यादा भर हूँ।...पर हाँ, पूरी ईमानदारी से आपका सहयोग करूँगा!" डी.एम. साहब ने मुस्कराते हुए कहा था। डी.एम. साहब ने दूसरी बार तसला उठाया था और आगे बढ़ाया था।

"ये अउम हैं! मेरे साथी। यह ज़मीन इन्हीं की है। इन्होंने ही मुझे यहाँ से काम शुरू करने के लिए प्रेरित किया," अउम से परिचय कराते हुए श्री ने अउम की तारीफ़ की थी।

"आपसे मिलकर बहुत अच्छा लगा, अउम!" डी.एम. साहब ने अपना हाथ बढ़ाया था। अउम ने आगे बढ़कर हाथ मिलाते हुए कहा था, "ज़रूरत पड़ी, तो आपको फ़ोन करूँगा!"

"हाँ ज़रूर! आपके लिए चौबीस घंटे, मैं एलर्ट पर रहूँगा," कहते हुए डी.एम. साहब की मुस्कान थोड़ी चौड़ी हो गई थी और साथ में अउम की भी।

"ऋषा और वीर भी परसों पहुँच रहे हैं श्री और साथ में उनकी छोटी बिटिया बोधि भी। उसका फ़ोन आया था।" अउम ने यह सूचना दी थी। श्री को बड़हिया आए हुए आज छह दिन हो गए थे।

"अच्छा, वाह! बहुत बढ़िया! हमारी सफ़्स टीम के साथ एक नया मेहमान भी," कहने के बाद श्री ने कामगारों को प्रोत्साहित करने के लिए गीत गाना शुरू कर दिया था।

"पानी रे, रे पानी/ तेरे बिन/ गीत कोई क्या गाए?" यह गाना जैसे मन्त्र की तरह काम करने लगा था और साथियों को प्रेरित करने लगा था।

तभी सी.आर.पी.एफ. के तीस जवान वहाँ पहुँचे थे और नदान की खुदाई में साथ देने लगे थे। हर ओर जश्न का माहौल बन गया था। कुछ कामगार साथियों ने सत्तू घोला था और फिर सभी कामगारों को बारी-बारी से सत्तू पिलाया था।

"लीजिए मैडम! आप भी पीजिए।" एक कामगार ने श्री की ओर सत्तू का गिलास बढ़ाया था। श्री ने सत्तू का गिलास लेते हुए कहा था, "मुझे मैडम मत कहना। मेरा नाम श्री है। सभी मुझे श्री ही बुलाना। सिर्फ़ श्री!" कहते हुए श्री ने सत्तू पीना शुरू किया था।

कामगार ने मुस्कराते हुए अउम की ओर सत्तू का गिलास बढ़ाया था। अउम ने फावड़ा रखते हुए गिलास पकड़ा था और कहा था, "और मेरा नाम अउम है। श्री और अउम! ठीक है!"

वह कामगार दोनों को देखते हुए हँस दिया था और फिर गिलास लेकर चला गया था। शाम होते-होते पटना से अनेक मीडियाकर्मी वहाँ पहुँच गए थे। कुछ तो खेतों में घुसाते हुए ओवी वैन लेकर पहुँच चुके थे। सभी अलग-अलग तरह से कवरेज की कोशिश कर रहे थे। कुछ स्थानीय पत्रकारों से भी मदद ले रहे थे। अउम उस समय श्री के सचिव की भूमिका में आ गया था। मीडियाकर्मियों को या तो वह ख़ुद बाइट दे रहा

था या श्री से बात करने के लिए पाँच बजे का समय दे रहा था। श्री कामगारों के साथ ख़ुद लगी हुई थी। मीडियावाले उस पूरे सांस्कृतिक आन्दोलन को लाइव दिखा रहे थे, तो कुछ रिकॉर्ड कर रहे थे।

अचानक पूरा लखीसराय ज़िला देश भर की मीडिया में छा गया था। हर ओर नदान के निर्माण की ख़बरें चल रही थीं। कोई श्री का पुराना राँचीवाला विज़ुअल चला रहा था, तो कोई नागपुर वाला बाइट!

चार बजते-बजते श्री का फ़ोन घनघनाने लगा। श्री ने अपना फ़ोन अउम को थमाते हुए कहा, "लो यार! ये सब तुम देखो! इन्हें संभालो, नहीं तो मैं काम ही नहीं कर पाऊँगी। राजनीतिज्ञ की तरह मीडिया पर चेहरा चमकाती रहूँगी। काम करेगा कामगार और चेहरा चमकेगा मेरा। सुन! तू इस पूरे प्रोजेक्ट का अभी से प्रवक्ता बन जा! अब तू ही सबको जवाब दे। जहाँ तुम्हें ज़रूरी लगे वहाँ तुम मुझसे कह सकते हो!" श्री ने अउम को समझाते हुए प्यार से आँखें झपकाई थीं!

"ठीक है! आपके आदेश का पालन होगा!" कहते हुए अउम हँसने लगा था।

आँखें झपकाकर स्नेह भरा अनुरोध करते हुए श्री ने कहा था, "सँभाल ले ना यार!"

फिर दोनों साथ-साथ हँसे थे और काम पर लग गए थे।

अध्याय-24

साथियों का साथ

"हैलो रॉड्रिक सर! कैसे हैं आप?"

"मैं ठीक हूँ श्री। तुम कैसी हो? तुम्हारा मेल मिला था। ख़बर भी देखी है। तुम अपने नदानवाले प्रोजेक्ट पर वहाँ काम कर रही हो! जानकर बहुत ख़ुशी हुई," रॉड्रिक ने ख़ुशी ज़ाहिर की थी।

"थैंक यू सर...! यहाँ पिछले कई दिनों से धुआँधार काम चल रहा है। इस प्रयोग से प्रेरित होकर दानापुर से मुंगेर लगभग दो सौ किलोमीटर के दायरे में गंगा के किनारे लोग काम करना शुरू कर चुके हैं," श्री ने उत्साहित होते हुए कहा था।

"गुड जॉब! मुझे ख़ुशी है श्री कि तुमने छुट्टियों का इस्तेमाल इस रूप में किया। अच्छा, तुमने लौटने का टिकट तो ले रखा है ना?" रॉड्रिक ने पूछा था।

''हाँ सर! वह तो साथ में ही ले लिया था। मेरी कोशिश होगी कि तय समय पर यहाँ का काम खत्म करूँ और समय पर लौट पाऊँ!'' श्री ने विश्वास के साथ कहा था।

''अच्छा...! मतलब लौटने में देर भी हो सकती है?...पर ध्यान रहे, तुम्हारा जलपिंडवाला काम ज़रूरी है। डेनियल काम कर रहा है, पर तुम रहोगी, तो शायद काम थोड़ा बेहतर होने की उम्मीद है,'' रॉड्रिक ने थोड़ी चिंता जताते हुए कहा था।

''मेरी पूरी कोशिश रहेगी सर। वह मेरा सपना है।...पर हम लोग एयर कंप्यूटर पर तो अभी भी उस काम को आगे बढ़ा सकते हैं सर!'' श्री विश्वास से भरी थी।

''देख लो...! यदि कर सकती हो, तो अच्छा है।'' रॉड्रिक ने श्री पर छोड़ते हुए कहा था।

''मैं डेनियल से बात करके बताती हूँ। एक अनुरोध था सर...!'' श्री ने थोड़ी धीमी आवाज़ में कहा था।

''हाँ बताओ श्री!''

''सर! क्या श्रीस्त्र को भारत भेजवाया जा सकता है? मैं यहीं उसका प्रयोग करना चाहती हूँ।''

''हूं...! ओके...!...पर वह कोरियर से तो जा नहीं सकता है। उसके लिए तो किसी को भेजना पड़ेगा,'' रॉड्रिक ने थोड़ा असमंजस के साथ कहा था।

''देख लीजिए सर! यदि संभव हो तो!'' श्री इतनी जल्दी श्रीस्त्र को भारत लाने की मुश्किलें समझ रही थी।

''सर आपसे एक और हैल्प चाहिए। प्रारम्भिक तौर पर इसमें बहुत बड़ा धन लगने वाला है। इसके लिए मैंने दुनिया के कई अमीर लोगों को मेल किया है और उनसे मदद माँगी है। इनमें अमेज़न डॉट कॉम के मालिक जेफ़ बेज़ोस पहला नाम है। आपने एक बार बताया था कि आपका उनसे व्यक्तिगत संपर्क है। यदि संभव हो, तो आप एक बार उन्हें मेरे बारे में बताएँ और सहयोग के लिए प्रेरित करें।'' श्री की बात से लगा कि वह बहुत बड़ी तैयारी कर रही है।

''ज़रूर श्री! मैं उनसे बात करूँगा। वैसे तुमने और किन-किन को एप्रोच किया है?'' रॉड्रिक भी श्री की तैयारी से उत्सुक हो गया था।

''सर, माइक्रोसॉफ़्ट के संस्थापक अध्यक्ष बिल गेट्स को भी मेल भेजा है। इनके अलावा वारेन बुफे, स्पेन के अमंचियो ओर्टेगा, मार्क जुकरबर्ग, मेक्सिको के कार्लोस स्लिम हेलू, फ्रांस के बर्नाड अर्नोल्ड सहित कुछ और प्रमुख लोगों को भेजा है।''

"तुमने अच्छे नाम चुने हैं। ये लोग आजकल पर्यावरण पर बहुत खर्च भी कर रहे हैं। मैं बात करके देखता हूँ। इनमें से भी किन से एप्रोच किया जा सकता है, यह भी सर्च करता हूँ।"

"थैंक यू सर!" ख़ुशी ज़ाहिर करते हुए श्री ने कहा था, "बाय सर। टेक केयर!"

"बाय। टेक केयर यू टू! गॉड ब्लेस यू!" कहकर रॉड्रिक ने फ़ोन काट दिया था।

तीसरे दिन के काम के बाद श्री, बथान में खाने का मुआयना कर रही थी। बड़ी संख्या में कामगार, जवान और अन्य सहयोगी कुमैदान से लेकर इस बथान तक आराम कर रहे थे। श्री ने कामगारों के ठहराव के हिसाब से उन्हें ग्रुप में बाँट दिया था और खाने का सामान उपलब्ध करवा दिया था। सभी ग्रुप अपना-अपना खाना स्वयं तैयार कर रहे थे।

आज वहाँ लिट्टी-चोखा बनाने की तैयारी चल रही थी। गोयठा का बड़ा घूरा सजाया जा चुका था और वहाँ उसके उठते धुएँ को पंखे से हौंका जा रहा था। हौंकते हुए धुआँ लगभग गायब हो गया था और लहकती आग लपलपाने लगी थी। उसे लकड़ी के एक छोटे डंडे के सहारे हौले से थपथपाकर पसारा गया था। उसकी दहक पर पानी के कुछ छींटे मारे गए थे, जिससे कि लिट्टी को डालने पर वह झुलसे नहीं। फिर उस पर लिट्टी सेंका जाने लगा था। उसी में भीतर आलू और बैंगन पकने के लिए डाला गया था।

प्याज, लहसुन, अदरक, मिर्ची, नींबू, मंगरैला, अजवायन, नमक, सरसों तेल आदि के साथ सत्तू का मसाला तैयार किया गया था। दूसरी ओर आटा गूँथकर उसमें मसालेदार सत्तू भरा गया था।

अब उसे आग पर डालकर सेंका जाने लगा था। उनकी उँगलियाँ घिरनी की तरह लिट्टी को पलट रही थीं। लिट्टी ने अपना रंग बदलना शुरू कर दिया था। कुछ लिट्टी पर दरारें पड़ने लगी थीं।

"हाय...!" आवाज़ सुनकर चौंकी थी श्री और पीछे मुड़कर देखा था उसने।

"हैलो... ऋषा...!" श्री, ऋषा को देखकर ख़ुशी से झूम उठी थी और आगे बढ़कर उसका आलिंगन किया था। तभी उसकी नज़र वीर पर पड़ी थी, जिसकी गोद में बच्ची थी। श्री ने बाँह का एक सिरा खोला था और वीर को आमंत्रित किया था।

"कमऑन वीर! इतनी दूर क्यों खड़े हो? बोधि को लाओ!" वीर और ऋषा के साथ श्री ने बोधि को भी बाँह-घेरे में ले लिया था। कामगारों के रहने की ख़बर बना रहे कुछ कैमरापर्सन्स की नज़र पड़ी थी और फिर कुछ फ़्लैश चमके थे।

"अल्ले ले ले...!" बोधि आ मेरे पास!" कहते हुए श्री ने वीर की गोद से बोधि

को अपनी गोद में ले लिया था और ख़ूब दुलार करने लगी थी। बोधि भी श्री की गोद में आते ही खिलखिलाने लगी थी।

''तू दुनिया को पंचतत्त्वों का बोध कराएगी एक दिन।'' श्री के दुलार से बोधि हँसे जा रही थी।

''अबे ओ...ओ नीली आँखोंवाली लड़की। अब अपना अक्षत मत डाल इस पर! इसे सामान्य जीवन जीने दे!'' कहते हुए हँसी थी ऋषा।

''अच्छा...! यह सामान्य होगी, तब न सामान्य जीवन जीएगी! संसार की हर लड़की असामान्य ही होती है।''

''अब रहने दे ये सब!...और बता क्या हाल-चाल है? अउम किधर है? वह दिख नहीं रहा है? यहाँ भीड़ देखी, तो मैंने गाड़ी धीमी करवाई। तब तक तुम पर नज़र पड़ गई, तो यहीं उतर गई। अभी सामान गाड़ी में ही है। हवाई अड्डे से टैक्सी ले ली थी बड़हिया के लिए।''

''अच्छा! चल! घर चल! यहीं बगल में है। अउम वहीं होगा!'' कहते हुए बोधि को गोद में लिए श्री घर की ओर गई थी।

''आओ! बड़हिया में स्वागत है! क्या बात है वीर-ऋषा!'' कहते हुए अउम ने आगे बढ़कर वीर को गले लगा लिया था और ऋषा को भी दाहिनी बाँह में भर लिया था।

''आने में कोई दिक्कत तो नहीं हुई?'' अउम ने ऋषा की ओर देखकर पूछा था।

''नहीं, कोई दिक्कत नहीं हुई। गाँव में घुसते ही एक पुल मिला था। वहाँ पूछने पर उन्होंने बता दिया। उन्होंने गौशाला कैम्प के बारे में भी बताया। गौशाला के पास भीड़ देखकर मैं समझ गई थी कि यही वह कैम्प है। ड्राइवर से गाड़ी धीमी करवाई, तो श्री पर...!''

''अरे...! बोधि...!'' कहते हुए अउम ने उसे अपनी गोद में लेकर दुलार किया था। तभी श्री ने सभी को वहीं बरामदे में बैठने को कहा और उनका सामान एक कमरे में भिजवा दिया। वहीं देर तक गपशप चलती रही।

रात को खाना खाकर श्री हवेली के आहाते में टहलने लगी थी। अउम, वीर और ऋषा वहीं बरामदे में बैठकर बातें करने लगे थे।

''मैडम!''

श्री ने मुड़कर देखा था। आहाते में सात-आठ लोग प्रवेश कर श्री के पास पहुँचे थे।

"हाँ बताइए!" श्री ने बड़े ही आत्मीय भाव से पूछा था।

"मैडम, आप जो भी कर रही हैं, वह ठीक नहीं है। आपने इस इलाके के ठेकेदारों के पेट पर लात मारी है।" एक कुरता-पाजामा वाले आदमी ने कहा था।

"भाई! मेरा ठेकेदारों से क्या लेना-देना? मैं तो एकदम अलग तरह से काम कर रही हूँ। सरकार का कोई फ़ंड नहीं लिया है मैंने। कई जगह डी.एम. साहब व्यक्तिगत स्तर पर सहयोग कर रहे हैं।"

"हम लोगों का बालू खनन तो सरकार ने पहले ही बंद करा दिया था। इधर आपके कारण चौकसी भी बढ़ गई है। टैंकर के पानी का जो कारोबार लखीसराय और जमुई के इलाके में चल रहा था, उसको भी आप बंद कराने पर तुली हैं।" सामने वाला थोड़ा रूखे स्वर में बात कर रहा था।

"भाई, मैं तो कुछ समझ ही नहीं पा रही हूँ। आप लोग डी.एम. साहब से मिलकर देखिए!" श्री ने सहजता से ही कहा था।

"आप हमें डी.एम. की धमकी दे रही हैं? सब साफ़ हो जाएगा! याद रखियेगा।... नहीं तो अपना बोरिया-बिस्तर बाँधकर जहाँ से आई हैं ना, वहीं लौट जाइए!" उसकी आवाज़ तेज़ हो गई थी और सुर काफ़ी तल्ख़!

"भाई मेरे...! तुमको जो करना है करो!...और मुझे जो करना है, वह मैं करूँगी! मैं दुआ करूँगी कि ईश्वर तुम्हें थोड़ी सद्‌बुद्धि दे!"

ऊँची आवाज़ सुनकर अउम आहाते की गर्माहट भाँप गया था और तेज़ी से उठकर सीढ़ियाँ उतरता हुआ चिल्लाया था, "कौन है रे? कौन है?" कहते हुए अपने कुछ सहयोगियों को भी हाँक लगाई थी।

तब तक वे सभी तेज़ी से गेट के बाहर भागते हुए वहाँ से निकल गए थे।

"कौन था श्री?" अउम ने थोड़ा उत्तेजित होते हुए पूछा था। तब तक वीर और ऋषा के अलावा कई सहयोगी वहाँ पहुँच चुके थे।

"अरे वह कोई ठेकेदार था या शायद उसका आदमी! धमका रहा था कि हम काम बंद कर यहाँ से चले जाएँ!" श्री ने अउम को शांत भाव से ही बताया था।

"अच्छा, पता करता हूँ! ये कौन लोग हैं?...और एस.पी. को तो बता ही देता हूँ," अउम ने तुरंत फ़ोन लगाते हुए कहा था।

"अरे रहने दो यार! उफ़...! अच्छा कह दो...!" कहकर श्री, अउम की बातें सुनती

रही थी।...और सभी साथी-सहयोगी अब भी वहीं खड़े थे।

"चलो ऋषा! आराम करो! कल तुम्हें भी नदान में काम करना है," कहते हुए मुस्कराई थी श्री और माहौल को हल्का किया था।

श्रीस्त्र

"डेंगा-डेंगा पानी/ केतना पानी ?/ बोल लड़की केतना पानी ?/ एक बूँद पानी/ बोल मछलिया केतना पानी ?/ डोभा भर पानी/ बोल रानी केतना पानी ?/ सागर भर पानी!"

श्री की आँखें पथराई हुई-सी थीं और उन पथराई आँखों के परदे पर घोग्घो रानी का खेल चल रहा था। उसके कानों में डेंगा पानी के गीत स्पष्ट सुनाई पड़ रहे थे।

नदान-नदीली की खुदाई का काम पूरा हो गया था। अधिकांश कामगार अपने घर लौट चुके थे। कुछ देसी-विदेशी फ़ंड ने श्री का काम आसान कर दिया था, पर बारिश नहीं होने के कारण पूरा प्रोजेक्ट ही जैसे औचित्यहीन-सा दिखने लगा था। इसकी सफलता के लिए बारिश तो चाहिए ही।

कुछ बचे हुए कामगारों से लेकर पूरा गाँव-पूरा समाज, बारिश होने की प्रार्थना कर रहा था। हर ओर एक हाहाकारी माहौल बनने लगा था।

तभी उसके कंधे पर किसी के स्पर्श का एहसास हुआ! श्री मानो एक विशिष्ट यात्रा से बाहर आई थी।

ओऽऽऽ...! अउम, तुम आ गए ?" श्री पचास फुट गहराई और पाँच सौ फुट की चौड़ाई वाले नदान के एक कोने में बैठी ध्यानस्थ थी, जिसमें गहराई से पैंतीस फुट की ऊँचाई पर एक पाइप डाला गया था, जो नदी के कोर तक जाता था।

"इतनी सुबह तुम यहाँ क्या कर रही हो श्री ? तुम तो शायद आधी रात से ही यहाँ हो!...और अभी तक धूप भी नहीं निकली है। तुम्हें इस तरह नहीं निकलना चाहिए श्री! ऐसे ही तुम पर ख़तरे हैं।" अउम ने श्री के बगल में बैठते हुए कहा था।

"यह शरीर तो आना-जाना है अउम! तुम अपना स्वरूप बदल लेते हो, पर तुम्हारा कृत्य सदियों-सदियों तक पृथ्वी को, सृष्टि को, जगय को प्रभावित करता रहता है। हमारा कृत्य हमारी ऊर्जा का विस्फोट ही है।"

"तुम इतना क्यों सोच रही हो ? सब ठीक हो जाएगा! मैं हूँ ना...! तुमने पूरी निष्ठा से अपना काम पूरा किया है। अब देखना, तुम्हारी सफलता बहुत ख़ूबसूरत होगी।"

''संसार में सफलता-असफलता तो समय के साथ की एक मानसिक समझ है। कई बार आज जो हमारी सफलता दिखती है, कल वही असफलता साबित हो सकती है।...या तो सभी यहाँ हारे हुए हैं या फिर सभी विजयी हैं! सच कहूँ, तो मुझे ऐसा लगता है कि जगय में न ही कोई हारता है और न ही कोई जीतता है। हर कोई सिर्फ़ अपनी धुरी पर घूमता रहता है।'' श्री निराश थी या तत्त्वज्ञान बड़बड़ा रही थी?

''तुम निराश हो?'' अउम ने उसकी हथेली अपने हाथ में लेते हुए सहलाई थी।

''नहीं यार! निराश तो एकदम नहीं हूँ! तानसेन की बातें किंवदंती थीं क्या? यही सोच रही थी। तानसेन ने अपने संगीत के कारण पंचतत्त्वों से एका कर लिया था। उनके जलराग ने तरंगित होकर पानी को बुला लिया था। उनके गायन के समय मेघ घिर आते, मोर नाचने लगते और बारिश होने लगती। एक योगी ने बोरीवली की पहाड़ियों में अपने तपोयोग से इच्छानुसार बारिश ही करवा दी थी। कुछ समय के लिए सृष्टि की हर इकाई और हर तत्त्व को अपने वश में कर लिया था। सभी तत्त्व उनका आदेश मानने लगे थे।'' श्री की आँखें नीली हो गई थीं।

''जानते हो अउम! जल यानी पानी यानी आप: जीवंत है। उसमें भी हमारी तरह जीवन है। हमारे सनातनी ऋषियों को इसका सारा ज्ञान था। इसीलिए वे जल को अभिमंत्रित करते थे और अँजुरी में लेकर जल सिद्धि करते थे। पूजा-पाठ की विधियों में जलाभिषेक, जल भरा कलश, जल-अर्पण आदि ये सब स्वयं के पंचतत्त्वों से बाहरी पंचतत्त्वों से मिलन के उपाय थे, जिससे कि पूरी प्रकृति हमारे जीवन के लिए सहयोगी बनी रहे!

''तुम्हारा श्रीस्त्र काम क्यों नहीं कर रहा है? इतना ज्ञान रहते हुए भी तुम अब तक सफल क्यों नहीं हो पाईं श्री?'' अउम के सवाल जैसे खत्म ही नहीं हो रहे थे। उधर धूप की पहली किरण नदान के ऊपर पसर रही थी और इधर ज्ञान की हवा मन-मस्तिष्क को कम्पित कर रही थी।

अपने ओंठों को दाँतों से दबाते हुए कुछ सोचने लगी थी श्री। थोड़ी देर नदान की गराई में मिट्टी को अपने अँगूठे से कुरेदते हुए बोली थी, ''आना तो पड़ेगा उसे! मुझे पता है कि वह मेरी आवाज़ सुन रहा है। यह ध्वनि-विज्ञान है। श्रीस्त्र की योगध्वनि विद्युत में बदलकर बादलों तक पहुँच रही है और वहाँ प्रेमध्वनि का संचार कर रही है। वहाँ वैज्ञानिक बादलों में प्रेमध्वनि के कारण उसका घनत्व बढ़ना निश्चित है और उसका बरसना भी। पूरी रात मैं सन्देश भेजने की कोशिश करती रही। यह काम तो करेगा ही!'' श्री के भीतर का सत्तर फ़ीसद पानी बोल रहा था। वह दृढ़ थी। पूरे देश में मानसून की बारिश नहीं के बराबर हुई थी। हिमालय के पिघलने से गंगा का जलस्तर ज़रूर बढ़ गया था, पर नदान के छिद्र से नीचे ही था। पूरा भारत प्यासा था। पर श्री...!

दानापुर से मुंगेर तक लाखों लोगों ने अपने-अपने स्तर से श्री की इस मुहिम में साथ

दिया था। हज़ारों नदान-नदीली खुद गए थे।...बस, अब पानी का इंतज़ार था।

श्री पर सभी को पूरा विश्वास था। भले ही पूरा एशिया सूखे की ओर बढ़ रहा था, पर दुनिया की निगाहें भारत पर थीं।

मनन-प्रार्थना और संकल्प

"चलो श्री! घर चलो...! तुमने अपना काम कर दिया है। अभी चलकर नाश्ता कर लो। मन करे, तो फिर लौट आना," अउम ने खड़े होते हुए हाथ पकड़कर उसे खड़ा करना चाहा था, पर श्री ने उठने से मना कर दिया था।

"नहीं अउम...! यदि बाहरी पानी मेरे भीतर की आवाज़ और उसका दर्द महसूस नहीं कर रहा है, तो मैं अपने भीतर के पानी को उसका दर्द समझने के लिए भेज रही हूँ," श्री की दृढ़ता जैसे और प्रखर हो गई थी।

"तुम पागल तो नहीं हो गई हो? तुम एक उम्मीद हो संसार के लिए। तुम्हारा स्वस्थ रहना ज़रूरी है श्री। तुम समझतीं क्यों नहीं? तुमने कई दिनों से ठीक से कुछ खाया भी नहीं है। तीन दिनों से तुम सिर्फ़ नींबू-पानी पीकर रह रही हो! चलो अभी...! नाश्ता कर लो!" कहते हुए अउम की आँखें भर आई थीं।

"नहीं अउम...! अब मैं श्रीस्त्र के सहारे अपना पानी प्रकृति को लौटा रही हूँ। मैं मूलतः पानी से बनी हूँ। मनुष्य के भीतर से सबसे पहले ज्योति निकलती है, जो पानी की माँ है। मैं उस अग्नि को अपने भीतर का पानी समर्पित कर रही हूँ," श्री बिलकुल पागलों-सी, अटपटी बातें करने लगी थी।

"ओहोऽऽऽ श्री...!" अउम ने आगे बढ़कर बैठी हुई ही श्री को बाँहों में भर लिया था, "ऐसा मत करो श्री! थोड़ी भी बरखा होगी ना, तो तुम्हारा काम हो जाएगा। तुम रहोगी, तब ना बार-बार प्रयास करोगी! अभी तो जलपिंड को पृथ्वी पर लाने का तुम्हारा काम बाकी है। तुम मेरी भी उम्मीद हो श्री! अंतिम उम्मीद!" कहते हुए रो पड़ा था अउम!

"ओह अउम...! जलपिंड को पृथ्वी पर लाने में देर हो सकती है, तो क्या मैं लाखों लोगों को काल के गाल में जाने के लिए छोड़ दूँ? तुम तो तत्त्व-ज्ञानी हो! मैंने जो कुछ भी कहा और कर रही हूँ, उसका रहस्य तुम जानते हो! तुमसे तो कुछ भी छिपा नहीं है! तुझमें और मुझमें कोई फ़र्क नहीं अउम! मैं नहीं भी रही, तो तुम रहोगे ना! तो बस...! तुम्हारे रूप में मैं तो रहूँगी ही! तुम अंतिम उम्मीद हो अउम! मुझे मोह में बाँधने की कोशिश मत करो!" श्री मुस्कराते हुए नीली आँखों से अउम को अपनी बातों से मोहित करती जा रही थी।

"हे मोहिनी...! तुम्हारे बगैर मैं कुछ भी नहीं! तुम हो, तो मैं हूँ...! पूरी सृष्टि ही ज्योति है। उसके बगैर शून्य भी नहीं!" अउम ने भावुक होते हुए कहा था।

"सुनिश्चित लक्ष्य के प्रति पूर्ण समर्पण ही जीत का एकमात्र रास्ता है। यह तभी संभव है, जब हम स्वयं पर विजय प्राप्त कर लें। मोह और इन्द्रिय लालसाएँ हमें हमेशा स्वयं पर विजय पाने से रोकती हैं। मोहित मत होओ अउम...! तुम तो स्वविजयी हो, फिर ऐसी बातें क्यों कर रहे हो?"

"ठीक है! तो मैं भी मनन-प्रार्थना करूँगा तुम्हारे साथ! तुमने ही कहा था ना कि प्रेमयोग से ही संसार चलता है," अउम भी मानो पूरी तरह दृढ़ हो गया था और मुस्कराने लगा था।

श्री मुस्कराई थी और दोनों एक-दूसरे से लिपट गए थे। दोनों के ओंठ थरथराए थे। एक मधुर संगीत वातावरण में तैरने लगा था। श्रीअउम के कम्पित ओंठों से कुछ शब्द तरंगित होने लगे थे, जिसे श्रीस्त्र ने विद्युत तरंगों में परिवर्तित कर आसमान तक उछाल दिया था।

श्री के रोम-रोम से जलबूँद निकलने लगी थीं और मुँह से जलमंत्र फूट रहे थे, "हे मेरे भीतर के आपः, बाहर के आपः पर न्योछावर हो! हे मेरे भीतर का पानी, बाहर के पानी से प्रेम कर! हे मेरे भीतर का जल, तू बाहर के जल से योग कर...!" श्री के साथ अउम भी जलमंत्र प्रक्षेपित कर रहा था।

"हे गैस द्वै—मुझसे मिलन कर! हे मेघ! तू आ और जीवन-धुन पर थिरक...! हे जलपिंड! तू आ और जीव-चीत्कार पर फट पड़...!" श्रीस्त्र के मधुर संगीत ने श्रीअउम के शब्दों को प्रेम-राग में परिवर्तित कर दिया था। श्रीअउम की आँखें झरझर बरसने लगी थीं। उनके भीतर के पानी में लहरें उठने लगी थीं; उनकी हिलोरें पूरी कायनात को कम्पित करने लगी थीं। उनके कम्पन ने मानो ज्योतिर्लिंग को भी कुछ देर के लिए अस्थिर कर दिया था।

तभी हू-हू कर हवा चलने लगी थी। आसमान मटमैला हो चला था। चारों ओर अँधेरा-सा होने लगा था। अस्ताचल की ओर जाते सूरज के घोड़े हिनहिनाने लगे थे। आकाश का रंग बार-बार बदलने लगा था।

देखते-ही-देखते आसमान में काले-सफ़ेद बादल घिर आए थे। श्रीअउम के गीति-उच्चारण ने आकाश को भी भयभीत कर दिया था जैसे! ज़ोरदार बिजली चमकने लगी थी। बादल ऐसे गरजने लगे थे, मानो उन्हें पहली बार गरजने का मौक़ा मिला हो! बिजली

की चमक एक-एक मिनट तक ठहर जा रही थी। अचानक कई जगह बिजली गिरने लगी थी।

"टिप् टिप् टिप् टिप्...!" देखते-ही-देखते ज़ोरदार बारिश शुरू हो गई थी। ऐसी तूफ़ानी बारिश पृथ्वी पर शायद ही कभी हुई हो! बड़हिया सहित अनेक जगह बादल फट पड़े थे। अचम्भे की बात यह थी कि कुछ ही देर में मेघ पूरे भारतीय उपमहाद्वीप में घिर आए थे। हर जगह तूफ़ानी हवाओं के साथ ज़ोरदार बारिश हो रही थी।

श्रीअउम की मनन-प्रार्थना जारी थी, जैसे वे समाधिस्थ हों! उनके शरीर को बारिश शुरू हो जाने का जैसे पता ही न हो और न ही नदान में तेज़ी से पानी भरने का एहसास! ऐसा लग रहा था, जैसे वे अपने शरीर में हों ही नहीं!

"श्री...! श्री...! अउम...! अउम...!" ऋषा, वीर और पापा उस घनघोर बारिश में भी गिरते-पड़ते, कीचड़ में खड़े चिल्ला रहे थे। वे सभी श्री और अउम को ख़ोज रहे थे। तभी कीचड़ में फिसलकर पापा गिर गए थे। चोट की परवाह किये बगैर कीचड़ से सने उठ खड़े हुए थे। वे फिर से पुकारने लगे थे। इस तूफ़ानी बारिश में स्वयं को सँभालना ही कठिन हो रहा था।

श्रीअउम के गले तक पानी भर गया था। ज़ोरदार बारिश का कहर जारी था। ऐसा लग रहा था, मानो जलप्रलय ही आ गयी हो!

इधर इन दोनों के शरीर पूरी तरह शिथिल पड़े हुए थे और उधर नदान के ऊपर, किनारे से बीस फीट की दूरी पर सेमल का विशाल दरख़्त घनघोर बारिश की आवाज़ को अलग तरह से पेश कर रहा था। उस पर सैकड़ों चिड़ियों का बसेरा था। वे पत्तों और टहनियों की ओट में ख़ुद को बचाए रखने की मशक्कत कर रही थीं। तभी हारिल (एक पक्षी) का एक घोंसला ज़मीन पर आ गिरा था। उसमें पल रहे अंडे टूटकर बिखर गए थे।...पर आश्चर्य की बात यह थी कि उससे नवजात चूजे बाहर निकल आये थे। इस बारिश में अनजाने ही वे जीवन-मृत्यु से संघर्ष करने लगे थे। शायद एकाध दिन में वे चूजे निकलने ही वाले थे।...पर आज वे चूजे जन्म लेते ही पानी-मिट्टी में सनकर हवा में इधर-उधर लुढ़कने लगे थे।

तभी एक हारिल हवा में लहराती हुई जैसे ज़मीन पर आ गिरी थी। कुछ पल गिरे रहते हुए उसमें हलचल हुई थी। हवा के बहाव से ख़ुद को बचाने के प्रयास के साथ वह गिरे घोंसले के पास पहुँचने की कोशिश करने लगी थी। उसके पंख भी भीग गए थे और मिट्टी से सन गए थे।...पर उसके प्रयास ने रंग दिखाया था। वह गिरे-टूटे-बिखरे घोंसले के पास पहुँचने में कामयाब हो गई थी।

बार-बार वह अपने नवजात को पंख से ढकने की कोशिश करती। जहाँ ख़ुद को ही सँभालना कठिन हो रहा हो, वहाँ चूजे को सुरक्षा देना और भी मुश्किल हो रहा था। किसी तरह एक चूजे को अपने पंख के बीच ढकने में और दूसरे चूजों को अपनी चोंच में दबाकर पकड़ने में हारिल सफल हो गई थी। वह जानती थी कि ऐसा बहुत देर तक किये रहना संभव नहीं है।...फिर वह ज़मीन से घिसट-घिसटकर दोनों चूजों को पेड़ के टूटे दरख़्त के नीचे ले जाने में कामयाब हो गई थी। उसके पंख और देह घिसटने की वजह से छिल गए थे और वह लहूलुहान हो गई थी। दरख़्त की ओट से जीवन-संघर्ष करती हारिल निरीह आँखों से अपने तीसरे चूजे को तूफ़ानी आगोश में समाते देखती रही थी।

"श्रीअउम...! श्रीअउम...! श्रीअउम...!" चारों ओर खुशबूदार ध्वनि फैलने लगी थी। चौथे काल के गर्भ में तीनों काल मानो दृश्यमान होने लगे थे।

❑❑❑

राजपाल एण्ड सन्ज़ की स्थापना एक शताब्दी पूर्व 1912 में लाहौर में हुई थी। आरम्भिक दिनों में अधिकतर धार्मिक, सामाजिक और देश-प्रेम की पुस्तकें प्रकाशित होती थीं और हिन्दी के अतिरिक्त अंग्रेज़ी, उर्दू व पंजाबी भाषा में भी पुस्तकें प्रकाशित की जाती थीं।

1947 में भारत-विभाजन के बाद राजपाल एण्ड सन्ज़ को नए सिरे से दिल्ली में स्थापित किया गया और साहित्यिक पुस्तकों के प्रकाशन का आरम्भ हुआ। रामधारी सिंह दिनकर, महादेवी वर्मा, बच्चन, अज्ञेय, शिवानी, आचार्य चतुरसेन, विष्णु प्रभाकर, राजेन्द्र यादव, मोहन राकेश, रांगेय राघव, कमलेश्वर और अन्य साहित्यिक लेखकों की कृतियाँ यहाँ से प्रकाशित होने लगीं। राजपाल एण्ड सन्ज़ से प्रकाशित *मधुशाला, कुरुक्षेत्र, मानस का हंस, आवारा मसीहा, कितने पाकिस्तान, आषाढ़ का एक दिन* जैसी पुस्तकें हिन्दी साहित्य की 'क्लासिक पुस्तकें' मानी जाती हैं और आज भी लोकप्रियता के शिखर पर हैं। भारत के राष्ट्रपतियों और प्रधानमंत्रियों की पुस्तकें प्रकाशित करने का गौरव भी राजपाल एण्ड सन्ज़ को प्राप्त है। नोबेल पुरस्कार से सम्मानित अर्थशास्त्री डॉ. अमर्त्य सेन की सभी पुस्तकों के हिन्दी अनुवाद यहाँ से प्रकाशित हैं। अन्तरराष्ट्रीय चर्चित पुस्तकों के अनुवाद, विश्वविख्यात कोशकार डॉ. हरदेव बाहरी द्वारा सम्पादित 'राजपाल' शब्दकोशों की शृंखला और किशोरों के लिए सैकड़ों पुस्तकें राजपाल एण्ड सन्ज़ से प्रकाशित हुई हैं।

पाठकों के स्वस्थ और सुरुचिपूर्ण मनोरंजन और ज्ञानवर्धन के लिए समर्पित राजपाल एण्ड सन्ज़ से हिन्दी और अंग्रेज़ी में पुस्तकें प्रकाशित होती हैं जो देश के सभी बड़े पुस्तक-विक्रेताओं और विश्व भर के ऑनलाइन विक्रेताओं के यहाँ उपलब्ध हैं।

राजपाल एण्ड सन्ज़

1590 मदरसा रोड, कश्मीरी गेट, दिल्ली-6, फोन: 011-23869812, 23865483

email: sales@rajpalpublishing.com, facebook: facebook.com/rajpalandsons
website: www.rajpalpublishing.com